AtV

»Ich würde eher eine Stunde unter Schurken verbringen, als zwei Minuten unter Langweilern.«
Jane Austen konnte nicht ahnen, wie wenig langweilig der Besuch bei ihrer Freundin Isobel Payne Countess Scargrave werden würde. Kaum auf dem Landsitz angekommen, wird sie Augenzeugin des plötzlichen Todes von Earl Scargrave, dem um Jahre älteren Ehemann der jungen Isobel. Doch damit nicht genug: Die trauernde Witwe steht bald im Verdacht, nicht nur die Mörderin des reichen Earls zu sein, sondern auch noch ein Verhältnis mit dem verschuldeten Lord Fitzroy Payne zu haben, dem Erben des Earls. Ein verschwundenes Medaillon, ein besticktes Taschentuch, ein spukender Hausgeist und die tödliche Frucht eines tropischen Baumes sind die Spuren, denen Jane Austen mit einer gehörigen Portion Intuition nachgehen muß, um den mysteriösen Todesfall aufzuklären.

STEPHANIE BARRON lebt im Bundesstaat Colorado und arbeitet zur Zeit am nächsten Abenteuer der schreibenden Detektivin Jane Austen.

Stephanie Barron

Jane Austen und der dunkle Engel

Historischer Kriminalroman

Aus dem Amerikanischen von
Michael Kubiak

Aufbau Taschenbuch Verlag

Titel der Originalausgabe
Jane and the Unpleasantness at Scargrave Manor

ISBN 3-7466-1166-0

2. Auflage 1996
Aufbau Taschenbuch Verlag GmbH, Berlin

Published by arrangement with Bantam Books,
a division of Bantam Doubleday Dell Publishing Group, Inc.
Umschlaggestaltung Torsten Lemme
Satz LVD GmbH, Berlin
Druck Elsnerdruck GmbH, Berlin
Printed in Germany

In Liebe meiner Schwester Cathy gewidmet,
die mir immer die besten Bücher gab,
und meiner Schwester Jo,
die mich zu lesen lehrte.

Vorwort der Herausgeberin

Im Frühjahr 1995 besuchte ich meine Freunde Paul und Lucy Westmoreland. Die Westmorelands sind von altem Baltimore-Stamm und können ihre Familie bis zu einem der Gründer des Staates Maryland zurückverfolgen, und ihr Wohnsitz Dunready Manor datiert aus der georgianischen Periode. Die Westmorelands haben erst kürzlich die Renovierung eines Außengebäudes des Anwesens abgeschlossen. Es war das Haus des Aufsehers gewesen und ein umfangreiches Projekt des Wiederaufbaus und der Restaurierung.

Das solide Steinfundament zu retten, erwies sich als schwierige Aufgabe. Es war jahrzehntelang – wahrscheinlich für mehr als ein Jahrhundert – als Kohlenkeller genutzt worden. Daher mußte der riesige in natürlichen Fels eingebettete Raum von seinem schwarzen Inhalt befreit werden, ehe er sorgfältig sandgestrahlt und mit Zement ausgekleidet wurde. Neue Stützpfeiler, neue Türen und Treppen wurden eingesetzt, und nach und nach erlangte das alte Steinfundament des Hauses seine frühere Schönheit und Ausstrahlung wieder.

Viel wichtiger jedoch war eine Entdeckung während der ersten Maßnahmen der Kellerrenovierung. Unter den Bergen von Kohlenstaub, Rattengebein, ausrangierten Holzbalken und nicht näher identifizierbaren Stoffresten und Lumpen befanden sich mehrere Kisten mit alten Familiendokumenten und –urkunden. Die

Westmorelands stellten sie in einen Lagerschuppen auf dem Grundstück und vergaßen sie in dem Durcheinander während des Einbaus einer neuen Küche für das Haus. Als ich die Westmorelands jedoch in jenem Frühling besuchte, verbrachten wir einen verregneten Nachmittag im Lagerschuppen damit, die brüchigen vergilbten Papiere durchzublättern, und gelangten schließlich zu der Erkenntnis, daß die einzige Lösung ein professioneller Kurator wäre.

Denn was wir an diesem Tag fanden, war nicht weniger als eine ganze Reihe von Manuskripten, die unseres Erachtens aus der Feder von Jane Austen stammten, einer entfernten Verwandten der Westmorelands. Eine Tochter von James Austen, dem Bruder von Jane, war mit einem Mann verheiratet gewesen, dessen Schwester in die englischen Westmorelands eingeheiratet hatte. Auf diesem Umweg waren die Manuskripte in den Besitz der Westmorelands und schließlich des in den Vereinigten Staaten ansässigen Zweigs der Familie gelangt. Dort wurden sie zur Aufbewahrung im Keller eingelagert, wo spätere Generationen sie mit ihren Kohlevorräten zuschütteten.

Die Westmorelands übergaben die Manuskripte einem ortsansässigen Spezialisten für seltene Bücher zur Restaurierung und zogen in Erwägung, sie der Bibliothek der Johns Hopkins Universität zu schenken. Andere Institutionen – darunter die Austen-Sammlung von Pauls Universität, dem Williams College, und weitere Interessenten, nicht zuletzt auch die Bodleian Library in Oxford – bewarben sich um die Schenkung. Bis zu einer Entscheidung stellten sie nach erfolgter Restaurierung mir die Manuskripte zur Verfügung.

Die Westmorelands sind phantasievoll und genießen das Leben auf eine Weise, zu der auch die begeisterte

Lektüre von Detektivgeschichten gehört. Was sie an diesen Manuskripten, die offensichtlich von Jane Austen selbst geschrieben wurden, so erstaunte, ist die Tatsache, daß sie Elemente fanden, die Austen-Kennern bisher völlig fremd waren. Diese Manuskripte, Schilderungen in Form von Tagebucheintragungen und Briefen an ihre Schwester, Cassandra, und für ihre Nichten bestimmt – was ihr Auftauchen im Familienzweig der Westmorelands erklären könnte, die mit der Familie von James Austens Tochter verbunden ist –, waren niemals für eine Veröffentlichung gedacht. Es sind persönliche Aufzeichnungen über Rätsel, denen Jane Austen im Laufe ihres kurzen Lebens begegnete und die sie gelöst hat.

Ich empfahl, daß der beste Herausgeber für solche Werke ein Austen-Kenner wäre. Die Westmorelands sahen es jedoch ein wenig anders. Da sie mein Interesse für Detektivromane kannten und der Auffassung waren, daß die Entdeckung der Manuskripte zum großen Teil mir zu verdanken sei, baten sie mich, die Edierung der Notizbücher für eine Veröffentlichung in Angriff zu nehmen.

* * *

Für eine Frau, deren Werke nahezu zwei Jahrhunderte überdauert haben, bleibt Jane Austen selbst in vieler Hinsicht ein großes Rätsel. Was über ihr Leben bekannt ist, stammt im wesentlichen aus ihren erhaltenen Briefen und den Memoiren von Familienmitgliedern, die nach ihrem Tod geschrieben wurden, aus denen mehrere Gelehrte beachtenswerte Biographien zusammengestellt haben.* Da viele ihrer Briefe an ihre

* Für ausführlichere Angaben über das Leben Jane Austens empfehle ich die Biographie von Park Honan: *Jane Austen: Her Life* (St. Martin's Press, 1987)

Schwester, Cassandra, gerichtet waren, die sie nach Janes Tod vernichtete*, bleiben viele Abschnitte im Leben der Austen im Dunkeln. Die Entdeckung der für Cassandra bestimmten Briefe zusammen mit den Tagebuchaufzeichnungen, die ich hiermit herausgebe, muß als ganz neuer Einblick in die Arbeitsweise der Schriftstellerin gelten.

Jane Austen wurde am 16. Dezember 1775 geboren, ein halbes Jahr nach Ausbruch der Feindseligkeiten in den britischen Kolonien von Amerika und auf dem Höhepunkt der Regierungszeit Seiner Majestät George III. Sie war die Tochter eines in Oxford ausgebildeten Geistlichen von bescheidenem Wohlstand und wuchs zusammen mit ihren sechs Brüdern und einer Schwester in der kleinen Pfarrei in Steventon, in Hampshire, auf. Im Laufe ihrer zweiundvierzig Lebensjahre wurde Frankreich von der Revolution erschüttert; gelangte Napoleon an die Macht; wurde George III langsam verrückt, und seine Regierung wich der Regentschaft seines Sohnes, George IV. Es war eine turbulente Phase in der englischen Geschichte, in der die als konservativ und monarchistisch eingestellten und daher mit den Toreys sympathisierenden Austens keine geringe Rolle spielten. Jane Austens Bruder Frank, seit früher Jugend Seemann, diente unter Horatio Nelson in der Schlacht von Trafalgar und erreichte im Alter von neunundachtzig Jahren die Position des Ersten Seelords. Ihr jüngerer Bruder, Charles, konnte eine ähnlich bedeutende, wenngleich nicht ganz so hervor-

* Jane Austen starb am 18. Juli 1817 in Winchester. Die Todesursache ist unter Gelehrten strittig, aber man geht davon aus, daß es zu einem Nierenversagen kam, ausgelöst durch die Addisonsche Krankheit, welche wiederum die Folge einer Tuberkulose- oder Krebserkrankung gewesen sein könnte (Honan, *Jane Austen: Her Life*)

ragende Karriere in der Marine vorweisen. Daß Jane sich für politische Fragen interessiert und engagiert hat, wird in den Briefen an ihre Familie und natürlich in ihren berühmtesten Werken deutlich. Zum Beispiel befaßte sie sich in *Mansfield Park*, dem Werk, das sie selbst als ihr anspruchvollstes betrachtete, mit der moralischen Verworfenheit von Marineoffizieren, setzte sich aber auch mit scharfem Verstand mit der Kirchenreform und der Sklavenhaltung in Indien auseinander. Daß ihre Dichtung auf reale Ereignisse in ihrem Leben oder auf ihre Kenntnisse von den Erfahrungen anderer Personen innerhalb ihrer gesellschaftlichen Kreise zurückgreift, offenbart sich in ihren Reaktionen auf bestimmte Ereignisse, die in diesem Bericht geschildert werden.

Der größte Teil ihres Romanwerks wurde in seiner ursprünglichen Form geschrieben, als Jane Austen Anfang zwanzig und jünger war. Sie überarbeitete und veröffentlichte ihre Arbeiten während der Regency Periode, die offiziell im Jahr 1810 begann, also acht Jahre nach den in diesem Manuskript geschilderten Ereignissen. Das englische Regency fand sein Pendant in der Blüte des napoleonischen Empire in Frankreich, und trotz des andauernden Kriegszustandes zwischen den beiden Nationen gelangten Lebensart und politisches Gedankengut der Franzosen über den Kanal und beeinflußten die englischen Gebräuche nachhaltig. Wohlstand und dessen Zurschaustellung galten als durchaus vornehm, und die gesellschaftlichen Freiheiten, die Frauen zugestanden wurden, waren um einiges größer als während der Herrschaft Queen Victorias im späteren Verlauf des Jahrhunderts. Die Kleidung war weniger tugendhaft, der Kontakt zwischen den Geschlechtern weniger reglementiert, und der Wunsch einer Frau, Romane zu schreiben – oder irgendwelche Ermittlungstätigkeiten auszuüben – war gemäß dem Sittenkodex zur Zeit Jane Austens durchaus gestattet.

Austen war bei den Angehörigen ihrer Kreise als eine höchst intelligente Frau angesehen. Daß sie sehr oft unzufrieden war mit dem begrenzten Erfahrungshorizont und den Möglichkeiten, die Frauen zugestanden wurden, ist in diesem Manuskript und auch an anderer Stelle deutlich zu erkennen. Ihr Vater hatte in einem wichtigen Bereich versucht, ihr Geschlecht nicht zu berücksichtigen, nämlich als er Cassandra und Jane, damals sieben Jahre alt, in Oxford eine Privatschule besuchen ließ. Austen hingegen betrachtete sich selbst als allenfalls halbgebildet, denn ihr wurde im Gegensatz zu ihren Brüdern verwehrt, Griechisch und Latein zu lernen.

Ich rechne damit, daß viele schockiert sind von einer Jane Austen in der Rolle einer Detektivin. Aber es dürfte eigentlich nicht überraschen, daß eine Frau mit ihren intellektuellen Fähigkeiten und Menschenkenntnissen sich besonders gerne mit den Rätseln eines kriminellen Geistes beschäftigte, wann immer ihr etwas Derartiges begegnete. Ihre Begabung, die Motive für die Handlungen anderer zu verstehen, ihr Blick für scheinbare Nebensächlichkeiten und ihr empfindliches Gespür für Ausdrucksformen der Persönlichkeit – vor allem ihre Phantasie und ihre Fähigkeit sowohl zu erkennen, was geschehen sein könnte wie auch was wirklich geschehen war – waren ihre wichtigsten Hilfsmittel bei der Aufdeckung von Verbrechen. Da sie die meiste Zeit ihres Lebens auf dem Land verbrachte, wo die allgemeine Ordnung von einem Friedensrichter und, etwas weniger formell, von der Autorität alteingesessener Ortsbewohner aufrechterhalten wurde, suchte Austen zuerst die Unterstützung ihrer mächtigen Freunde und Bekannten, um den Schuldigen zu ihrer gerechten Strafe und den Unschuldigen zu Gerechtigkeit zu verhelfen.

Als alleinstehende Frau mit bescheidenen finanziellen Mitteln war sie gezwungen, sich gelegentlich von den Männern in ihrer Umgebung helfen zu lassen, deren Zugang zu der Welt des Handels, des Rechts und der Politik ihnen in Justizangelegenheiten mehr Macht in die Hände gab, als sie jemals erlangen konnte. Daß sie sich den intellektuellen Fähigkeiten dieser Männer bediente, ist ein Beweis für ihr gutes Urteilsvermögen.

Was folgt, ist, soweit wir es beurteilen können, das erste Detektivabenteuer Jane Austens. Es beginnt im Dezember 1802 unmittelbar nach Janes Annahme und Ablehnung (innerhalb von vierundzwanzig Stunden) von Harris Bigg-Withers Heiratsantrag. Sie feierte im Laufe dieser Erzählung ihren siebenundzwanzigsten Geburtstag und mußte wohl, nach ihrer Ablehnung Bigg-Withers, mit einem Dasein als alte Jungfer gerechnet haben. Isobel Paynes Einladung, die während des Höhepunkts einer sicherlich schwierigen Phase erfolgte, bescherte Jane eine willkommene Fluchtmöglichkeit. Die Tagebucheintragungen sind denn auch besonders bemerkenswert wegen ihrer Verbindung von Verbrecherischem und Persönlichem, nämlich Austens Liebe zur Jagd nach dem Täter und der Erforschung ihrer eigenen Motive und Träume.

Austen zu edieren, ist eine große Aufgabe. Ich erhebe nicht den Anspruch, ihrem Können gerecht geworden zu sein. Ich hoffe nur, daß der grundlegende Geist der Originalmanuskripte in diesem Buch erhalten geblieben ist und mit aller Kraft jenes bemerkenswerten Verstandes erstrahlt.

Stephanie Barron
Evergreen, Colorado
Juni 1995

Jane Austen
und der dunkle Engel

Janes Einführung

17. März 1803
Sydney Place Nr. 4, Bath

Wenn eine junge Dame mit mehr Lebensart als Vermögen so klug ist, die Zuneigung eines älteren Gentleman zu erringen, nämlich eines Witwers von hohem Stand und in gesicherten Verhältnissen, gilt eine solche Verbindung allgemein als vorteilhaft für beide Seiten. Die Dame erlangt die Position im Leben, um die ihre Freundinnen sie vielleicht beneiden und zu der sie ihr gratulieren, während der Gentleman trotz seines fortgeschrittenen Alters in den Genuß all dessen kommt, was Jugend, Lebensfreude und Schönheit bieten können. Er wird als bester und großzügigster Mensch gelobt, während man in ihr gewöhnlich einen Engel sieht, der sein Glück vollauf verdient hat. Seine Reife und erfahrene Weltgewandtheit dämpfen vielleicht ihr Ungestüm. Ihr Witz und ihre zarten Reize sollten die Sorgen und Nöte lindern, die mit seiner gesellschaftlichen Stellung einhergehen. Mit Geduld, gutem Willen und Behutsamkeit auf beiden Seiten kann ein beträchtliches Maß an Glück erreicht werden.

Wenn der ältere Gentleman jedoch plötzlich an einem Magenleiden stirbt und seiner jungen Frau nach einer erst drei Monate währenden Ehe ein beträchtliches Vermögen hinterläßt, das zwischen ihr und seinem Erben aufgeteilt wird, und wenn der fragliche Erbe gegen allen Anstand verstößt, indem er der Witwe den Hof macht –!

Dann kann der Tenor des gesellschaftlichen Klatsches schnell ins Boshafte umschlagen.

Das Glück des Verstorbenen, das früher mit dem eines in Frankreich lebenden Gottes verglichen wurde, wird niedergemacht. Er wird für alle zu einer bemitleidenswerten Gestalt, zu einem armen, unbedarften Greis, der von Jugend und Schmeichelei verführt wurde, während Redlichkeit und gesunder Menschenverstand eher am Platze gewesen wären. Die Lady wird zu einem Objekt des Mißtrauens anstelle allgemeinen Mitleids. Ihre Witwenkleidung wird als sichtbare Verspottung des Anstands betrachtet. Ihre Anwesenheit bei erlesenen gesellschaftlichen Anlässen ist nicht erwünscht. Die Anwälte, die mit der Regelung ihrer Angelegenheiten betraut sind, werden allgemein bedauert. Und die skurrilsten Gerüchte zirkulieren unter den Stammgästen von Theaterloge und Kartenspielzimmer.

Ihr Stern geht wirklich unter.

Dies war das Schicksal meiner armen Isobel. Daß eine Lady, wohlbehütet aufgewachsen, voller Intelligenz und mit kritischem Geist ausgestattet, in einen derartigen Skandal verwickelt wird, sollte uns alle ernüchtern. Niemand kann davon ausgehen, daß das Schicksal immer fair ist. Tatsächlich verbringen wir den größten Teil unseres Lebens damit, uns vor seinen Launen zu schützen. Frauen, in ihrer Tugendhaftigkeit weitaus zerbrechlicher, als es dem starken Geschlecht zugeschrieben wird, werden schneller Opfer dunkler Mächte. In Anbetracht dessen, daß all dies während des zur Neige gehenden Jahres geschah, könnte ich dazu verleitet werden, mich tadelnd über meinen Schöpfer zu äußern, weil ausgerechnet die, welche das Unglück am wenigsten ertragen können, so reichlich davon heimgesucht wurden. Aber das wäre kleinlich von einer Pfarrerstochter und viel zu bitter für mein Gemüt. Statt dessen entschloß ich mich, zu Tagebuch und Feder zu greifen in der Hoffnung, die Ereignisse zu verstehen, die das Ende meines siebenundzwanzigsten Lebensjahres kennzeichneten.

Ich glaube, niemals eine Empfindung ausgekostet oder ein noch so kleines Ereignis vollständig ausgelebt zu haben, wenn ich nicht meine Überlegungen dazu meinem Tagebuch anvertraut habe. Meine Schreibfeder ist mein einzig wahrer Vertrauter und hält die Leidenschaften und Enttäuschungen in Schach, die ich nicht einmal meiner geliebten Schwester Cassandra zu offenbare wage. Hier, in meinem kleinen Buch, finde ich vielleicht einen Weg zum Verständnis all dessen, was ich in den vergangenen Wochen erlebt habe. Ich habe mich tatsächlich hinreißen lassen, die Stadt in der Absicht aufzusuchen, dieses neue Notizbuch zu erstehen, hoffend, daß ich, indem ich die Ereignisse schildere – genaugenommen indem ich ihnen die erzählerische Kraft und Ordnung eines Romans verleihe –, auch ein wenig Ordnung in den unerwünschten Aufruhr meines Geistes bringen möge. Diese Geschichte wird niemals der Öffentlichkeit zugänglich sein, auch wenn ich die Namen ändern und die Orte tarnen sollte. Dem allgemeinen Gerede in Gesellschaftszimmern und Modesalons preiszugeben, was das Schmerzlichste im Leben meiner lieben Freundin Isobel sein muß, käme einem Verrat gleich. Statt dessen hole ich mir lieber von Cassandra die Briefe* über diese Ereignisse zurück, die ich

* Jane Austens ältere Schwester Cassandra war der Mensch, den sie von allen am meisten liebte und dem sie am umfassendsten vertraute. Austen-Forscher wurden lange Zeit durch die Lücken in ihrer erhaltenen Korrespondenz entmutigt und haben das Fehlen der Briefe Cassandras Neigung zugeschrieben, diejenigen zu vernichten, die sie als zu persönlich empfand. Viele der möglicherweise fehlenden Briefe wurden zwischen den Manuskripten der Westmorelands aufgefunden. – *Die Herausgeberin*

ihr von Scargrave geschickt habe, und lege sie zwischen die Seiten dieses Tagebuchs. Es soll in meinem Wäscheschrank ruhen und darf nur zur Erbauung meiner lieben Nichten aufgeschlagen werden, auf daß das Kennenlernen solcher Mächte, die Isobels Schicksal so furchtbar gestaltet haben, sich als moralische Richtschnur für ihr eigenes Dasein erweist.

Was nun folgt, wie in meinem Tagebuch und in den Briefen nachzulesen, ist die Geschichte *des Übels auf Scargrave Manor*. Möge dieser unglückliche Ort im nächsten Jahr freundlichere Stunden erleben als jene, die ich dort im vergangenen Jahr verbrachte.

Kapitel 1

Die Totenglocke

Tagebucheintrag vom 11. Dezember 1802,
niedergeschrieben in den frühen Morgenstunden

»Was hältst du davon?« fragte die Countess von Scargrave. Ihre Finger umklammerten schmerzhaft meinen Ellbogen.

Ich blickte entsetzt auf die liegende Gestalt ihres Ehemanns Frederick; Lord Scargrave* fühlte sich ausgesprochen unwohl – so unwohl, daß ich eine Stunde vor Tagesanbruch an sein Bett gerufen wurde, eine Indiskretion, die der Earl im Vollbesitz seiner geistigen Kräfte niemals geduldet hätte. Ich raffte den Kragen meines Morgenmantels am Hals zusammen und legte meine freie Hand auf die der Countess.

»Ich glaube, dein Mann liegt im Sterben, Isobel«, antwortete ich.

Ihre Finger zuckten krampfhaft unter meiner Hand, dann beruhigten sie sich. »*Im Sterben?* Selbst wenn man es mir tausendmal antworten würde, ich würde es nicht glauben wollen.«

* Eine kurze Erläuterung englischer Titel und Anredeformen dürfte für den Leser, der damit nicht vertraut ist, hilfreich sein. Isobel Collins heiratete Frederick Payne, den Earl von Scargrave, und wurde dadurch die Countess von Scargrave. Sie wurde mit Lady Scargrave angeredet. Da sie jedoch von Geburt eine Bürgerliche war, galt für sie niemals die Anrede Lady Isobel. Dieser Titel war ausschließlich für die Tochter eines Adligen reserviert. Der Earl wird gewöhnlich mit Lord Scargrave angeredet – wobei sein Name vom Titel getrennt wird – und nicht mit Lord Payne, seinem Familiennamen. Dieser kennzeichnet seinen Erben Fitzroy, Lord Payne. – *Die Herausgeberin*

Ich betrachtete meine Freundin mit stummem Mitleid, unsicher, wie ich in dieser Not reagieren sollte. Die Veränderung im Zustand ihres Gatten war in der Tat außergewöhnlich – und war in nur wenigen Stunden erfolgt. Am gleichen Abend hatte der Earl seine Countess zum Tanzen in den Ballsaal von Scargrave geführt und erfreut eine Gesellschaft begrüßt, die sich eingefunden hatte, um auf ihrer beider Glück anzustoßen. Mit seinen achtundvierzig Jahren hatte er gestrahlt wie ein Mensch, der mit einer zweiten Jugend gesegnet wurde. Er war elegant und lebhaft, und seine ganze Erscheinung drückte unbändige Freude aus. Und obgleich er schon früher über Dyspepsie geklagt hatte, überfiel ihn diese Krankheit unvermittelt – und mit einer Heftigkeit, die man kaum einer übergroßen Liebe zu Rotwein und Pudding zuschreiben konnte.

»Hat er während der vergangenen Stunden irgend etwas gegessen oder getrunken?« fragte ich.

Meine Freundin schüttelte den Kopf. »Nur ein Milchgetränk und ein paar Bonbons, die das Dienstmädchen ihm vorm Zubettgehen brachte. Ich glaube nicht, daß er sie schon lange verzehrt hatte, ehe die Krankheit ihn aufs Lager warf.«

Der Geruch der Krankheit des Earls stieg von dem besudelten Bettzeug auf, daß die Hausmädchen nicht wechseln wollten aus Angst, ihm dabei weitere Schmerzen zuzufügen. Sein Atem rasselte in der Kehle, und die Kraft hatte ihn verlassen. Er wirkte benommen und würgte mit einer Heftigkeit, die man gewöhnlich bei jenen beobachtet, die unter der Wirkung eines Abführmittels leiden. Seine Augen waren völlig verdreht und starrten trübe ins Leere, seine Haut war bleich, und sein Gesicht war aufgedunsen. Es war schon schlimm, solche Qual mitansehen zu müssen; sie selbst zu ertragen mußte gräßlich sein.

Während ich mit Isobel an seinem Bett stand und auf den Arzt wartete, der eilends von London herbestellt worden war, stöhnte der Earl gequält auf, kam zitternd von seinen besudelten Laken hoch und umklammerte die Hand seiner Frau. »Lumpenpack!« rief er mit brüchiger Stimme. »Sie wollen mich von innen vernichten!« Dann sank er besinnungslos auf sein Bett zurück und sagte nichts mehr.

Isobel reagierte voller Umsicht. Augenblicklich hatte sie eine feuchte Kompresse zur Hand und half damit ihrem geliebten Mann, und die Heftigkeit der Schmerzen, die seinen armen Leib soeben noch erregt hatte, peinigte ihn nicht mehr.

Der Tod ist mir nicht fremd – zu oft habe ich ihm an der Seite meines geistlich tätigen Vaters beigewohnt, der glaubt, daß weibliche Gesellschaft nötig ist, um ihn in den schrecklichsten Stunden seines Dienstes zu stärken – aber dies war ein Tod, wie ich ihn noch nie gesehen hatte.

Ein eisiger Lufthauch fuhr aus der großzügigen Halle im Parterre durch die Zimmertür. Ich wandte mich schnell um, in der Hoffnung, den Arzt zu sehen, doch es war nur Marguerite, Isobels Zofe.

»Milady«, meldete das kreolische Mädchen, wobei ihr Blick vom Gesicht ihrer Herrin zur schmerzverzerrten Fratze des Earls sprang, »der Doktor ist eingetroffen.« Ihr Gesicht war bleich und ängstlich, und sie machte, während ich sie beobachtete, hastig das papistische Zeichen des Kreuzes auf ihre Stirn und verschwand.

Ich bringe es nicht über mich, das Mädchen wegen solcher Dummheit zu schelten. Sie ist ein einfaches Kind aus Barbados, der Heimat Isobels, das seine Herrin während Isobels Umzug nach England vor nunmehr zwei Jahren begleitet hatte. Marguerite hatte heute nacht weitgehend auf ihren Schlaf verzichten müssen – sie war es gewesen, die mich vor Tagesanbruch zur Countess gerufen hatte. Aber sogar ich, ein Kind des kaltblütigen England und daher weniger anfällig für das Entsetzliche, muß eingestehen, in diesen langen Stunden keinen Schlaf gefunden zu haben. Denn der Earl hat solche Seufzer und Schreie ausgestoßen, daß niemand sich seiner Qual verschließen konnte und jeder innerhalb der Mauern Scargraves um seine Nachtruhe gebracht wurde.

»Lady Scargrave«, grüßte der Arzt in der Türöffnung und unterbrach meine Gedanken. Er schlug die Hacken zusammen und verneigte sich in Isobels Richtung. Er war ein junger Mann, dessen Eifer ihm ins Gesicht geschrieben stand.

»Dr. Pettigrew«, erwiderte die Countess matt und griff sich an den Hals, »Gott sei Dank, daß Sie da sind.«

Wie Isobel es nur ertragen konnte! Seit drei Monaten verheiratet und den Ehemann zu verlieren, den man gerade erst gewonnen hat, schien einer der schlimmsten Schicksalsschläge zu sein. Doch dort stand sie, gesammelt und aufrecht, und wartete mit der schrecklichen weiblichen Gefaßtheit auf das Ergebnis soviel Leids.

Dr. Pettigrew blickte mich kurz an und nickte. Er wischte sich den Schnee von seinem Mantel und reichte diesen Marguerite, die einen ängstlichen Knicks machte und aus dem Zimmer floh. Während der Arzt ans Bett des Earls eilte, versuchte ich seine Gedanken zu erraten. Aber seine Augen waren hinter einer Brille verborgen, und sein Mund zuckte nicht, und ich konnte aus seiner jugendlichen Miene nichts herauslesen. Er griff nach dem Handgelenk des Earls, und der arme Lord Scargrave stöhnte und warf sich auf seinem Kissen herum.

»Laß uns jetzt alleine, liebste Jane«, sagte Isobel und

legte eine kühle Hand an meine Wange. »Ich komme zu dir, wenn ich kann.«

* * *

Und so muß auch ich warten, zurückgezogen in meinem hohen Zimmer mit dem wuchtigen Mahagonibett und zwischen Wandteppichen im Stil des vergangenen Jahrhunderts. Ich ziehe die Knie an die Brust, wickle den Morgenmantel um meine Zehen und blicke zum tausendsten Mal ins Gesicht einer Scargraveschen Ahnherrin, die – ewig jung und kokett und schwindsüchtig bleich – von ihrem Platz über dem Kaminsims auf mich herunterschaut. Es ist ein ernstes Zimmer, ein Zimmer, um ein Kind zu ängstigen und eine Zofe einzuschüchtern; ein Zimmer, das sehr gut zu meiner augenblicklichen Stimmung paßt. Das Feuer ist heruntergebrannt und nur noch rote Glut; meine Kerze spendet mattes Licht und flackert in der stillen Luft wie aufgescheucht durch unsichtbare Flügel. Vielleicht ist es der Todesengel, der über dem großen Hause schwebt. Bei meiner Ankunft erzählte Isobel mir von der Scargrave-Legende: Wenn ein Mitglied der Familie dem Tod begegnet, dann wandelt der Geist des ersten Earls jenseits meiner Tür in Abendgarderobe und mit düsterer Miene durch den Flur. Der Familiengeist könnte heute durchaus über die Dielen schreiten, ganz gleich wie wenig ich etwas Derartiges glauben würde.

Und durch die verschneite Morgendämmerung erklingt das leise Echo läutender Glocken. Sie schlagen neunmal, wie ich bei angestrengtem Lauschen zählen kann – es ist die Totenglocke der Kirche in Scargrave Close, die verkündet, daß der Earl im Sterben liegt. Neun Schläge für das Sterben eines Menschen, und dann eine Pause. Schließlich schlägt die Glocke wieder, insgesamt achtundvierzigmal, einmal für jedes Lebensjahr des Earls. Ich erschauere plötzlich und greife nach Papier, Feder und Tinte, die ich stets bei mir führe. Viel ist an den beiden Tagen seit meiner Ankunft hier auf Scargrave geschehen. Vieles ist noch zu erwarten. Es hilft mir vielleicht, die frühen Morgenstunden zu überbrücken, wenn ich aufschreibe, woran ich mich besonders gut erinnere.

* * *

Nach Scargrave Manor kam ich im letzten Monat des zu Ende gehenden Jahres auf Einladung seiner Herrin, Isobel Payne, Countess von Scargrave, mit der mich seit achtzehn Monaten eine enge Freundschaft verbindet. Wenn ich mir unsere erste Begegnung ins Gedächtnis rufe – ein gegenseitiges Bekanntmachen zwischen ledigen Damen im Pump Room in Bath –, kann ich über die jüngste Entwicklung nur staunen. Isobel, mit ihrem unbeschwerten Humor und ihrer sorglosen Art, so frühzeitig vom Glück gesegnet in Gestalt des Earl, nun gezeichnet von Elend und Verlust! Sie, die voller Güte, voller Großmut ist! Es ist unvorstellbar. Obgleich ich sie nur kurze Zeit kenne, würde ich heute alles in meiner Macht liegende tun, um ihr in ihrer Not beizustehen – so reizend – und so betrübt – ist sie.

Ich schulde der Countess sowohl meine Dankbarkeit als auch meine Achtung. Ich weiß zu gut, wie wenig Aufmerksamkeit sie mir in ihrem augenblicklichen hohen Stand zu schenken braucht. Ein vielbesuchter Ort wie Bath fördert schnelle Freundschaften – Freundschaften, die genauso schnell vergessen werden, sobald der Aufenthalt beendet ist. Aber Isobel entschied, daß ich eine einmalige Persönlichkeit sei, und sobald das erst einmal entschieden war, wurde ich nicht einfach beiseite geschoben. Aber wie dem auch sei, sie hat sehr schnell die Zuneigung der eleganten Freunde ihres Mannes gewonnen und Treue zu ihren eigenen, bescheideneren, bewiesen. In der kurzen Zeit, die wir einander mit unseren Vornamen anreden*, habe ich viele Briefe geschrieben und erhalten, viele Vertraulichkeiten ausgetauscht.

Die Countess ist nunmehr seit vierzehn Tagen von ihrer Hochzeitsreise zurück. Geheiratet hat sie Frederick, Lord Scargrave, vor drei Monaten und ist dann sofort auf den Kontinent gereist. Ihr Mann, der Earl, wollte ihr zu Ehren einen Ball veranstalten, und Isobel bat mich, an dieser Party teilzunehmen. Daß ich gewichtige Gründe hatte, Trost in ihrer Güte zu suchen, will ich nicht leugnen. Ein Besuch auf Scargrave versprach eine willkommene Abwechslung – ein oder zwei angenehme Partner und in der Frivolität des Tanzes vielleicht ein Vergessen für die krassen gesellschaftlichen Fehltritte, die ich mir vor kaum zwei Wochen bei Freunden erlaubt habe. Es war nicht schlimm, daß die Villa des Earls das dritte Heim war, das ich in ebenso vielen Wochen besuchte. Es gibt Zeiten, in denen es kaum zu ertragen ist, sich im Schoß seiner Familie aufzuhalten, und der Umgang mit eher fremden Menschen sich als tröstlicher erweist.

So ging ich dann nach Hertfordshire und flüchtete, um es in aller Kürze anzudeuten, vor einer gelösten Verlobung und dem unbeholfenen Mitleid derer, die mir auf der ganzen Welt am liebsten waren. Ich hoffte lediglich, typisch weibliche Zerstreuung zu finden: bissige und oberflächliche Gespräche über Mode und die

* Zur Zeit Jane Austens war es ein Zeichen tiefer Freundschaft und gegenseitiger Wertschätzung, einen Bekannten mit seinem Vornamen anzureden. Dies war ein Privileg, das im allgemeinen nur dem engsten Familienkreis vorbehalten war. Zwischen miteinander nicht verwandten Männern und Frauen, zum Beispiel, war es nur nach einer erfolgten Verlobung üblich. – *Die Herausgeberin*

Nachbarn, ausgedehnte Winterspaziergänge und einen Wechsel ins Neue Jahr in Gesellschaft einer lieben Freundin, die kürzlich erst geheiratet hatte. Ich hegte keine Hoffnung auf intelligente Unterhaltungen oder darauf, von Leuten umgeben zu sein, die meinen Geist herausforderten. Tatsächlich suchte ich das Gegenteil all dessen, was in meiner Natur stets am stärksten vertreten gewesen war. Meine Anreise von Bath in der Scargraveschen Kutsche stand nicht unter irgendwelchen Vorzeichen einer herannahenden Tragödie. Keine dunklen Schatten drohten, während die Pferde sich durch den verschneiten Park kämpften und mit dampfendem Atem vor den massiven Eichentüren des Hauses anhielten. Nur Wärme und ein Willkommensgruß strahlten aus den zahlreichen Fenstern der breiten Hausfassade – ein freundlicher Anblick in der Abenddämmerung eines Wintertages, der allen Ruhe und leibliches Wohl verhieß, die sich in seine Mauern begaben. Ich kann wohl behaupten, daß ich ohne die geringste Vorahnung eines Unglücks aus der Kutsche stieg.

Ebensowenig hatte ich an diesem Abend eine Vorahnung drohenden Unheils, als ich mich auf den festlichen Ball des Earls vorbereitete. Isobel hatte mir ihre Zofe Marguerite ausgeliehen. Nachdem sie sich um die Toilette ihrer Herrin gekümmert hatte, sollte sie nun versuchen, auch mir dabei behilflich zu sein. Ich kann Ihnen versichern, daß die Verschiedenheit der äußeren Erscheinung von Isobel und mir offensichtlich ist. Während Marguerite ihrem Unmut über die Knitterfalten in meinem Kleid – eine unvermeidbare Folge meiner Reise – lautstark Luft machte, griff ich nach meinem Schreibzeug und schrieb an meine liebe Schwester Cassandra. Es ist ein Brief, den ich, so fürchte ich, vernichten muß, ohne ihn aufgegeben zu haben – denn schon bald habe ich andere Neuigkeiten mitzuteilen, neben denen die Nachricht vom vergangenen Abend sich als zu unbedeutend ausnehmen dürfte.

Meine liebe Cassandra,
ich bin sicher in Hertfordshire eingetroffen und freue mich bereits unbändig auf den Ball, den der Earl von Scargrave zu Ehren seiner Frau veranstaltet. Ich muß es als einen Wink des Schicksals verstehen, daß Isobels Einladung mich so kurzfristig nach meinem eigenen leidvollen Erlebnis erreichte. Bitte verzeih mir meine überstürzte Flucht. In meinem derzeitigen verwirrten und niedergeschlagenen Zustand konnte ich nicht bei Bruder James bleiben – du weißt ja, wie wenig ich die Mühsal eines *tête-à-tête* mit Mary ertragen kann. Ich will nicht behaupten, daß mein Bruder mir heftige Vorhaltungen machte, weil ich Mr. Bigg-Wither zurückwies; aber ich mußte mir einen halbstündigen Vortrag über das Schicksal verarmter alter Jungfern anhören. Mir wurde klargemacht, daß ich meinen Lebensunterhalt und mein Ansehen (bei zwanzig Pfund jährlich!) der Gesundheit unseres Vaters zu verdanken hätte und daß ich ohne Ehemann auf die geringen Rücklagen meines Bruders angewiesen wäre, sobald der Teure verstorben ist. Nachdem ich mir James' Ausführungen angehört habe, bin ich mehr denn je entschlossen, die Veröffentlichung meines kleinen Buchs voranzutreiben, denn ich muß mir auf irgendeine Weise meine Unabhängigkeit verdienen. Es ist besser, die Literatur geschäftsmäßig zu betreiben als die Ehe, denn aus rein kommerziellen Motiven zu heiraten, ist für mich von allen Dingen das verwerflichste.*

* Der Roman, auf den Jane sich bezieht, trug anfangs den Titel *Susan*. Er war 1803 fertiggestellt und für zehn Pfund an einen Verleger verkauft worden und im Jahre 1816, als Jane ihn vom Käufer zurückerhielt, noch nicht veröffentlicht worden. Unter seinem neuen Titel *Northanger Abbey* erschien er 1818 posthum. – *Die Herausgeberin*

Aber lassen wir James dort, wohin er gehört, an der Seite seiner unglücklichen Frau – ich stelle fest, daß ich aufhören muß, denn die Zofe kommt herein, um mich für das Fest zu frisieren. Allerdings wüßte ich nicht, was mit fast siebenundzwanzig getan werden kann, um mein Haar zu verschönern, was nicht bereits mit achtzehn versucht worden wäre. Du wirst schockiert sein, wenn du erfährst, daß ich meinen bequemen Hut gegen eine Feder eingetauscht habe, die in ein mit Perlen verziertes Band gesteckt wird, das auf der Stirn getragen wird; zwei gelockte Strähnen hängen wie Trauben vor meinen Ohren, ähnlich wie bei der Jagdgöttin Diana. Ich wage zu behaupten, daß ich recht lächerlich aussehe, aber auch eine solche Veränderung ist mir im Moment durchaus willkommen. Und nun, meine liebste Schwester, wünsche ich Dir eine gute Nacht und sage adieu.

Mit den allerherzlichsten Grüßen
J. A.

Ich trug mein gelb gemustertes Seidenkleid, das feinste Stück, das ich besitze, obgleich zugegebenermaßen modisch längst überholt, und ich hatte den Kopf hoch erhoben, als ich zusammen mit Isobel den Ballsaal betrat. Der große Raum erstrahlte im hellen Schein der Kerzen, die in vergoldeten Haltern vor den Glasflächen brannten, welche die Wände verkleideten, so daß wir uns zwischen hohen Bäumen und Ästen voll brennendem Laub zu bewegen schienen. Bevölkert wurde der Raum von einer schillernden Versammlung von Gentlemen und Ladies, mindestens hundert, die aus Hertfordshire und aus dem fernen London kamen. Für jemanden mit meinen Mitteln dürfte es unmöglich sein, mit der Pracht von Scargrave zu konkurrieren, geschweige denn mit dem Freundes- und Bekanntenkreis des Earls. Aber ich wappnete mich mit dem Wissen um Isobels Liebenswürdigkeit und hielt auf diese Weise den schiefen Blicken der anderen Gäste stand.

Die Countess von Scargrave bot einen herrlichen Anblick in dunkelgrüner Seide, ein Kleid, das sie erst kürzlich in Paris erstanden hatte. Daß sie schon immer einen ganz speziellen Stil gepflegt hat, ist unwidersprochen. Aber nun dürfte sie auch über die Mittel verfügen, um ihn sich leisten zu können – und das Vermögen des Earls könnte kaum besser angelegt werden. Isobel ist eine große Frau mit einer schlanken und wohlgeformten Figur. Man ist sich einig darin, daß ihr Haar ihr außergewöhnlichstes Merkmal ist. Es ist kräftig und von einem dunklen, glänzenden Rot, das stets die Aufmerksamkeit aller auf sich zieht. Was mich betrifft, so muß ich zugeben, daß ihre Augen ihr größter Vorzug sind – sie sind dunkel wie alter Sherry und mit langen Wimpern versehen. Die Reize ihrer Erscheinung wären allerdings nichts wert ohne die Anmut, die gewöhnlich ihr gesamtes Auftreten bestimmt. Heute abend, als sie im Mittelpunkt des Balls stand, war sie wirklich bezaubernd, vor allem dann, wenn sie durch den Raum schritt und lachend den Kopf nach hinten neigte.

Ich stellte neidlos fest, daß die anderen Isobels Schönheit und Charme ebenso bewunderten, und für einen kurzen Moment empfand ich mich neben ihr als blassen Schatten. Um seine Sorgen in der Ausgelassenheit eines Balles zu vergessen, muß man, gezwungenermaßen, *tanzen* können. Und dazu ist ein Partner erforderlich. Im fortgeschrittenen Alter von fast siebenundzwanzig Jahren lernte ich die Angst vor jüngeren Frauen kennen. Ich hatte während der letzten Gesellschaft in Bath mehrere Tänze lang sitzen müssen, während unreife Dinger von fünfzehn sich auf der Tanzfläche das Herz aus dem Leib wirbelten und hüpften, und ein völlig ungewohnter Neid hatte mein Glücksgefühl vergiftet. Ich zitterte innerlich bei dem Gedanken, daß ich heute abend auf Scargrave das gleiche Schicksal erleiden würde, aber Isobel erwies sich als so umsichtig, wie ich es insgeheim erwartet hatte, und machte mich sofort mit mehreren Gentlemen in ihrem Kreis bekannt.

Der erste war Fitzroy, Viscount Payne, der Neffe ihres Mannes. Lord Payne ist der einzige Sohn des jüngeren Bruders des Earls, welcher schon seit vielen Jahren verstorben ist. Wenn der Earl und Isobel keine Söhne bekommen, wird Lord Payne nach dem Tod des Earls den Titel erben. Als lediger Mann und mit einem ansehnlichen Vermögen gesegnet, müßte er eigentlich auf der Suche nach einer Ehefrau sein. Daher richteten sich an diesem Abend auf Scargrave die Blicke vieler voller Hoffnung und Berechnung auf ihn.

Dem wenigen nach zu urteilen, was ich von Fitzroy Payne bisher gesehen habe, glaube ich, daß er mich ebenso wie jede andere Dame mit seiner Aufmerksamkeit und seiner Führung beehren würde. Tatsächlich dürfte sein Herz nicht so leicht zu entflammen sein – und ich vermute, daß es bereits an jemand anderen vergeben ist. Lord Payne ist ein ernster Gentleman von sechsundzwanzig Jahren. Obgleich er ausgesprochen attraktiv ist, strahlt er soviel Zurückhaltung aus, daß seine Reaktion kaum darauf gerichtet war, meinen Geist aufzumuntern. Während Isobel meinen Namen aussprach, blickte er ständig auf einen Punkt über meinem Kopf, schlug knapp die Hacken zusammen und machte einen tiefen Diener – entbot mir jedoch kein Wort des Grußes.

Danach mußte ich den ältesten Sohn der verstorbenen Schwester des Earls kennenlernen. Mr. George

Hearst ist ein stiller Herr von siebenundzwanzig und mit der Verwaltung seines eigenen Bauernhofs betraut, eine Aufgabe, die ihm, wie ich von Isobel erfahren habe, überhaupt nicht gefällt. Er möchte viel lieber die heiligen Weihen mit der Aussicht empfangen, eine der drei Pfründe, über die der Earl bestimmt, zu erhalten, sobald die nächste frei werden sollte. Bleich und hager, die Augen umflort von einer Sorge, die ekklesiastisch sein muß, besitzt er alle Merkmale eines Mannes, der lange mit seinem Gott Zwiesprache gehalten hat. Sein schwermütiges Auftreten und sein finsterer Blick inmitten von soviel Vergnügtheit legten sich wie ein Leichentuch auf alle direkt in der Nähe befindlichen, was sogar ich, eine Fremde, sehr deutlich wahrnahm. Mr. George Hearst bedachte mich mit einem gleichgültigen Kopfnicken und wandte sich dann sofort wieder seinen Gedanken über das Grab im allgemeinen zu, zumindest schloß ich das aus seiner steinern abweisenden Haltung.

Dann beeilte Isobel sich, mich mit Lieutenant Thomas Hearst bekannt zu machen, dem jüngeren Bruder des Geistlichen. Die beiden Brüder waren so grundlegend verschieden, wie zwei Männer, die aus ein und derselben Verbindung entsprungen sind, nur sein können.

Tom Hearst hat eine Lebensstellung in einem hervorragenden Kavallerieregiment inne. Sein Gesicht ist von Lachfalten durchzogen. Er hat widerspenstige Locken, die zu hüpfen scheinen, wenn er sich zum Handkuß vorbeugt, und einen Charme, der zweifellos so manche elegante Miss zu Tränen und Seufzern hat zerfließen lassen. Daß der Lieutenant in seiner dunkelblauen Kavallerieuniform eine elegante Erscheinung ist und mit mehr Begeisterung als Geschick dem Tanze frönt, darf ich bereitwillig kundtun. Als Isobel ihn vorstellte, beugte er seinen Lockenkopf in bereits beschriebener Weise vor und bat mich sofort um den nächsten Tanz. Und so erholte ich mich augenblicklich von meiner Unruhe und schickte mich an, den Charakter des Lieutenants ein wenig zu ergründen.

Ich brauchte nicht lange zu suchen. Beim Auftauchen eines blonden Schopfs, der über meiner Schulter erschien, und beim Duft von Veilchen, der in meine Nase drang, wandte ich mich um und erblickte Miss Fanny Delahoussaye, herausgeputzt in einem pfauenblauen Kleid, das ihren beträchtlichen Busen wirkungsvoll unterstrich. Miss Delahoussaye lachte ein wenig atemlos – zweifellos die Folge von zuviel Aktivität und zu wenig Korsettschnürung – und richtete mit draller Hand ihre Frisur.

»Nun haben auch Sie diesen Schuft Tom Hearst kennengelernt«, sagte sie und zwinkerte mir zu. Miss Fanny ist Isobels Cousine aus Barbados, eine gesunde Frau von jugendlicher und üppiger Erscheinung, allerdings mit bedauernswertem Mangel an Verstand. »Ich nehme an, er hat Sie für einen oder zwei Tänze in Beschlag genommen, und nun muß ich mir einen Partner suchen. Sicherlich hätte Tom meine ganze Karte ausgefüllt«, fügte sie hinzu und zeigte jenen geschmackvollen Papierstreifen, der an ihrem Fächer befestigt und bereits mit den Namen eifriger Bewerber vollgeschrieben war, »wenn er nicht soviel Feingefühl hätte und nicht allzu dreist erscheinen wollte.«

»Ist Lieutenant Hearst denn ein Mann mit soviel Feingefühl?« erkundigte ich mich und entwickelte plötzlich mehr Interesse an Miss Delahoussaye.

»Oh, mein Gott, nein!« rief sie aus. »Ein roher Taugenichts, wie es kaum je einen zweiten gab! Aber Tom hat soviel Angst vor Mamma« – dabei deutete sie mit einem Kopfnicken, das ihre blonden Locken fliegen ließ, in Madame Delahoussayes Richtung – »daß er übervorsichtig ist. Ich bin sicher, daß ich nicht halb soviel Angst vor ihr zu haben bräuchte. Es ist nicht so, als hätte ich einen Bruder, wissen Sie, der sich mit ihm schlägt und ihn vertreibt.«

»Weshalb sollte sich denn überhaupt jemand mit dem Lieutenant schlagen?« fragte ich ein wenig verwirrt.

»Nun, weil er mich liebt, natürlich«, erklärte Fanny und gab mir mit dem Fächer einen Klaps auf die Schulter, »und sein Vermögen kann sich kaum mit meinem messen. Und wenn ich wirklich einen Bruder hätte, der sich mit ihm schlagen könnte, dann wäre es sehr schlimm für uns. Denn Sie müssen wissen, daß Tom nach Scargrave gekommen ist, nachdem er einen Mann in einer Ehrensache getötet hat.«*

Da meine Betroffenheit über diese Information in meinem Gesicht zu lesen war, lachte Miss Delahoussaye laut auf. »Ich wundere mich, daß Sie davon noch nichts gehört haben, Miss Austen! Mein Gott, es ist das Gesprächsthema im ganzen Saal! Tom hat für einige Zeit sein Regiment in St. James verlassen, bis der Skandal sich ein wenig legt. Obgleich ich sicher bin, daß er sich niemals auf eine solche Angelegenheit eingelassen hätte, wäre er nicht grausam beleidigt worden.« Dabei versuchte Miss Delahoussaye ernst dreinzublicken, doch in ihren blauen Augen funkelte der Beifall für den schrecklichen Lieutenant.

* Einen Gegner im Duell zu töten, galt in England als Mord, und häufig mußte der Überlebende das Land fluchtartig verlassen, wenn er nicht vor Gericht gestellt werden wollte. Zu Beginn des achtzehnten Jahrhunderts jedoch blickte man gelegentlich über die Praxis des Duellierens hinweg – speziell in Kreisen des Militärs, für die die persönliche Ehre genauso wichtig war wie Reichtum oder adliges Geblüt. Da Lieutenant Hearst Kavallerieoffizier ist, obliegt es seinen Vorgesetzten, über sein Schicksal zu entscheiden. – *Die Herausgeberin*

»Zweifellos«, entgegnete ich, obgleich verwirrt über ihren Gleichmut im Angesicht einer solchen Tat. »Allerdings wissen wir nicht, um was es ging.«

»Das werde ich herausbekommen«, sagte Miss Fanny entschlossen, »denn die Affären der Offiziere sind für mich die romantischsten auf der ganzen Welt! Finden Sie das nicht auch, Miss Austen? Ist ein Offizier nicht jedem anderen Mann vorzuziehen?«

»Ich hatte niemals angenommen, daß sie mit einem besonderen Verdienst gesegnet sind –« begann ich, wurde aber mitten im Satz unterbrochen.

»Dann können Sie Tom nicht genauso schätzen wie ich, und ich brauche Ihre Reize nicht länger zu fürchten. Er ist ganz wild nach mir, Miss Austen. Denken Sie daran, wenn Sie mit ihm tanzen.« Und indem sie ihr pfauenblaues Kleid zusammenraffte, ließ Fanny Delahoussaye mich stehen.

Es war erst neun Uhr, und leichte Erfrischungen standen in einem Raum bereit, der ein Stück vom großen Saal entfernt war. Eine bunte Schar Gentlemen und Ladies schlenderten zwischen den langen Tischen umher, bedienten sich mit Eis und Champagner, mit kalter Gans und Süßspeisen, die aus den Küchen Scargraves mit atemberaubender Gleichgültigkeit gegenüber dem Aufwand herangeschafft wurden. Ich betrachtete diese Prozession Unbekannter, von denen einige wirklich sehr fein wirkten, und für einen kurzen Moment wünschte ich mich an den Kamin in meinem Zimmer zurück mit einem guten Buch als einziger Gesellschaft. Aber Isobel hatte meinen Arm ergriffen, und ich sollte nicht so schnell entlassen werden.

»Nun siehst du, was es heißt, eine verheiratete Frau zu sein, Jane«, erklärte meine Freundin mit einem schelmischen Lächeln. »Es wird von einem erwartet, auf Erfrischungen zu verzichten, damit andere tanzen können. Du darfst essen, was dein Herz begehrt, aber ich muß meinem Ehemann gestatten, mich zum Tanzen zu führen, oder ich setze mich der Verachtung meiner Gäste aus.« Daraufhin wurde Isobel vom Earl weggezogen und schritt mit ihm zum Kopfende des Saals. Andere, die genauso begierig waren, am fröhlichen Geschehen teilzunehmen, stellten sich paarweise neben ihnen auf, während die Musiker das nächste Stück anstimmten.

Ich kam mir von meinem Partner Tom Hearst verlassen vor und wußte nicht, ob ich mir die Rückkehr eines solchen Mannes wünschen sollte oder nicht. Aber meine Unschlüssigkeit war nur von kurzer Dauer. Die Menge teilte sich, ein gelockter Kopf erschien und verbeugte sich in meine Richtung. Und ich stand in der hitzigen Erregung des ersten Tanzes dem Lieutenant gegenüber, keine vier Paare vom Earl und seiner Lady entfernt.

Das Wissen, daß Lieutenant Hearst einen Mann getötet hatte, verdrängte jeden anderen Gedanken in meinem Kopf, aber da es unmöglich ist, die Figuren zu tanzen, ohne wenigstens einen Versuch zu einem Gespräch zu machen, suchte ich verzweifelt nach einem ersten Wort. Ich fürchte, ich errötete und starrte zu Boden und erschien so dämchenhaft wie möglich, womit ich dem Lieutenant ein ebenso ungenaues Bild von mir vermittelte, wie vielleicht Miss Delahoussaye es von ihm gezeichnet hatte. Meine stumme Verwirrung hemmte ihn, auch nur eine einzige Silbe zu äußern. Und so mühten wir uns für die Dauer eines halben Tanzes in absoluter Dummheit ab. Aber von allen Dingen, die ich verabscheue, ist für mich ein stummer Partner das schlimmste – und indem ich meine Angst vor gezückten Pistolen im Morgengrauen verdrängte, suchte ich Zuflucht zu den zaghaften Neckereien einer Lady.

»Ich habe Ihre Abwesenheit gut genutzt, Lieutenant, um mich über Ihren Charakter zu erkundigen«, begann ich.

Ein fröhlicher Blick drang unter einer gerunzelten Augenbraue hervor. »Und bin ich es wert, von Ihrem Handschuh berührt zu werden, Miss Austen?«

»Ich habe erfahren, daß Sie überall als Mann von Charme und Intelligenz betrachtet werden, daß sie ein für Tapferkeit und schnelles Aufbrausen bekannter Offizier sind; daß Sie sehr viel Zeit auf dem Pferderükken im Park verbringen und daß Ihnen Hammelrükken lieber ist als Roastbeef, von dem Sie an diesem Abend zutiefst enttäuscht waren.«

»Nein!« rief er aus, legte den Kopf in den Nacken und lachte schallend. »Und sollen wir gleich noch meine Schuhgröße hinzufügen und kundtun, daß ich maßgeschneiderte Kleidung bevorzuge?«

»Dies waren Informationen, die ich mir nicht durch Zurückhaltung beschaffen konnte«, erwiderte ich, »aber wenn Sie noch einmal so schnell verschwinden, werde ich es ganz gewiß herausbekommen.«

Gut gelaunt begann der Lieutenant nun ganz ungezwungen zu reden, erkundigte sich mit zunehmendem Interesse nach meinem Leben in Bath und meinen Familienverhältnissen. Ich hingegen erfuhr sehr schnell, daß er der Sohn von Lord Scargraves Schwester Julia ist, die schon viele Jahre unter der Erde liegt, und daß sein Vater ein zügelloser Schurke war. Nachdem er Lady Julia in tiefe Not gestürzt hatte (denn so interpretierte ich die ein wenig wohlwollendere Wortwahl des Lieutenants), war der ältere Mr. Hearst vernünftig genug, seine Söhne ihrem Bruder anzuvertrauen und zum Kontinent aufzubrechen, wo er kurz darauf in den Armen einer Geliebten starb. Lord Scargrave hatte in den letzten zwanzig Jahren die Hearst-Jungen großgezogen, und es wäre nur naheliegend, wenn sie ihn als einen Vater betrachteten.

Der Lieutenant fügte hinzu, daß er der Schule überdrüssig geworden war, während er noch in Eton weilte, und daß er Oxford zugunsten der verlockender glitzernden militärischen Ränge verlassen wollte. Und daß er zur Zeit Angehöriger der Royal Horse Guards ist, in St. James wohnt und sich wegen der Weihnachtsferien auf Scargrave aufhält. Allerdings vertraute er mir nicht an, daß es ein *erzwungener* Urlaub war, da er kürzlich einen Menschen getötet hatte.

Nachdem ich einige Zeit in Lieutenant Hearsts Gesellschaft verbracht hatte, mußte ich mich fragen, ob Miss Delahoussayes romantische Anwandlungen sie bei dem bißchen Verstand, den sie besitzt, nicht irregeleitet hatten. Denn der Lieutenant scheint ebensowenig einen Menschen töten zu können wie mein lieber Bruder Henry.

Zu allerlei Scherzen aufgelegt, gerne und häufig lächelnd, unfähig, jemanden zu verletzen, ist Tom Hearst ein einziger Sonnenstrahl. Aber wie die Sonne kann er auch verbrennen, wenn man es am wenigsten erwartet. Wir hatten etwa eine halbe Stunde lang getanzt und näherten uns dem Ende, als er die Rede auf Isobel brachte, und das mit einiger Impertinenz.

»Ich könnte mich fast darüber freuen, daß mein Onkel geheiratet hat«, sagte er und ergriff meine Hand, während ich den Platz mit meinem Nachbarn tauschte, »wenn die Freundin meiner Tante sich als so erfrischend erweist.«

»Haben Sie sich denn nicht gefreut, ehe ich nach Scargrave kam?«

Ein nervöser Blick, als hätte er zuviel verraten, war meine Belohnung, und ein Lachen. »Was mich betrifft«, erwiderte der Lieutenant, »denke ich einzig und alleine an das Glück meines Onkels. Aber andere erkennen darin vielleicht ein profaneres Interesse.«

»Ich will gar nicht erst so tun, als würde ich Sie verstehen.« Ich wandte ihm bei der Ausführung einer Tanzfigur kurz den Rücken zu und fing Isobels Blick auf, als sie an der Reihe der Tanzenden entlangschritt.

»Sie müssen sich darüber im klaren sein, Miss Austen«, sagte Lieutenant Hearst, »daß ein älterer Mann ohne eigene Kinder seine Familie in tiefe Enttäuschung stürzt, wenn er sich Erben sucht.«

»Mit einem Vater, der über siebzig ist, würde ich achtundvierzig nicht älter nennen«, erwiderte ich und wandte mich wieder zu ihm um.

»Oh! Natürlich nicht! Aber ich habe es eher rein formal gemeint. Ich bezweifle jedoch nicht, daß mein Vetter, der Viscount« – dies mit einem Seitenblick auf Lord Payne, der mit Fanny Delahoussaye das übernächste Paar bildete – »solche Gefühle weitaus stärker hegt als ich. Obgleich Lord Payne die Countess als die liebste unter seinen Freunden und Bekannten zu betrachten scheint, muß selbst er sich der Gefahr für sein Vermögen bewußt sein. Wenn mein Onkel einen Erben bekommt, verschlechtern Lord Paynes Aussichten sich entscheidend.«

»Ihr Sorge um die Finanzen ihres Vetters könnte jede Rüge besänftigen«, erwiderte ich, »aber das Glück Ihres Onkels sollte materielle Belange überwiegen.« Daß ich mich darüber wunderte, daß er derart persönliche Dinge gegenüber einem völlig Fremden zur Sprache brachte, brauche ich wohl nicht hervorzuheben. Aber es hielt mich kaum davon ab, das Thema weiterzuverfolgen.

»Oh! Das Glück meines Onkels«, sagte der Lieutenant und richtete den Blick auf Lord Scargrave, der gerade in lautes Gelächter ausbrach, während er seine elegante Frau durch die Tanzfiguren dirigierte. »An seinem Glück kann es keinen Zweifel geben. Wir alle sollten etwas Derartiges mit achtundvierzig erleben. Aber da wir mit nur der Hälfte seiner Jahre gesegnet sind, Miss Austen, verlassen wir doch dieses ernste Thema und reden über andere Dinge. Waren Sie schon oft in Hertfordshire?«

Nachdem er wieder zur Vernunft gekommen war, wie es schien, parlierte der Lieutenant äußerst charmant, bis die Musik verstummte, und dann neigte er sich wieder tief über meine behandschuhte Hand. Nachdem er ernsthaft um die Gunst eines weiteren Tanzes gebeten und sich angehört hatte, wie ich mich mit leichter Erschöpfung entschuldigte, begab er sich auf die Suche nach einem Glas Weinpunsch.

Ich schaute ihm einen Moment lang nach und rief mir seine Worte noch einmal ins Gedächtnis, dann schüttelte ich den Kopf und beschloß, nicht mehr an ihn zu denken. Tom Hearst ist doch ein Halunke, ein Lebemann und wahrscheinlich auch ein gefährlicher Bursche mit seinem ansprechenden Gesicht, seiner lebhaften Art zu Tanzen und seinem zwanglosen Benehmen. Ein Mann, der mit einer Frau macht, was er will, nachdem er erst einmal ihr Herz erobert hat.

Kapitel 2

Auftritt Lord Trowbridge

11. Dezember 1802, Fortsetzung

Der seltsamste Vorfall, den ich gestern abend erlebte, hatte seinen Ursprung in der Ankunft eines Mannes – eines Gentleman und Fremden, aber eine derart üble Erscheinung, daß es mich fröstelt festzustellen, daß er immer noch unter unserem Dach weilt, während der Earl im Sterben liegt. *Er* ist der wesentlichste Teil dessen, was ich als Leben auf Scargrave Manor verstehe. Und ich muß mir bei meiner Freundin Isobel eine Erklärung holen, da er wegen ihr gekommen war.

Ich verfolgte gerade Lieutenant Hearsts Suche nach dem Weinpunsch, als Isobel neben mir erschien. Ihr Gesicht rötete sich allmählich, und ihre braunen Augen strahlten.

»Meine Liebe Jane! Ist das nicht ein wundervoller Ball? Hat sich hier nicht eine elegante Schar versammelt? Und trotzdem habe ich mich bei meinem Mann entschuldigt, damit ich dir ein wenig Gesellschaft leisten kann«, sagte sie und ergriff meine Hand. »Komm mit in diese ruhige Nische dort und erzähl mir, was du bisher erlebt hast, denn seit deiner Ankunft hatte ich noch keine Zeit, mich um dich zu kümmern.«

Sie führte mich zu einem Sofa, das in einem Alkoven stand, um von dort aus das Ballgeschehen zu beobachten, während wir uns ungestört unterhielten. Ich gestand, daß ich nach Lieutenant Hearsts Tanzbegeisterung und lebhafter Unterhaltung ein wenig müde sei und ließ mich erleichtert auf die Polster sinken.

»Ich hatte gehofft, ich könnte dir viel Glück wünschen, meine liebe Jane«, begann Isobel, »aber du bist entschlossen, mir diese Freude zu versagen. Nein, lauf nicht weg«, fügte sie hinzu, als ich ein wenig verletzt reagierte, »weil du vielleicht befürchtest, daß ich dich schelten könnte – im Gegenteil, ich bewundere dich. Ja«, bekräftigte sie, als ich protestieren wollte, »ich bewundere deinen Mut. Man findet nur selten eine Frau, die ihr persönliches Glück für wichtiger erachtet als ihre Angst vor der Zukunft. Du hast Mr. Bigg-Wither abgewiesen, hast sein Angebot für ein Zuhause, eine Familie und die Bequemlichkeiten, die solches verspricht, ausgeschlagen, um deine Unabhängigkeit zu behalten. Und das trotz der Ratschläge aller, die dir nur das beste wünschten und die Verbindung vehement befürworteten. Was für eine Kraft!«

»Wenn du Mr. Bigg-Wither kennen würdest, sähst du mich sicher nicht in diesem edlen Licht«, sagte ich. »Es kann keinen zweiten Mann im Lande geben, bei dem eine Zurückweisung so zwingend ist. Bemerkenswert ist allein, daß ich ihn überhaupt akzeptiert habe, und wenn auch nur für die Dauer eines Abends. Der Gedanke an ein ewiges *tête-á-tête* mit Mr. Bigg-Wither vor einem häuslichen Kamin; die endlose Sorge um Mr. Bigg-Withers Teekanne; die Möglichkeit kleiner Bigg-Withers, alle ebenso langweilig wie ihr Vater – diese Alpträume reichten aus, um mich bis zum Morgen zu ernüchtern.«

»Aber wenigstens waren deine Alpträume nur von kurzer Dauer, Jane.« Isobel glättete die eleganten Falten ihres grünen Seidenkleids, wobei ihr Gesicht ernst wurde. »Es gibt zu viele Ladies, fürchte ich, die während der gesamten Dauer ihrer Ehe darunter leiden. Es ist besser, einen Bewerber zurückzuweisen, als ständig über den Fehler nachzudenken, den man einst gemacht hat.«

»In der Tat. Hätte ich mein Leben mit dem von Mr. Bigg-Withers verbunden, wäre die Verbindung nur von kurzer Dauer gewesen, denn ich wäre noch vor dem Wochenende an Schlaflosigkeit gestorben.«

Ich wollte einen Scherz machen, aber in Wahrheit hat die Entscheidung, Mr. Bigg-Wither von Manydown Park nur vierundzwanzig Stunden nach meinem Ja-Wort zurückweisen – übrigens zur Freude meiner lieben Freunde, seiner Schwestern – mir viel Schmerz und Kränkung eingebracht. Er ist der Erbe ausgedehnter Ländereien in Hampshire, und seine Position und sein Vermögen wären für jede Lady eine Eroberung gewesen, speziell für jemanden wie mich, deren Mittel in krassem Gegensatz zu seinen stehen und die die Blüte ihrer Jugend längst überschritten hat. Trotz all dessen, was gegen meine Person spricht, hatte Mr. Bigg-Wither mich fast von dem Moment an, als ich vor einigen Wochen Manydown House zum erstenmal betrat, als Gefährtin für sein zukünftiges Leben ausersehen. Sein Antrag war durchaus erfreulich, da er ohne auch nur den Anschein einer Werbung erfolgte. In einem Anfall von Dankbarkeit – nein, ich muß ganz ehrlich sein –, in einem Anfall von *Eitelkeit* nahm ich an.

Aber er ist sechs Jahre jünger als ich und ein linkischer, trübsinniger Zeitgenosse, der auch noch heftig stottert. Und all seine Entschlossenheit konnte ihn nicht zu einem besseren Manne machen. Da ich sicherlich versuchen würde zu verändern, was die Natur aus Harris Bigg-Wither gemacht hatte, konnte ich ihm eigentlich nur Leid zufügen, wenn ich seinen Antrag annahm. Mein Selbsterhaltungstrieb und meine Überzeugung, daß eine Ehe ohne Liebe die schlimmste Form von Heuchelei ist, verlieh mir die Kraft, ihn nach einer schlaflosen Nacht darüber zu informieren, daß es ein Irrtum war, ihn zu ermutigen. Gleichzeitig versicherte ich ihm, daß ich wohl kaum die Frau sei, die ihm im Stand der Ehe zu Glück verhelfen würde. Ich verließ Manydown kaum eine Stunde später in tiefer Verzweiflung, meiner gewiß, daß ich nicht nur einen Freier, sondern auch einen Teil meiner liebsten Freunde verloren hatte.

»Und nun bist du nach Scargrave gekommen, um deine Sorgen in einem Wirbelwind der Unbeschwertheit zu vergessen«, sagte Isobel, legte ihre nachdenkliche Miene ab und griff erneut nach meiner Hand. »Wir werden dafür sorgen, daß es dir auch gelingt. Ich werde einen jungen Mann finden, der dir seine Aufmerksamkeit schenken, der dir schmeicheln und dir den Kopf verdrehen soll, auf daß Harris Bigg-Wither und sein Stottern in den tiefsten Tiefen deines Gewissens untergehen.«

»Nein, Isobel«, protestierte ich, »mach dir keine Mühe, weiterhin zu suchen. Ich denke, Lieutenant Hearst wird meinen Ansprüchen vollauf gerecht. Er sieht gut aus und ist charmant ohne den geringsten Hinweis auf ernsthaftere Gefühle, und er besitzt so gut wie keinen Penny. Er ist der rechte Partner für eine mitgiftlose Pfarrerstochter. Wir können durchaus von ihm erwarten, daß er mich ruiniert und dann den Heldentod vor Bonapartes Kanone findet, woraufhin ich mich in einen Mühlteich stürze und in Wein und Gesang zu einer Berühmtheit werde. Besitzt Scargrave überhaupt einen Mühlteich, Isobel?«

»Nimm dich in acht, Jane«, sagte meine Freundin und hatte Mühe, ernst zu bleiben, »Tom Hearst ist ein reizender Schuft, aber fähig, jemanden in tiefes Leid zu stürzen. Ich wünschte, er wäre nicht so sehr das Objekt der Aufmerksamkeit meiner Kusine Fanny, denn er hat es geschafft, daß sie sich schon so weit vergißt, daß sie gelegentlich geradezu lüstern erscheint –

und nichts, wie du weißt, liegt ihrem Charakter ferner.«

»Gewiß« pflichtete ich ihr bei, allerdings setzte ich kein ganz so großes Vertrauen in Miss Delahoussayes Charakter, »aber genug von meinen Sorgen, Isobel.« Ich betrachtete meine Freundin, die ganz und gar die Countess darstellte von den Perlenschnüren, die in ihr dunkles Haar geflochten waren, bis hin zum modisch schlanken Schnitt des Oberteils ihres Kleides. Ich hatte bisher nur einmal einen derartigen Ausschnitt gesehen – auf einem Bild von Bonapartes Gefährtin, Josephine, in einem Londoner Journal. Isobel war wie geschaffen, um so etwas zu tragen. Aber während ich ihr Antlitz studierte, sah ich zu meinem Leidwesen Spuren der Anspannung um ihre hübschen Augen – als ob sie, bei der man von allen meinen Bekannten am wenigsten damit rechnete, in letzter Zeit sehr schlecht geschlafen hätte. Vielleicht erwies sich die Anpassung an die Position ihres Mannes im öffentlichen Leben als eine zu schwere Bürde.

»Wie geht es dir denn, Isobel?« fragte ich behutsam. »Nach diesen drei Monaten Ehe?«

»Wie es mir geht? Was soll ich viel von mir erzählen?« Sie schien sich krampfhafter um Unbeschwertheit zu bemühen, als meines Erachtens notwendig gewesen wäre. »Ich bin das, was du vor dir siehst, eine alte verheiratete Frau, deren Abenteuer endgültig der Vergangenheit angehören.«

»Es scheint dir gut zu gehen.«

»Das freut mich zu hören«, sagte sie, und ein Schatten glitt über ihre Züge, »denn ich gebe mir sehr viel Mühe. Ich möchte nicht, daß mein Mann annimmt, ich könnte etwas anderes sein als glücklich. Auf diese Art und Weise setze ich meine Energien gezielt ein.«

»Isobel –« Plötzlich wurde ich von einer Ahnung ergriffen. »Was ist denn los? Du bist doch geradezu das fleischgewordene Glück.«

Aber sie schien nicht auf meine Worte zu achten, sondern beobachtete aufmerksam irgendein Geschehen am anderen Ende des Ballsaals. »Jane!« flüsterte sie, umklammerte meinen Arm, während ihr Gesicht ganz weiß wurde und ihre braunen Augen sich unvermittelt weiteten. »*Er* ist da. Er besaß die Unverschämtheit, bereits am ersten Tag nach meiner Rückkehr in meinem Haus zu erscheinen – und das ohne meine Einladung. Es sei denn, daß Frederick –« Sie hielt nach ihrem Mann Ausschau, der verschwunden war. Schnell glättete ihre Miene sich wieder, und ihre Blicke richteten sich erneut auf das erste Objekt ihrer Aufmerksamkeit. »Gütiger Gott, werde ich denn niemals mehr frei von ihm sein?«

Ich folgte der Richtung ihres Blicks und entdeckte voll böser Vorahnungen das Gesicht, das bei ihr solche Angst ausgelöst hatte. Er war ein hochgewachsener Mann unbestimmten Alters und in einer Weise schlank, wie man sie bei jemandem antrifft, der sich oft und lange in frischer Luft körperlich betätigt. Sein Gesicht war braungebrannt, seine gesamte Erscheinung elegant und sein Auftreten selbstsicher und lässig, während er am Rand der Tanzfläche entlangschlenderte, die Hände auf dem Rücken verschränkt und mit wachen Augen die Gästeschar betrachtend. Ich war mir sicher, daß Isobel es war, die er suchte, und mein Instinkt riet mir, sie vor Entdeckung durch ihn zu bewahren. Irgend etwas war am Äußeren dieses Gentleman – die verhangenen Augen unter einer kantigen Stirn, die Mähne silbergrauen Haars, die lange Narbe, die eine Wange teilte –, das Furcht einflößte. Dieser Mann verfügte über zuviel Selbstkontrolle, und ein solcher Mensch versucht gewöhnlich, die ganze Welt gleich mit zu kontrollieren.

»Aber wer ist das?« fragte ich meine Freundin flüsternd, als könnten seine Ohren sogar in unseren abgeschiedenen Alkoven eindringen.

»Das ist Lord Harold Trowbridge«, erwiderte Isobel, und ihre Finger gruben sich schmerzhaft in meinen Arm, »der Bruder des Duke von Wilborough. Er hat die Absicht Crosswinds zu erwerben, das Gut meines Vaters auf Barbados, das in den letzten Jahren ein wechselvolles Schicksal erlitten hat. Er läßt mich nicht in Frieden, weder bei Tag noch bei Nacht.«

»Ich glaube, er hat uns gesehen«, sagte ich, und mein Herz schlug schneller, als die ruhelosen Augen an Isobel hängen blieben. Ein träges Lächeln kerbte die Winkel von Lord Harolds schmalem Mund, und in einer Haltung absoluter Ungezwungenheit durchquerte er den Raum und kam zu uns herüber. An Flucht war nicht zu denken. Hinter uns befand sich die Wand und vor uns er.

»Countess.« Er begrüßte Isobel mit einem vollendeten Handkuß. »Es ist mir eine ganz besondere Freude, Sie in Ihrem neuen Heim willkommen zu heißen.«

»Ich fürchte, daß die Pflichten umgekehrt verteilt sind, Lord Harold«, erwiderte Isobel und lächelte mühsam, »und daß *ich* es bin, die *Sie* willkommen heißen muß. Ich habe außerdem die Ehre, Sie mit meiner lieben Freundin, Miss Austen aus Bath, bekannt zu machen.«

»Die Ehre liegt ganz auf meiner Seite«, sagte Lord Harold mit einem durchdringenden Blick und einer Verbeugung in meine Richtung.

»Und haben Sie alles zu Ihrer Zufriedenheit vorgefunden?« erkundigte sich Isobel.

»In der Tat«, versicherte er ihr. »Ich bin auf Lord Scargraves Einladung hin erst vor einer Stunde aus London eingetroffen und wurde von Mrs. Hodges sehr komfortabel untergebracht.«

Der überraschten Miene meiner Freundin nach zu urteilen hatte sie nicht erwartet, daß der Mann bei ihnen absteigen würde. Aber bei seiner Dreistigkeit war auch mit so etwas zu rechnen.

»Ich gestehe, daß ich mir eine solche Gelegenheit um nichts in der Welt entgehen lassen wollte«, fuhr Lord Harold fort. »Zu erleben, daß eine Lady so glücklich und vorteilhaft geheiratet hat, muß für all jene eine große Beruhigung sein, die ihre Sicherheit zu ihren wichtigsten Anliegen zählen.« In seiner Stimme, obgleich leise und wohlmoduliert, lag ein spöttischer Unterton, der weder Isobel noch mir entging.

»Das freut mich zu hören«, erwiderte Isobel und erhob sich, als wollte sie gehen, »denn vor nicht allzu langer Zeit mußte ich annehmen, daß meine Sicherheit das absolut geringste Ihrer Anliegen ist.« Die Worte klangen hart und vorwurfsvoll und erschreckten meine Ohren, aber Trowbridge schien davon unberührt zu bleiben. Seine hochgewachsene Gestalt, die vor uns so unverrückbar wie ein Baum aufragte, hinderte Isobel auf sehr ungalante Art daran, die Nische zu verlassen.

»Countess«, sagte er, und seine Stimme klang gepreßt und schneidend, »ich möchte Sie unter vier Augen sprechen.«

Isobels Mund verhärtete sich, und die Worte, die sie sprach, fielen schwer und klirrend wie Kieselsteine. »Sie können mir nichts zu sagen haben, Lord Harold, das nicht bis morgen warten kann. Ein Ball ist wohl kaum der richtige Zeitpunkt für Geschäfte.«

»Und morgen wird es zweifellos nicht besser sein, sobald der Tag graut«, erwiderte er gleichmütig und lächelte. »Ich werde nicht ewig warten, *meine Lady.*«

»Sie werden so lange warten, wie es mir beliebt.« Isobels Blick löste sich nicht von seinem Gesicht. »Bedenken Sie, mein Herr, daß Sie meinem Wohlwollen ausgeliefert sind.« Zwei helle Punkte brannten auf ihren Wangen, aber ihre Blässe war außerordentlich, und ich befürchtete, sie würde jeden Moment in Ohnmacht fallen.

Es war Lord Payne, der Neffe des Grafen, der diesem Nervenduell ein Ende machte und wie ein Schatten hinter Trowbridge auftauchte und ihm über die Schulter blickte. Die beiden sind gleich groß, obgleich Lord Payne um einiges schwerer ist als Trowbridge. Sein Auftreten war vielleicht ein wenig zu laut, um gediegen zu wirken.

»Lord Harold«, sagte Lord Payne und verbeugte sich, »wir sind wirklich glücklich über Ihre Gesellschaft heute abend. Aber ich fürchte, ich muß sie zugunsten meines Onkels dem reizvollen Einfluß der Damen entziehen. Er bittet darum, daß Sie ihn in seinem Arbeitszimmer aufsuchen. Und diese Bitte zu überbringen, bin ich hier.«

Nur ein paar Sätze, aber in einem solchen Ton gesprochen, daß sie die Situation des Augenblicks auflösten. Lord Harold bedachte Lord Payne mit einem einzigen stechenden Blick, dann verbeugte er sich vor Isobel und mir und entfernte sich genauso schnell und unauffällig, wie er erschienen war.

»So ein impertinenter Teufel!« schimpfte Isobel und umklammerte die Hand Lord Paynes. »Er wird mich noch bis ans Ende der Welt verfolgen!«

»Ich wünschte, ich könnte dich völlig von seiner Gegenwart befreien«, sagte Lord Payne, »als ihn auch nur die kurze Zeit ertragen zu müssen, die er uns wahrscheinlich widmen wird.« Er ergriff flüchtig die Hand der Countess, betrachtete sie mit einem Ausdruck der Sorge und sammelte sich dann wieder. »Ich fürchte, du fühlst dich unwohl, Isobel. Ich werde meinen Onkel informieren, daß du im Moment indisponiert bist und dich auf dein Zimmer zurückgezogen hast.«

Mehr noch als die Nennung ihres Vornamens brachte sein zärtlicher Blick, als er auf der Ehefrau seines Onkels ruhte, mich zur Vernunft. Daß er von einem Gefühl beherrscht wurde, das in einer so engen Verbindung unerwünscht sein mußte, konnte ich nicht übersehen; und ich erinnerte mich an Tom Hearsts Neckerei früher an diesem Abend. Der Lieutenant hatte Isobel als wichtigste von Fitzroy Paynes Bekannten und Freunden bezeichnet. Was er damit andeuten wollte, verstand ich nun allzu gut – der stille Neffe des Earls, so unergründlich in seiner Zurückhaltung, wurde durch tiefe Gefühle entlarvt. Lord Payne wußte, was Liebe ist.

»Bitte sprich für mich mit Lord Scargrave, Fitzroy«, sagte Isobel matt und wandte sich von uns beiden ab, »aber bestelle ihm, ich würde mich nur kurz zurückziehen. Ich möchte nicht, daß Trowbridge glaubt, er habe irgendwelche Gewalt über mich.« Als erinnerte sie sich zum erstenmal, seit Lord Harold sich zurückgezogen hatte, an meine Anwesenheit, schaute sie mich an und lächelte verkrampft. Dann verließ sie uns.

Ich muß einige meiner Gedanken über Fitzroy, Viscount Payne, festhalten, denn ich sehe in ihm genau den Typ, den ich als Person in einem meiner Romane verwenden kann.* Er ist ein großer, stattlicher Zeitge-

* Es ist möglich, daß Jane Austen Fitzroy, Viscount Payne zu ihrer berühmtesten männlichen Romanfigur, Fitzwilliam Darcy, verarbeitete, obgleich ein schlüssiger Beweis fehlt. *First Impressions*, worin Darcy die männliche Hauptrolle spielt, wurde 1796 geschrieben und 1797 für eine Veröffentlichung abgelehnt. Später mit dem neuen Titel *Pride and Prejudice* versehen, wurde der Roman 1802 oder Anfang 1803 – kurz nach Jane Austens Aufenthalt in Scargrave Manor – sowie ein zweites Mal vor seiner Veröffentlichung im Jahr 1812 gründlich überarbeitet. – *Die Herausgeberin*

nosse, sehr gut aussehend mit schiefergrauen Augen über ausgeprägten Wangenknochen. Es ist sein Haar, das einen staunen läßt, denn obgleich er gerade erst sechsundzwanzig Lenze zählt, ist es völlig ergraut, und das auf eine Weise, die seine ernste und gewichtige Erscheinung durchaus unterstreicht. Der Reiz seiner Person muß jedoch von seinem Auftreten getrennt werden – denn Fitzroy Payne legt eine Reserviertheit an den Tag, die man fälschlicherweise für Zurückhaltung und Stolz halten könnte. Daß er jedes Recht hat stolz zu sein, befindet sich doch eines der bedeutenden Güter seines Vaters in seinem Besitz und ist er doch zugleich derjenige, der höchstwahrscheinlich den Titel und die Reichtümer des Earls erben wird, wurde von den mit den Einzelheiten vertrauten Kennern im Ballsaal von Scargrave Manor allgemein anerkannt. Aber Lord Paynes hochnäsiges Schweigen wurde nicht als Ergebnis einer berechtigten Selbstzufriedenheit gewertet. Obgleich viele sich wünschten, seine Gunst zu gewinnen, hatte ich Mühe, unter den Versammelten jemanden zu finden, der ihn aufrichtig mochte. Und so genoß ich die Zeit in seiner Gesellschaft umso mehr. Mich mit dem Einmaligen, dem Einzigartigen zu beschäftigen, ist eine meiner Leidenschaften. Ich würde eher eine Stunde unter Schurken verbringen, als zwei Minuten unter Langweilern.

»Ich muß mich bei Ihnen bedanken, Sir«, sagte ich, »denn Sie haben mich in einem verzweifelten Augenblick befreit. Ich gestehe, daß ich nur wenig zu Isobels Verteidigung gegenüber Lord Harold beitragen konnte, da mir die vollständigen Kenntnisse über diese spezielle Verbindung fehlen.«

»Es ist nicht unehrenhaft, Lord Harold nicht gewachsen zu sein«, erklärte Fitzroy Payne. Seine Blicke wanderten über meinen Kopf – und suchten, so vermutete ich, nach dunkelrotem Haar über einem gewagten grünen Kleid –, aber Isobel hatte den Ballsaal verlassen.

Nach einer Pause und nachdem ich einige Zeit dem Treiben der Tanzenden zugeschaut hatte, das soeben wieder eingesetzt hatte, wandte ich mich einem anderen Thema zu.

»Ich nehme an, Lord Scargrave hat Lord Harold eingeladen, um sich mit ihm in der Bibliothek zu unterhalten – denn Isobel war äußerst überrascht über das Erscheinen des Gentleman.«

»Selbst wenn sie von Trowbridges Überfall gewußt hätte, ehe er hier erschien, hätte es sie genauso übel getroffen«, sagte Lord Payne voller Bitterkeit.

»Sie teilen demnach die Abneigung der Countess«, stellte ich fest.

Auf diese Anspielung erhielt ich keine Antwort, sondern er runzelte nur die Stirn und wurde noch ernster.

»Vielleicht sollten wir Lieutenant Hearst herbeirufen und ihn bitten, Lord Harold zum Duell zu fordern«, schlug ich eher scherzhaft vor. »Der Lieutenant würde seine Ehre geltend machen und gleichzeitig einer Dame einen Dienst erweisen– zwei Aufgaben, die er, soweit ich gehört habe, hervorragend zu erfüllen weiß.«

Ein eisiges Lächeln, aber auch jetzt kein Wort.

»Ich erahne bei uns eine gewisse Verwandtschaft im Geiste, Viscount Payne«, fuhr ich mit gelindem Zorn fort. »Wir sind beide von zurückhaltender und verschlossener Natur und schweigen lieber, als daß wir etwas aussprechen, das mit einiger Gewißheit die Welt erstaunen würde.«

Dafür wurde ich mit einem lebhaften Zucken seiner grauen Augen und mit einer Antwort belohnt.

»Auf Grund einer genauen Kenntnis meiner eigenen Torheit, Miss Austen, muß ich still sein; aber bei Ihnen erkenne ich durchaus, daß Sie die Welt gerne in Erstaunen versetzen.«

»Da!« rief ich aus. »Das bestätigt meine Meinung. Sie können noch nicht einmal beleidigen, ohne es geschliffen auszudrücken.«

»Ich wollte eher ein Lob aussprechen als zu beleidigen, und daher können meine Worte kaum verletzen.« Er richtete seine dunklen Augen mit einem durchdringenden Blick auf mich. »Das Bestreben zu Erstaunen kann nur dann als Laster gewertet werden, wenn es an Geist fehlt, um das Ziel zu erreichen – aber mit Geist, Miss Austen, sind sie überaus gesegnet. Und nun, so fürchte ich, muß ich Sie verlassen, um den Auftrag auszuführen, der mir erteilt wurde – nämlich meinen Onkel vom Unwohlsein meiner Tante zu unterrichten.«

Er verbeugte sich. Ich nickte, und da mich in diesem Moment ein Gentleman zum Tanz aufforderte, ließ ich Fitzroy Payne zurück, der sich einen Weg durch die ausgelassene Gesellschaft bahnte. Aber im Verlauf des Abends wurden mir Lord Paynes Vorzüge immer deutlicher bewußt. Meine weiteren Partner erwiesen sich als einem geistreichen Gespräch weitaus weniger gewachsen und sogar als weitaus weniger provozierend in ihrem Schweigen, als der Viscount mit einem einzigen Satz.

* * *

Nach einem besonders ermüdenden Gedankenaustausch mit einem Gentleman gelüstete es mich nach einer Erfrischung. Ich trennte mich erleichtert von meinem langweiligen Partner und schlenderte durch die Galerie, die vom Ballsaal in einen kleinen Salon führte, wo das Abendessen arrangiert war. Da soeben der letzte Tanz begonnen hatte, war ich glücklicherweise alleine, als ich meine Schritte zum Weinpunsch lenkte.

Ich hatte kaum die erste der geschlossenen Türen an der Galerie passiert, als ein heftiger Streit in nächster Nähe mich im Schritt verhalten ließ. Ich wandte mich um und sah den Eingang zur Bibliothek des Earls, in der Lord Harold vor etwa einer Stunde verschwunden war. Hinter der geschlossenen Tür erklangen die Stimmen zweier Männer, die in eine laute Diskussion vertieft waren. Lord Scargrave und Trowbridge? Es konnte niemand anderer sein. Man möge mir meine weibliche Neugier verzeihen, wenn ich zugebe, daß ich, da ich mich alleine in der Galerie befand, mir beim Weitergehen reichlich Zeit ließ.

Schon bald waren die Worte besser zu verstehen.

»Sie dürfen den Namen Rosie Ketch nicht erwähnen«, rief ein Gentleman. »Sie haben sie oft genug mit Worten verleumdet.«

»Es ist lachhaft, Sir, so etwas aus Ihrem Mund zu hören.«

»Sie haben demnach nicht vor, mich darin zu unterstützen?«

»Niemals, Sir.«

»Dann, mein Herr, trage ich keine Verantwortung für die Folgen. Sie haben mich zum Äußersten getrieben, und Gott vergebe mir! Ich weiß nun, was ich tun muß.«

Die Stimmen waren lauter geworden, als näherte sich einer der Gesprächsteilnehmer der Tür. Ich schaute mich suchend nach einem sicheren Ort um und fand nichts anderes als die schweren Vorhänge, die die hohen Fenster der Galerie verhüllten. Ich hatte mich kaum dahinter verborgen, wobei ich meiner Frisur und meinem Kleid Gewalt antat, als die Tür aufgestoßen wurde und ein Gentleman aus dem Zimmer stürzte, von seinen Worten fortgerissen aus der Gesellschaft des Earls.

Ich wagte einen Blick um die Vorhangkante, meiner

ganz sicher, Lord Harold zu sehen – und erblickte, zu meiner Verwunderung, George Hearst, den älteren Bruder des Lieutenants. Was konnte das bedeuten? Der trübsinnige Geistliche ein Mann von hitzigem Temperament?

Mr. Hearst war kaum verschwunden, als der Earl selbst auf dem Gang erschien, das Gesicht gerötet wie von einem Schlaganfall. Ich erinnerte mich an Isobels geäußerte Sorge um die Gesundheit ihres Mannes und lächelte. Es war demnach kein Übermaß an Rotwein, das den Earl plagte, sondern ein Übermaß an Familie. Und davon könnte niemand ihn kurieren.

Der Earl begab sich zum Ballsaal, und nach einer kurzen Pause, um meine Feder zu richten und die Locken auf meinen Wangen zu drapieren, nahm ich meine Suche nach einer Erfrischung wieder auf und folgte meinem Gastgeber. Ich kam rechtzeitig, um ihn vor den Versammelten ein Glas auf seine junge Frau erheben zu sehen. Er leerte es bis zur Neige und brach dann in einem Anfall akuter Dyspepsie zusammen. Laut protestierend und beteuernd, daß er sich durchaus wohl fühle, wurde unser Gastgeber von zwei Helfern aus dem Saal getragen, begleitet von einer sorgenvollen Isobel. Und so endete die Festlichkeit.

* * *

Soeben wurde ich durch Isobels Erscheinen an meiner Tür in die Gegenwart zurückgeholt.

»Jane«, sagte sie mit großer Festigkeit, »die Krise ist vorüber.«

»Gott sei Dank!« rief ich und legte meine Feder nieder.

»Meinst du wirklich?« Sie sah mich seltsam an. »Du mißverstehst mich. Die Krise ist vorüber, liebste Freundin, und der Earl ist tot.«

Ich ging sofort zu ihr hinüber, war voller Mitleid,

und barg ihren Kopf an meiner Brust. Aber Isobel weinte nicht. Ihre wunderschönen sherryfarbenen Augen war leer und blind, ihre Gestalt genauso starr wie die des Earls, der kalt im Ehebett lag. Stumm ließ ich sie los und hatte das Gefühl, als bräche gleich mein Herz, und schaute ihr nach, wie sie voller Qualen durch den Korridor schritt.

An meinem Fenster ziehe ich jetzt die schweren Vorhänge auf, die muffig riechen, und blicke hinaus in das trostlose Morgengrauen. Heute wird keine Sonne am Himmel stehen. Die ganze Welt ist eingetaucht in wirbelndes Weiß, in eine undurchdringliche Wolke aus Kälte und Eis, die das Herz erstarren läßt, während sie die Erde gefriert. Die weite Parklandschaft von Scargrave ist den Naturgewalten preisgegeben, die schwarzen Bäume stehen wie Gespenster vor dem grauen Morgenhimmel. Ich denke an Frederick, den Earl von Scargrave – an seine Seele, deren irdisches Glück an einem solchen eisigen Tag endete –, und ich denke kummervoll an alle Sterblichen. Was sind die Festlichkeiten des vergangenen Tages, was die Frivolitäten und trügerischen Triumphe gegen die Ungeheuerlichkeit des Grabes? Ich lasse die Vorhänge fallen, sperre den Schnee aus und fröstele in meinem Nachthemd.

Ich kam nach Hertfordshire auf der Suche nach Ablenkung. Und gefunden habe ich den Tod in einer klareren und schrecklicheren Gestalt, als ich je erwartet hätte. Ich verstehe es als Strafe für meine Feigheit – denn als das wird eine Flucht vor der eigenen Natur stets entlarvt –, dem qualvollen Ende des Earls von Scargrave beizuwohnen und völlig machtlos zu sein, es aufzuhalten.

Kapitel 3

Mit Gift geschrieben

14. Dezember 1802

Die Lebenden sind immer unruhig, wenn die Toten im Hause sind.

Ich hatte beschlossen, am Morgen nach dem Tod des Earls nach Bath abzureisen, da ich der Meinung war, daß die Familie nach einem solchen Schicksalsschlag lieber unter sich wäre. Aber Isobel wollte, daß ich blieb, und so bin ich noch immer in Scargrave, schleiche auf Zehenspitzen durch das Labyrinth der Flure und Korridore und hoffe, so wenig wie möglich aufzufallen. Bei näherem Kennenlernen entpuppt das Gutshaus sich als ein unfreundliches Bauwerk, eingerichtet mit den Überbleibseln versunkener Generationen und umgeben von einer Aura stillen Verfalls. Ich habe zahllose Räume gesehen, die unberührt waren von der Lebensfreude und dem sicheren Geschmack ihres Herrn. Es ist ein Ort, an dem Lord Scargrave nur wenig Zeit verbracht haben kann, und nun ist er für immer dahingegangen.

Der Earl soll morgen beerdigt werden. Während der vergangenen beiden Tage hatte er aufgebahrt in der Halle gelegen, einem kahlen und zugigen Ort, bevölkert von seinen Vorfahren, als hätten alle verstorbenen Scargraves sich zur Totenwache eingefunden. Dunkle, in Öl gemalte Gesichter schauen auf Fredericks Bahre hinab, in ihnen das Lächeln aus den Zeiten Charles' oder der finstere Ausdruck von Cromwells Epoche. Derweil drängen sich Rüstungen aus einer noch ferneren Epoche in den Nischen und warten darauf, gegen den Tod ins Turnier zu ziehen. Die Halle bildet den Mittelpunkt des Hauses, und alle Hauptkorridore entspringen dort strahlenförmig und verurteilen jeden Versuch, das untere Stockwerk zu erforschen, zu einem notwendigerweise trübsinnigen Unterfangen. Zahllose Wachskerzen auf geschwungenen silbernen Ständern umgeben die stille Gestalt des Earls, und Goldsovereigns liegen auf seinen Augen. Talgkissen oder Pennies haben bei einem Vertreter seines Standes nichts zu suchen.

Im flackernden Kerzenschein wirkt Lord Scargraves Gesicht genauso zerfurcht wie im matten Licht des Totenzimmers, gewiß *nicht* so, wie solch ein Mann in Erinnerung bleiben möchte. Wäre da nicht der Aberglaube der Einheimischen, die sich einfinden, um stumm und schlurfend dem Toten nacheinander die letzte Ehre zu erweisen, so hätte Isobel sicherlich längst verfügt, den Sarg zu schließen. Aber der Earl von Scargrave muß der ganzen umliegenden Region als Toter präsentiert werden, ehe sein Erbe seinen Titel übernehmen darf. Und so wird der Konvention genüge getan, und das Taktgefühl wird auf ihrem Altar geopfert.

Ich gestehe, daß ich mit einiger Unruhe durch die Halle ging. Ich will den gequälten Ausdruck, der auch im Tode immer noch in diesen Zügen haftet, sobald wie möglich vergessen. Vielleicht werden dann auch die Gedanken gebannt, die allzu lebhaft durch meinen Kopf gehen. Die Versicherungen von Dr. Philip Pettigrew, dem Arzt aus London, haben wenig dazu beigetragen, sie zum Schweigen zu bringen. Der gute Doktor behauptet ähnliche Störungen der Verdauungsorgane schon früher beobachtet zu haben, und vermutete als Ursache ihrer Heftigkeit keinesfalls den Einfluß einer übelwollenden Hand. Er schreibt sie der Menge an Wein zu, die der Earl an diesem Abend zusammen mit einer beträchtlichen Portion Rindfleisch konsumierte, eine Mischung, die, so finde ich, eher Apoplexie begünstigt als Dyspepsie.*

Ich kann nicht vergessen, daß die tödliche Krankheit des Earls, wie ich bereits geschrieben habe, alle Anzeichen eines starken Abführmittels in sich barg, als ob das Würgen und Erbrechen durch etwas Stärkeres hervorgerufen wurde als durch Rotwein. Aber Isobel scheint zufrieden zu sein, falls ein solches Wort ihre stumme Niedergeschlagenheit beschreiben kann. Und die Männer des Scargrave-Hauses stellen in ihrer gemeinsamen Trauer auch keine weiteren Fragen. Daher muß meine Bauernweisheit sich der großstädtischen Erfahrung Londons geschlagen geben.

Isobel hält sich vorwiegend in ihren Räumen auf. Fitzroy Payne ist in der Bibliothek, wo er zusammen mit seinen Londoner Anwälten zahlreiche Papiere durchgeht, die den Nachlaß des verstorbenen Earls betreffen. Lord Harold Trowbridge, dem der Anstand hätte raten müssen abzureisen, verbringt seine Zeit zu gleichen Teilen bei Lord Scargrave** und im Billardzimmer. Die Hearst-Brüder, obgleich sie jeden Tag im Gutshaus zu Abend essen, trauern zurückgezogen in ihrem Haus im Park. Ich habe George Hearst dabei beobachtet, wie er über eine verschneite Landstraße spazierte, die Hände auf dem Rücken verschränkt und das Gesicht die Sorgen über sein persönliches Leid wi-

* Im neunzehnten Jahrhundert war Apoplexie der allgemein verwendete Begriff für einen Schlaganfall, während Dyspepsie Verdauungsstörungen bezeichnete. – *Die Herausgeberin*

** Nach dem Tod Fredericks, Earl von Scargrave, wurde Fitzroy Payne der achte Earl an seiner Statt. Daher nennt Austen ihn nun Lord Scargrave und nicht mehr Lord Payne wie vorher, als er nur ein Viscount war. – *Die Herausgeberin*

derspiegelnd. Der Lieutenant hingegen scheint seine Zeit der Ausbildung eines besonders störrischen Jagdpferdes zu widmen, das er immer wieder über dieselben Hecken springen läßt.

Und so stellen Isobels Tante, Madame Delahoussaye, und ihre Tochter Fanny meine einzige Gesellschaft dar. Ich bezweifle, daß ein so freundlicher Begriff, der angenehme Gespräche, gegenseitige Zuneigung und allgemeine Eleganz verheißt, jemals so leichtfertig benutzt wurde. Drei Frauen, eingesperrt vom Wetter, beschäftigt mit Handarbeit und Büchern, an denen sie nur wenig Interesse haben, mit einem toten Earl auf seiner Bahre hinter der Wohnzimmertür! So etwas läßt sich nicht viele Stunden hintereinander ertragen.

Madame Hortense Delahoussaye ist die Schwester von Isobels Mutter, die schon vor Jahren verstarb, und wurde ebenso wie sie auf den Westindischen Inseln geboren. Madame hat sich der Lebensaufgabe verschrieben, ihre beiden Mädchen, wie sie sie nennt – und zwar ihre Tochter Fanny und ihre verwaiste Nichte Isobel – gesellschaftlich zu etablieren. Sie redet genug für einen ganzen Haushalt. Man könnte das Ableben ihres Mannes vor zwei Jahren durchaus der grenzenlosen Geschwätzigkeit seiner Frau zuschreiben. Ich würde ihr weitaus geneigter zuhören, wenn ihre Manieren denen ihrer Nichte ähnlich wären. Aber Madame Delahoussayes Stolz auf ihre Position wurde allzu aufdringlich zur Schau getragen. Als ich mit Isobel auf dem Ball erschien, begutachtete die Tante flüchtig mein Kleid, erfuhr, daß mein Vater Geistlicher ist, und reservierte ihren funkelnden Intellekt fortan ausschließlich für jene, die vom Glück begünstigter waren.

Alles andere als bedrückt über das Unglück ihrer Nichte, war Madame Delahoussaye seit dem Tod des Earls eifrigst damit beschäftigt, Bestellungen an ihre bevorzugten Londoner Modehäuser zu schicken, um sich auf die Trauergepflogenheiten des Hauses einzurichten. Im Augenblick trägt sie das Kleid, mit dem sie das Trauerjahr ihres verstorbenen Gatten gewürdigt hatte, kann sich allerdings kaum damit abfinden, daß es erheblich aus der Mode ist. Sie äußert häufig und ausführlich ihre Meinung – zum Beispiel daß der Earl weiterhin das Zitronenwasser hätte trinken sollen, das sie ihm empfohlen hatte; daß die Honorare für den Londoner Arzt durchaus hätten gespart werden können, und daß Isobel Scargrave verlassen und in die Stadt gehen solle, so bald die Beerdigung vorüber ist – und Fanny zu einer Saison der Zerstreuung verhelfen solle, denn das arme Kind würde auch nicht jünger.

Von Fannys Heiratsaussichten kommt Madame unweigerlich auf die neueste Trauermode in Frankreich zu sprechen – eine Nation, die, wie ich glaube betonen zu müssen, unter Bonaparte ausreichend Gelegenheit hatte, sich mit diesem Handwerkszweig zu befassen. Jegliche Betrachtung historischer oder politischer Art dürfte jedoch bei Madame Delahoussaye und ihrer Tochter vergebliche Liebesmüh sein. Deren Köpfe sind nicht geschaffen für kritische Betrachtungen oder ernsthafte Diskussionen. Miss Fanny richtet sich mit äußerster Sorgfalt nach den Empfehlungen ihrer Mutter und ist ständig damit beschäftigt, irgendwelche Listen zu erstellen, die offensichtlich einer Vielzahl von Schneidern und Modisten während des nächsten Jahres zu einigem Wohlstand verhelfen dürften. Da ich nicht über deren Mittel und, bei aller Trauer, Sinn für modische Eleganz verfüge, muß ich mich mit dem einzigen dunkelgrauen Musselinkleid in meinem Besitz zufrieden geben. Und damit sollte für mich das Thema Trauer auch abgeschlossen sein.

Ich würde Fanny Delahoussaye Unrecht tun, wenn ich nicht erwähnen würde, daß sie sich in der Tat sehr geschmackvoll zu kleiden versteht. Nachdem sie stundenlang die Ausgaben von *Le beau Monde** studiert hat, sieht man sie stets in einer geradezu atemberaubenden Vielfalt von Kleidern. Obgleich sie bei ihren Abendkleidern zu kräftigen Farben neigt, bevorzugt sie für den Tag den ungezwungenen Stil einer jungen Dame – weißes Musselin oder Leinen –, wohl wissend, daß ihre rosige Haut und die goldblonden Locken damit noch engelhafter erscheinen. Und da Vollkommenheit mir ein allgemeines Unbehagen bereitet, habe ich mich entschlossen, meine *eigenen* weißen Batistkleider für die Dauer meines Aufenthaltes auf Scargrave nicht mehr hervorzuholen. Einen Vergleich zwischen mir und Miss Delahoussaye herauszufordern, kann nur unerfreulich sein.

Ebenso wie Isobel auf den Westindischen Inseln geboren, wenngleich in London zur Schule gegangen, scheint Fannys Hauptbeschäftigung mit neunzehn Jahren die Suche nach einem Ehemann zu sein. In dieser Hinsicht scheint zwischen ihr und ihrer Mutter eine gewisse Uneinigkeit zu bestehen: Madame Delahoussaye favorisiert den frischgebackenen Earl, Fitzroy Payne, wie jede Mutter es tun würde, während Fanny dem mittellosen Taugenichts Tom Hearst eindeutig den Vorzug gibt. Ob sie es überhaupt schaffen könnte, einen der beiden Gentlemen zu erringen, wird allerdings nicht in Frage gestellt. Man geht davon aus, daß ihre Schönheit am Ende siegen wird. Ich kann da nicht so optimistisch sein. Läßt man Fannys hübsche Kleider und ihr Vermögen beiseite, so sieht sie doch aus wie jede andere junge Frau mit einer Flut blonder Haare, leeren Augen und einer Menge entblößtem Busen. Sie bewegt ihren Kopf mit erstaunlicher Grazie, gibt aber nicht

* Ein bei den Damen der georgianischen Gesellschaft sehr beliebtes Modemagazin. – *Die Herausgeberin*

ein vernünftiges Wort von sich. Eine solche Perfektion an Eleganz kann nur in einem der exklusivsten Mädchenpensionate erlangt werden. Zweifellos spricht sie Italienisch und ist perfekt – in der Kunst Lampenschirme zu bemalen, Fransen zu knüpfen und beim Schneider zur Anprobe zu erscheinen.

Ich muß zugeben, daß meine Worte gereizt und böse klingen – und ich erkenne meinen Dämon, den Neid. Über Fanny Delahoussayes Vermögen und Aussehen zu verfügen und nicht über meine Vernunft und meinen Geist, wäre ein unerträglicher Tausch. Aber wenn ich sehe, wie bereitwillig sie die Ehe anstrebt und wie mühelos sie dieses Ziel verfolgt, muß ich zugeben, daß ich wenigstens für einige Stunden an ihrer Stelle sein möchte. Ich kann nicht wissen, wie man sich fühlt, wenn man über Schönheit und Wohlstand verfügt. Meine Eroberungen fanden stets gegen das bessere Wissen der Männer statt, deren Bekanntschaft ich pflegte, ein Tribut an meinen wachen Geist und meine stets gute Laune. Aber welche Frau ist bereit, einen solchen Sieg, unverheiratet, die ich immer noch bin, angesichts guten Aussehens und Reichtums hinzunehmen?

Später am gleichen Tag

Ich war eine Stunde lang dem Wohnzimmer ferngeblieben, als ein Lakai mit einer Nachricht von Isobel erschien. Ich beeilte mich, sie aufzusuchen.

»Liebste Jane!« rief meine Freundin und reichte mir, während sie auf der Chaiselongue lag, ihre weiße Hand. »Ich habe dich gebeten, noch auf Scargrave zu bleiben, und jetzt kümmere ich mich nicht um dich, weil ich die Einsamkeit vorziehe. Ich fürchte, ich habe mich als schlechte Gastgeberin erwiesen.«

Ich schaute mich einigermaßen überrascht in Isobels Zimmer um. In diesem Raum zumindest waren die Scargraveschen Geister des Moders und des längst Vergangenen gebannt worden. Auf Wunsch seiner Frau hatte der Earl das Appartement mit Eleganz und Geschmack eingerichtet. Die Möbel waren hell und einladend, frische Tapeten zierten die Wände, ein Feuer loderte im Kamin, und das Bild von Frederick, Lord Scargrave, schaute aus einem vergoldeten Rahmen über dem Kaminsims auf seine Frau herab. Ein Buch und eine Tasse Tee befanden sich einträchtig auf einem Tisch neben Isobel. Alles war still und geordnet. Ich verstand jetzt ihre mangelnde Bereitschaft, in den kalten Räumen eine Etage tiefer zu erscheinen. Aber der Komfort ihres Boudoirs hatte wenig dazu beigetragen, ihre Stimmung aufzuhellen. Tatsächlich lag eine völlig ungewohnte Trägheit in ihren Gliedern, und ihrem von Gram zerfurchtem Gesicht war anzusehen, daß sie in den vergangenen Nächten nur sehr wenig geschlafen hatte.

»Niemals könnte ich dir in einer solchen Stunde einen Vorwurf machen«, sagte ich und ließ mich neben ihr auf dem Fußboden nieder. »Mach dir wegen mir keine Sorgen. Deine nächsten Angehörigen haben sich bemüht, für meine Bequemlichkeit zu sorgen. Aber sag schon, Isobel, wie kann ich dir behilflich sein? Meinst du, es wäre möglich, dich von deiner Traurigkeit zu erlösen?«

»Jane, führe mich nicht in Versuchung, meine Trauer und Sorge zu überwinden«, erwiderte die Countess voller Bitterkeit. »Es ist die letzte Ehre, die seine Frau dem armen unglücklichen Frederick erweisen kann.« Sie schaute zum Kamin, wobei ihr das rote, unfrisierte Haar wie ein Vorhang vor das Gesicht fiel, und saß für einen Moment schweigend da. Dann tastete sie mit ihrer Hand nach meiner und ergriff sie mit festem Druck.

»Aber zusätzlich zu der Trauer, liebste Jane, werde ich wohl noch eine größere Last tragen müssen. Und dabei, so hoffe ich sehr, kannst du mir vielleicht tatsächlich helfen.«

Meine Neugier war geweckt.

Isobel reichte mir ein Stück Papier. »Diese sehr unangenehme Notiz ist mit der Morgenpost angekommen. Ich weiß kaum, worum es geht, und ich würde gerne deine Meinung dazu erfahren.«

Der Brief war an Isobel adressiert und mit billigem Wachs verschlossen, wie man es in Wirtshäusern erhält. Die Sprache war bemerkenswert schlecht.

Es freut Sie sicherlich, zu wissen, daß Sie frei von jedem Hautgout sind, Mylady. Ich meine damit Sie und Ihren großen Lord, der immer so still ist und durch mich schaut; aber das Aufhängen wär viel zu gut für Sie. Ich muß mich dem Schutz meines Erlösers anvertrauen, und niemand ist sicher in Ihrer Nähe. Deshalb bin ich heute morgen verschwunden, und Sie werden nicht rausbekommen wohin. Der nächste Brief geht an den guten Sir William, und dann werden wir sehen, was aus denen wird, die töten.

»Er trägt keine Unterschrift«, stellte ich fest.

»Das ist nicht das einzige, was daran seltsam ist.«

»Übergehen wir einfach mal die darin enthaltenen Anschuldigungen«, sagte ich und sah Isobel über den Rand des Blattes an. »Wir müssen erst einmal feststellen, was der Brief als solcher uns verrät. Er wurde ganz eindeutig von jemandem geschrieben, der zur dienenden Klasse gehört, und zwar auf schlichtem Papier und mit billiger Tinte. Der Handschrift nach zu urteilen ist es eine Person, die des Schreibens nur unzureichend mächtig ist. Außerdem scheint Englisch nicht ihre

Muttersprache zu sein. Aus dem Tenor der Botschaft können wir schließen, daß der Autor französischer Herkunft ist. Das Wort *hautgout* für *Verdacht* ist dafür der stärkste Beweis. Der Hinweis auf den Erlöser deutet auf eine Schreiberin hin, die vermutlich der römisch katholischen Kirche angehört – denn ein Mann dürfte kaum fromme Gedanken hegen, wenn er seine Herrin des Mordes bezichtigt.«

»Jane!« rief Isobel aus und richtete sich auf ihrer Chaiselongue auf, »das ist ja wunderbar! Man könnte fast denken, daß du den Brief selbst geschrieben hast.«

»Das habe ich natürlich nicht. Aber ich habe eine Vermutung, wer es war.«

»Dann sag schon, wen du im Verdacht hast.« Die Stimme meiner Freundin zitterte gespannt.

»Deine Zofe Marguerite«, erklärte ich ernst. »Hast du sie gesehen, seitdem der Brief eintraf?«

Das Gesicht der Countess war gerötet, erbleichte jedoch schlagartig. »Das habe ich nicht«, antwortete sie unsicher. »Marguerite hat mir heute morgen beim Ankleiden geholfen und hat sich seither nicht mehr blikken lassen. Ich hatte angenommen, daß auch sie unter dem Schicksalsschlag leidet, der dieses unglückliche Haus heimgesucht hat, und daß sie alleine sein wollte.«

»Ich fürchte, sie hatte Schlimmeres im Sinn.« Ich warf einen Blick auf die Uhr auf Isobels Kaminsims. Es war kurz vor fünf Uhr nachmittags, und die winterliche Dunkelheit dieses Dezembers war bereits hereingebrochen. »Wir dürften sie um diese Uhrzeit wohl kaum in der näheren Umgebung antreffen.«

»Aber, Jane, was könnte Marguerite dazu gebracht haben, mich so grausam zu hintergehen?« Isobels dunkle Augen füllten sich mit Tränen. »Ich, die Mörderin meines Mannes! Das ist doch unmöglich!«

»Sie gibt die Schuld nicht dir alleine, meine Liebe«,

sagte ich langsam. »Sie erwähnt auch noch jemand anderen.«

»Den großen Lord«, sagte Isobel matt. »Sie meint sicherlich Trowbridge.«

»Aus welchem Grund?«

»Welchen Grund soll das Ganze überhaupt haben?«

»Sie hat doch mit ihm eigentlich nicht viel zu tun, oder?« fragte ich.

»Ganz bestimmt nicht.«

»Dann, meine Liebe, müssen wir annehmen, daß sie jemand anderen meint.« Mein Tonfall war frech und herausfordernd, aber ich wartete beklommen auf die Reaktion.

Für einen Moment trat Schweigen ein, während Isobel die Bedeutung meiner Worte zu ergründen versuchte. Dann hob sie den Blick und schaute mich mit einem Ausdruck perfekter Selbstkontrolle an. »Fitzroy Payne?« fragte sie.

»Das halte ich für sehr wahrscheinlich. Er gehört sozusagen zum Haushalt und dürfte daher des öfteren der Hausangestellten begegnet sein.«

»Da könntest du recht haben.« Die Finger der Countess spielten mit der feinen Spitze ihres Morgenmantels, als könnte sie das Rätsel entwirren, wenn es ihr nur gelänge, die Fäden zu ordnen. »Es ist typisch Marguerite, die Bemerkung anzufügen, daß Fitzroy ›durch sie hindurchgeschaut habe‹. Mehr als einmal habe ich beobachtet, wie sie die Geste gegen den bösen Blick ausführte, als er sie zufälligerweise anschaute. Sie betrachtete graue Haare bei einem so jungen Menschen voller Mißtrauen und sah in ihnen ein Zeichen des Teufels.«

»Hatte das Mädchen denn eine so lebhafte Phantasie, Isobel?«

»Marguerite war schon immer ein abergläubisches, dummes Kind – wahrscheinlich eine Folge ihrer Erziehung auf den Inseln.« Meine Freundin schaute mich an, und ihr Blick war sorgenvoll. »Ich vermute, die Heftigkeit der letzten Krankheit meines Mannes hat bei ihr zu einem Mißverständnis geführt, das sich im Laufe der Zeit zu einer fixen Idee von etwas Schlimmem, Bösem gesteigert haben dürfte.«

»Das ist zweifellos der Fall«, sagte ich leise, »aber die Folgen dürften sich nicht weniger nachteilig auf deinen Ruf und dein Wohlbefinden auswirken, Isobel. Das Mädchen droht damit, einen gewissen Sir William zu informieren. Wer ist das, wenn ich fragen darf?«

»Sir William Reynolds«, antwortete Isobel. »Der Magistrat.«*

»Doch nicht Sir William Reynolds, ehemaliges Mitglied der King's Bench Division?«

Isobel zuckte die Achseln und machte ein verwirrtes Gesicht. »Das kann ich dir nicht beantworten, Jane. Mir ist der Mann völlig fremd. Kennst du denn diesen Gentleman?«

»Aber ja, schon mein ganzes Leben lang«, erwiderte ich eifrig. »Der Barrister, den ich gerade nannte, ist ein guter Freund meines Vaters – sie lernten sich kennen, als sie beide noch nicht verheiratet und in ihren jeweiligen Berufen noch unerfahren waren. Da der Name allerdings recht häufig vorkommt, könnte mein Sir William ein ganz anderer als deiner sein. Wohnt er schon lange in dieser Gegend?«

Isobel runzelte nachdenklich die Stirn. »Ich glaube nicht. Sein derzeitiges Amt hat er tatsächlich erst vor

* Daß die Countess den Begriff *Magistrat* verwendet, könnte beim Leser zu Mißverständnissen führen, oblag dem Magistrat doch die Aufgabe, in größeren Städten für Ordnung zu sorgen. Die korrekte Bezeichnung von Sir William Reynolds' Amt lautet *Friedensrichter*. Während der Magistrat für seine Tätigkeit bezahlt wurde, übte der Friedensrichter sein Amt unentgeltlich aus. – *Die Herausgeberin*

kurzem angetreten. Frederick – mein verstorbener Gatte – war Lord Lieutenant des County* und setzte Sir William erst im vergangenen Jahr auf seinen Posten. Aber, Jane, wenn du den Richter so gut kennst, wäre es dann nicht möglich, daß er sich in irgendeiner Form für mich einsetzen kann?«

»Auch wenn ich Sir William überhaupt nicht kennen würde, wäre er jemand, den ich in besonders schweren Zeiten um Rat fragen würde«, erwiderte ich ohne zu zögern, »denn jeder, der Gerechtigkeit sucht, kann sicher sein, sie bei ihm zu finden.«

»Was soll ich denn jetzt tun, Jane?« fragte die Countess geradeheraus.

»Wir können das Mädchen nicht daran hindern, einen bösartigen Brief wie diesen an den Magistrat zu schicken. Ich rate daher, ihr zuvorzukommen und Sir William umgehend hierher zu bitten. Es liegt in seiner Macht, derartige schlimme Gerüchte zum Verstummen zu bringen, ehe sie weiteren Schaden anrichten – oder den Fall auf irgendwelche Unregelmäßigkeiten zu untersuchen, falls es solche überhaupt gibt.«

»Jane! Wie kannst du so etwas denken!«

»Von dir, meine Liebe, sicher nicht.« Ich faltete den Brief der Zofe zusammen und reichte ihn ihr. »Aber von anderen? Auf dieser Welt, wo es oft um großeVermögen geht, ist alles möglich. Und das Vermögen des Earls, das dir gehören wird, war ja beträchtlich.«

»Aber nur Fitzroy Payne profitiert davon«, hielt sie mir entgegen und knüllte den verleumderischen Brief

* Der Lord Lieutenant des County war häufig ein hochrangiger Adliger, dessen Aufgabe darin bestand, die Funktion eines Friedensrichters oder Magistrats auszuüben und bei einer möglichen Invasion die Miliz zusammenzurufen und ihren Einsatz zu organisieren. – *Die Herausgeberin*

zusammen, »und daß Fitzroy eine Gewalttat begangen haben soll, ist völlig undenkbar.«

»Isobel«, sagte ich sanft, »ich fürchte, du hast mir hinsichtlich dieses Gentleman nicht alles erzählt.«

Schweigen und ein abgewendeter Blick waren die Antwort, aber das bisher bleiche Gesicht meiner Freundin begann sich zu röten.

»Wenn du meinen Vorschlag annimmst, Sir William von diesem Brief zu unterrichten, wird er zweifellos der von dem Mädchen geäußerten Anschuldigung auf den Grund gehen«, prophezeite ich.

Isobel griff nach meiner Hand, ihr Gesicht war starr vor Entsetzen. »Jane, Jane – du mußt mich beschützen! Es ist zuviel. Der schwere Schlag durch Fredericks Tod – dieser furchtbare Brief – und jetzt soll Fitzroy auch noch auf derart schlimme Art und Weise bloßgestellt werden – ich ertrage das nicht mehr!«

»Wenn ich dir helfen soll, meine Liebe«, sagte ich und kniete mich vor ihr hin, »dann muß ich wissen, woran ich bin. Du mußt mir alles erzählen, Isobel, denn alles könnte von größter Wichtigkeit sein.«

»Hast du Angst um mich, Jane?«

»Ich habe Angst um uns alle.«

Kapitel 4
Die Witwenklage

14. Dezember 1802, Fortsetzung

»Du hast sicherlich bemerkt, wie besorgt er um mich ist.«

Isobel hatte die Chaiselongue verlassen und stand vor dem Kamin. Mit einer Hand stützte sie sich auf den Sims und sah mich aufmerksam an. In ihrem eleganten Morgenmantel aus Valenciennes-Spitze, das dunkelrote Haar vom Feuerschein beleuchtet, sah sie atemberaubend aus. Was hätte Fitzroy Payne anderes tun können als sie anzubeten?

»In Fitzroy Paynes Auftreten liegt eine Wärme, die über das hinausgeht, was ein Mann einer angeheirateten Tante entgegenbringt«, erwiderte ich vorsichtig.

»Auch einer Tante, die vier Jahre jünger ist als er?« Ihr Lachen klang bitter. »Kann eine Familie noch unpassender arrangiert sein?«

»Du wußtest über den Earl genau Bescheid, als du ihn geheiratet hast, Isobel. Ein Mann, der sechsundzwanzig Jahre älter ist als du, darf doch wohl im Laufe der Jahre den ein oder anderen Neffen bekommen haben.«

»Aber auch einen Neffen wie Fitzroy? Ein Musterexemplar von einem Mann?« Sie drehte sich vor dem Feuer hin und her und hatte die Arme schützend um ihren Oberkörper geschlungen. Sie machte einen gequälten Eindruck. »Den Mann, den ich früher hätte kennenlernen sollen, Jane – und den ich aus dem Grund geheiratet hätte, aus dem man normalerweise heiratet, nämlich aus Liebe und nicht nur aus Gründen der finanziellen Sicherheit?«

»Ich hatte keine Ahnung, daß du dich aus rein wirtschaftlichen Gründen für den Earl entschieden hast, Isobel.« Ich gestehe, daß ich schockiert war. Doch dann erinnerte ich mich in aller Deutlichkeit an unser Gespräch über den Ehestand, das wir am Abend des Balles in dem kleinen Alkoven geführt hatten.

»Wenn das so ist, kannst du keine Ahnung von der Lage meines Vaters zum Zeitpunkt seines Todes gehabt haben«, sagte die Countess und drehte sich zu mir um. »Du erinnerst dich sicherlich, daß er ein Jahr vor meiner Ankunft in England verschied. Tatsächlich war sein Vermögen stark geschrumpft. Die Plantagen in Crosswinds – mein Zuhause während meiner Kindheit – hatten zahlreiche Rückschläge erlitten. Da waren zuerst besonders schlechte Kaffeepreise, dann gab es eine Krankheit, der eine große Zahl von Sträuchern zum Opfer fiel, und außerdem kam es immer wieder zu Unruhen unter den Sklaven, die auf dem Gut arbeiteten. Der Schatten von Lord Harold Trowbridge legte sich bedrückend auf dieses Haus, weil unsere Mittel so gut wie erschöpft waren.«

»Hast du irgendwelche Informationen bezüglich des aktuellen Stands der Dinge auf der Plantage?«

»Ich habe sie von Trowbridge selbst. Er ist vor einem halben Jahr von einer Rundreise durch seine Ländereien auf den Westindischen Inseln zurückgekehrt, denen er auch Crosswinds einverleiben möchte. Er war kaum eine Woche in England, da machte er sich sehr unangenehm bei mir bemerkbar.«

»Aber welche Macht hat er über dich, Isobel, die er auf deinen Vater nicht ausüben wollte?«

»Lord Harold ist mein Hauptgläubiger, Jane. Er hatte alle Schulden mit beträchtlichem Nachlaß aufgekauft und verlangt ausgerechnet jetzt die Rückzahlung von Darlehen, die schon vor dreißig Jahren gewährt wurden – und zwar mit außerordentlich hohen Zinsen«, berichtete meine Freundin und rang verzweifelt die Hände. »Ich habe keine andere Möglichkeit, wie Trowbridge mir andeutet, als ihm das Land zu überschreiben, um die Schulden meines Vaters zu begleichen.«

»Ich hatte keine Ahnung, daß es um deine Angelegenheiten so schlecht bestellt ist.«

»Wie solltest du auch?« sagte Isobel betrübt. »Ich wollte, daß es nicht allgemein bekannt wird. Aber die Angst, Crosswinds zu verlieren, hat seit dem Tod meines Vaters all meine Handlungen bestimmt. Mein Entschluß vor zwei Jahren, nach England zu gehen, wurde in der Absicht gefaßt, einen passenden Ehemann zu suchen – einen Mann mit solidem Hintergrund und Vermögen, der mir aus meiner Klemme helfen würde. Ich hatte geglaubt, ihn in Frederick gefunden zu haben.« Isobel blickte hoch zum Portrait ihres verstorbenen Ehemannes, und ihr Gesicht nahm einen zärtlichen Ausdruck an.

»Ich kann dir anvertrauen, daß er meine Sorgen kannte, als er mich heiratete, Jane«, fuhr sie fort und sah mich wieder an. »Niemals hätte ich mich und meine Probleme an jemand anderen gebunden, ohne ihm alles zu offenbaren. Lord Scargrave brachte mir soviel Liebe entgegen« – bei diesen Worten war sie so aufgewühlt, daß ihr für einen Moment die Stimme versagte – »daß er bereit war, sich der Angelegenheit anzunehmen, ohne lange nachzudenken. Er wollte alles tun, was in seiner Macht stand. Er ging sogar so weit, Trowbridge zu unserem Hochzeitsball einzuladen.«

»Und du, Isobel? Hast du ihn ebenso geliebt?«

»Ich dachte, daß das, was ich für ihn empfand, so genannt werden könnte«, erwiderte meine Freundin matt, und sie faßte sich an den Hals. »Vielleicht habe ich mir nur selbst etwas vorgemacht und in Wirklichkeit nur den Wunsch gehabt, die Sicherheit in Anspruch zu nehmen, die er mir so großzügig anbot. Oh, was soll ich über den Mann sagen, der mein Ehemann war, Jane?« Sie ließ sich voller Mutlosigkeit wieder auf die Chaiselongue sinken.

»Er schien ein respektabler Mann gewesen zu sein«, meinte ich.

»Jane! Jane! Was für ein kaltes Urteil für den armen Frederick!« Isobels Augen füllten sich mit Tränen. »Lord Scargrave war nicht jung, wie du selbst gesehen hast, doch er betrieb jedes seiner Projekte mit wachem Geist und großer Energie. Er war voller Wärme und stets freundlich, dennoch offenbarte er auch die Unbeugsamkeit und Härte seiner Vorfahren, wenn ihm zugesetzt wurde. Ich habe Frederick bewundert, ihn geachtet. Ich empfand ihm gegenüber eine tiefe Dankbarkeit, die ich ihn ständig spüren ließ – ich habe ihn geschätzt, Jane, so wie eine Tochter ihren Vater schätzt. Und in der Tat, ich frage mich manchmal, ob ich nicht einen zweiten Vater gesucht habe, als ich mich auf den Heiratsmarkt begab.«

»Aber Liebe, Isobel?« beharrte ich auf meiner Frage.

Sie schwieg, dachte nach, blickte unverwandt in die Flammen. Plötzlich erschauerte sie, und ich beeilte mich, ihr eine Decke um die Schultern zu legen. »Du darfst nicht frieren, Liebes, wir hatten hier genug Krankheit.«

Die Countess lächelte traurig und schüttelte den Kopf. »Es ist nicht die Kälte, die mir zusetzt, liebe Jane, sondern in mir ist eine tiefe Traurigkeit.«

»Um deinen Mann?«

»Und um mich selbst«, erwiderte sie leise und schaute mir in die Augen. »Ich habe als junges Mädchen nicht gewußt, was Liebe ist. Ich hatte unzählige oberflächliche Flirts – es ergab sich meistens wie von selbst. Aber an dem Tag, an dem ich den Earl heiratete, erfuhr ich, wie es ist, ein tiefes Gefühl zu empfinden, und Gott helfe mir, es galt nicht dem Mann, dem ich angetraut wurde.«

Auf eine derart schmerzliche Enthüllung war eine Reaktion unmöglich. Zu einer solchen Qual konnte es einfach keinen angemessenen Kommentar geben – und Qualen hatte Isobel ganz bestimmt durchlitten. Sie hatte sie während der kurzen Dauer ihrer Ehe durchlitten, und sie konnte sie nicht einmal nach dem viel zu frühen Ableben ihres Mannes überwinden. Ich konnte mir sehr gut vorstellen, daß der Tod des Earls ihren Kummer noch verstärkt hatte, anstatt ihn zu mildern, indem sich bei ihr das Gefühl festsetzte, ihm einen schrecklichen Frevel angetan zu haben – einen Frevel, der nun nicht mehr gutzumachen war.

»Hatte der Earl denn keine Ahnung?« Ich ließ mich in einen Sessel ihrer Chaiselongue gegenüber sinken und genoß die Wärme des Feuers. Die Parklandschaft vor den Fenstern der Countess wurde nun vollständig von der Dunkelheit verschluckt, und die beißende Dezemberkälte belagerte das Haus von allen Seiten.

Isobel schüttelte den Kopf. »Ich bete zu Gott, daß er nichts bemerkt hat. Einen solchen Verrat seiner besten Absichten hätte er niemals ertragen. Um seinetwillen achtete ich auf striktesten Anstand; und Fitzroy tat das gleiche. Auf keinen Fall sollte der Mann entehrt werden, den er fast als einen Vater betrachtete. Er hätte alles getan, um das zu verhindern.«

»Daß wir unsere Empfindungen bei zahllosen Gelegenheiten verraten haben mochten, bezweifle ich nicht, wenn ich diesen verabscheuungswürdigen Brief lese«, fuhr sie fort und deutete auf Marguerites Schreiben. »Neben anderen Reaktionen erzeugt er bei mir auch Angst um meinen Ehemann. Wenn sie etwas gesehen hat, die ja nur eine Dienerin war, was mochte *er* dann gesehen und für sich behalten haben?«

Ich beeilte mich, meine Freundin zu beruhigen. »Die Zofe einer Lady ist häufig öfter mit ihrer Herrin zusammen als ihr Ehemann, Isobel. Du weißt selbst, daß es so ist. Marguerite hat vielleicht nur etwas vermutet, und ihr Schuß ins Blaue hat zufälligerweise genau getroffen. Wenn ich mich an das gutgelaunte und unbeschwerte Auftreten deines Mannes vor zwei Tagen erinnere, gehe ich davon aus, daß er sich selbst als einen glücklichen Mann betrachtet hat, der sich deiner ungeteilten Zuneigung erfreuen konnte.«

»Du klingst sehr überzeugend, Jane.« Isobels Stimme war lebhaft. »Hast du es wirklich geglaubt?«

»Das habe ich bis zu dem Moment, als Lord Payne diesen Teufel Trowbridge wegschickte. Damit bewies der Viscount eine große Fürsorge für dein Wohlergehen – eine Fürsorge, die über das hinausgeht, was ein Neffe für seine neue Tante empfindet. Oh, Isobel, wie konnten zwei Menschen wie ihr beiden, rechtschaffen und vernünftig, nur vergessen, was der Anstand gebietet?«

Ein Holzscheit explodierte plötzlich im Kamin, schleuderte Glutbrocken bis dicht vor unsere Füße, und Isobel, die das Portrait ihres Mannes betrachtete, erschrak. Ich bückte mich nach dem Feuerhaken und sorgte dafür, daß die Flammen wieder hochloderten.

Meine Freundin berührte mit den Fingerspitzen ihre zitternden Lippen. »Es erscheint wahnsinnig, gebe ich gerne zu«, erwiderte sie, »wie es nur eine solche Liebe sein kann.« Sie holte tief Luft und schöpfte neue Energie, um fortfahren zu können.

»Fitzroy ist für mich ein wahrer Seelengefährte, Jane.

Wir denken wie ein einziges Wesen, und wenn wir nicht miteinander reden können, reicht uns nicht selten ein Blick, um nicht den Mut zu verlieren und durchzuhalten.«

Ihre Worte trafen mich mitten ins Herz, da sie praktisch die gleichen waren, die ich mir selbst einmal über einen anderen jungen Mann vorgesagt hatte, der für mich niemals erreichbar gewesen wäre.* Ungeschickt ließ ich den Schürhaken fallen und überspielte meine Verwirrung, indem ich ihn umständlich aufhob.

Isobel bemerkte meine Bestürzung und interpretierte sie völlig falsch. Ihre nächsten Worte fielen entsprechend scharf aus. »Aber ich kann wohl kaum erwarten, daß du die Intensität der Gefühle nachempfinden kannst, denen ich ausgesetzt war. Für unsere ach so praktisch veranlagte Jane sind derart tiefe Empfindungen verpönt. Ich wäre schon froh, wenn du wenigstens andeutungsweise verstehen würdest, wie sich alles entwickelt hat.«

Ich war verletzt, muß ich zugeben, denn es gab einmal eine Zeit, als dieses Gefühl das einzige war, von dem ich annahm, daß es sich dafür zu leben lohnt. Aber diese Zeit ist lange vorbei. Ich entschied, daß ich Isobel nicht wegen Dingen tadeln wollte, die sie im Zustand tiefer Verwirrung ausgesprochen hatte, und behielt meine Reaktion für mich. »Aber sicher doch, meine Liebe, ich möchte es hören«, sagte ich und kehrte in meinen Sessel zurück, »das heißt natürlich nur, wenn du wirklich darüber sprechen willst.«

Isobel hatte soviel Takt, meine Bereitschaft mit Staunen zur Kenntnis zu nehmen, und begann ohne eine besondere Einleitung mit ihrer unseligen Geschichte.

* Aus dem Text wird nicht deutlich, an welchen früheren Verehrer Jane denkt. Weil diese Manuskripte eher als private Aufzeichnungen zu betrachten sind, gibt es gelegentlich Passagen, in denen Jane ganz eindeutig »Selbstgespräche« führt. – *Die Herausgeberin*

»Ich lernte Fitzroy auf dem Höhepunkt der Saison in London kennen, als der Termin für meine Verlobung mit dem Earl bereits festgelegt worden war und meine Tante und meine Cousine Fanny zu Besuch gekommen waren«, begann sie.

»Ich entsinne mich an deine Briefe in dieser Zeit. Darin war nichts von Unzufriedenheit oder Unglück zu spüren, sondern sie vermittelten mir eine Stimmung gespannter Erwartung der nächsten Monate.«

»Wie hätte es auch anders sein können?« rief meine Freundin. »Wir wollten uns in das frivolste und unbeschwerteste Abenteuer stürzen, das eine Lady sich vorstellen kann – wir wollten mein Hochzeitskleid aussuchen. Meine Tante kennt die besten Modehäuser, wie du dir nach den Gesprächen des heutigen Vormittags sicherlich denken kannst. Und ihr Rat beim Kauf der Garderobe einer Countess war für mich unbezahlbar. Ein solches Unternehmen war letztendlich für sie nichts anderes als eine Art Generalprobe für die Hochzeit ihrer Tochter, ihres ein und alles.«

»Ich kann eigentlich nur dankbar sein, daß die Absichten meiner Mutter sich in weniger materiellen Bahnen bewegten«, stellte ich trocken fest, »denn ich hätte ihre Hoffnungen sicherlich auf der ganzen Linie enttäuscht.«

Da sie meine Mutter während ihres Aufenthaltes in Bath des öfteren getroffen hatte, konnte Isobel ein Lächeln nicht unterdrücken. Aber ihr trauriger Bericht forderte wieder ihre ganze Aufmerksamkeit. »Lord Payne wohnte seit kurzem im Stadthaus seines Onkels, nachdem er sein Gut in Derbyshire für die Dauer der Saison verlassen hatte. Fitzroy wurde sofort zum Objekt von Tante Delahoussayes aufgeregten Spekulationen, denn wo in einer Familie eine Verbindung geschlossen wird und die betreffenden Mitglieder häufig zusammenkommen, kann sich auch sehr schnell eine weitere Verbindung ergeben. Und ihre Tochter zur Erbin des Titels zu machen, den ich übernehmen würde, indem sie den Erben meines Mannes heiratete, wurde zu einem Hauptanliegen meiner Tante.«

»Das ist es immer noch«, konnte ich mir nicht verkneifen. »Ich wurde neulich fast von der Tanzfläche gezerrt, als Madame Delahoussaye sich darum bemühte, ihrer Tochter Lord Payne als Tanzpartner zu sichern.«

»Und das nachdem ich Fitzroy bereits gebeten hatte, Fanny im ersten Tanz zu führen, hinter seinem Onkel und mir. Er verabscheut nichts so sehr wie das Tanzen, ganz gleich wie gut er es beherrscht. Und er betrachtet die Teilnahme mit Fanny als Strafe. Viel lieber wäre er dein Partner gewesen, meine liebe Jane – er hat es mir selbst gesagt.«

»Ich bin geschmeichelt – aber wir schweifen ab.«

»In London wurde mein zukünftiger Ehemann häufig von seinen Geschäftspartnern in Anspruch genommen und konnte mich daher nicht so oft zu den gesellschaftlichen Anlässen der Saison begleiten, wie es ihm lieb gewesen wäre. Frederick hatte jedoch keine Schwierigkeiten, Fitzroy an seiner Stelle mitgehen zu lassen, und meine Tante sorgte dafür, daß Fanny die dritte in unserem Bund war.« Überwältigt von der Erinnerung verstummte Isobel einen Moment lang.

»Viele Stunden schlenderten wir zu dritt über die Bond Street, Jane, Fitzroy von zwei Ladys flankiert. Oder wir fuhren im Park in unserer Kutsche spazieren, Fitzroy mir gegenüber und Fanny zu seiner Rechten. Es wurde zunehmend eine Qual. Sein und mein Geist waren einander zu ähnlich, um nicht die geringste Gelegenheit zum Austausch zu nutzen. Wir hatten vieles gemeinsam, das uns interessierte und bewegte. Aber trotz der zunehmenden Glückseligkeit, die wir in Gegenwart des anderen empfanden, machte sich Verzweiflung bemerkbar. Die Unausweichlichkeit meines weiteren Schicksals rückte näher – und den Mann zu entehren, der für jeden von uns soviel getan hatte, war undenkbar. Daß wir intensiv in dieser Richtung nachdachten, ohne miteinander darüber zu reden – daß wir überhaupt niemals über die Empfindungen gesprochen haben, die uns in Gegenwart des anderen überfielen – brauche ich nicht eigens zu betonen. Darüber zu reden, hätte nur weitere Qual bedeutet.« Sie verstummte, überwältigt von Mutlosigkeit.

»Bis?« drängte ich sie.

Die Countess zögerte, als habe sie Hemmungen, die Indiskretionen der Vergangenheit auszusprechen. »Bis Fanny eines Tages von einem leichten Unwohlsein heimgesucht wurde, da sie am Abend vorher zu reichlich dem kalten Braten zugesprochen hatte.«

»Dies hinderte sie daran, euch am nächsten Tag zu begleiten?«

»So war's. Wir hatten uns vorgenommen, Hampton Court einen Besuch abzustatten und dazu mit einem Kahn die Themse aufwärts zu fahren. Wir unternahmen diesen Ausflug – allerdings diesmal nur zu zweit.« Das Gesicht meiner Freundin leuchtete plötzlich. »Es waren wundervolle Stunden, Jane! Es war ein Tag sorgloser Glückseligkeit. Voller Lachen, voll von bedeutungsvollem Schweigen, und wie sehr zitterte meine Hand, als ich sie auf seinen Arm legte. Wir wanderten durch elegante Säle und sorgfältig gepflegte Gärten, als gehörte dies alles uns allein und als bewegten wir uns in unserem ureigenen Reich. Es war eine wunderschöne Scharade. Wenigstens für kurze Zeit konnten wir etwas spielen, was wir niemals in der Wirklichkeit erleben würden.«

Isobels Gefühlsüberschwang übertrug sich auch auf mich und lähmte meine Sinne, und ich bemühte mich um Nüchternheit. »Dann habt ihr angefangen, von der Zukunft zu reden?«

»Wie hätten wir das unterlassen können?« Ein Schatten glitt über ihre Miene. »Aber dieses Gespräch wurde für den Abend aufgespart, für die Zeit, in der die länger werdenden Schatten uns verkündeten, daß die Zeit der Freiheit zu Ende ging, daß wir das Paradies verlassen mußten. Indem wir über die bevorstehende und notwendige Rückkehr und darüber sprachen, was sie für uns bedeuten würde, äußerte Fitzroy, daß er es nicht ertragen könne. Und im Schatten eines großen Baums im Garten von Hampton Court umarmte er mich und ... küßte mich, Jane.«

Ich war stumm vor Mitleid und Entsetzen.

»Die Erinnerung daran brennt noch immer auf meinen Lippen«, sagte Isobel und berührte mit einem Finger ihren Mund. »Sie sollte den ganzen Tag lang in meinem Herzen brennen, während ich mit dem armen Frederick zu Abend aß – und mit Fitzroy, der mir gegenüber saß, als wäre er zu Stein erstarrt.«

Die Hand meiner Freundin fand die meine und drückte sie. »Hast du jemals eine niederschmetternde Traurigkeit verspürt, die von einem selig machenden Hochgefühl begleitet wurde?«

Ich konnte nur den Kopf schütteln, da ich nicht bereit war, mein eigenes Schicksal zu offenbaren.

»Dann hast du niemals geliebt«, entschied Isobel mit Nachdruck, »und du hast recht daran getan, Mr. Bigg-Wither nicht zu heiraten.«

»Aber was war denn das Ergebnis, meine Liebe?« wollte ich wissen. »Hast du niemals daran gedacht, dich Lord Scargrave vorbehaltlos zu offenbaren?«

»Nein, Jane. Das war nicht möglich. Wir gestanden

einander unsere Liebe, sprachen über unsere Ehre und die Achtung, die wir dem Earl schuldig waren, und kamen zu einem qualvollen Ergebnis. Ich konnte Fitzroy nicht vernichten, indem ich seinen Onkel entehrte – und vernichten würde ich ihn ganz gewiß. Dies zu tun, würde jeden im Haus des Earls in Mitleidenschaft ziehen und die reinen Gefühle, die wir füreinander hegten, mit Schmerz und Schuld belasten.«

»Aber wie konntet ihr weiterleben?« fragte ich fassungslos.

Isobels Miene drückte ihre tiefe Verwirrung aus. »Ich weiß, daß du nicht so gehandelt hättest, liebste Jane. Mit deiner Kraft und Vernunft hättest du die Verlobung gelöst und dich zurückgezogen.« Sie zögerte, als bereiteten die nächsten Worte ihr große Schmerzen. »Aber ich mußte an Crosswinds denken und an das, was Lord Scargrave zu unternehmen versprochen hatte. Um meines Vaters willen entschied ich, daß ich nichts anderes tun konnte, als den Earl zu heiraten.«

»Und Lord Payne? Wie reagierte er darauf?«

»Wir kamen überein, daß es wohl am besten sei, wenn wir einander bis zu jenem schicksalhaften Tag meiden würden. Fitzroy präsentierte dem Earl irgendeine Ausrede und flüchtete hinaus aufs Land. Ich heiratete zwei Wochen später, bereiste danach drei Monate lang den Kontinent und kehrte zu Weihnachten nach Scargrave zurück.«

»Ich frage mich, wie du das ertragen hast«, sagte ich.

»Hast du denn die Veränderung nicht gesehen?« platzte Isobel heraus. »Du, meine beste Freundin – hast du nicht bemerkt, daß ich großen Kummer hatte?«

»Das habe ich nicht, Isobel«, erwiderte ich und wunderte mich insgeheim über meine Dummheit. »Ich dachte, du seist ein wenig erschöpft auf Grund der Anforderungen, die dein neuer Status mit sich bringt.

Und das ist doch eigentlich ein gutes Zeichen, meine Liebe – denn wenn ich nichts bemerkt habe, kannst du sicher sein, daß dein Mann ebenso ahnungslos war.«

»Wie schrecklich«, murmelte die Countess, »daß man die Ahnungslosigkeit eines Ehemannes als einen Segen empfindet.«

»Und ihr – der Viscount und du – habt euch bis zu dem Ball nicht mehr gesehen?« fragte ich.

Sie schüttelte den Kopf. »Deshalb hatte ich doch um dein Erscheinen gebeten, Jane. Ich brauchte das Bewußtsein, daß mir in diesem Augenblick eine Freundin zur Seite stand. Daß Fitzroy sich einfand, war nötig, weil er es seinem Onkel schuldig war. Wenn er nicht erschienen wäre, hätte das sehr seltsam ausgesehen. Aber er traf mich nicht in einer gefaßten Gemütsverfassung an. Und ich glaube, daß seine Gefühle auch nach all den Monaten noch die gleichen sind, so wie ich es von meinen weiß.«

»Isobel«, begann ich und stand auf. Ich hielt den zerknüllten Brief der Zofe in der Hand, »wir müssen überlegen, was zu tun ist. Marguerite erklärt, sie wolle den Magistrat aufsuchen. Wir haben uns entschlossen, uns in dieser Sache selbst an ihn zu wenden, und berauben sie damit des Vorteils der Überraschung. Um diese Affäre aufzuklären und halbwegs geheim zu halten, scheint dies der einzige Weg zu ein. Aber was dann? Wirst du vor Sir William offenbaren, wie deine Gefühle für Fitzroy aussehen?«

Isobel sprang von ihrer Chaiselongue hoch. Ihre Wangen waren hitzig gerötet, und ihre Augen funkelten vor Empörung. »Das ist unmöglich! In jeder Hinsicht – unmöglich!«

»Du wirst also alles abstreiten?«

»Ich werde diese Mutmaßung als ebenso unsinnig abtun wie alle anderen Anschuldigungen der Zofe –

keinen Deut glaubwürdiger als ihre Mordanklage«, erwiderte sie hitzig.

»Was könnte denn ihr Motiv gewesen sein? Diese Frage müssen wie erst einmal beantworten.« Ich blieb unter dem Portrait des Earls stehen und betrachtete es nachdenklich. »Wir müssen Sir William mitteilen, daß wir Marguerite der Erpressung für fähig halten. Daß sie dir Angst einjagen will, damit du sie für ihr Schweigen belohnst. Ein verlogener Akt einer verlogenen Magd. Er muß das Motiv dieser Tat durchschauen.«

Isobel ging schnell zu ihrem Schreibtisch, um Feder und Papier zu holen. »Natürlich, Jane. Du hast recht. Ich lasse sofort einen Lakaien kommen. Er kann meinen Brief zu Sir William bringen. Ich denke, wir sollten uns am besten morgen nach der Beerdigung mit ihm treffen, oder was meinst du?«

»Das wäre auf jeden Fall vernünftig.«

»Dann soll es so geschehen.«

»Isobel –« begann ich und zögerte dann. Weshalb sollte ich sie noch mehr beunruhigen, nachdem ihr Leben schon jetzt völlig aus den Fugen geraten war?

»Ja, was ist, Jane?«

»Du bist ganz sicher, daß dein Mann eines natürlichen Todes gestorben ist?«

»Weshalb sollte ich das nicht sein?«

»Tja, weshalb eigentlich?«

Kapitel 5

Alte Freunde soll man nicht vergessen

15. Dezember 1802

Liebste Cassandra,
Du hast mich gebeten, Dir zu schreiben, sobald Lord Scargrave unter der Erde liegt, und Dir die näheren Umstände zu schildern.

Der Tag begann stürmisch, und es schneite sogar ziemlich stark, so daß wir uns für die Fahrt zur Messe mit Reverend Samuel in der kleinen Kirche von Scargrave Close geschlossene Kutschen nahmen. Der Reverend ist schon ein älterer Mann, der sehr hager und kurzsichtig ist. Er scheint schwindsüchtig und nicht mehr ganz Herr seiner Sinne zu sein, denn er sprach den Verstorbenen mehr als einmal mit dem Namen seines Vaters und einmal sogar mit dem seines Bruders an, die beide vor dem Lord verstorben sind. Die angegriffene Gesundheit des Zelebranten und seine Zerstreutheit sind eine Erklärung dafür, daß er auf Scargrave nicht sonderlich beliebt ist. Sie sind gleichzeitig ein Hinweis darauf, wie schnell George Hearst die Pfründe übernehmen könnte, wenn der letzte Wille des Earls einen entsprechenden Passus enthält, wie Mr. Hearst durchaus hoffen kann.

Erwartungsgemäß enthielt die Totenrede des Reverend wenig Bemerkenswertes. Es war eine nüchterne Lebensbeschreibung des Earls, die aus dem Archiv einer Londoner Illustrierten hätte stammen können und nicht gerade auf intime Kenntnisse hinsichtlich der Persönlichkeit des Lords hindeutete. Ich finde, es gibt nichts Traurigeres als eine solche Zeremonie, wenn in ihr Gleichgültigkeit und absolute Ignoranz gegenüber dem Verblichenen zum Ausdruck kommen. Es ist besser, von jenen gewürdigt zu werden, die man kannte und liebte, als von einem nahezu Fremden mit völlig gegensätzlichem Temperament, mit dem man nicht öfter zusammengetroffen ist, als gewisse gesellschaftliche Regeln es erforderlich machten. Aber das war nun einmal das Schicksal des Earl von Scargrave.

Wie es Brauch ist, begleiteten nur die Männer der Familie den Sarg bis zur Gruft der Scargraves, wo bereits die erste Countess die ewige Ruhe gefunden hat. Angesichts des dichten Schneefalls gebe ich zu, daß ich dieses eine Mal froh war über das Los, das mir und meinen Geschlechtsgenossinnen zugedacht war. Die Frauen begaben sich ins Haus, um dort in der Weise zu trauern, wie es von einer Lady mit Feingefühl und guten Manieren erwartet wird. Da du mein Feingefühl und meine Manieren kennst, brauche ich dir nicht eigens zu schildern, daß ich nur wenige Tränen vergoß. Ich gebe jedoch eine kurze Phase nachdenklichen Schweigens zu, in der ich mich mit dem plötzlichen Hinscheiden des Earls und dem bevorstehenden Gespräch mit Sir William beschäftigte – ja, Sir William Reynolds, unser guter alter Freund, der nach seiner Pensionierung von London nach Hertfordshire übergesiedelt ist und dort nun den Posten des örtlichen Magistrats innehat.

Du hast die Einzelheiten über den Brief der Zofe Marguerite in meinem letzten Schreiben* erfahren. Wenn ich jedoch unterlassen habe, offen all das zu schildern, worüber Isobel an jenem Tag gesprochen hat, bitte ich dich um Entschuldigung. Was ich erfuhr, erfuhr ich un-

* Dieser Brief, in dem Jane ihrer Schwester vermutlich den Tod des Earls mitgeteilt hat, war im Tagebuch nicht mehr enthalten. – *Die Herausgeberin*

ter dem Siegel der Verschwiegenheit, und mehr ist dazu nicht zu sagen. Es reicht, wenn ich erkläre, daß wir ungeduldig auf diesen Nachmittag warten, wo wir dem Vertreter des Gesetzes den Beweis für eine mögliche Erpressung vorlegen wollen und dabei hoffen, daß dieser Schritt unselige Gerüchte unterbinden möge.

Ich fürchte, daß das Weihnachtsfest auf Scargrave eine ziemlich traurige Angelegenheit wird, und wünschte, daß ich nach Bath und zu meiner geliebten Schwester zurückkehren könnte, wäre da nicht Isobel, die aus meiner Anwesenheit Trost und Kraft gewinnt.

Ich schicke Dir meine Liebe und bitte dich, Vater und Mama von mir zu grüßen.

In unendlicher Liebe
J. A.

Späterer Tagebucheintrag am gleichen Tag

Wir hatten uns zum Tee im großen Salon von Scargrave versammelt, als Cobblestone, der gebückt gehende und betagte Butler, Sir William ankündigte. Trotz Isobels beunruhigtem Blick stellte ich erleichtert fest, daß sein Besuch von den anderen Familienangehörigen nicht als ungewöhnlich empfunden wurde.

»Ich glaube, er kommt, um uns zu kondolieren«, sagte Fitzroy Payne.

»Und sicherlich auch, um seine Stellung beim neuen Earl zu festigen«, warf Tom Hearst ein, während Cobblestone sich zurückzog. Der Lieutenant stocherte mit einem Feuerhaken an einem Holzscheit herum, das ihm offensichtlich mit zu kleiner Flamme brannte, und erzeugte einen wahren Funkenregen. »Diese armseligen Ortsrichter sind einer wie der andere. Sie klammern sich an ihre Sessel, laben sich auf den örtlichen Festen ausgiebig an Hammel und Bier und kümmern sich ansonsten wenig um anderes als um ihre eigenen Belange.«

»Ein Makel, den sie mit dem unbedeutenden örtlichen Landadel gemeinsam haben«, lautete eine düstere Bemerkung.

Alle Augen wandten sich Mr. George Hearst zu, der in seinem Ohrensessel in der hintersten Ecke des Raums fast versank und einen Band von *Fordyce's Sermons* auf dem Schoß hatte. »Wir können nicht erwarten, daß die Männer, die wir dazu bestimmen, über uns zu richten, besser sind als wir selbst. Wenn Sir William sich nicht auf dem Gut einschmeicheln würde, wäre es ein Wunder. Denn eines ist sicher, Bruder, du und ich haben es unser ganzes Leben lang versucht.«

»Ich glaube, du irrst dich, Vetter«, rief der neue Earl mit Nachdruck. »Sir William ist ehemaliges Mitglied der King's Bench*, ein Barrister, der bekannt war für seinen Scharfblick; und obgleich Scargrave Close wenig bietet, was seinen Geist nach der Londoner Weltläufigkeit ansprechen könnte, nimmt er trotzdem sein Amt mit nicht geringerer Sorgfalt wahr.« Fitzroy Payne wandte sich zu Lord Harold Trowbridge um, der in einem hochlehnigen Sessel ein Stück abseits saß und das Geschehen mit den verhangenen Augen eines Falken beobachtete. »Ich glaube, Sie haben durchaus Grund, Sir Williams scharfen Geist zu fürchten, Lord Harold.

* Vor drei Londoner Gerichtshöfen wurden Rechtssachen verhandelt – der King's Bench Division, dem Court of Exchequer und dem Court of Common Pleas. Ein Barrister der King's Bench Division verhandelte strafrechtliche Fälle, ein Barrister am Court of Exchequer, dem Finanzgericht, stritt um Gelder – Zollgebühren, Steuern, Bußgelder und Geldstrafen –, auf die die Krone Anspruch hatte, und ein Barrister am Court of Common Pleas beschäftigte sich mit zivilrechtlichen Streitigkeiten. – *Die Herausgeberin*

Sie hatten doch schon mehr als einmal mit ihm zu tun, als er noch am Court of Exchequer tätig war, oder?«

Ein Lächeln breitete sich langsam auf dem schmalen, dunklen Gesicht aus. »Er hat sich recht gut amüsiert. Auf meine Kosten. Und ich auf seine.«

»Ein pensionierter Barrister! Aber das ist stark!« rief der Lieutenant aus. »Meine Freunde im Cock and Bull sollten lieber auf ihre Gläser achten und sich eine neue Wirkungsstätte suchen, nun da ein Gesetzesvertreter in Scargrave aufgetaucht ist!«

»Wenn Sir William es schafft, sogar *deine* Zügellosigkeit zu bremsen, Tom, können wir seine Anwesenheit als Segen betrachten«, bemerkte George Hearst. Für einen Moment schwiegen wir alle betreten. Aber Mr. Spinoza muß Fanny Delahoussaye vor Augen gehabt haben, als er erklärte, daß die Natur jedes Vakuum verabscheut. Sie übernahm mit mehr Hast als Besonnenheit die Verteidigung ihres Favoriten.

»Von allen Ständen muß der Anwaltsstand als der gewöhnlichste betrachtet werden«, verkündete sie mit einem Blick zu Tom Hearst in seinem dunkelblauen Uniformrock. »In der Medizin können wir ein edleres Anliegen erkennen, das, trotz des ganzen Brimboriums in diesem Gewerbe im Erhalten und Retten von Leben besteht. Die Kirche steht dank der Heiligkeit ihrer Anliegen jenseits jeglicher Kritik. Und das militärische Leben ist natürlich aufgrund der dafür notwendigen Tapferkeit und inneren Stärke allem anderen gegenüber vorzuziehen.«

Miss Fannys Ansprache wurde von einem abfälligen Schnauben von Seiten ihrer Mutter unterbrochen, die einen haßerfüllten Blick auf Tom Hearst warf. Der Lieutenant grinste Madame lediglich an und verneigte sich in Richtung ihrer Tochter.

»Aber wie sollen wir den Anwaltsstand loben?« fuhr

Miss Delahoussaye unerschrocken fort. »Eine schlimme Einmischung in die Angelegenheiten von Schuldnern, Halsabschneidern und Schwindlern, die niedrigsten Wesen der Gesellschaft, und das gegen eine Gebühr, die man nach außen hin gar nicht annimmt, indem man seine Rechnung über den eigenen Solicitor zustellt!*

Ich würde für nichts in der Welt einen Barrister heiraten!«

»Und ein solcher«, ließ Lord Harold sich aus seiner Ecke vernehmen, »wäre sicherlich schlecht beraten, wenn er *Sie* heiraten würde.«

Baronet Sir William Reynolds wurde kurz nach dieser Bemerkung hereingeführt. Zuerst begrüßte er den neuen Earl, da er der höchste anwesende Adlige war. Dann verbeugte er sich vor der Countess. Lord Harold Trowbridge wurde lediglich mit einem Kopfnicken bedacht. Ob er sich an die Gelegenheiten erinnerte, bei denen der Sohn des Duke gegen ihn gesiegt hatte, war seiner Miene nicht anzumerken. Als er auch die Delahoussayes und die Hearsts begrüßt hatte, erhob ich mich, um ihn mit Handschlag willkommen zu heißen, und sagte aufrichtig erfreut: »Sir William! Welch ein glücklicher Zufall, daß ich Sie nach so vielen Jahren wiedersehen darf!«

»Miss Austen, tatsächlich!« Das Lächeln, das sich auf seinem freundlichen alten Gesicht ausbreitete, war wie ein Sonnenstrahl in dieser bedrückenden Atmosphäre.

* Weil Solicitoren – Anwälte mit geringeren Kompetenzen – für Barrister Prozesse vorbereiteten und das Honorar in Form eines »Geschenks« zum Dank für die Bemühungen des Barristers in Empfang nahmen, galten Solicitoren als Kaufleute, während Barrister ihren Status als Gentlemen behielten. Die gleiche Unterscheidung wurde zwischen Ärzten – ausgebildeten Fachleuten, die vor Gericht auftreten durften – und Badern und Landärzten getroffen, die dazu nicht berechtigt waren. – *Die Herausgeberin*

»Ein Vergnügen, auf das ich niemals zu hoffen gewagt hätte! Und wie geht es Ihrem lieben Vater?«

»Sehr gut, als wir uns das letzte Mal sahen. Er freut sich sicherlich, das gleiche von Ihnen zu hören.«

»Sie kennen Sir William, Miss Austen?« fragte der Earl erstaunt.

»So ist es, Mylord, seit meiner Kindheit.«

»Ich studierte mit ihrem Vater in Oxford«, erzählte der gute Mann mit leuchtenden Augen, »und war schließlich Pate eines ihrer Brüder. Wie geht es dem Jungen eigentlich?«

»Charles macht gute Fortschritte bei der Marine. Allerdings ist Frank, der ältere, ihm immer noch um einiges voraus.«

»Das ist auch gut so!« rief Sir William aus und machte aus seiner Freude keinen Hehl, bis ihm der Grund seines Besuchs in diesem Haus wieder bewußt wurde und er sich um eine ernstere Miene bemühte.

Sir William Reynolds ist eine Persönlichkeit mit vielfältigen Talenten. Er ist stets guter Laune und verbirgt seinen scharfen Verstand gerne hinter einer geradezu überschwenglichen Freundlichkeit. Er hatte seine Tätigkeit als Anwalt und sein Büro in der King's Bench Division vor fünf Monaten, nachdem er zum Ritter geschlagen worden war, aufgegeben und sich in Scargrave Close niedergelassen, um dort seinen Lebensabend zu genießen. Ähnliches hatte mein Vater im Sinn, als er sich nach Bath zurückgezogen hatte. Der durch den Ritterschlag verliehene Titel eines Baronets hatte wenig an seinem unkonventionellen Auftreten geändert. Sir William gehörte nicht zu denen, die sich einen falschen Stolz aneignen, sondern er zeichnete sich durch eine solide Distinguiertheit aus, die sich bei seiner derzeitigen Tätigkeit als Friedensrichter durchaus nützlich erwies. Daß sein gesunder Menschenverstand Isobels Problemen zu einer schnellen Lösung verhelfen würde, dessen war ich mir sicher.

»Mein tiefstes und aufrichtig empfundenes Beileid, Mylady«, sagte Sir William und verbeugte sich vor meiner Freundin.

»Vielen Dank, Sir William.« Isobels Hand wanderte zu ihrer Kehle, eine Geste, die mir zunehmend vertraut vorkam. Für einen kurzen Moment befürchtete ich, daß sie ohnmächtig werden könnte, und wollte ihr zu Hilfe kommen. Aber Fitzroy Payne war schon vor mir dort. Schnell stellte er ihr einen Sessel bereit, wobei sein zärtlicher Blick seine innige Fürsorge verriet. Denn Isobel hat sich tatsächlich vollkommen verwandelt.

Bei der Countess sind die Anzeichen großer Erschöpfung nicht zu übersehen. Sie ist nicht nur die Folge der traurigen Feierlichkeit des Vormittags, sondern kündet von einer zutiefst gestörten inneren Ruhe. Auf Grund von Marguerites Verschwinden ist niemand mehr da, der ihr beim Frisieren behilflich ist, daher sind die hübschen Locken, die einst ihre Stirn so reizend verziert haben, nun straff zurückgekämmt. Ihr Trauerkleid läßt keinen Zweifel daran, daß es das letzte Mal anläßlich des Todes ihres Vaters getragen wurde, da es seit drei Jahren völlig aus der Mode ist. Isobel hat weder die Zeit noch die Absicht, einen Schneider aufzusuchen, um sich etwas Neues auszusuchen. Mit ihrem bleichen Teint und den vom Weinen geröteten Augen ist meine Freundin alles andere als eine reizende Erscheinung, außer daß auch in ihrer bemitleidenswerten Verzweiflung etwas Reizvolles, Liebenswertes gesehen werden könnte.

»Sie sind sehr lieb, Sir William, sich zu Ehren des verstorbenen Earls durch den Schnee gekämpft zu haben«, sagte Fitzroy Payne in dem Bemühen, so dachte ich, einen peinlichen Moment auszufüllen. Ich war innerlich dankbar für diese Bemerkung, wohl wissend, daß Sir William auf Isobels Einladung hin erschienen war und sich bestimmt nach dem Grund dafür fragte.

»Gefällt es Ihnen in Scargrave Close, Sir William?« schaltete ich mich eilig in das Gespräch ein.

Ein Anflug von Amüsiertheit glitt über das Gesicht des alten Barristers, während er sich zu mir umdrehte. »Sehr gut sogar, Miss Austen, wirklich bestens. Der verstorbene Earl war eine Persönlichkeit voller Redlichkeit und Disziplin, und das umliegende Land verrät seine ordnende Hand. Vor Ihnen liegt eine schwere Aufgabe, Lord Scargrave, wenn in Zukunft Sie die Pflichten Ihres Onkels wahrnehmen wollen.«

»Das weiß ich nur zu gut, Sir«, erwiderte Fitzroy Payne lebhaft, »dabei hatte ich angenommen, mich noch einige Jahre lang auf diese Rolle vorbereiten zu können. Die Trauer über den Tod meines geliebten Onkels entspringt nicht zum geringen Teil der Erkenntnis, daß es nun keine Möglichkeit des Lernens mehr gibt, ganz gleich wie unvollkommen meine derzeitigen Fähigkeiten in dieser Richtung auch sein mögen.«

»Der Mensch wird zu jeder Zeit vom Tod überfallen wie ein Kind vom Schlaf – viel zu früh und stets bitter beklagt«, warf George Hearst ein. Seine gespenstische Stimme, die aus einem Sessel am Kamin erklang, traf mit ihrer typischen Grabeskälte auf meine Ohren. »Mit Schmerzen werden wir geboren, und unter Schmerzen nehmen wir Abschied von diesem irdischen Leben.«

Fanny Delahoussaye verdrehte die Augen und schaute zu Tom Hearst. Als der Gentleman ihr Lächeln erwiderte, legte sie plötzlich ihre Handarbeit beiseite und erhob sich aus ihrem Sessel. »Ich fühle mich ein wenig unwohl, Mamma«, erklärte sie, lächelte unschuldig und nickte Isobel zu. »Ich denke, ich ziehe mich auf mein Zimmer zurück.«

»Fanny«, erwiderte Madame Delahoussaye mit einem warnenden Unterton in der Stimme, »Sir William ist soeben erst eingetroffen. Du vergißt dich, mein Liebling.«

»Genau das tue ich nicht. Wenn ich mich vergäße, würde ich die nächsten Stunden in Sir Williams Gesellschaft verbringen, Mamma«, erwiderte Fanny mit klagendem Ton. »Eben weil ich mich *nicht* vergessen kann, muß ich mich von Sir William verabschieden.«

»Ich denke, daß ein Spaziergang im Park Ihrem Wohlbefinden nur zuträglich sein kann«, stellte Lieutenant Hearst fest.

»Dessen bin ich mir auch sicher.« Fanny machte ohne weitere Bemerkungen kehrt und verließ fluchtartig den Salon.

»Fanny –« Madame legte ihre Handarbeit ebenfalls nieder und beobachtete Tom Hearst, der Anstalten machte, seinen Platz am Kamin zu verlassen.

»Beunruhigen Sie sich nicht, Madame«, sagte der Lieutenant und beugte sich galant über ihre Hand. »Ich sorge schon dafür, daß Ihrer Tochter nichts zustößt.«

»Aber es schneit!« rief Madame Delahoussaye und hatte Sir William völlig vergessen. Sie entzog Tom Hearst mit einem strafenden Blick ihre Hand und eilte hinter Fanny her.

Der Lieutenant legte den Kopf in den Nacken und lachte schallend, sehr zu Fitzroy Paynes Mißfallen und, seiner Reaktion nach zu urteilen, Lord Harold Trowbridges Vergnügen. Dieser Gentleman hatte seine Londoner Illustrierte gesenkt, um Tom Hearsts listenreiches Spiel besser verfolgen zu können. Aber er erhob sich jetzt ebenfalls und klopfte dem Lieutenant auf die Schulter.

»Sie sollten lieber mit mir Karten spielen, mein lieber Freund«, sagte Trowbridge zu ihm. »Überlassen Sie das junge Ding seiner Mammi.«

»Ich muß mich bei Ihnen entschuldigen, Sir William«, sagte Fitzroy Payne mit tiefem Ernst, während Trowbridge und der Lieutenant sich mit einem Kopfnicken verabschiedeten und zur Halle entfernten. »Ich fürchte, unser Haushalt ist ein wenig in Unordnung. Seit dem Tod des Earls sind wir alle nicht mehr wir selbst.«

»Oder vielleicht«, bemerkte George Hearst aus seiner Ecke, »gerade wir selbst.« Er klappte sein Buch zu und stand auf, um seinem Bruder zu folgen. »Ich fürchte, Sir William, daß der Tod uns gezwungen hat, uns mit unserer eigenen Sterblichkeit auseinanderzusetzen. Und so treffen Sie uns in einer Verfassung an, in der wir wahrscheinlich in unsere Gräber fahren werden – unendlich oberflächlich, gereizt und uns gegenseitig bedauernd.«

»Das tut mir leid zu hören«, erwiderte Sir William. »ich hatte immer gehofft, meinem Schöpfer mit angenehm vollem Bauch und ausgeschlafen gegenüberzutreten.«

Der Humor meines alten Freundes traf bei Mr. Hearst auf taube Ohren.

»Dann könnten Sie sich wirklich glücklich schätzen«, stellte er mit ernster Stimme fest. »Und das in einer Weise, die man höchst selten antrifft. Gewiß hat mein Onkel sich das gleiche gewünscht – und sicher auch mit dem Gedanken, dem Tod, so notwendig und unausweichlich er auch sein mag, erst an einem viel ferneren Tag gegenüberzutreten. Sie sehen, wie wenig seine Hoffnungen ihm geholfen haben. Alle Macht und Wohlstand, die dem Earl von Scargrave zur Verfügung standen, konnten ihm nicht eine weitere Stunde Leben verschaffen.«

»Sicherlich«, sagte Sir William mit einem unbehaglichen Blick zur Countess. Isobels braune Augen wirkten in ihrem schneeweißen Gesicht übergroß, und sie waren mit einem schrecklichen Ausdruck auf Mr. Hearst gerichtet. »Sie haben zweifellos aus dem Beispiel Ihres Onkels Ihre Lehren gezogen.«

»Der Earl hat gerne belehrt, Sir William, so wenig seine Schüler die Lektionen auch zu schätzen wußten.« Die letzten Worte hatten einen bitteren Unterton, und George Hearsts Lippen bildeten eine schmale, verkniffene Linie. Während ich ihn betrachtete, fiel mir auf, wie wenig er seinem Bruder ähnelte. Während die Augen des Lieutenants lebhaft waren und zu tanzen schienen, waren Mr. Hearsts Augen hohl. Und die attraktiven Gesichtszüge des Kavalleristen fanden sich in harter und kantiger Ausführung im Gesicht des Kirchenmannes wieder. Ein geistesabwesender Ausdruck glitt über sein Gesicht, während ich es studierte, und mit einem sehr knappen Kopfnicken verließ Mr. Hearst das Wohnzimmer. Sir William stieß einen tiefen Seufzer aus, als sei er plötzlich von einer schweren Last befreit, und wandte sich lächelnd an Lord Scargrave.

»Nun, Mylord, wenn das Gespenst des Todes uns *Ihr* wahres Ich offenbart hat, brauchen wir uns hinsichtlich der Verwaltung der Grafschaft keine Sorgen zu machen. Denn in Ihrem Fall, Lord Payne – oder sollte ich lieber Lord Scargrave sagen – wird lediglich ein Zuwachs ihrer Vernunft und geschätzten Zurückhaltung sowie Ihrer guten Herkunft deutlich. Kaum ein Gentleman hat inmitten von soviel – Verzweiflung ein solches Maß an Würde an den Tag gelegt.«

Fitzroy Payne neigte leicht den Kopf, aber ich applaudierte im Stillen meinem alten Freund. Er hatte den frischgebackenen Earl perfekt beschrieben. Je mehr ich über Isobels Geliebten erfahre, desto mehr muß ich ihn schätzen. Fitzroy Payne hatte lieber heimlich gelitten, als seinen Onkel zu entehren. Und die Kraft eines Charakters, die dazu nötig ist, verfehlt ihre Wirkung auf mich nicht. Ich verdrängte alle Fragen zur Schicklichkeit seiner Gefühle für Isobel. Es reicht zu wissen, daß er Herr über seine Gefühle war, als es sich am notwendigsten erwies, nämlich als es darum ging, ihre und auch seine Ehre aufrecht zu erhalten.

Doch nun, da der Earl aus diesem Leben geschieden und Isobel frei ist – aber zu all diesen Gedanken sollte sich lieber Sir William äußern. Immer noch ist ein Erpresser auf freiem Fuß, und auch nur die geringste Andeutung eines Skandals könnte tausende zarter Hoffnungen zunichte machen.

»Ah, eine Kanne Tee«, sagte Sir William, als Fetters, der Lakai, mit einem Tablett erschien, »genau das, was ein alter Mann braucht, um die Kälte aus seinen Knochen zu vertreiben.« Er beugte sich über seine Untertasse, und die Unterhaltung versiegte.

»Lord – Scargrave«, sagte Fetters zu Fitzroy Payne, »ich wurde von Mr. Cobblestone gebeten, Ihnen Bescheid zu sagen, sobald die Anwälte eingetroffen sind.«

»Schon wieder? Und dann auch noch am Tag der Totenfeier für meinen Onkel? Das ist ja unerträglich.«

»Ich habe sie in die Bibliothek geführt, Mylord.«

»Sehr gut, Hodges. Ich werde mich gleich zu ihnen begeben.« Fitzroy Payne schaute zu Isobel, um sie zu trösten, aber die Augen meiner Freundin waren auf das Kaminfeuer gerichtet, und falls sie von dem soeben geführten Gespräch irgend etwas mitbekommen haben sollte, würde ich es als wahres Wunder bezeichnen.

Der neue Earl verbeugte sich schweigend vor Sir William und zog sich zurück. Und als die Tür ins Schloß fiel, erschrak Isobel und sah sich unruhig um.

»Ich fürchte, ich habe Ihre Gastfreundschaft schamlos ausgenutzt, Mylady«, sagte Sir William und erhob sich aus seinem Sessel. »Es ist nicht recht, Ihre Geduld bei all Ihrem Kummer so rücksichtslos auf die Probe zu stellen. Deshalb bitte ich um Entschuldigung und möchte mich gleichzeitig verabschieden.«

»Aber Sie nutzen gar nichts aus, Sir William. Ich bin es eigentlich, die getadelt werden müßte, denn ich habe Sie ausdrücklich um Ihr Erscheinen gebeten, und nun fehlt mir der Mut zum Reden.«

»Drohen irgendwelche Schwierigkeiten, Mylady?«

Isobels schöne Augen blickten in die klugen Augen des Magistrats, und sie studierte nachdenklich seine Miene. Dann drehte sie sich zu mir um, ohne seine Frage zu beantworten. »Jane«, sagte sie, »kann ich dich einmal sprechen?«

Ich folgte ihr hinaus in die Halle, wo vor kurzem noch ihr Mann aufgebahrt gewesen war. Der Duft von verwelkenden Blumen und Bienenwachs hing schwer in der Luft.

»Da du mit dem Magistrat so eng befreundet bist«, begann Isobel in nervösem Tonfall, »könntest *du* ihm dann nicht einiges von dem schildern, was geschehen ist? Mir wäre um vieles wohler, wenn jemand, der ihn besser kennt, mit ihm reden würde. Denn ich muß gestehen, daß er mir völlig fremd ist, Jane.«

»Aber natürlich, Isobel«, sagte ich und ergriff ihre Hand. Zu meinem Schrecken war sie erstaunlich kalt. »Ich erkläre einfach, daß ich mit ihm in seiner Kutsche nach Scargrave Close zurückkehren möchte, um auch seiner Frau, Lady Reynolds, einen Besuch abzustatten.«

»Oh, Jane!« rief Isobel, und ihre Augen füllten sich mit Tränen. »Und das bei einem solchen Wetter!« Sie schaute aus dem Fenster hinaus auf die triste Schneelandschaft. »Du bist so gut zu mir!«

»Glaubst du ich könnte anders zu dir sein?« erwiderte ich und drückte zärtlich ihre kalten Finger. »Mach dir wegen ein wenig Wind und Wetter keine Sorgen, Isobel. Du kannst die ganze Angelegenheit schon jetzt als erledigt betrachten.«

* * *

Es geschah so, wie ich es geplant hatte, und wir saßen noch keine drei Minuten in Sir Williams gemütlicher Kutsche, während die Schneeflocken noch immer lautlos um die Laternen herumtanzten, die wegen der einbrechenden Dunkelheit angezündet worden waren, als er sich räusperte und auf ein Thema zu sprechen kam, das uns beide intensiv beschäftigte.

»Also, liebe Jane, vielleicht können Sie mir erklären, weshalb die Countess einen alten Mann bei solchem Wetter aus dem Haus geholt hat und sich dann ohne ein Wort auf ihre Zimmer zurückzog? Fast bin ich geneigt zu glauben, daß ihre gestrige Nachricht nur ein Vorwand für Sie war, um einen alten Freund wiederzusehen!«

»Tatsächlich, Sir, geschah es mit einem Hintergedanken, und obgleich ich auf keinen Fall die Ehre von Lady Reynolds verletzen will, indem ich es zugebe, würde ich Ihr Haus heute abend nicht betreten, wenn ich nicht mit der Aufgabe betraut wäre, diesen Hintergedanken zu offenbaren.«

»Aha! Die Angelegenheit wird allmählich interessant«, sagte der Magistrat, und seine Stimme klang zufrieden. »Reden Sie!«

Ich reichte ihm die Nachricht der Zofe Marguerite und ließ die üblen Worte für sich sprechen.

Sir William suchte in seinen Manteltaschen nach einer Brille und brauchte einen kurzen Moment, um sie sich auf die Nase zu setzen. Im Halbdunkel der Kutsche hatten seine Augen ein wenig Mühe, die handgeschriebenen Worte zu entziffern. »Sehr seltsam«, sagte er nach einigen Sekunden schweigsamer Lektüre. »Wann hat sie dieser Brief erreicht?«

»Gestern.«

»Haben Sie eine Ahnung hinsichtlich des Schreibers?«

»Wir haben Isobels Zofe in Verdacht, eine junge Kreolin namens Marguerite. Sie hat sich aus dem Staub gemacht und ist nirgendwo zu finden, obgleich Isobel einen vertrauenswürdigen Bekannten mit der Suche betraut hat, nachdem ihr Verschwinden gestern entdeckt worden war.«

»Und so hat die Countess Angst bekommen«, sagte Sir William langsam, »daß irgendwann schlimme Gerüchte die Runde machen. Eine unangenehme Sache für jemanden, der erst seit so kurzer Zeit verheiratet war.«

»Und soeben zur Witwe wurde. Ihr ist das vollkommen klar«, sagte ich. »Und ich möchte einem solchen häßlichen Gerede vorbeugen.«

»In diesem Schreiben sind zwei Anschuldigungen enthalten«, sagte Sir William nachdenklich, »nämlich, erstens, daß sie einen Geliebten hatte, und zweitens, daß sie ihren Ehemann mit oder ohne Wissen ihres Geliebten ermordet hat. Man könnte dem entgegenhalten, daß sie wohl kaum Zeit für all das gehabt haben konnte – so lange ist sie doch noch nicht von ihrer Hochzeitsreise zurück, oder?«

»Etwa vierzehn Tage.«

»Deshalb müßte der Gentleman sie auch schon vor der Hochzeit gekannt haben, und er müßte nach ihrer Rückkehr zur Stelle gewesen sein. Außer den Familienmitgliedern dürfte es auf Scargrave nicht allzu viele Männer geben.« Und als er die letzten Worte aussprach, schien Sir William zum erstenmal die Bedeutung seiner Worte bewußt zu werden und ihm Anlaß zu unangenehmen Vermutungen zu geben. Es gab nur einen Lord in der Scargrave-Familie, nun da der siebente Earl nicht mehr lebte, und entsprechend interpretierte der Magistrat auch die Aussage von Marguerites Brief.

»Du meine Güte«, sagte Sir William und betrachtete erneut die Mitteilung, »das verleiht dem Ganzen aber einen unangenehmen Beigeschmack.«

»Marguerite will unseren Verdacht wohl auf einen Lord lenken, verrät uns aber nicht, auf welchen«, sagte ich. »Sie könnte ebenso Lord Harold wie auch Lord Payne gemeint haben.«

»Lord Scargrave, meinen Sie wohl. Denn von jetzt an müssen wir ihn so nennen. Aber erzählen Sie mir mal von Trowbridge – ist er ein enger Bekannter des verstorbenen Earls?«

»Aber wirklich erst seit ganz kurzer Zeit, glaube ich.«

»Und dennoch bleibt er im Haus, während all jene, die sich nicht einer ganz besonderen Zuneigung der Familie erfreuen, wie zum Beispiel Sie, schon längst wieder abgereist sein sollten. Er scheint von ganz besonderer Unverfrorenheit zu sein.«

»Es ist einmalig«, sagte ich mit Inbrunst. Ich konnte keinen Grund für ein längeres Verweilen Trowbridges auf Scargrave erkennen und empfand ihn als Belastung für den gesamten Haushalt.

»In der Tat«, sagte Sir William. »Aber Trowbridge ist ohnehin ein ziemlich eigenwilliger Bursche. Mehr als einmal hat er die Krone im Zusammenhang mit Zukkerzöllen für seine Importe von den Westindischen Inseln hinters Licht geführt. Das letzte, was ich von ihm hörte, war, daß er Opiumschmuggler unterstützte, die im Südchinesischen Meer mit Tee handeln. Ich hätte nicht erwartet, ihn auf Scargrave anzutreffen, schon gar nicht zu dieser Zeit. Lange hatte ich angenommen, daß der Tod das einzige ist, das dieser Mann fürchtet. Und was ist Ihrer Meinung nach sein Motiv für eine solche Taktlosigkeit?«

»Soweit ich es verstanden habe, wollte er mit der Countess einige geschäftliche Angelegenheiten klären.«

»Dann ist es also die Countess, die mit Lord Harold befreundet ist. Und außerdem seine Geschäftspartnerin ist. Das gibt einem doch zu denken.«

»Ich glaube, der Begriff Partner ist gründlich fehl am Platze, Sir William«, widersprach ich scharf. »Lord Harold versucht, das Interesse der Countess zu wekken, aber er ist weit davon entfernt, es auch zu gewinnen.«

Sir William betrachtete mich mit gerunzelter Stirn, entschied aber, keinen Kommentar abzugeben. Er klopfte auf den schädigenden Brief und schürzte die Lippen. »Wenn Lord Harold der betreffende ist, müssen wir auch fragen, was die Zofe möglicherweise über die Angelegenheiten ihrer Herrin weiß. Eine ganze Menge, oder nur sehr wenig, je nach Charakter der Zofe. Was meinen Sie, Jane?«

»Daß Marguerite ein Netz aus Lügen geknüpft hat«, erwiderte ich heftiger, als mir zumute war. Die Tochter eines Geistlichen kann gelegentlich ihren Verstand einsetzen und wann immer möglich Freimütigkeit demonstrieren, aber zu einer bewußten Täuschung dürfte sie eigentlich nicht fähig sein.

»Und zu welchem Zweck?«

»Mit der Absicht, sich für ihr Schweigen bezahlen zu lassen.«

»Ich sehe nirgendwo eine Geldforderung«, sagte Sir William.

»Ich wäre sehr überrascht, wenn sie nicht im nächsten Brief auftauchen würde.«

»In dem, den ich erhalten soll?«

»So wurde es uns angedeutet.«

»Kein besonders intelligenter Plan, oder? Denn von mir kann doch wohl kaum erwartet werden, daß ich sie bezahle.«

»Sie ist eben sehr dumm«, sagte ich lahm.

»Aha. Das sagten Sie bereits«, murmelte der Magistrat zweifelnd und verstaute das zusammengefaltete Papier in seiner Westentasche. »Sie waren beim Tod des Earls zugegen, wie ich annehme?«

»Nicht im Moment seines Hinscheidens, aber ich habe ihn während seiner Krankheit gesehen.«

»Und zu welchen Schlüssen kamen sie?«

Ich zögerte, und dieses Innehalten verriet, daß ich mir meiner Sache weitaus weniger sicher war, als mir lieb sein konnte.

»Nun rücken Sie schon mit der Sprache heraus, Jane!« sagte Sir William tadelnd. »Sie sind keine Frau, die errötet und sich in vornehmes Getue flüchtet. Sie hören stets auf Ihren wachen Verstand, wie wir häufig erleben konnten, und sind durchaus bereit, sich ein Urteil zu bilden, wenn die Fakten offen zutage liegen. War es ein Tod, den Sie natürlichen Ursachen zuschreiben würden?«

»Ich muß tatsächlich zugeben, daß er das nicht wahr, obgleich der Arzt es anders sah«, erklärte ich ihm. »Ein derart heftiges Unwohlsein habe ich noch nie erlebt, außer wenn es durch die Einnahme eines starken Abführmittels ausgelöst wurde.«

»Sieh mal an«, sagte Sir William leise. »In der Tat. Und dennoch wurde es Dyspepsie genannt. Als ich die Nachricht von Fredericks Tod erhielt, hatte auch ich einige unangenehme Momente. Ich nahm mir vor, ein Jahr lang keinen Rotwein mehr anzurühren, habe das aber wahrscheinlich nur zwei Tage lang durchgehalten. Die Plötzlichkeit seines Ablebens erschütterte mich. War es bei Ihnen genauso?«

»Das kann ich nicht leugnen, obgleich ich als einzige auf Scargrave ein gewisses Mißtrauen empfand.«

»Das verwundert eigentlich kaum«, meinte Sir William trocken. »Sie hatten als einzige nichts zu erben.«

* * *

Ich hielt mich lange genug in Sir Williams Haus auf, um seine Frau zu begrüßen und mir die letzten Neuigkeiten der drei Töchter und vier Söhne anzuhören, die schon lange verheiratet waren und mitten im Beruf standen, und soweit ich konnte, von meiner Familie in Bath zu erzählen. Dann war Sir William so freundlich, seine Kutsche erneut vorfahren zu lassen, wenn auch gegen die Einwände seiner Frau, die es lieber gesehen hätte, wenn ich über Nacht geblieben wäre, anstatt mich erneut in ein solches Wetter hinauszuwagen.

»Es ist mehr als Schnee nötig, um unsere Jane festzuhalten«, sagte Sir William, während er mir beim Einsteigen behilflich war. »Ich melde mich bei Ihnen, sobald der Brief bei mir eintrifft.«

Der Anblick seines weißhaarigen Hauptes, mit Schneeflocken bedeckt wie das eines alten heiligen Nikolaus, begleitete mich in Gedanken auf meiner einsamen Rückfahrt nach Scargrave. Es tut wirklich gut zu wissen, daß irgendwo ein Freund wartet, wenn man möglicherweise einen Mörder im Haus hat.

Kapitel 6

Der dunkle Engel

16. Dezember 1802

Ich war gestern bis in den späten Abend mit meinem Tagebuch beschäftigt. Ich hatte mich in mein düsteres Zimmer zurückgezogen, das Feuer im Kamin war heruntergebrannt, und im Haus waren alle zu Bett gegangen. Aber ich selbst konnte nicht einschlafen, obgleich die große Standuhr in der Halle irgendwann elf schlug, danach die Viertel- und schließlich auch die halbe Stunde. Am Ende beschloß ich, die Kerze zu löschen und wenigstens zu versuchen, ein wenig Schlaf zu finden. Dabei wußte ich genau, daß die Fragen und Zweifel, die mich bei Tage beschäftigt hatten, auch weiterhin in meinem Kopf für Aufruhr sorgen würden.

Das Zimmer war vollkommen dunkel, und ich hatte soeben meinen Kopf auf das Kissen gebettet, als die Uhr Mitternacht schlug. Und während der letzte Schlag verhallte, hörte ich ein rhythmisches Knarren wie von zaghaften Schritten. Es bewegte sich draußen vor meinem Zimmer über die Dielen des Ganges. Das Geräusch – bei Tag nichtssagend und unauffällig – ließ mich vor Schreck erstarren und die Luft anhalten. Es war gerade die Geisterstunde, in der man für alle möglichen Ängste besonders anfällig ist. Ich hätte beinahe glauben können, daß der Geist des ersten Earls erschienen war, um den armen Frederick, seinen Nachkommen, zu betrauern. Denn anstatt nach dem Betreten eines Zimmers oder nach Verlassen des Flurs leiser zu werden und zu verstummen, wie es mit den Schritten eines jeden sterblichen Bewohners von Scargrave geschehen würde, dauerten die seltsam schleppenden Schrittgeräusche an.*

Es schien, als läge ich eine Ewigkeit da, die Gedanken gelähmt, bis ich zu dem Schluß kam, daß ich lieber aus Angst vor einer Geistererscheinung sterben würde, als weiter in meinem Bett zu liegen und mir die schrecklichsten Dinge auszumalen. Ich warf die Bettdecke zurück, setzte einen Fuß auf den kalten Fußboden und schlich so lautlos wie möglich zur Tür. Ich brauchte nur noch den Knauf zu drehen, die Tür ein paar Zentimeter weit zu öffnen und einen Blick um den Türpfosten herum zu werfen.

In der Dunkelheit des Flurs sah ich ihn: hochgewachsen und hager von Gestalt, gekleidet nach der Mode von vor zwei Jahrhunderten. Ein hauchdünner Schleier verbarg seinen Kopf, auf dem eine Perücke aus lang herabfließenden Locken saß. Die Schuhe hatten hohe Absätze und waren nach vorne geneigt wie zur Zeit des längst verstorbenen Sonnenkönigs. Seiner Körperhaltung nach zu urteilen, bewegte er sich auf Zehenspitzen durch den Flur. Spinnweben hingen von seinen Fingern und vom Saum seines Satinrocks herab. Er war so verstaubt wie eine Schneiderpuppe, die lange vergessen auf einem Speicher gestanden hatte. Es war tatsächlich der Schatten des ersten Earls, der von den

* Austen entscheidet sich in dieser Passage für den atemlose Spannung erzeugenden, morbiden Tonfall der Gruselromane, die zu ihrer Zeit überaus populär waren. Autorinnen wie Ann Radcliffe und Charlotte Smith schrieben makabere Geschichten, die bei ihrer vorwiegend weiblichen Leserschaft wohlige Angstschauer erzeugten und sie erschrecken sollten. Obgleich Jane Austen sich oft über derartige Literatur lustig machte – *Northanger Abbey* ist stellenweise eine Persiflage auf diese Romane –, gehörte sie durchaus zu ihrer Lektüre, und zumindest an diesem Abend scheint sie von ihren lebhaften Phantasien beeinflußt worden zu sein. – *Die Herausgeberin*

Toten aufgeweckt worden war, um den armen Frederick zu beklagen. Zu meinem Glück war das Gespenst vorbeigegangen und entfernte sich mit mir zugewandtem Rücken. Ich rechnete damit, daß er am Ende der Galerie durch die Wand verschwinden würde, als er vor einer geschlossenen Zimmertür verharrte und lauschte und sich eine Zeitlang nicht rührte. Meine Haut prikkelte vor Nervosität. Hoffentlich drehte er sich nicht um und sah mich in meinem Nachthemd! Aber vielleicht spürte er meinen Blick. Einen anderen Grund für sein Verharren konnte es eigentlich nicht geben. Die Tür, vor der er stehengeblieben war, führte zu Fitzroy Paynes Räumlichkeiten, und ich betete im Stillen, daß dieser Gentleman aufwachte und den Geist zurück ins Jenseits scheuchte, bis mir einfiel, daß Lord Scargrave noch immer in der Bibliothek des verstorbenen Earls saß und in die Papiere seines Onkels vertieft war. Ich atmete tief ein und störte die Stille, und damit begann der Kopf der Erscheinung sich zu drehen.

Ich wich hinter den Türpfosten zurück, während mein Atem und mein Puls sich beschleunigten, als ich darauf wartete, daß der Fluch des Untoten mich traf. Aber alles blieb still – keine Diele knarrte, kein gespenstischer Windhauch fuhr durch den Korridor. Das Gespenst hatte sich nicht vom Fleck gerührt. Ich raffte meinen ganzen Mut zusammen, lugte wieder in den Flur und sah zu meiner Erleichterung, daß die Gestalt verschwunden war. Offenbar reichte schon eine Bewegung aus, um einen Geist zu vertreiben. Aber ich hatte wenig Lust, die Wirkung meines Exorzismus zu überprüfen. Ich drückte die Eichentür ins Schloß, verkroch mich in meinem Bett und zog mir die Decke über die Ohren. Und als der Holzfußboden kurz darauf erneut knarrte, verkroch ich mich noch tiefer.

* * *

Und so – mit den trüben Augen und dem bleichen Teint, den man hat, wenn man ausnehmend schlecht geschlafen hat – beendete ich mein siebenundzwanzigstes Lebensjahr. Mein Geburtstag begann wenig erfreulich. Der Himmel ist von einem bedrückenden Grau, und ein eisiger Wind fährt durch die entlaubten Bäume. Ich gestehe, daß ich mich an diesem Morgen alt fühle trotz der Galanterien von Lieutenant Tom Hearst (die mir genau das erst recht bestätigen). Was ich mit fünfundzwanzig oder sechsundzwanzig empfunden hatte, war weitaus weniger beängstigend als dies jetzt. Siebenundzwanzig zu sein hat etwas unausweichliches an sich. Es ist ganz eindeutig ein falsches Alter für eine Lady, vor allem wenn sie noch nicht verheiratet ist. Aber niemand hier auf Scargrave weiß von meinem Geburtstag, und so soll es bleiben. Weitaus ernstere Dinge bedürfen unserer Aufmerksamkeit.

Da ich nach dem Besuch des Gespenstes ziemlich tief geschlafen hatte, kam ich mit einer halben Stunde Verspätung zum Frühstück. Während es zu Hause üblich ist, Schokolade und Gebäck gegen zehn Uhr einzunehmen, wird der Tisch im hübschen kleinen Frühstückszimmer von Scargrave schon eine Stunde früher gedeckt, wie es sich für einen ländlichen Haushalt gehört. Ich rechnete damit, den Tisch verwaist vorzufinden, und freute mich über die Aussicht auf Einsamkeit. Der Friede der hellgelben Wände und der hellen Musselinvorhänge – eine selten fröhliche Note inmitten der eher düsteren Inneneinrichtung von Scargrave – würde mich für meine unruhige Nacht entschädigen.

Aber zu meiner Überraschung saß Madame Delahoussaye immer noch bei Toast und Tee.

»Meine liebe Miss Austen!« rief sie aus und betrachtete mein bleiches Gesicht. »Bestimmt haben Sie nicht gut geschlafen.«

»Ich fürchte, ich habe Alpträume gehabt«, erklärte ich.

»Das steht in Ihrem Gesicht geschrieben, *ma pauvre*. Sie sehen aus, als wären Sie einem Gespenst begegnet.«

Ich musterte sie mit zusammengekniffenen Augen und befürchtete, mich lächerlich gemacht zu haben, aber Madames freundliches Gesicht und glänzende dunkle Augen waren frei von Spott und Hintersinn.

»Ich hatte gehört, daß auf Scargrave ein Gespenst umgeht«, sagte ich, während ein Lakai meinen Stuhl zurechtschob, »aber ich bin die Tochter eines Geistlichen, Madame, und das Grab birgt für mich keinen Schrecken.«

»Das höre ich gerne«, erklärte meine Frühstücksgefährtin ruhig und füllte ihre Kaffeetasse wieder auf, »da Ihr Zimmer sich genau dort befindet, wo der erste Earl gewöhnlich zu beobachten ist. Bemühen Sie sich, immer vor Mitternacht einzuschlafen, meine Liebe, denn sobald Sie eingeschlummert sind, kann keine Erscheinung Sie mehr stören.«

Ich kam nicht mehr dazu zu antworten, denn eines der Dienstmädchen, Daisy mit Namen, kam herein. Sie ist die Enkelin von Mrs. Hodges und erst sechzehn Jahre alt, ein jugendliches Alter, das sie anscheinend in ihrer augenblicklichen Position als sehr hinderlich empfindet – denn während Marguerites Abwesenheit obliegt Daisy der Dienst für Isobel, und sie ist ständig bemüht, ihrer neuen Aufgabe gerecht zu werden. Ich nahm an, daß ihre Herrin sie zu mir geschickt hatte, und legte eilig die Serviette beiseite.

Daisy nickte grüßend mit dem Kopf erst in Madames Richtung, dann in meine, wobei die Bänder ihrer Haube überaus hübsch flatterten. »Bitte, Miss«, sagte sie ein wenig atemlos zu mir, »Mylady läßt Ihnen mitteilen, sie habe eine Nachricht von Sir William erhalten, in der er seinen Besuch für elf Uhr ankündigt. Würden Sie Mylady aus diesem Anlaß im kleinen Salon aufsuchen, Miss?«

»Natürlich, Daisy. Teile deiner Herrin mit, daß es mir eine Freude sein wird.« Es gelang mir, völlig unbesorgt auszusehen, doch ich muß zugeben, daß meine Gedanken rasten. Sir William mußte den Brief von der Zofe Marguerite erhalten haben – und nichts als eine äußerst dringende Angelegenheit würde ihn so kurz nach seinem ersten Besuch wieder ins Gutshaus zurückführen.

»Ich nehme an, der Magistrat möchte sie möglichst oft sehen, solange Sie hier auf Scargrave weilen, Miss Austen«, sagte Madame Delahoussaye. Ich studierte ihr Gesicht, aber nur ein Anflug von Neugier war darin zu erkennen. »Daß er hier eine alte Bekannte getroffen hat, dürfte seine Galanterie geweckt haben. Oder wüßten Sie einen anderen Grund, weshalb er sich schon wieder in diesem Haus der Trauer blicken läßt?«

»Sir William ist so ehrenwert und seine Absichten sind von rein freundschaftlicher Natur«, erwiderte ich mit einem Hauch von Kälte in der Stimme, »daß seine Anwesenheit für Scargrave nichts anderes als Trost bedeuten kann. Daß die Countess nicht zögert, ihn zu empfangen, müßte eigentlich als Empfehlung für ihn ausreichen.«

Während sie zustimmend den Kopf neigte und der Lakai mir frische Schokolade einschenkte, brachte ich die Sprache auf andere Dinge, um die Mahlzeit ein wenig zu beschleunigen. Zwei Stunden waren zu überbrücken, ehe ich Sir Williams neueste Informationen erfahren würde – Zeit genug, um mich über Daisys loses Mundwerk zu ärgern und mir zu wünschen, daß Mädchen mit sechzehn Jahren sich weniger um Unbefangenheit und dafür mehr um *Diskretion* bemühen sollten.

* * *

Als Cobblestone, der Butler, die Salontür öffnete, um Sir William anzukündigen, begrüßte ich die weißhaarige Erscheinung des Magistrats mit fast heftiger Erleichterung. Denn die Wartezeit vor seinem Eintreffen war für mich eine regelrechte Strapaze gewesen, die ich als Strafe meines Schöpfers für die Sünden des vorangegangenen Jahres deutete.

Fitzroy Payne war in seiner Bibliothek mit geschäftlichen Angelegenheiten beschäftigt, die Hearst-Brüder hatten sich in ihre gemütliche Junggesellenhütte zurückgezogen, während Fanny Delahoussaye mit ihrer Mutter und ihrem Skizzenbuch im oberen Salon saß – und sicherlich gespannt auf die Besuche pensionierter Barrister wartete. Ich rechnete nicht damit, Isobel zu sehen, ehe die Uhr elf schlug. Und so war ich, während ich am Kamin saß und mich mit einer Handarbeit beschäftigte und dabei ständig die Uhr im Auge behielt, gezwungen, eine Stunde lang Sir Harold Trowbridge zu ertragen. Nach eingehender Betrachtung darf ich betonen, daß die verschlagene Art des Mannes mich zunehmend abstieß.

Die meisten Bewohner von Scargrave reagieren auf seine Anwesenheit mit jener Art von distanzierter Höflichkeit, die eine tiefe Abneigung und den Wunsch anzeigt, er möge bald wieder abreisen. Diese Atmosphäre schreckt Lord Harold jedoch in keiner Weise ab. Man könnte fast den Eindruck gewinnen, daß er einen erholsamen Besuch bei Freunden absolviert, unberührt von traurigen Ereignissen, anstatt wie ein düsterer Unglücksbote die Familie mit weiteren Unannehmlichkeiten zu belauern. Ich habe es geschafft, seine Gesellschaft zu meiden und mich über meine erfolgreiche Flucht gefreut. Aber an diesem Morgen hatte er offensichtlich wenig zu tun, womit er seine Zeit hätte ausfüllen können, und mein Unbehagen darüber, daß ich mit ihm den Salon teilen mußte, schien ihm beinahe Vergnügen zu bereiten.

Ich saß bereits seit einer Viertelstunde auf der kleinen Couch am Feuer, als er die Tür aufriß und nach einem schnellen Blick in die Runde, um festzustellen, ob ich alleine war, mit energischen Schritten den Raum betrat. Ich quittierte sein Erscheinen mit einem gleichgültigen Kopfnicken und hoffte, daß meine Konzentration auf meine Handarbeit und eine mangelnde Bereitschaft zu einem Gespräch ihn schon nach wenigen Sekunden wieder verscheuchen würden. Ich konzentrierte mich entsprechend intensiv auf meine Arbeit und achtete nicht darauf, wo er sich im Zimmer aufhielt oder womit er sich die Zeit vertrieb. Mein Arbeitseifer sollte jedoch bestraft anstatt belohnt werden. Lord Harold ließ sich neben mir auf der Couch nieder und begutachtete die Früchte meiner Arbeit mit seinen halb verhangenen Augen – so wie ein Verliebter seine Angebetete betrachtet. Nach einigen Sekunden, unfähig eine solche Farce zu ertragen, aber mir alles mögliche andere wünschend, als diesem Mann den Raum zu überlassen, legte ich meine Arbeit beiseite und betrachtete ihn voller Abscheu. Jeder Gentleman hätte seine Ungehörigkeit sogleich erkannt und sich beeilt, mich von meiner Qual zu befreien, aber nicht so Lord Harold.

»Es ist genauso, wie ich es erwartet habe«, verkündete er, lehnte sich zurück und streckte die Beine auf dem Kaminvorleger aus. »Insgeheim verabscheuen Sie die Fadheit typisch weiblicher Tätigkeiten und unterbrechen Sie schon bei der ersten sich bietenden Gelegenheit. Soll ich Sie jetzt tadeln, Miss Austen, weil Sie so wenig dem Beispiel Ihrer Schwestern nacheifern, oder Sie statt dessen bewundern, weil Sie es als das entlarven, was es wirklich ist, nämlich absolut langweilig?«

»Sie tun mir weder Ehre noch Unrecht an, Lord Harold, indem sie mein Geschlecht und dessen Aktivitäten angreifen«, erwiderte ich. »Nehmen Sie lieber zur Kenntnis, daß ich mich durch Ihre Neugier und Ihr Eindringen in meine Privatsphäre gestört fühle, und schon gibt es wenigstens einen Punkt, in dem ich Ihnen zustimmen kann.«

»Halten Sie es für so unwahrscheinlich, daß wir irgendwo übereinstimmen, Miss Austen?«

»Ich denke mir, Lord Harold, daß stets Welten zwischen uns liegen – so verschieden und gegensätzlich sind unsere Interessen.«

»Für unsere kurze Bekanntschaft haben Sie aber eine sehr entschiedene Meinung von mir.«

»Die wir auch nicht zu intensivieren brauchen, um meine Ansichten zu ändern.« Ich raffte mein Stickzeug zusammen und tauschte die Couch gegen einen Sessel, der ein wenig weiter von Lord Harold entfernt war – und unglücklicherweise auch vom Kamin. Scargrave ist ein zugiger Ort, und der weitläufige Salon wird nur unzureichend geheizt.

»Miss Austen! Wenn ich nicht wüßte, daß Sie sich durch eine besonders strenge Zurückhaltung auszeichnen, würde ich meinen, daß Sie mich wegschicken.« Zu meinem Ärger folgte er mir durch den Raum und stützte sich auf die Rückenlehne meines Sessels – in der Absicht, nahm ich an, mich weiterhin zu belästigen. Mir blieb nichts anderes übrig – ich mußte entweder mein Zimmer aufsuchen oder versuchen, das Beste aus dieser Prüfung zu machen. Lord Harold blieb nur aus einem einzigen Grund auf Scargrave – nämlich um Crosswinds Isobels schwachen Händen zu entreißen – und dieser Kerl hatte kein bißchen Höflichkeit verdient. Daher war ein Frontalangriff genau das richtige.

»Ich staune, daß Sie die Güte haben, das Weihnachtsfest im Kreis der Scargrave-Familie zu verbringen, Lord

Harold«, erwiderte ich. »Ein Mann in Ihrer Position hat doch sicherlich zahlreiche Verpflichtungen und einen so großen Bekanntenkreis, daß derjenige, dem Sie einen so langen Abschnitt Ihrer wertvollen Zeit widmen, es als einzigartige Ehre auffassen muß.«

»Ich zweifle nicht, daß es als einzigartig betrachtet wird«, sagte er mit einem knappen Lächeln. »Aber in dieser Hinsicht sind wir beide uns doch sehr ähnlich, Miss Austen, denn ich stelle fest, daß es Sie ebensowenig zurück nach Hause und in den Kreis Ihrer Familie zieht wie mich.«

»Ich hätte längst heimfahren müssen«, erwiderte ich und suchte zwischen meinen Seidenfäden nach einem roten, um die Brust eines Rotkehlchens zu gestalten, »wäre da nicht die Countess.«

»Wie reizend! Und wie amüsant, daß ich mit Fug und Recht das gleiche behaupten kann – wäre da nicht die Countess, hätte ich mich schon vor einigen Tagen verabschiedet. Ich wünschte, daß unsere Absichten gleichermaßen wohlmeinend wären, Miss Austen. Aber dem ist leider nicht so. Und so stehen wir auf verschiedenen Seiten, Sie und ich – Sie als Engel des Lichts in Opposition zu mir, dem Boten der Finsternis.« Er ging zum Kamin und starrte in die Flammen. Der flackernde Lichtschein schärfte die Kanten seines Gesichts und ließ seine Augen noch tiefer im Schatten liegen, so daß sein Gesichtsausdruck noch vager und undeutbarer wurde. Während ich seine Miene betrachtete, empfand ich zum erstenmal richtiggehende Angst.

»Ich will noch nicht einmal so tun, als verstünde ich Sie, Mylord«, sagte ich gepreßt und widmete mich wieder meiner Handarbeit.

»Ich glaube, Sie verstehen mich sehr gut, Miss Austen«, widersprach er leise, »und ich gestehe ebenso meine Enttäuschung darüber, daß Sie sich auf reine Konversation zurückziehen. Es ist Ihrer Intelligenz und Scharfsinnigkeit unwürdig.«

»Was können Sie schon über diese beiden Eigenschaften wissen, Mylord.«

»Sicherlich einiges, wenn ich Gelegenheit bekäme, mir ein genaueres Bild zu verschaffen. Aber zu oft weichen Sie mir aus und verweigern mir den Zugang zu Ihrem Geist.«

»Sagen Sie lieber, daß ich mir bessere Gesellschaft suche, Lord Harold, und ich behaupte, daß meine Suche in jedem Fall erfolgreich sein wird.«

»Ausgezeichnet, Miss Austen! Parieren Sie nur weiter jeden Angriff. Ich wünschte, die Countess Scargrave würde genauso konsequent ihren Standpunkt vertreten.«

»Lord Harold«, sagte ich, indem ich all meinen Mut zusammennahm, »ich kann nicht behaupten, die genauen Umstände dessen zu kennen, was Sie und Lady Scargrave miteinander verbindet. Es ist mir ganz recht, daß mir die Details solcher delikaten und umstrittenen Affären verborgen sind. Aber ich möchte sie fragen, Mylord, weshalb Sie Ihre Bemühungen fortsetzen, nachdem sie selbst düstere Motive zugegeben haben? Indem sie soviel verlauten lassen, sind Sie dann nicht durch Ehrgefühl, durch Rücksichtnahme, durch alles in Ihrer Macht als Angehöriger des Adels und Gentleman stehende verpflichtet, sich zurückzuziehen?«

Als Antwort legte er den Kopf nach hinten und lachte schallend. In diesem Moment betrat Cobblestone den Schauplatz, mein sehnlichst erwarteter Bote. Hinter dem Butler standen Sir William Reynolds und Isobel.

»Lord Harold ...« Sir William verbeugte sich in Richtung Kamin. »Miss Austen. Die Countess und ich möchten Sie allein sprechen, meine liebe Jane, daher muß ich Lord Harold bitten, uns zu verlassen.«

»Ich glaube, ich habe Miss Austens Geduld sowieso erschöpft«, sagte Trowbridge mit einem spöttischen Lächeln und verbeugte sich in meine Richtung. »Ich freue mich schon darauf, es erneut zu versuchen, wenn sich dazu die Gelegenheit bietet.« Und mit einem Kopfnicken an Sir William und einem höflichen Lächeln an Isobel verschwand er im Flur, zu meiner Erleichterung und zu meinem Unmut.

»Einem spöttischeren Menschen bin ich noch nie begegnet!« rief ich aus, als er gegangen war. »Er findet sein einziges Vergnügen darin, andere Menschen zu quälen und zu beunruhigen, ähnlich wie eine Katze, die mit ihrer Jagdbeute erst ausgiebig spielt, ehe sie sie endgültig tötet.

»Ein durchaus passender Vergleich, meine liebe Jane«, murmelte Isobel und schaute zur Tür, durch die ihr Feind verschwunden war. »Ich habe Grund anzunehmen, daß ich den Hintersinn sehr wohl verstehe. Aber lieber wäre es mir gewesen, dir wäre seine Bekanntschaft erspart geblieben.«

Ich sammelte meine Seidenfäden und die Stickvorlage ein und klopfte auf den Platz neben mir. »Wenn ich es geschafft habe, ihn noch eine Weile von Ihrer Tür ferngehalten zu haben, Countess, waren meine Bemühungen wenigstens nicht umsonst und daher nicht weiter erwähnenswert.«

»Macht Trowbridge sich unbeliebt, Mylady?« erkundigte Sir William sich, als ob unser Gespräch über diesen Herrn am Vortag in der Kutsche überhaupt nicht stattgefunden hätte. Sir William blieb unweit der Tür stehen und wartete, wie es sich gehörte, daß Isobel ihren Platz einnahm, eher er für sich selbst einen Platz suchte. Sein zerfurchtes Gesicht drückte absolute Unschuld aus. Geduldig und aufmerksam blickte er aus seinen klugen Augen auf Isobel.

Er möchte genau wissen, wie weit die Countess ihm vertraut, dachte ich.

Isobel lächelte matt und machte es sich neben mir bequem. »Lord Harold ist sicher nichts anderes, als eine Plage, Sir William, aber ich fürchte, daß wir *darüber* ein andermal sprechen müssen. Ihre Nachricht klang recht dringlich. Was hat Sie veranlaßt, ihr gemütliches Heim an einem solchen Wintermorgen zu verlassen?«

Ein Schatten glitt über Sir Williams Gesicht und verschwand gleich wieder – vielleicht ein Ausdruck der Hoffnung, Isobels Vertrauen zu gewinnen. Er durchquerte langsam den Raum. Er hatte die Hände in den Taschen vergraben, und seine Haltung deutete auf fortgeschrittene Gicht hin. »Ich habe einen anonymen Brief erhalten, Mylady«, erwiderte er und reichte Isobel ein Stück Papier, »und da ich nicht annehme, daß sein Urheber durch Untätigkeit ausfindig gemacht werden kann, habe ich mich beeilt, Sie mit seinem Inhalt vertraut zu machen.«

Isobel brauchte nur wenige Sekunden zur Lektüre. Danach reichte sie mir den Brief, und ich konzentrierte mich auf die Worte.

Seid gegrüßt, Edelster Sir,
ich gehörte bis vor kurzem zum Scargrave-Haus und möchte Ihnen von dem Übel dort berichten. Ich tue dies nicht zu meinem eigenen Nutzen, sondern für *la justice* für den armen Mann, der nun unter der Erde liegt. Mylord wurde durch Gift ermordet, und getan hat es der grauhaarige Lord auf Wunsch meiner Lady. Um Gottes willen, ich habe es ausgesprochen. Ich verlasse mich auf Ihre Rechtschaffenheit und Ihr Geschick.

Wie Sir William uns bereits angedeutet hatte, war die Nachricht ohne Unterschrift, und es wurde keine Bezahlung als Gegenleistung für Verschwiegenheit verlangt – ein unglücklicher Umstand angesichts meiner Erklärungen vom Vortag.

»Der grauhaarige Lord«, murmelte Isobel und preßte ein mit ihrem Monogramm versehenes Taschentuch gegen die Lippen. Neben dem tristen Schwarz ihrer Witwenkleidung war ihre Haut so bleich, daß sie fast durchsichtig erschien. »Sie meint wahrscheinlich Fitzroy oder Trowbridge.«

»Das ist möglich.« Sir Williams Auftreten war ernst, und der Humor, den ich in seinem gütigen Gesicht immer hatte sehen können, war vollkommen aus seinen Zügen verschwunden. »Ich gebe zu, Lady, ich bin verwirrt. Welche Erklärung gibt es für die Beharrlichkeit des Mädchens, das offenbar keinen persönlichen Vorteil sucht?«

Ein schneller Blick flog zwischen mir und Isobel hin und her. Die Countess schluckte und ließ den Blick sinken. »Ich hatte nicht geahnt, wie sehr sie mich haßt. Ich muß ihr irgend etwas Schlimmes angetan haben, Sir William, allerdings ohne es zu wissen. Denn nichts anderes als verletzter Stolz hat sie zu einer solchen Tat treiben können.«

Stille herrschte, während Sir William meine Freundin betrachtete. Plötzlich wünschte ich mir, ich hätte meine Handarbeit bei mir. Ein Stickerei kann sich immer dann als besonders willkommen erweisen, wenn Nervosität untätige Hände zu einer unangenehmen Last macht. Ich verschränkte krampfhaft die Hände im Schoß und bemühte mich, meine Gelassenheit zu bewahren.

»Wie lange stand sie in Ihren Diensten, Mylady?« wollte der Magistrat wissen.

»Marguerite kam vom Gut meiner Tante Delahoussaye auf Barbados zu mir, als ich siebzehn und das Mädchen etwa drei Jahre jünger war als ich.« Isobel rechnete schnell nach. »Das dürfte fünf Jahre her sein.«

»Und Ihr Verhältnis war immer herzlich?«

»Immer – oder zumindest was die Zeit vor unserer Ankunft in England betrifft. Das liegt achtzehn Monate zurück.«

Sir William begann im Zimmer auf und ab zu gehen, um seine Gedanken besser ordnen zu können. Seine Haltung erinnerte jedoch an die eines Anwalts vor Gericht, der soeben einen schwierigen Zeugen befragt.

»Und so kam Marguerite mit Ihnen von den Westindischen Inseln hierher?« fragte er.

»So ist es«, entgegnete Isobel, während sie ihn aufmerksam beobachtete. »Ich würde eine solche Reise niemals ohne meine Zofe unternehmen, Sir William. Sie war die einzige Person meines Haushalts, die ich mitnahm, nachdem die anderen entlassen worden waren – abgesehen von den wenigen, die im Dienst meines Aufsehers verblieben.«

»Und war die Zofe dafür dankbar, bei Ihnen bleiben zu können?«

»Ich nahm es an.« Isobels Finger krampften sich in das feine Schweizer Leinen ihres Taschentuchs und preßten es zu einer Kugel. »Aber woher soll man über die wahren Gefühle seiner Hausangestellten Bescheid wissen? Ich gebe zu, daß ihr Verhalten mir derart fremd ist, daß ich glauben muß, sie niemals richtig gekannt zu haben.« Meine Freundin hielt inne, als dächte sie nach, und blickte dann unwillkürlich in Sir Williams kontrolliertes Gesicht. »Aber wenn ich an ihr Auftreten während der vergangenen Monate denke, würde ich meinen, daß sie unglücklich zu sein schien. Wahrscheinlich vermißte sie in der englischen Kälte das Klima ihrer Heimat. Zum Beispiel hatte sie noch nie Schnee gesehen, ich übrigens auch nicht. Aber dort, wo ich etwas Wunderbares fand, sah sie nur Unangenehmes. Daß es sie erschütterte, da es das Gegenteil von allem zu sein schien, was natürlich und vertraut war, kann ich durchaus zugeben. Sie wurde ziemlich abergläubisch und schien unter nervöser Erregung zu leiden. Sie erschrak schon bei einem leisen Geräusch und war bald von der fixen Idee besessen, daß alles mögliche ihr Schaden zufügen könnte.«

»Vielleicht auch Lord Scargrave?« hakte Sir William nach.

»Meinem Ehemann zollte sie stets Achtung.«

»Ich meine den derzeitigen Lord Scargrave, also den ehemaligen Viscount Payne«, berichtigte der Magistrat schnell.

Isobel verfärbte sich und zuckte zusammen, wobei ihr Taschentuch zu Boden flatterte. »Sie haben es genau erkannt, Sir William. Sie mochte meinen Neffen überhaupt nicht – etwas, das ich der Tatsache zuschreibe, daß sein Haar schon in jungen Jahren ergraute. Marguerite erkannte darin ein Teufelsmal. Sie konnte es nicht ertragen, mit ihm im gleichen Raum alleine zu sein.«

»Ein seltsames Kind«, murmelte Sir William und schaute mich an. Ich las seine Absicht in seinen Augen und wünschte mir, er würde Isobel nicht nach der wahren Natur ihrer Beziehungen zu Fitzroy Payne befragen.

»Lady Scargrave«, begann er und hielt dann inne, als müsse er vorher für sich selbst eine bestimmte Frage klären. »Haben Sie irgendwelchen Grund anzunehmen, daß der Tod Ihres Mannes andere Ursachen hatte als die scheinbar bekannten?«

»Überhaupt nicht«, antwortete Isobel. Ihr Kinn ruckte hoch, und ihre wunderschönen braunen Augen schauten in die des Magistrats.

»Wenn Sie das erklären, dann ist Ihnen hoffentlich

klar, daß ich Sie in keiner Weise beschuldige, an diesem Ereignis beteiligt gewesen zu sein?«

»Ich weiß, daß Sie so etwas nicht für möglich halten können, Sir, so wie ich selbst nicht glaube, daß ein Angehöriger des Haushalts – sei es ein Bediensteter oder ein Familienangehöriger – zu einer solch schrecklichen Mordtat fähig wäre.«

Sir William seufzte heftig und wandte der Countess nun den Rücken zu. Seine Stirn lag in tiefen Falten, und er hatte die Hände auf dem Rücken verschränkt. Er marschierte durch den ganzen Raum, bis er sich zu einer Antwort bequemte.

»Mylady«, sagte er und fuhr nach bester Anwaltsart herum. »Ich kann überhaupt nicht sagen, was nun zu tun ist. Das Mädchen ist nicht zu finden, und es scheint, als seien ihre Diffamierungen nur für einen Menschen bestimmt – für mich selbst. Ihr Ruf bleibt in der Umgebung unangetastet.«

»Aber wie lange müssen wir noch mit der Belästigung des Mädchens leben?« warf ich ein.

Sir William hob eine Augenbraue. »In dieser Nachricht, meine liebe Miss Austen, erwähnt sie nichts von weiteren Briefen. Ich schlage vor, daß wir einstweilen nichts anderes tun, als das Mädchen zu suchen und zu Gott zu beten, daß ihre üble Tat im Laufe der Zeit der Vergessenheit anheim fällt.«

»Sie sind so gut, Sir William.« Isobel erhob sich und streckte die Hand aus. »Ich vertraue mein Wohlergehen voll und ganz Ihrer Fürsorge an.«

* * *

»Meine liebe Jane«, sagte Sir William aufgeräumt, als ich mit ihm zu seiner Kutsche hinunterging. »Ich brauche den Namen und die Adresse des Londoner Arztes. Können Sie sich noch daran erinnern?«

»Es war ein gewisser Philip Pettigrew«, entgegnete ich, »und ich glaube, seine Praxisräume befinden sich in der Sloane Street. Seine Honorare dürften ein solches Etablissement sicherlich unterhalten.«

»Hervorragend! Hervorragend! Sie sind ein wahres Juwel unter Ihresgleichen, meine Liebe.« Und zu meiner großen Überraschung verbeugte Sir William sich tief, um meine Hand zu küssen.

Und so trennte er sich von mir, um seine ganz speziellen Ziele und Absichten zu verfolgen, die er für sich behalten wollte, die ich mir jedoch sehr gut ausmalen konnte.

Kapitel 7

Mich dünkt, er protestiert zu heftig

16. Dezember 1802, Fortsetzung

Nachdem die Countess zu Bett gegangen war und mir noch mehrere Stunden Zeit blieben, bis ich mich zum Dinner umziehen mußte, dachte ich daran, mich ein wenig körperlich zu betätigen – woran ich bisher durch den heftigen Schneefall gehindert worden war – und schlüpfte in meinen langen pelzbesetzten Wintermantel. Mit Hilfe der Stelzsohlen blieb meinen Schuhen vielleicht die völlige Ruinierung erspart. Aber ehrlich gesagt, interessierte ich mich kein bißchen für das Schicksal meiner Schuhe, wenn ich es gegen die Gefahren für meine geistige Gesundheit abwog. Noch eine weitere Stunde der Gefangenschaft in den düsteren Mauern von Scargrave und in Gesellschaft von Isobels tiefer Trauer und Bedrücktheit und der Einfalt der Delahoussayes hätte mich sicherlich soweit gebracht, daß ich höchstens noch die Rolle der Verrückten in einem von Fanny Burneys Romanen hätte spielen können.

Ich nickte Fetters, dem Lakaien, zu, und schlüpfte durch den Spalt zwischen den schweren Eichentüren, die er für mich aufhielt. Dabei kam ich mir so körperlos vor wie ein Schatten im blassen winterlichen Sonnenschein. Die Luft war kalt und frisch und roch deutlich nach Schnee. Noch vor Anbruch der Dämmerung würde es wohl wieder schneien, vermutete ich. Ich atmete tief durch und spürte, wie der Druck in meiner Brust allmählich nachließ. Meine Sicht klärte sich, und das Pochen in meinen Schläfen, unter dem ich einige

Stunden lang gelitten hatte, ließ nach. Die Welt, so trist sie mir auch in den vergangenen Wochen erschienen war, mußte doch im Grunde gut sein, wenn nur einige Augenblicke in der freien Natur ausreichten, um Wohlbefinden und Seelenfrieden wiederzuerlangen.

Die breite Treppe, die sich vor mir ausbreitete, war von Schnee gereinigt worden, desgleichen eine Art Fahrweg, der von Kutschenrädern auf der Auffahrt geschaffen worden war. Ich zögerte für einen kurzen Moment, zog kurz den Schutz eines Gesträuchs in der Nähe in Erwägung, verwarf diesen Gedanken jedoch, weil es noch immer in Nebel gehüllt war, und machte mich entschlossen die Straße hinunter auf den Weg. Ein Spaziergang, der es täglich fertiggebracht hatte, einen Geist aufzumuntern, der in Melancholie versunken war wie der von Mr. George Hearst, müßte zweifellos auch die fröhlicheren Lebensgeister einer Miss Austen wekken können. Aber schon nach einem kurzen Stück blieb ich stehen und drehte mich zu einem eingehenden Blick auf das Gutshaus um. Mit den Totenwappen* der Scargraves über den zahlreichen Fenstern bot es im Licht des Nachmittags einen düsteren Anblick. Ganze fünfundvierzig Stück zählte ich, jeweils fünfzehn in jedem Stockwerk, die sich mit Glas und Bleifassungen über die Fassade verteilten. Doch die Wirkung war eher jämmerlich, wo sie imposant zu sein versuchte. Laut Isobels Information zur Zeit von Königin Elizabeth erbaut, war Scargrave Manor bei früheren Gelegenheiten einfach zu oft »verbessert«, das heißt modernisiert, worden. Zur Zeit stellt es eine derart bunte Mischung von

* Jede Familie besaß ihr eigenes Totenwappen, gefertigt aus Holz oder Tuch und versehen mit den Insignien des Verstorbenen. Um der Öffentlichkeit anzuzeigen, daß man um ein Familienmitglied trauerte, wurden diese Totenwappen gut sichtbar über den Fenstern des Familienbesitzes befestigt. – *Die Herausgeberin*

Tudor- und jakobinischem Baustil sowie einer guten Portion Inigo Jones dar, daß es als veritabler architektonischer Turm von Babel herhalten könnte.

Ich ließ Scargrave Manor hinter mir liegen und wählte mir Scargrave Cottage als nächstes Ziel, wobei ich nicht die Absicht hatte, seine Bewohner, die Hearsts, zu stören. Ich brauchte ein wenig Ruhe, um eingehend über die Bedeutung von Marguerites letztem Brief nachzudenken. Aber ich hatte kaum die Hearsts in meine Gedanken aufgenommen, als ich in einiger Entfernung vor mir eine einsame, schwarz gekleidete Gestalt entdeckte, die von den dunklen Baumstämmen, die die Auffahrt säumten, kaum zu unterscheiden war. Es war Mr. Hearst persönlich bei seinem üblichen Spaziergang! Ich hielt inne und versuchte, sein Gesicht zu erkennen. Aber er hatte den Kopf gesenkt, und seine Züge waren vor meinem Blick verborgen. Sollte ich umkehren oder versuchen, mit dem Gentleman ein Gespräch anzufangen? Zu letzterem hatte ich wenig Lust. Aber ich erinnerte mich an Sir Williams ernsten Blick und dachte an Isobels Unglück – zwei Gedanken, die mich meinen Weg schneller fortsetzen ließen. Falls der Earl durch die Einwirkung von Gewalt sein Ende gefunden hatte, dann war jeder, der sich in den Mauern des Gutshauses aufhielt, verdächtig. Und zumindest Mr. Hearst hatte am Abend vor dem unerwarteten Tod mit seinem Onkel gestritten. Und bei dieser Gelegenheit war bei ihm von Bedrücktheit nichts zu spüren gewesen, denn in seinen bitteren Vorwürfen hatte fast so etwas wie Leidenschaft mitgeschwungen.

Die Schritte des jungen Kurats waren länger als meine, und da der Weg mit Matsch und Schnee bedeckt war, kam ich nur langsam voran. Daher vergaß ich für kurze Zeit jeglichen Anstand, raffte meine Röcke hoch und nahm mit zügigen Schritten die Verfolgung von Mr. Hearst auf. Während ich mich dem Gentleman näherte, verriet das Klirren meiner Stelzsohlen ihm meine Anwesenheit, und er drehte sich mit überraschter Miene um.

»Miss Austen!« rief er aus. »Ich wußte gar nicht, daß Sie eine begeisterte Spaziergängerin sind.«

»Tatsächlich, Sir, ist das eins meiner liebsten Vergnügen. Was offenbar auch auf Sie zutrifft.«

Er zog seinen Hut, verneigte sich und machte kehrt, um mich zum Gutshaus zu begleiten. »Es ist erwiesenermaßen sehr gesund für Geist und Körper. Vor allem in dieser Jahreszeit, in der man sich häufig in geschlossenen Räumen aufhält. Ich fürchte, daß zuviel Untätigkeit sich nachteilig auf meine Lebensgeister auswirkt.«

»Reiten Sie denn nicht wie Ihr Bruder?«

»Ich finde, Miss Austen, daß mein Bruder in allem, was er tut, nach Vollkommenheit strebt. Daher überlasse ich ihm jeden Bereich, in dem er sich betätigen möchte – ich versuche gar nicht erst, ihm nachzueifern, um bei einem möglichen Vergleich nicht schlecht abzuschneiden.«

Danach schwiegen wir beide, und ich suchte nach einer Möglichkeit, auf den Streit zwischen Mr. Hearst und dem Earl zu sprechen zu kommen. Wie sollte das taktvoll zu bewerkstelligen sein? Unmöglich! Ich würde ihm vorkommen wie ein gemeines Klatschweib. Aber was bedeutete das schon, wenn es darum ging, daß Isobel ihren Seelenfrieden wiederfand? Absolut nichts.

»Sind Sie denn nicht genauso leidenschaftlich, Mr. Hearst, auch wenn Sie nur etwas anstreben, was Ihr Bruder zurückweist? Zumindest einmal habe ich Sie recht energisch streiten gehört.«

Ich fürchte, meine Worte waren zu offensichtlich. Anstatt darauf einzugehen, nutzte er die Gelegenheit nur, um auf die Unterschiede zwischen ihm und dem Lieutenant hinzuweisen.

»Ich habe einiges aus dem Beispiel meines Bruders gelernt, Miss Austen, um Leidenschaft grundsätzlich abzulehnen. Zu oft erweist sie sich als Behinderung für den nüchternen Geist. Viel eher sollte man sich stets der Redlichkeit und der Zurückhaltung befleißigen. Mein bevorzugtes Mittel ist die Vernunft, wohingegen mein Bruder eher mit Heftigkeit seine Ziele verfolgt.«

»Das finde ich lobenswert, Sir – wenngleich ich glaube, daß eine gesunde Mischung von beidem die beste Garantie für Glück und Zufriedenheit sein dürfte.«

Er nickte lediglich und war mit seinen Gedanken offenbar längst woanders, und ich durfte weiterhin verzweifelt nach einer Überleitung suchen. Wir gingen eine Zeitlang schweigend weiter, aber als die breite Fassade von Scargrave Manor vor uns auftauchte, gab ich mir einen Ruck.

»Ich nehme an, der Tod des Earls läßt die freie Natur um einiges reizvoller erscheinen«, stellte ich fest, »denn den ganzen Tag am Kamin zu sitzen und über seinen plötzlichen Abschied von der Welt der Lebenden nachzudenken, nutzt eigentlich niemandem.«

»Das stimmt«, erwiderte Mr. Hearst und schaute mit gesenktem Kopf auf den morastigen Weg vor uns.

»Sicher haben Sie den Earl sehr geliebt, nicht wahr?« fuhr ich fort. Als ich seinen überraschten Gesichtsausdruck gewahrte, fügte ich hinzu: »Leider hatte ich kaum Gelegenheit, die Persönlichkeit seiner Lordschaft eingehender kennenzulernen – immerhin hat die Countess erst vor kurzem geheiratet, und dann schied der Earl fast in genau dem Augenblick aus seinem Leben, in dem ich es betrat.«

»Und beschäftigen Sie sich mit den Charakteren Ihrer Mitmenschen?« erkundigte Mr. Hearst sich, wobei er einer Antwort auf meine Frage auswich.

»Oh ja! Natürlich!« rief ich mit mehr Begeisterung, als ich bei diesem Spiel empfand. »Gibt es denn etwas, das zu studieren sich noch mehr lohnt?«

»Meiner Meinung nach, gibt es nur wenig, das Ihrer Überlegungen *weniger* wert ist. Der Charakter des Menschen ist immer etwas Enttäuschendes, finde ich. Je mehr man über seine Mitmenschen erfährt, desto weniger Wertschätzung empfindet man für sie – oder für sich selbst.«

»Mr. Hearst! Sie überraschen mich! Sind daß die Empfindungen eines Kirchenmannes? Sie müssen Ihre Ansichten überdenken, wenn Sie weiterhin nach den Heiligen Weihen streben.«

»Aber vielleicht ist es meine schlechte Meinung von meinen Mitmenschen, die meine Hoffnungen auf den Himmel lenkt, Miss Austen.«

»Ich wage zu behaupten«, entgegnete ich, »daß Ihre Abneigung gegen die Natur des Menschen Ihnen keine andere Alternative läßt. Aber damit können sie wohl kaum den Angehörigen Ihrer Gemeinde den rechten Weg weisen. Als Tochter eines Geistlichen muß ich Ihnen raten, die Abgeschiedenheit eines Klosters aufzusuchen, Mr. Hearst, anstatt die Kanzel. Sie schwebt zwar über allem, bewahrt sie aber nicht vor der Abneigung ihrer Herde, wenn sie nur Verachtung für sie übrig haben.«

»Meinen Sie, ich sei für das Amt nicht geeignet?« fragte er mit gespanntem Blick.

Anstatt ihn vollends zu vernichten, bediente ich mich eines typisch weiblichen Winkelzugs. »Ich würde niemals wagen, über die Fähigkeiten eines Gentleman zu urteilen«, log ich vorsichtig.

Mr. Hearst schien zu zögern, als befände er sich in

einem inneren Widerstreit. Dann blieb er stehen, um sich meiner Aufmerksamkeit gewiß sein zu können. »Das ist, vielleicht, eine Antwort auf meine Frage, wenngleich eine, die ich nicht gerne höre – denn wenn Sie mich für die Wahrnehmung kirchlicher Angelegenheiten für geeignet hielten, dann hätten Sie es sicherlich gesagt. Ich fürchte, mein Onkel hat Ihre Meinung geteilt, Miss Austen. Er meinte zu mir, ich gäbe einen traurigen Geistlichen ab. Er wollte nichts von den Heiligen Weihen wissen und drängte mich, statt dessen die Landwirtschaft zu betreiben.«

»Seine Lordschaft hat Ihre Pläne ganz bewußt durchkreuzt?«

»Das hat er«, erwiderte Mr. Hearst. »Mein Onkel glaubte, daß mir alles fehlte, was bei einem Mann im schwarzen Rock wichtig ist.«

»Und was soll das nach Meinung des Earls sein?«

»Gehorsam. Bescheidenheit. Der Earl meinte, daß ich unter Stolz litte, Miss Austen, unter übermäßigem Stolz auf meine Position. Obgleich, wie hätte ich mich anders verhalten sollen ...« Hier brach er ab und ließ seinen Blick durch den Scargrave Park schweifen. Ich verstand ihn nur zu gut. Er war von edler Geburt – seine Mutter die Tochter eines Earls – aber ohne das entsprechende Einkommen, um den Forderungen gerecht zu werden, die eine Familie an ihn stellte. Weder der Freiheit des Willens noch der Freiheit von Abhängigkeit würde er sich jemals erfreuen können, solange er in Scargrave Cottage wohnte. Und dennoch, wie sollte er mit so geringen Mitteln woanders hingehen können? Tatsächlich war der Stolz wohl alles, was einem solchen Mann blieb.

»Und so waren Sie also den Launen des Earls ausgeliefert«, stellte ich fest, während wir weiterschlenderten. Die Straße war nun bald zu Ende, und wenn ich noch irgend etwas Wichtiges erfahren wollte, mußte ich gezielt nachhaken.

»Das war und bin ich«, erwiderte Mr. Hearst schleppend. »Alles, was ich auf dieser Welt besitze, verdanke ich seiner Güte. Falls er wünschte, daß ich als Aufseher seine Güter verwaltete, dann würde ich genau das tun, ganz gleich, wie wenig ich mich für dieses Amt eignen würde.«

»Wie traurig doch das Los des Earls war«, sagte ich nachdenklich. »Eine derartige Macht über Glück und Unglück anderer Menschen innezuhaben. Sicherlich haben ihn sogar seine nächsten Angehörigen deswegen gehaßt.«

Mr. Hearst reagierte nicht sofort auf diesen Gedanken, obgleich er über seine Richtigkeit nachdachte. Schließlich sagte er jedoch nach einem Seitenblick aus seinen tiefliegenden Augen: »Haß ist vielleicht zuviel. Aber in meiner Brust hat der Earl ganz gewiß kaum freundliche Gefühle geweckt.«

»Haben Sie mit Ihrem Onkel gestritten, Mr. Hearst?« fragte ich ganz offen, obgleich ich kaum mit einer Antwort rechnete. Falls er gegenüber dem Earl gewalttätig geworden war, würde er dies wohl kaum von sich aus eingestehen. Und allein schon der Verdacht auf Unstimmigkeiten müßte schnellstens ausgeräumt werden.

»Mit siebenundzwanzig, Miss Austen, bin ich genau das, was Sie vor sich sehen«, erwiderte er und blieb vor der Treppe zum Gutshaus stehen. »Nicht besonders gut geeignet für mein mir aufgezwungenes Amt, in meinen Hoffnungen enttäuscht und voller Abneigung gegen meine Kollegen, die vom Glück mehr begünstigt wurden. Natürlich habe ich mit meinem Onkel gestritten. Weshalb sonst sollte ich so viel Trauer über sein Ableben empfinden? So ist es immer. Wenn wir endlich die richtigen Worte gefunden haben, ist meistens jede Hoffnung auf Besserung dahin.«

Eine ungewöhnliche Offenheit, vielleicht, – aber einsame Spaziergänge durch winterlichen Schnee erzeugen gelegentlich eine erstaunliche Vertrauensseligkeit. Zumindest deutete die Tatsache, daß Mr. Hearst nichts zu verbergen versuchte, darauf hin, daß er in Täuschungen keinen Nutzen sah.

»Ich habe aufrichtiges Mitleid mit Ihnen, Mr. Hearst«, sagte ich langsam. »Auch ich weiß, was es heißt, sich etwas zu wünschen, das man mit eigenen Mitteln nicht erreichen kann. Aber vielleicht hat der Earl seine Meinung geändert und in seinem Testament dafür gesorgt, daß Sie ein angemessenes Leben als Geistlicher führen können.«

»Vielleicht«, sagte Mr. Hearst und schaute wieder die Straße hinunter zu seinem kleinen Landhaus, »aber ich würde nicht mehr darauf hoffen. Viel wahrscheinlicher ist, daß er Tom einen zusätzlichen Geldbetrag hinterlassen hat, damit er ihn in einer Spielhölle verschwendet. Mein Onkel hatte immer eine spezielle Art, Belohnungen ebenso blind zu verteilen wie seine Strafen.«

Er verdrängte die Bitterkeit, die diese Worte hervorgebracht hatten, und warf einen durchdringenden Blick in meine Richtung, als sei ihm in diesem Moment erst klargeworden, daß er seine Gedanken mit einer Lady und einer völlig Fremden dazu geteilt hatte. Dann, nachdem er sich anscheinend wieder ein wenig gefangen hatte, verabschiedete Mr. Hearst sich und wanderte zur Hütte zurück.

Ein seltsamer Gentleman, dieser Möchtegerngeistliche. Nur in einer einzigen Hinsicht ähnelt er seinem Bruder, dem Lieutenant. Beide neigen dazu, mehr zu erzählen, als Diskretion vernünftig erscheinen läßt – allerdings, was mich und meine Absichten betrifft, bei weitem nicht genug. Denn obgleich ich sehr viel über Mr. Hearsts Animosität gegenüber seinem Onkel erfahren hatte, wußte ich immer noch so gut wie nichts über einen ganz bestimmten strittigen Punkt – nämlich die Todesnacht des Earls und die Unterhaltung in seiner Bibliothek.

* * *

Ich verspürte keine Neigung, in die düsteren Hallen und Flure des Gutshauses zurückzukehren. Daher ging ich, trotz der Schneedecke, weiter zu der Buschlandschaft hinter dem Gutshaus und stapfte durch die Schneeverwehungen, um die Gedanken in meinem Kopf zu ordnen. Die Gärtner von Scargrave waren schon vor mir hier gewesen. Eine Art Trampelpfad führte über die breiten Wege und Terrassen.

Der Tag, der mit schlechtem Wetter begonnen hatte, wurde nun von einer matten Sonne erhellt. Die langen blauschwarzen Schatten des Nachmittags glitten vor mir her wie fröhliche Überbleibsel sommerlicher Üppigkeit. Sie tanzten über die verwelkten Blumenbeete und die gestutzten Hecken und versammelten sich zu Füßen einer steinernen Nymphe, in deren Brunnenschüssel das Wasser gefroren war. Die nunmehr aufgehellte Winterlandschaft konnte jedoch meine Lebensgeister nicht ebenfalls aufmuntern. Ich konnte die düstere Vorahnung nicht abschütteln, daß weiteres Ungemach auf die Bewohner von Scargrave zukam.

Ich fand eine Steinbank, die vom Schnee befreit war, deren Lehne sich jedoch an meinem Rücken eisig kalt anfühlte. Trotzdem machte ich es mir in meinem langen Mantel darauf bequem, um alles, was bisher geschehen war, in Gedanken noch einmal Revue passieren zu lassen.

Daß die Zofe Marguerite nicht die Gelegenheit zu

nutzen versuchte, aus der ganzen Affäre Profit zu schlagen, mußte einen verblüffen. Denn wenn sie keine finanziellen Motive hatte, blieben letztlich nur zwei andere übrig – entweder die Absicht, ihre Herrin tödlich zu treffen, und damit auch Fitzroy Payne, oder der ehrliche Wunsch, einen Mord als solchen zu entlarven. Beide Möglichkeiten führten zu wenig erfreulichen Schlußfolgerungen. Falls das erste Motiv zutraf, dann war demjenigen, zu dem zu bekennen Isobel sich hütete, großes Unrecht geschehen. Oder vielleicht hatte Isobel davon noch keine Ahnung, und Payne hatte sich der schrecklichen Tat schuldig gemacht.

War der ernste junge Earl vielleicht der Typ Mann, der sich mit der Zofe einer Lady einließ und später nicht mehr Gedanken daran verschwendete als an eine morgendliche Treibjagd mit den Hunden? So manche Frau hat versucht, einen Mann, den sie hoffnungslos liebte oder aus irgendeinem Grund haßte, zu vernichten, auch wenn dieser Mann sich gesellschaftlich einige Stufen über ihr bewegte. Als ich an Fitzroy Payne dachte, konnte ich mir jedoch nicht vorstellen, daß er zu einem solchen Verhalten fähig war. Bisher war sein Benehmen tadellos. Er hat sich stets unter Kontrolle, ganz gleich wie seltsam seine nächsten Angehörigen erscheinen mögen. Seine Worte dokumentieren nichts anderes als Intelligenz und gesunden Menschenverstand. Im großen und ganzen erscheint Fitzroy Payne mir so fern der Abgründe der menschlichen Natur, daß er ein Ausbund an Falschheit wäre, wenn er sich irgendwelcher Lasterhaftigkeit schuldig gemacht hätte. Aber wenn es diese Lasterhaftigkeit wirklich bei ihm geben sollte, dann mußte ich sie aufdecken. Marguerite hätte guten Grund, sich an Isobel rächen zu wollen, wenn sie sich tatsächlich von Payne mißbraucht fühlen sollte.

Und wenn die Zofe nun nichts anderes im Sinn hätte, als einen Mord aufzudecken?

Ein Anliegen solchen Umfangs wäre schon nötig, um eine junge Frau zu bewegen, die sichere Insel Scargrave mitten im englischen Winter zu verlassen. Wenn dies ihr Beweggrund ist, dann liegt auf der Hand, daß sie tatsächlich überzeugt ist, daß ein Mord begangen wurde. Von dort ist es nur ein kurzer Sprung zu der Schlußfolgerung, daß Marguerite überzeugt ist, daß Frederick von seiner eigenen Frau unter Mithilfe von Payne aus dem Weg geschafft worden ist – und in diesem Fall wurden ihre anonymen Briefe aus edelsten Motiven geschrieben.

Falls die Zofe nur das Ziel verfolgt, Isobel zu entlarven anstatt sie zu erpressen, dann könnte das Vertrauen in meine Freundin heftigst erschüttert werden. Aber ich schließe so schnell keine tiefen Freundschaften. Marguerite muß sich irren, ganz gleich wie fest sie an die Richtigkeit ihrer Vermutung glaubt, und mein Ziel muß jetzt sein, den Mörder zu entlarven.

Ich hob den Kopf, atmete die winterliche Luft tief ein und vertraute auf ihre Wirkung, die darin bestand, meine Sinne zu klären. In diesem Moment schien die Beseitigung von Isobels Schwierigkeiten eine Angelegenheit von nur wenigen Stunden zu sein. Ich schob die Hände noch tiefer in meinen Muff, um sie besser zu wärmen, und nahm mir die ganze Angelegenheit noch einmal vor.

Wenn weder Fitzroy Payne noch Isobel als mögliche Täter in Frage kämen – wer dann? Der Täter mußte sich im Haushalt bestens auskennen, und er wäre wohl kaum bei der Dienerschaft zu suchen. Für mich kam demnach nur ein anderes Familienmitglied oder Lord Harold in Frage.

Harold Trowbridge konnte ich mir in der Rolle des

Mörders sehr gut vorstellen. Er hatte die Entschlossenheit, die Skrupellosigkeit und das Motiv – denn der verstorbene Earl war das Hindernis zwischen ihm und dem angestrebten Ziel gewesen, dem – billigen – Erwerb von Isobels Besitzungen auf den Westindischen Inseln. Darauf bedacht, daß Trowbridge nicht ihr Geburtsrecht ergatterte, hatte die Countess ihren Ehemann um Schutz gebeten. Und allem Anschein nach hatte der Earl die Macht und den Willen gehabt, all ihre finanziellen Probleme zu lösen. Als eine mögliche Bestätigung für die Schuld Lord Harolds betrachtete ich die Tatsache, daß Frederick am Tag von Trowbridges Eintreffen auf Scargrave starb – an dem Tag, an dem der Gentleman zu einem Gespräch die Bibliothek des Earls aufgesucht hatte, ein Gespräch, über dessen Inhalt und Verlauf wir gar nichts wissen. Hatte es Trowbridge dazu animiert, den Wein des Earls zu vergiften – der kurz vor Fredericks tödlichem Unwohlsein getrunken worden war?

Dennoch, so sagte ich mir, hatte ich keinen Beweis dafür, daß Trowbridge am Abend jenes Balls wirklich mit dem Earl zusammengetroffen war – das Gespräch, das ich durch Zufall mithörte, hatte zwischen dem Earl und Mr. George Hearst stattgefunden. Auch konnte ich weder sicher sein, daß Trowbridge Gift besaß, noch daß er es auch verabreicht hatte. Und er war gewiß nicht jemand, dem ein Fehler zu seinem Nachteil unterlief.

Aus Fairneß gegenüber dem Schurken sollte ich jedoch genauso bereitwillig über die Motive der anderen nachdenken. Nahe lag in diesem Fall, daß ich das angebliche Gespräch in der Bibliothek außer acht ließ und mich statt dessen mit dem beschäftigte, was ich tatsächlich belauscht hatte – ein Gespräch, in dessen Verlauf von Gewalt gesprochen wurde, wie ich mit eigenen Ohren hatte hören können. George Hearst hatte sich nicht im guten von seinem Onkel verabschiedet. Statt dessen war klar, daß der verbitterte Neffe Fredericks Unterstützung gesucht und nicht erhalten hatte und deshalb in Zorn geraten war.

Du hast mich bis zum äußersten gereizt, und ich weiß jetzt, was ich tun muß, hatte George Hearst so oder zumindest sinngemäß gerufen. Solche Gefühlsäußerungen erschienen in einem ganz anderen Licht, falls sich herausstellen sollte, daß der Earl tatsächlich ermordet worden war. Aber trotz meines Gesprächs mit ihm hatte ich keine Ahnung, was Mr. Hearst auf dem Herzen hatte. Die Priesterweihe vielleicht, oder, noch schlimmer, Geld – denn wir werden durch den Mangel an finanziellen Mitteln und durch drückende Verbindlichkeiten oft zum Äußersten getrieben. Selbst ich kann ein Lied davon singen. Dennoch erinnere ich mich deutlich daran, daß Mr. Hearst an diesem Abend von einer Frau gesprochen hatte – Ruby? Rosamund? *Rosie.* Rosie war es gewesen.

Ich muß mehr über Rosie in Erfahrung bringen, um Mr. Hearsts Zornausbruch besser gegen seine Offenheit während unseres Spaziergangs im Park abwägen zu können. Während ich in Gedanken versunken dasaß, drang das Geräusch von schnellen Schritten im Schnee an meine Ohren. Ich schaute hoch und gewahrte Lieutenant Hearst, dessen adrette blaue Uniform die lebhafteste Erscheinung in der grauen Landschaft war.

»Endlich habe ich Sie gefunden«, rief er aus und näherte sich meinem Rastplatz. »Ich hatte schon befürchtet, Sie wären heute morgen nach Bath zurückgekehrt. Aber ich freue mich von Herzen, daß Sie uns noch nicht verlassen haben.« Er betrachtete mich aufmerksam, und seine fröhliche Miene wurde ernst. »Miss Austen, Sie sehen aus, als wären Sie gerade einem Geist begegnet.«

»Hat sich denn das ganze Haus gegen mich verschworen?« murmelte ich ungehalten, stand auf und klopfte den Schnee von meinen Röcken. »Kann eine Frau denn nicht eine Nacht schlecht schlafen, ohne Objekt der Besorgnis all ihrer Bekannten und Freunde zu werden?«

Tom Hearsts attraktives Gesicht drückte sofort tiefe Zerknirschung aus. »Ich bitte um Verzeihung«, sagte er hastig. »Ich wollte Sie nicht belästigen.«

»Ach, Lieutenant – eigentlich muß ich mich entschuldigen«, sagte ich, mich zusammenreißend. »Eine Folge schlechten Schlafs ist sicherlich, daß die Umgangsformen leiden.«

»Demnach hatten Sie tatsächlich eine unruhige Nacht?«

»Es war nur der erste Earl«, erwiderte ich und versuchte es von der humorvollen Seite zu nehmen. »Er wandelt durch meine Träume und betrauert den verstorbenen Lord Scargrave.«

Anstatt zu lachen, wie ich es erwartete, machte Tom Hearst ein nachdenkliches Gesicht. »Ich wünschte, Sie machten damit einen Scherz«, sagte er düster und schaute mir beschwörend in die Augen, »aber ich habe ihn selbst einmal gesehen, als ich noch ein Kind war und kurz bevor meine Mutter starb. Ich fürchte, dies ist kein Haus für friedliche Träume.« Dann schlug er sich auf den Oberschenkel und verfiel wieder in sein übliches Lächeln. »Unternehmen Sie mit mir einen kleinen Ausritt auf Lady Bess. Die Luft wird Ihnen guttun.«

»Ich bin aber keine Reiterin«, erwiderte ich lächelnd. »Mein Vater verfügte nicht über die Mittel, um uns, als wir noch Kinder waren, Pferde zu kaufen, und ich muß zugeben, daß ich gewisse Hemmungen habe, diese Kunst in meinem fortgeschrittenen Alter zu erlernen.«

»Unsinn!« Der Lieutenant schob resolut meinen Arm

unter seinen und ging mit mir den Weg hinauf. »Ich werde alles in meiner Kraft stehende tun, um dieses Erlebnis für Sie so erfreulich zu gestalten, Miss Austen, daß Sie in Zukunft nie mehr abschlagen werden, was ich Ihnen anbiete.«

»Haben Sie es denn schon gelernt, die Ablehnung junger Damen zu fürchten, Lieutenant?« fragte ich spitz.

Er ist tatsächlich stets zu Spott aufgelegt. »Sogar so gründlich, daß ich es mir zur Regel gemacht habe, niemals um etwas zu bitten, von dem ich nicht ganz sicher bin, daß ich es auch will«, erwiderte er, »und daher mag es einigen jungen Damen« – bei diesen Worten schaute er hinauf zu dem Fenster im zweiten Stock, hinter dem die Umrisse von Fanny Delahoussaye, die sich über ihre Arbeit beugte, deutlich zu erkennen waren – »so vorkommen, als würde ich sie niemals um etwas bitten.«

* * *

Lady Bess erwies sich als sanftes Reittier. Sie schritt so ruhig aus, daß meine Angst, aus dem Sattel zu stürzen, sofort verflog. Eine Zeitlang ging Lieutenant Hearst mit der Hand am Zügel vor mir her, wobei sein eigenes Pferd zufrieden neben mir schnaubte. Doch schon bald legte er neben einer Hecke eine Rast ein, und ich stieg dankbar aus dem Sattel, während Lady Bess am Schnee knabberte.

Es kam zu einem heiklen Moment. Da ich meine Hände dazu benutzte, mich am Sattel festzuhalten, umschlang der Lieutenant meine Taille und zog mich kurzerhand herunter. Ich errötete heftig, als ich so unvermittelt mit seinem Körper Bekanntschaft machte, aber Tom Hearst lächelte unverfroren.

»Ich bitte Sie, Miss Austen«, sagte er in neckendem Ton, während seine Hände immer noch auf meinen

Hüften lagen, »einer jungen Dame mit Ihrer Erfahrung und Ihrem Scharfsinn wird die Umarmung eines Gentleman doch nicht völlig fremd sein.«

»Eine unverheiratete Lady meines Standes kann nichts anderes verlauten lassen, als daß es sich so verhält, Lieutenant«, erwiderte ich mit fester Stimme und machte Anstalten, seine dreisten Hände von mir abzustreifen. Zu meinem Unmut festigte er seinen Griff und vertiefte mein Unbehagen. Ich war gezwungen, seine behandschuhten Hände zu ergreifen, um meine Freiheit zu erkämpfen, und die Vorstellung davon, wie wir in diesem Moment einem ahnungslosen Beobachter erscheinen mußten, ließ mich vor Scham geradezu im Boden versinken.

Der Lieutenant lachte herzlich und ließ mich los, allerdings konnte ich an seiner Dreistigkeit nichts Spaßiges finden.

»Hat Fanny Delahoussaye Ihnen solche Ungehörigkeiten beigebracht, Lieutenant? Oder ist es das, was Sie ihr während Ihrer Spaziergänge im Schnee beibringen?« Ich machte auf dem Absatz kehrt und hätte ihn in meinem Zorn stehengelassen, doch er holte mich sofort ein, führte die Pferde am Zügel neben sich her und bat mich in nettester Weise um Entschuldigung.

»Ich muß gestehen, daß ich ein kompletter Taugenichts bin, Miss Austen«, erklärte er. »Ein Leben unter den Soldaten der Garnison hat mich roh und ungehobelt werden lassen. Sie, die Sie Brüder bei der Marine haben, müssen zugeben, daß wir nur wenig Gelegenheit haben, an unseren Umgangsformen zu schleifen. Vielleicht lerne ich in Ihrer Gesellschaft besser als in Miss Fannys, wie ich mich zu benehmen habe.«

»Ich glaube nicht, daß Sie noch eine weitere Gelegenheit bekommen werden, sich meiner Gesellschaft zu erfreuen, Lieutenant«, entgegnete ich, vermied es, ihm in die Augen zu schauen, und beschleunigte meine Schritte.

»Miss Austen!« rief er aus und blieb mit den Pferden mitten auf dem Feld stehen. »Was hat diese Grausamkeit zu bedeuten? Hat mein durchaus edel gemeintes Angebot eine solche Reaktion verdient? Und sind nicht Sie auch zum Teil dafür verantwortlich? Ich wäre sicherlich nicht in Versuchung gekommen, wenn der Winter nicht die Schönheit Ihrer Wangen gesteigert, Ihre Augen nicht zum Glänzen gebracht und Sie nicht ganz allgemein zu einer so wundervollen Erscheinung gemacht hätte!«

»Ich fürchte, Sie geben der Versuchung viel zu oft nach, Lieutenant«, erwiderte ich und dachte an Fanny Delahoussaye. Tom Hearst kann eigentlich kaum eine dauerhafte Verbindung unterhalten, wenn er sein Spiel mit anderen genauso unbekümmert treibt wie mit mir.

»Ich bitte Sie um Vergebung«, sagte er mit ernster Miene und ließ sich im Schnee auf die Knie sinken, »und Ihr Herz kann nicht so verhärtet sein, daß Sie sie mir verweigern. Ich wollte auf keinen Fall Ihre Tugend entehren – im Gegenteil, Miss Austen, ich wollte Ihnen nur ein Kompliment machen.«

Er gab ein recht hübsches Bild ab, den lockigen Kopf bittend erhoben, seine Uniform ein dunkler Schatten vor dem Kastanienbraun der Pferde. Lady Bess stieß gerade eine dampfende Atemwolke aus und rieb den Kopf an Tom Hearsts Schulter. Er drehte sich halb um und tätschelte die Stute liebevoll. »Auch Lady Bess legt für mich ein Wort ein«, fuhr er zerknirscht fort. »Und dafür verspreche ich, Sie nie mehr zu belästigen.«

Es liegt nicht in meiner Natur, ständig auf eine spröde, abweisende Haltung bedacht zu sein. Der Lieutenant war jung genug, um mich an meinen Bruder Frank zu erinnern, der mir besonders lieb und teuer war. Daher lockerte ich meine Haltung und ging auf ihn zu.

»Stehen Sie auf, Lieutenant«, sagte ich. »Der Schnee dürfte Ihrer Hose nicht gerade gutun.«

»Meinen Knien auch nicht«, sagte er und sprang auf. »Mein Bursche fordert morgen früh meinen Kopf, wenn ich zu steif bin, um aus dem Bett aufzustehen. Aber ich sollte über solche Dinge nicht vor einer Lady sprechen. Ich vergesse mich schon wieder. Möchten Sie mit mir zum Haus zurückkehren, Miss Austen, und mich Anstand lehren, wie Miss Fanny es nicht vermag?«

»Ich bin bereit, Sie zu begleiten, Lieutenant, unter einer Bedingung.«

»Was immer Sie wollen, liebste Lady.«

»Daß Sie mir das Reiten beibringen, so lange ich im Gutshaus weile«, sagte ich und belohnte seine Beharrlichkeit. »Lady Bess ist ein Pferd, das mir gut gefällt, und ich glaube, daß die körperliche Übung mir gut bekommt.«

»Wunderbar!« rief Tom Hearst und schlug sich auf den Oberschenkel, »und mir Ihre Unterweisung in Sachen Benehmen.«

»Lassen Sie uns davon lieber schweigen.«

»Na schön. Aber ich wüßte kaum, wovon wir sonst reden sollten. Alle anderen Themen sind verboten. Denn wenn wir uns über unsere Bekannten und Verwandten hier in Scargrave unterhielten, kämen wir sicher bald auf den Tod zu sprechen, und ich weigere mich, mich in Gegenwart einer schönen Frau in melancholischen Gedanken zu ergehen.«

»Lieutenant!«

»Was, darf ich Ihnen noch nicht einmal Komplimente machen?« Er hielt scheinbar völlig entgeistert inne. »Nicht das loben, was ich vor mir sehe? Miss Austen! Ihre Grausamkeit ist unfaßbar! Sie stacheln meine

Begeisterung an und tadeln mich dann, wenn ich ihr Ausdruck verleihe.«

Ich glaube, ich darf wohl behaupten, daß ich keine Närrin bin. Ich habe mich in sechsund-, nein, siebenundzwanzig Jahren immer wieder im Spiegel betrachtet, und weder mein Gesicht noch meine Figur sind angetan, einen jungen Mann in Raserei zu versetzen. Entweder langweilt Tom Hearst sich auf Scargrave über alle Maßen und versucht, sich mit mir zu zerstreuen, oder er hofft mich mit seinen Komplimenten aus einem bestimmten Grund zu verwirren, den ich noch nicht kenne.

Bei seiner nächsten Bemerkung vertiefte sich letzterer Verdacht.

»Kennen Sie Sir William Reynolds schon lange?« erkundigte sich der Lieutenant im Plauderton.

Ich zögerte mit meiner Antwort und fragte mich, weshalb er sich für den guten Richter interessieren mochte.

»Eigentlich länger, als ich mich erinnern kann«, erwiderte ich und stapfte vorsichtig durch den Schnee. Ich hatte meine Stelzsohlen abgelegt, um zu reiten, und meine Schuhe dürften nun wirklich ruiniert sein. »Sir William war schon immer ein Freund meines Vaters und seiner Familie. Für mich ist er eher ein Onkel als ein Freund.«

»Er bedient sich Ihrer Anwesenheit, um Scargrave häufiger als je zuvor zu besuchen.«

»Das dürfte keine allzu große Überraschung sein«, sagte ich und studierte dabei sein Gesicht. Hatte Tom Hearst den Wunsch, *irgendeinen anderen Grund* für die Aufmerksamkeit des Magistrats zu erfahren? »Und im Winter erinnert man sich gerne an seine Freunde. Ein Besuch bei einem Bekannten erscheint in der trüben Jahreszeit manchmal besonders reizvoll, wenn das

Wetter uns einfachere Arten des Zeitvertreibs verbietet.«

»Das trifft sicherlich auf Sir William zu«, meinte der Lieutenant, »obgleich jeder Mann von Ihrer Anwesenheit angelockt würde, und zwar im Sommer wie auch im Winter.«

Ich konnte kaum ein Lächeln über seine nimmermüden Galanterien unterdrücken und hielt es für geraten, mich einem anderen Thema zuzuwenden.

»Ein Offizier wie Sie ist mit seinem Pferd doch geradezu verheiratet«, sagte ich. »Sind Sie schon als Kind geritten, Lieutenant?«

»Das bin ich«, erwiderte er und streichelte seinem Pferd die Nüstern. »Mein Vater setzte mich schon im zarten Alter von zwei Jahren auf den Pferderücken und bestimmte auf diese Weise für seinen zweiten Sohn eine Laufbahn bei der Kavallerie. Es war vermutlich seine letzte väterliche Handlung, ehe er zum Kontinent aufbrach, wo seine Geliebte und schließlich der Tod auf ihn warteten.«

»Lieben Sie Ihren Beruf sehr?«

»Ich wäre lieber ein Offizier bei den Blauröcken* als ein Adliger«, erwiderte er freundlich. »Man käme in den Genuß aller Vorzüge einer Stellung bei Hofe und der damit einhergehenden eleganten Begleitumstände und erfreut sich trotzdem der Freiheit und des Abenteuers, die der militärische Dienst einem bietet. Man hat eine Führungsposition inne und lebt gleichzeitig in enger Kameradschaft mit seinesgleichen – all diese Lebensumstände, die ich als sehr angenehm empfinde. Ich habe der Güte meines Onkels eine Menge zu verdanken, Miss Austen, denn er war es, der mir zu meinem Posten verholfen hat.«

* Die Royal Horse Guards, eines der drei Kavallerieregimenter, die den Königlichen Hof schützten, hatten auf Grund der Farbe ihrer Uniformen den Spitznamen Blauröcke. – *Die Herausgeberin*

»Tatsächlich?« wunderte ich mich, obgleich ich eigentlich nichts anderes erwartet hatte. »Dann hat er es mit Ihnen besser gemeint als mit Ihrem Bruder, Lieutenant. Wäre der Earl mit Ihnen in gleicher Weise verfahren, dann hätte er Sie zu einem Buchhalter machen müssen, der zu jeder Jahreszeit in seinem Büro eingesperrt ist – wo doch Ihre Wünsche sich in die entgegengesetzte Richtung bewegten.«

»Demnach hat George Ihnen bereits sein Herz ausgeschüttet«, stellte der Lieutenant amüsiert fest. »Er hört niemals auf, über seine enttäuschten Hoffnungen zu klagen, obgleich er weiß, daß mein Onkel seine Entscheidung gutgeheißen und ihm eine Pfründe hinterlassen hat. Mir scheint, als litte George sehr unter dem bevorstehenden Abschied – obgleich nun sein Herzenswunsch in Erfüllung geht. Vielleicht hat er mittlerweile Gefallen daran gefunden, den in allem benachteiligten Bruder zu spielen.«

»Mr. Hearst wurde im Testament des Earls mit einer Pfründe bedacht?« rief ich nicht wenig überrascht aus.

»Das nehme ich an, allerdings habe ich das Dokument noch nicht zu Gesicht bekommen«, erwiderte der Lieutenant. »Mein Vetter Fitzroy und seine Anwälte haben zuviel mit den Angelegenheiten des gesamten Gutes zu tun, um uns allen endlich das Testament zu verlesen. Aber mein Onkel informierte meinen Bruder davon gleich nach der Rückkehr von seiner Hochzeitsreise. Die Freuden der Ehe haben bewirkt, daß der Earl sich noch großzügiger zeigte. Als er die einzelnen Punkte des Testaments änderte, damit die Countess gut versorgt ist, kümmerte er sich auch um Georges Zukunft. Wenn es überhaupt Grund zur Freude über das Ableben des Earls geben kann, dann ganz sicher bei meinem Bruder.«

»Was Sie nicht sagen«, murmelte ich gedankenverloren. Ich war ziemlich verwirrt. Hatte Mr. Hearst diesen Punkt während unseres Gesprächs aus Taktgefühl bewußt vermieden? Oder wegen seines schlechten Gewissens? Denn er profitierte eindeutig vom Tod seines Onkels. Und dieser Tod war nicht lange nach dem Zeitpunkt eingetreten, an dem dieser Gentleman die Nachricht von seinem Erbe weitergegeben hatte. Angesichts der Heftigkeit der Diskussion, die ich am Abend vor dem Tod des Earls belauscht hatte, erschien es mir lohnend, Mr. Hearst noch einmal genauestens zu überprüfen.

Plötzlich spürte ich den mißtrauischen Blick des Lieutenants und beeilte mich, unverfänglichere Dinge zur Sprache zu bringen.

»Was Ihre Tätigkeit bei den Blauröcken angeht, Lieutenant – sie verschafft Ihnen einen zusätzlichen Vorteil in Ihrer Rolle als Objekt von Miss Delahoussayes Interesse, da sie alles Militärische leidenschaftlich liebt«, sagte ich mit behutsam angedeutetem Spott. »Und wenn Sie erst einmal zum königlichen Hof gehören, ist es eher unwahrscheinlich, daß Sie in Garnisonsstädten dienen müssen, die von der feinen Gesellschaft und der Mode weit entfernt sind. Das dürfte Sie der Mutter besonders empfehlen, die sicherlich häufig in Ihrem Zweierbund die dritte sein wird.«

Ich hatte die Bemerkung eher scherzhaft gemeint und wollte auf seinen eigenen Spott über diese Lady anspielen. Doch er errötete und musterte mich mit ernster Miene.

»Demnach haben Sie Miss Fannys Schwäche für mich bemerkt?« fragte er gespannt. »ich wünschte, sie wäre weniger deutlich. Aber sie hat noch nie ein Hehl aus ihren Vorlieben gemacht, selbst wenn der Anstand dies verlangt hat. Ich kann wohl nicht erwarten, daß sie sich jetzt entsprechend verhält, noch nicht einmal in Anwesenheit derer, die mit meiner Familie nicht so gut bekannt sind.«

»Ich bitte um Entschuldigung, Sir«, sagte ich hastig. »Ich hatte es eher scherzhaft gemeint, scheine Sie jedoch verletzt zu haben. Als Besucherin, die auf Scargrave völlig fremd ist, hätte ich den Mund halten sollen. Aber man kann schlecht zu einem Haus gehören, ohne gelegentlich jemanden zu verärgern, und das meistens dann, wenn man es am wenigstens beabsichtigt.«

Der Lieutenant fuhr sich mit einer behandschuhten Hand durchs Haar, und sein Gesichtsausdruck war weiterhin besorgt. »Es ist nur so, daß Sie einen Punkt angesprochen haben, den zu meiden ich beabsichtigt hatte. Ich habe vielleicht zu freundlich und entgegenkommend reagiert. Madame Delahoussayes liebstes Ziel ist, ihre Tochter mit meinem Vetter, Fitzroy, zu verloben, von dessen Vermögen man sagt, daß es sogar Fannys eigenes in den Schatten stellt. Aber Lord Scargraves gewohnte Reserviertheit sprach gegen ihn, daher macht Miss Fanny anderswo Jagd auf Schmeicheleien.«

»Die Sie ganz gewiß zu spenden verstehen«, sagte ich mißbilligend. »Das Leben bei Hofe hat Sie wenigstens dies gelehrt, Aber ich bin überrascht, Sir, daß ein Kavalier wie sie ihr junges Herz sogar in nur wenigen Tagen erringen kann.«

»Ich kenne Miss Delahoussaye schon ungefähr sieben Monate«, erwiderte er, »genauso lange, wie sie meinen Vetter kennt. Während der letzten Saison in London nahm ich sogar an all ihren Festen und Partys teil.«

»Und da Sommer war und sie ein hübsches Mädchen, dachten Sie, es sei nichts Schlimmes dabei, ein wenig mit ihr zu flirten. Ich kann mir schon vorstellen, wie es war.«

»Ihre Absichten waren offensichtlich, wann immer wir zusammentrafen.« Tom Hearst lachte freudlos. »Ihre Absichten! Kann ein solches Wort Fannys Verrücktheit zutreffend beschreiben? Sie hat sich mir regelrecht an den Hals geworfen. Kein Mann hätte Hemmungen, sich das zu nehmen, was Fanny anbietet, Miss Austen. Und ich erst recht nicht. Obgleich es mich schmerzt, das einzugestehen. Ich komme mir selbst ziemlich schäbig vor, ausgerechnet dort physischen Reizen zu erliegen, wo es an Charakter und Intelligenz mangelt.«

Was für eine Offenheit! Der Lieutenant zögerte nicht, sich selbst als absolut prinzipienlos zu entlarven. Aber seine leichtfertige Herabsetzung von Fanny Delahoussaye durfte eine andere Lady nicht schweigend dulden, auch wenn sie ebensowenig von ihr hielt wie ich.

»Und da ihr Vermögen nicht unbeträchtlich ist«, stellte ich fest, »wären sie ein absoluter Narr gewesen, wenn Sie solcher Wärme und Hingabe mit distanzierter Kälte begegnet wären. Selbstsucht war ihr einziger Antrieb in Bezug auf Miss Delahoussaye.«

»Sie verfügen tatsächlich über einen einzigartigen Scharfblick, Miss Austen! Ich wünschte, Ihre Erkenntnisse entsprächen etwas weniger der Wahrheit«, sagte der Lieutenant mit einem unsicheren Blick. »Aber ich erkannte zu spät, daß sie die Pläne ihrer Mutter kannte, und zögerte, um Fitzroy nicht zu verletzen, dessen hervorragende Selbstkontrolle niemandem Hinweise darauf gibt, ob er sich für die Dame interessiert oder nicht. Sollte Fitzroy ernsthafte Absichten bezüglich Fanny gehabt haben, so dürfte ich ihn zutiefst verletzt haben. Aber mit jemandem wie dem Viscount – dem *Earl* – darüber zu sprechen, ist unmöglich. Ich beschloß, mich völlig zurückzuziehen und das Feld für ihn zu räumen.«

Der Lieutenant tut nun so, als hätte er keine Ahnung,

daß Fitzroy Paynes Interessen längst in eine andere Richtung gingen, wie er während unseres Tanzes anläßlich des Balles auf Scargrave angedeutet hatte. Eine seltsame Auslassung, so als wolle Tom Hearst sich vom Makel seiner früheren Unschicklichkeit reinwaschen.

»Ungeachtet Fannys Schicksal«, sagte ich, während ich mich allmählich erholte, »muß der Erhaltung der guten Meinung Ihres Vetters eine größere Bedeutung zugemessen werden.«

»In der Tat.« Er schürzte nachdenklich die Lippen. »Aber ich fürchte, daß ich zu lange abgewartet habe. Miss Delahoussayes aufreizende Art hat mir vor kurzem den Zorn ihrer Mutter eingetragen. Madame hat die Frechheit besessen anzudeuten, daß ich ihre Tochter zu Auftritten ermuntert hätte, die die Grenzen der Schicklichkeit sprengten!«

»Da kann ich wirklich nur staunen«, sagte ich mit unverhohlener Ironie.

»Sie würden lachen«, entgegnete Tom Hearst, »aber Madame ging sogar soweit, kurz vor seinem Tod von meinem Onkel zu verlangen, daß ich für die Weihnachtszeit von Scargrave verbannt werde.«

Das war in der Tat eine interessante Neuigkeit. Die Folge des Duells vielleicht, von dem gerüchteweise gesprochen wurde?

»Na so was!« rief ich aus. »Davon hatte ich keine Ahnung! Und was hat Ihr Onkel darauf erwidert?«

»Ich bin noch hier, wie Sie sehen«, sagte der Lieutenant lächelnd, »und fühle mich vollkommen frei, mich denen zu widmen, die mein Interesse viel eher verdient haben.«

Und so kehrten wir nach Hause zurück, vertieft in Überlegungen, wie die Reitlektionen in den nächsten Tagen stattfinden sollten. Lieutenant Hearst ist begierig nach meiner Gesellschaft, und obgleich er ein wenig vertrauenerweckender Schlingel ist, ist er doch überaus charmant. Er amüsiert mich, und ich bin nicht in Gefahr, seinen Aufmerksamkeiten zu erliegen. Ich bin viel zu vernünftig, um für die Schmeicheleien des Lieutenants dankbar zu sein, zumal ich überzeugt bin, daß sie kühler Berechnung entspringen.

Daher haben wir eine Art Abkommen getroffen, obgleich über die einzelnen Bedingungen nicht geredet wurde. Mein Können als Reiterin soll sich dank seiner Aufmerksamkeiten verbessern, während ich ihm über Sir William Reynolds Rede und Antwort stehe. Aber weshalb Tom Hearst soviel Interesse am Magistrat bekundet, ist mir schleierhaft.

Kapitel 8

Fragen und Rätsel

17. Dezember 1802

Ich wachte heute morgen mit dem Entschluß auf, dem verwirrenden Problem des vorzeitigen Todes des Earls mehr Aufmerksamkeit zu schenken als dem verwegenen Lieutenant Hearst. So ein Mann kann von jemandem in meiner Position nicht ernst genommen werden. So charmant und aufmerksam er sich auch gibt, so ist doch wenig wahrscheinlich, daß der Lieutenant sich ernsthaft mit einer Lady befaßt, die so mittellos ist wie ich. Er dürfte nicht mehr sein als ein armer Kerl, der kurzfristig in die Provinz verbannt wurde und aus reiner Langeweile jeden Flirt beginnt.

Mit diesen nüchternen Überlegungen suchte ich schnell das kleine Frühstückszimmer auf. Ich hatte dank des anstrengenden Ausritts am Vortag lange im Bett gelegen und rechnete damit, den Frühstückstisch für mich alleine zu haben. Aber Fitzroy Payne erschien keine fünf Minuten nachdem der Lakai mir meinen Stuhl zurechtgeschoben hatte, und begrüßte mich mit einer flüchtigen Verbeugung.

»Miss Austen. Sie sehen heute wieder blendend aus.«

»Danke, Mylord. Ich fühle mich nach diesem Schläfchen wieder wie neugeboren.« Ich wünschte, ich hätte sein Kompliment erwidern können, aber in Wahrheit sah er erstaunlich schlecht aus.

»Ich fürchte, Schlaf ist ein Luxus, den ich mir im Augenblick versagen muß – die Angelegenheiten meines Onkels nehmen meine ganze Aufmerksamkeit und Zeit in Anspruch.« Der Earl nahm Platz und winkte ab, als der Butler ihm Tee einschenken wollte. »Für mich Kaffee, Fetters, und ein paar frische Speckscheiben.«

»Jawohl, Mylord.«

Als der Diener sich zurückzog, warf Fitzroy Payne einen Blick über die Schulter und lehnte sich dann über den Tisch. »Ich könnte mich fast beglückwünschen, Miss Austen, daß ich Sie einmal alleine antreffe. Ich möchte mit Ihnen über eine delikate Angelegenheit sprechen.«

Ich legte meinen Toast zurück auf den Teller und tupfte mir mit einer Serviette die Lippen ab. »Ich bin ganz Ohr, Lord Scargrave.«

Der Earl zögerte, als ich ihn mit dem Titel seines Onkels ansprach, dann schenkte er mir eines seiner seltenen Lächeln. Es verwandelte ihn völlig und machte aus einem ziemlich ernsten Gentleman einen heiteren und charmanten Zeitgenossen. Für einen kurzen Moment konnte ich mir vorstellen, wie es vor einigen Monaten gewesen sein mußte, in seiner Begleitung durch die Straßen von Mayfair zu schlendern, und ich hatte ein wenig Verständnis für Isobels Kummer.

»Ich habe Ihre Fürsorge für die Countess beobachtet«, begann Fitzroy Payne. »Auch wenn sie im Augenblick schlimmes Unglück zu ertragen hat, wird es sicherlich durch eine solche Freundschaft sehr erleichtert.«

Ich nickte mit dem Kopf. »Wer Isobel kennt, muß sie einfach lieben.«

»Ich wollte, es wäre anders«, murmelte er, offensichtlich zu sich selbst. Dann, nachdem er sich wieder gesammelt hatte, fixierte er mich mit ernstem Blick. »Ich war bisher mit den Angelegenheiten meines verstorbenen Onkels befaßt und hatte daher keine Gelegenheit, mich eingehender mit Ihnen bekannt zu machen. Eine Freundin Isobels sollte für mich keine Fremde sein.«

»Vielleicht lernen wir einander in einfacheren Zeiten besser kennen«, sagte ich leise. »Ich möchte Sie auf keinen Fall von dem abhalten, was Sie tun müssen, Lord Scargrave. Immer dann, wenn Sie mir über den Weg liefen, waren Sie höchst aufmerksam.«

»Wenn *ich Ihnen über den Weg lief*«, wiederholte er mit einem amüsierten Lächeln, »wie konnte ich mich gegenüber einem Gast unter meinem Dach nur so schlecht benehmen? Was würden meine Freunde bei White's* dazu sagen? Aber daran läßt sich nichts ändern. Auch wenn uns nur eine noch flüchtige Bekanntschaft verbindet, muß ich Sie um Hilfe bitten.«

»Ich stehe Ihnen zu Diensten, Mylord, so gut ich kann.«

»Ich bitte nicht für mich, sondern für jemanden, der uns beiden lieb und teuer ist...«

Ohne Zweifel meinte er Isobel, aber das plötzliche Erscheinen von Fetters mit Kaffeekanne und frisch gebratenen Speckscheiben verhinderte weitere Bemerkungen zu diesem Thema. Sobald das Frühstück des Earls serviert war, nahm ich den Faden wieder auf.

»Es ist die Sorge um Isobel, die Ihnen den Schlaf raubt, nicht wahr, Lord Scargrave?«

Ich las in seinen schiefergrauen Augen eine widerwillige Bestätigung meiner geäußerten Vermutung. »Es ist wahr, Miss Austen. Ich würde die Nächte sicherlich nicht mit dem Ordnen der Angelegenheiten meines Onkels verbringen, wenn ich mir wegen der Countess keine Sorgen zu machen brauchte.«

»Ist Lord Harold vielleicht die Ursache Ihrer Sorgen, Lord Scargrave? In diesem Fall kann ich Ihnen

* White's war zur Zeit Jane Austens wahrscheinlich der exklusivste Herrenclub in London. Fitzroy Paynes Mitgliedschaft in diesem Club dokumentiert seinen hohen gesellschaftlichen Rang. – *Die Herausgeberin*

nämlich kaum behilflich sein. Er verwirrt mich völlig.«

»Das dürfte eine Übertreibung sein. Eine Miss Austen aus Bath ist niemals völlig verwirrt«, entgegnete Fitzroy Payne in einem Tonfall gutmütigen Spotts. »Nein, Miss Austen, ich fühle mich Lord Harold durchaus gewachsen. Isobel selbst ist die Ursache meiner Unruhe.« Der Earl zögerte, als suchte er nach den richtigen Worten. »Ich weiß nicht, wie weit sie Sie ins Vertrauen gezogen hat...«

»Es mag genügen, daß ich über ihre Zuneigung zu Ihnen Bescheid weiß«, erwiderte ich leise.

Verlegenheit rötete sein Gesicht, doch er fing sich schnell. »Dann wissen Sie auch, daß wir einen Grad von Vertrautheit erlangt haben, der kaum ein Geheimnis zwischen uns zuläßt.«

»Das denke ich.«

»Trotzdem habe ich seit dem Tod meines Onkels von der Countess kein Wort vernommen, das über das hinausgeht, was die Konventionen in einem Trauerhaus erlauben. Sie behandelt mich wie einen Fremden.« Der Earl schlug mit der flachen Hand auf den Tisch, sprang von seinem Stuhl auf und ging im Zimmer auf und ab.

»Aber sie trauert.«

»Dann sollte ich doch derjenige sein, bei dem sie am ehesten Trost sucht! Aber sie scheint mich bis ans Ende der Welt zu wünschen!«

Ich wußte nicht, was ich darauf erwidern konnte. Ihm anzudeuten, daß Isobels Trauer auch von einem schlechten Gewissen gegenüber Fitzroy Payne begleitet wurde, hätte ihm weiteren Schmerz zugefügt. Und es war möglich, daß Isobel ihrem Geliebten Marguerites Erpressungsversuch verheimlichte, um ihn nicht zu beunruhigen. Daß Isobel den Worten der Zofe Glauben schenkte, sich vor dem grauhaarigen Lord zu hüten, erachtete ich für völlig unwahrscheinlich.

»Lord Scargrave«, sagte ich daher, »die Countess hat weitaus mehr ertragen müssen als jede andere Lady in ihrem zarten Alter. Da ist zunächst ihre unerfüllte Liebe zu Ihnen, dann ihr schwerer Entschluß, aus praktischen Gründen eine Vernunftehe einzugehen und schließlich der plötzliche Verlust eines Ehemanns, den sie am Ende ähnlich verehrte wie einen Vater. Es verwundert wohl kaum, daß sie Trost im Alleinsein sucht. Alles andere würde mich sehr verwundern.«

»Das mag wohl sein«, sagte Fitzroy Payne nun etwas gesammelter. »Aber ich bitte Sie, Miss Austen, dabei mitzuwirken, Isobels Lebensgeister zu wecken. Sie ist zu oft alleine. Unternehmen Sie Spaziergänge mit ihr, unterhalten Sie sich mit ihr über angenehme Dinge. Und wenn es möglich ist, setzen Sie sich für mich ein...«

»Seien Sie versichert, daß ich alles in meiner Macht stehende tun werde, Lord Scargrave«, versprach ich ihm ohne zu zögern.

»Sie sind ein Engel!« rief Fitzroy Payne aus, und tiefe Dankbarkeit lag in seinen Augen.

* * *

Als ich Isobel in ihrem Zimmer aufsuchte, traf ich sie in niedergedrückter Stimmung an.

»Meine Liebe«, begrüßte ich sie und legte ihr eine Decke über die Schultern. Sie saß am Feuer, das Gesicht nachdenklich und die Haare unfrisiert. »Du bist ja noch nicht angekleidet. Und du hast deinen Tee nicht getrunken. Hat Daisy dir nicht geholfen?«

»Oh, Jane«, seufzte meine Freundin, »was interessieren mich Kleider? Meinst du, für mich könnte sich etwas ändern, nur weil ich das Kleid wechsle? Ich bleibe lieber hier, in der Abgeschiedenheit meines Zimmers, und büße für all meine Sünden.«

»Ich bitte dich«, versuchte ich sie aufzumuntern. »Du solltest dich lieber dafür beglückwünschen, daß du all die Schicksalsschläge mit soviel Kraft und Würde überstanden hast.«

»Nichts davon trifft auf mich zu.« Isobel streifte die Decke ab und erhob sich aus ihrem Sessel. »Ich habe den Mann entehrt, der Berge versetzt hätte, um mich glücklich zu machen.«

»Isobel! In deinem Kummer bist du ungerecht gegen dich selbst! Laß dir von deiner Freundin, die dich besser kennt, sagen, wer du wirklich bist.«

»Keine falschen Komplimente, Jane«, sagte sie mit Nachdruck. »Ich habe nichts anderes zu bieten als die Schande einer Frau, die Dinge getan hat, die sie niemals hätte tun dürfen.«

»Wovon redest du?« Sie schien tatsächlich unter einem tiefen Schuldgefühl zu leiden. »Du hast Frederick nicht entehrt. Du hast ihn als deinen Ehemann betrachtet, und ganz gleich, was du für einen anderen empfunden hast, so hat dein Verhalten niemals Anlaß zu Tadel gegeben.«

Sie schlug die Hände vors Gesicht, und ihre Stimme zitterte. »Ich kann die Worte der Zofe nicht aus meinen Gedanken verbannen. Marguerite hat es ganz richtig erkannt. Wir haben meinen Mann getötet, Fitzroy und ich – und unsere Schuld könnte nicht größer sein, wenn wir ihn tatsächlich vergiftet hätten, wie die Zofe behauptet.«

Ich hörte die Worte voller Entsetzen. Im Stillen verfluchte ich die junge Frau, deren giftige Feder Isobel solche Seelenpein bereitete.

»Meine Liebe«, sagte ich, ergriff ihre Handgelenke und zog die Hände von ihrem Gesicht weg, »betrauere den vorzeitigen Tod deines Mannes, aber mache dich nicht zur Schuldigen daran.«

Isobel befreite sich mit einer heftigen Bewegung aus meinem Griff und ließ sich auf die Chaiselongue fallen. Sie vergrub ihr Gesicht in den Kissen.

»Du hast deinem Ehemann viel Freude bereitet, Isobel«, fuhr ich fort. »Er war glücklich bis zum letzten Augenblick. Du hast dem Earl Ehre erwiesen, indem du seine Frau wurdest und ihm deine Liebe geopfert hast. Nichts sollte dich daran zweifeln lassen, schon gar nicht die unsinnigen Worte einer einfältigen Zofe.«

»Jane«, sagte die Countess, strich ihr Haar zurück und sah mich an. »es ist schon gut. Ich weiß, daß du mich nicht mehr achten kannst, nachdem du meinen wahren Charakter kennengelernt hast.«

»Ich kann dich bald nicht mehr *ertragen.*« Ich war entrüstet. »Isobel, genug der Selbstvorwürfe und der Klagen. Du mußt jetzt mit frischer Energie in die Zukunft blicken. Scargrave ist tot – aber Scargrave lebt noch. Und wenn ich es richtig sehe, so tust du dem Mann, der dich liebt, schweres Unrecht an.«

Isobel errötete und wandte das Gesicht ab. »Rede nicht von Fitzroy. Ich empfinde nichts als Scham, wenn ich seinen Namen höre.« Ihre Worte klangen bedrückt und bitter.

»Das solltest du nicht, meine Liebe.«

»Wie könnte ich denn nicht?« rief sie. »Oh, Jane, ich bin so traurig.«

»Aber du empfindest doch immer noch für ihn, oder?«

Sie schwieg, während ihre Finger nervös mit dem Spitzenbesatz ihres Morgenmantels spielten. Sie blickte zum Portrait Fredericks, dessen freundliches Gesicht von einem morgendlichen Sonnenstrahl erhellt wurde. Dann sagte Isobel mit matter Stimme: »Wie kannst du so etwas fragen? Mein Mann wurde soeben erst beerdigt.«

Der in den Worten enthaltene Tadel traf mich. In meinem Bemühen, Isobel aus ihrer Niedergeschlagenheit zu befreien, hatte ich es an Feingefühl mangeln lassen. Aber ich ließ mich nicht beirren und versuchte es erneut.

»Du kannst nicht zusammen mit Frederick sterben, so sehr du auch davon überzeugt sein magst, daß dies eine angemessene Buße wäre, Isobel.«

Erneut trat Stille ein, in der die Countess einen tiefen Atemzug machte. Sie legte sich die Decke wieder über die Schultern und starrte ins Kaminfeuer. »Laß mich jetzt allein, Jane«, bat sie.

»Das tue ich.« Ich strich ihr über die Flut ihres roten Haars, doch sie schien bei meiner Berührung zusammenzuzucken. »Es gibt viele Menschen, die dich lieben, Teuerste«, sagte ich. »Die dich vielleicht sogar mehr lieben als du dich selbst. Vergiß das nicht, Isobel, wenn du über deine Zukunft nachdenkst.«

* * *

Mit dem Gefühl, daß ich sowohl meiner Freundin wie auch ihrem Geliebten mit meinen ungeschickten Versuchen, ihnen zu helfen, eher geschadet hatte, blieb ich mit der Aussicht auf einen einsamen Vormittag zurück. Fanny Delahoussaye hatte sich mit einer Magenverstimmung zurückgezogen, und Madame war unterwegs zur Apotheke in Scargrave Close; die Hearsts hielten sich in ihrem kleinen Landhaus auf, Fitzroy Payne arbeitete in der Bibliothek, und Lord Harold war Gott sei Dank nirgendwo zu sehen.

Ich beschloß daher, die Gelegenheit zu nutzen und den Versuch zu machen, mehr über die Bewohner von Scargrave zu erfahren. Zum Beispiel über die Frau namens Rosie, die offensichtlich Gegenstand der heftigen Auseinandersetzung zwischen Mr. George Hearst und dem verstorbenen Earl gewesen war. Zu diesem Zweck begab ich mich zur Wohnung der Haushälterin.

»Mrs. Hodges«, sagte ich, als die gute Frau die Tür zu ihrem Wohnzimmer öffnete und in ihrer schwarzen Tracht und schneeweißen Haube vor mir erschien. »Ich würde mich gerne mit Ihnen unterhalten, wenn Sie eine Viertelstunde Zeit hätten.«

»Es ist mir eine Freude, Miss«, entgegnete sie und trat zurück, damit ich an ihr vorbeigehen konnte.

Mir wurde ein Sessel am Kamin angeboten, und ich setzte mich. Ich gestehe, daß ich mich neugierig umschaute, während Mrs. Hodges ihren Teekessel holte, denn die Räumlichkeiten der Haushälterin auf Scargrave sind etwa genauso groß wie die der Austens in Bath, ein Vergleich, der die gute Mrs. Hodges wahrscheinlich entsetzen würde. Aber ich äußerte mich nicht dazu, während sie eine Tasse vor mir hinstellte.

Wie sollte ich die Frage formulieren, die ich stellen mußte? Ich hatte vorher noch nie eine peinliche Befragung durchführen müssen, und es gefiel mir gar nicht. Sie endlich hinter mich zu bringen, schien in diesem Fall der beste Weg zu sein.

»Mrs. Hodges«, begann ich und trank einen Schluck aus meiner Tasse, »vielleicht können Sie mir sagen, ob jemals eine junge Frau namens Rosie in Scargrave Manor war.«

Ein verwirrter Ausdruck lag in ihren Augen, während sie im Sessel gegenüber Platz nahm. »Rosie?« wiederholte sie. »An eine Lady dieses Namens kann ich mich nicht erinnern. Es gibt viele Rosies, aber ich erfahre von den Gästen des Gutshauses stets nur die Nachnamen, wie es sich bei jemand von meinem Stand gehört.«

Das stimmte. Ich selbst hätte den Vornamen der Lady nicht gekannt, wenn von ihr auf die übliche Art und Weise gesprochen worden wäre. Aber Mr. Hearst – es war seine Stimme, die den Namen ausgesprochen hatte – hatte die Anrede »Miss« vor ihrem Nachnamen verschluckt. Wie hatte er gelautet? Catch? Fetch? Nein – es war ein Bootstyp. *Ketch*. Rosie Ketch.

»Ich glaube, der Nachname der Lady lautete Ketch«, sagte ich.

Die Veränderung in Mrs. Hodges' Gesicht war bemerkenswert – zuerst weiß, dann rot, mit hervorquellenden Augen. Ich befürchtete für einen kurzen Moment, daß sie einen Schlaganfall erlitten hatte. »Mrs. Hodges«, sagte ich erschrocken, stellte meine Tasse ab und streckte die Arme aus, um ihr, falls nötig behilflich zu sein. »Was ist los? Habe ich irgend etwas Falsches gesagt?«

»Es ist nichts, Miss«, stammelte sie und hatte Mühe, sich zu sammeln. »Ich hatte nur darum gebeten, daß der Name dieser mißratenen Person nie mehr in meinem Beisein genannt werden soll. Sie war kein gutes Vorbild für die jungen Mädchen und machte nur Ärger, während sie hier in Diensten war, und ich möchte sie so schnell wie möglich vergessen. Ich dachte, Sie hätten sich nach einer *Lady* erkundigt.«

»Es war mein Fehler«, sagte ich. »Ich hatte keine Ahnung, daß sie zum Personal gehörte. Ich hörte lediglich ihren Namen im Zusammenhang mit einer interessanten Bemerkung, und habe mich gefragt, wann sie das letzte Mal auf Scargrave war.«

»Ich kann mir gut vorstellen, daß die Bemerkung interessant war«, stellte Mrs. Hodges mit einem leicht sarkastischen Unterton fest und faltete die Hände auf ihrem nicht unbeträchtlichen Bauch. »Rosie ist vor drei Monaten weggegangen. Aber wenn Sie mehr über sie erfahren wollen, dann müssen Sie Jenny Barlow, ihre Schwester, unten auf einer der Farmen fragen. Eigentlich lohnt es sich nicht, sich nach Rosie zu erkundigen, aber Sie haben sicherlich Ihre Gründe.«

Daß diese Gründe ziemlich fragwürdiger Natur sein mußten, verrieten mir ihr Blick und ihr Tonfall unmißverständlich, und ich spürte, wie ich heftig errötete.

Mir blieb nur noch, mich für ihre Gastfreundschaft zu bedanken und mich nach dem Weg zum Haus Jenny Barlows zu erkundigen. Dann verließ ich Mrs. Hodges Heim, schlüpfte in Mantel und Stiefel und ging durch den Küchengarten zur Straße, die sich zwischen Schneewehen etwa drei Meilen weit zur Farm von Scargrave hinunterschlängelte.

* * *

Das Wetter war sehr gut, und meine Stimmung besserte sich schlagartig, als die Strahlen der Wintersonne auf meine Wangen trafen. Da niemand etwas von meinem Vorhaben bemerken sollte, mußte ich den Weg zur Farm zu Fuß zurücklegen. Zum Glück habe ich eine recht kräftige Konstitution und fand die drei Meilen nicht zu anstrengend. Jenny Barlows Haus, das nach der letzten Biegung der Landstraße vor mir stand, war eine ziemlich kleine Hütte, deren solides Dach von der Fürsorge des verstorbenen Earls für seine Mieter kündete. Ein dünner Rauchfaden stieg aus dem Kamin auf.

Vor der Tür spielte ein kleines Mädchen, das mich mit erschreckten Augen ansah und bei meinem Gruß blitzschnell im Haus verschwand. Kurz darauf erschien seine Mutter.

»Jenny Barlow?« erkundigte ich mich.

»Ja, Miss.« Dem Akzent nach stammte sie aus Hertfordshire.

Die junge Frau war fast noch ein Mädchen – knapp

über zwanzig, würde ich schätzen – und recht hübsch trotz der Spuren, die jahrelange, harte Arbeit bei ihr hinterlassen hatten. Jenny Barlows Haar war weizenblond, ihre Augen leuchteten kornblumenblau, und mit ihrer wohlgerundeten, kräftigen Figur erinnerte sie an eine Fruchtbarkeitsgöttin. Man kann sie durchaus als Schönheit bezeichnen, vergleichbar mit einer Wildrose, die man gelegentlich am Wegesrand entdekken kann.

»Möchten Sie nicht hereinkommen, Miss? Draußen ist es auf die Dauer zu kalt.«

Ich nickte dankbar und betrat die dunkle Hütte, die mit Rauch erfüllt war. Die unverglasten Fenster waren mit Öltüchern verhangen und verstärkten die düstere Atmosphäre innerhalb des Hauses noch. Das Mädchen, das ich vor der Tür gesehen hatte, versteckte sich unter dem Tisch. Ein anderes saß in einer Ecke und spielte mit einer Haarlocke. Zudem schien Jenny bereits wieder in anderen Umständen zu sein. Das Los dieser Frauen ist in der Tat grausam – entweder sterben sie als alte Jungfern, verschmäht und unversorgt, oder an harter Arbeit und im Kindbett.

»Sie kommen vom großen Haus«, stellte sie fest. »Es geschieht nicht oft, daß eine Lady zu uns herauskommt.«

»Ich wohne zur Zeit im Gutshaus«, erwiderte ich, »und obgleich es so aussieht, als hätte ich nur einen Spaziergang unternommen, bin ich hergekommen, um mit Ihnen zu sprechen.«

Sie musterte mich überrascht und ein wenig ratlos. Dann bot sie mir einen Stuhl an, damit ich es mir bequem machen und meinen Besuch ausführlicher erklären konnte.

»Mrs. Barlow, daß ich hier bin, entsprang eher einem Instinkt als einer klaren Absicht«, begann ich und setzte mich auf den angebotenen Stuhl. »Ich hoffe, daß ich, wenn ich mit Ihnen gesprochen habe, weiß, inwiefern Sie mir helfen können. Daß Lord Scargrave gestorben ist, wissen Sie bereits, nicht wahr?«

»Ja, Gott sei Dank«, sagte sie schnell und halblaut.

»Und weshalb ist sein Tod ein Anlaß zur Dankbarkeit?« fragte ich.

»Er war ein böser Mann, der Earl«, antwortete Jenny, »ganz schlimm. Ich weiß es genau.«

»Das klingt aber sehr hart.« Jenny Barlow machte nicht den Eindruck, als gehöre sie zu der Sorte Menschen, die aus Bosheit oder Neid blind um sich schlagen. »Hat Lord Scargrave Ihnen in irgendeiner Weise geschadet, meine Liebe?« fragte ich und ahnte gleichzeitig, daß der Vorwurf der jungen Frau durchaus begründet war.

»Anderen weh zu tun war für ihn genauso natürlich wie das Atmen.« Danach verstummte sie und schaute sich in der Hütte um, als bereue sie, so viel verraten zu haben. Ich bohrte nicht weiter, sondern wechselte das Thema.

»In der Nacht, in der der Earl starb«, erzählte ich, »hörte ich zufällig, wie Mr. George Hearst den Namen Rosie Ketch nannte. Soweit ich es verstanden habe, ist sie Ihre Schwester. Kennen Sie Mr. Hearst?«

»Das tue ich, und ein besserer Mensch hat sicherlich nie gelebt.«

Soviel Begeisterung für den trübsinnigen Geistlichen! Ich erinnerte mich an die Eindringlichkeit von George Hearsts Worten, als er sich mit seinem Onkel über Rosie Ketch unterhielt, und wunderte mich darüber, daß dieser mürrische Mann bei Frauen beliebt sein sollte. Diese Rolle paßte viel eher auf seinen galanten Bruder.

Jenny Barlow fuhr herum, als an der Tür ein Geräusch ertönte. Ihre Augen weiteten sich erschreckt.

»Heh, was ist los?« erkundigte sich ein stämmiger Mann, der plötzlich in der Türöffnung stand. »Jemand vom Gutshaus? Nun, wir wollen mit Ihnen nichts zu tun haben. Verschwinden Sie!«

»Nein, Ted!« rief Jenny Barlow. »Die Lady ruht sich nur ein wenig aus. Sie wollte nichts Böses.«

Ted Barlow, denn der mußte es sein, wirbelte zu seiner Frau herum und verpaßte ihr eine kräftige Ohrfeige. Ich gebe zu, ich konnte einen Aufschrei nicht unterdrücken, aber der Rüpel beachtete mich gar nicht.

»Du hast es wohl wieder mit den feinen Leuten, was? Sieh dir an, wohin es uns gebracht hat!« Er deutete mit seiner massigen Hand auf die Kinder, die sich vor ihm duckten. »Ein Schwarm Blagen und nichts zu essen auf dem Tisch. So sieht unser Leben aus!« Er spuckte aus.

Ich hielt es für klüger, mich zurückzuziehen, blieb aber auf der Schwelle stehen und schaute Jenny Barlow in die Augen. »Falls Sie mich brauchen sollten, Mrs. Barlow«, sagte ich, »fragen Sie nur nach Miss Austen.«

* * *

Auf dem Rückweg hatte ich ausreichend Zeit, das Gehörte zu deuten und einzuordnen. Daß der verstorbene Lord Scargrave der jungen Frau in irgendeiner Form geschadet hatte und daß ihr Mann deswegen einen tiefen Groll auf ihn hegte, war offensichtlich. Daß auch ihre Schwester Rosie in irgendeiner Verbindung mit Jenny Barlow stand, war mir ebenfalls klar. Wie die Verbindung zwischen dem Earl und seiner Melkerin aussah, war mir jedoch ein Rätsel. Um dies zu lösen, mußte ich abwarten, bis ich Jennys Vertrauen gewann. Vielleicht entschloß die junge Frau sich doch, mich aufzusuchen und sich zu offenbaren.

Ich war nur ein paar hundert Schritte von der Koppel

entfernt, wo ich am vorhergegangenen Nachmittag auf Lady Bess geritten war, als ich die schöne braune Stute am Zaun entdeckte, die mich erwartete.

»Ich habe keinen Zucker, Bess«, sagte ich, während ich auf sie zuging. »Aber ich kann dir versprechen, daß ich morgen früh wieder zu dir komme.«

Ich blieb für einen Moment stehen, kraulte ihre Mähne und blickte ihr in die tiefen großen Augen. In diesem Moment erregte eine Bewegung hinter ihr meine Aufmerksamkeit. Ich schaute hoch und gewahrte einen Hut mit Schleier, der in einem Schuppen in der Nähe des Koppeltors verschwand. Der Mantel der Frau war dunkelrot und mit einem schwarzen Saum versehen und in einem Stil, wie er nur von einer Person getragen wurde – Fanny Delahoussaye. Vielleicht war sie herausgekommen, um ein wenig zu reiten und auf diese Art und Weise das Herz des Lieutenants zu gewinnen.

Lady Bess schnaubte, als verlangte sie nach weiteren Liebkosungen, und in diesem Moment tauchte Fanny wieder auf. Sie hatte nichts von meiner Anwesenheit bemerkt, eilte zurück zum Tor und lief zum Haus. Ihre ganze Haltung signalisierte Heimlichkeit.

Ich schaute mich um, stellte fest, daß ich unbeobachtet war, raffte meine Röcke hoch, schwang mich über den Zaun und landete neben der überraschten Lady Bess. Dann eilte ich über das schneebedeckte Gras, wobei das Pferd anhänglich neben mir her trabte.

Der Schuppen war nicht mehr als eine Heumiete, die nichts an sich hatte, was für Fanny Delahoussaye von Interesse hätte sein können. Ich blickte durch die Öffnung und sah sofort, was sie dort zurückgelassen hatte – einen kleinen Lederbeutel, der mit einer Schnur umwickelt war. Ich hob ihn hoch und erriet aus seinem Gewicht und einem leisen Klirren, daß er eine Anzahl Geldmünzen enthielt.

Hatte Fanny für irgendeinen Unbekannten Geld hinterlegt? Höchst seltsam. Sie war nicht gerade der Typ, dem man philanthropische Anwandlungen zutrauen würde. Handelte es sich vielleicht um die Bezahlung für irgendeinen Dienst, eine Gefälligkeit, die aus irgendeinem Grund geheim bleiben sollte? Es gab keinen Brief, keinen Hinweis auf den Empfänger, und ich wollte den Beutel auch nicht öffnen. Ziemlich ratlos legte ich ihn wieder an seinen Platz. Die Aufklärung auch dieses Rätsels mußte einstweilen warten.

* * *

Als ich das Gutshaus erreichte, herrschte dort ein geschäftiges Hin und Her von Zofen und Lakaien. Eine seltsame Kutsche mit einem Wappen stand vor der Tür und wurde mit Gepäck beladen. Ich betrat eilig das Haus, löste die Bänder meines Hutes und sah Isobel aus der Bibliothek des Earls herauskommen.

Die Countess schien sich in einem furchtbaren inneren Aufruhr zu befinden.

»Meine Liebe«, rief ich besorgt aus, »was ist denn los?«

Sie blieb kurz in der eisigen Halle mitten zwischen ihren Hausangestellten stehen. Dann drängte sie sich ohne ein weiteres Wort an mir vorbei und strebte zur Treppe.

»Isobel ...« rief ich ihr nach, aber sie reagierte nicht und setzte ihren Weg fort. Ich wandte mich irritiert zur Bibliothek um. Was mochte Fitzroy Payne meiner Freundin angetan haben?

Aber nicht der Earl war der Ursprung für Isobels offensichtliche Betroffenheit. Es war Lord Harold, der mit einer Zigarre und einem Glas Portwein am Kamin stand. Ein Blick in sein Gesicht verriet mir, daß seine hartnäckigen Bemühungen um Isobels Besitz auf Barbados von Erfolg gekrönt worden waren. Crosswinds gehörte ihr nicht mehr. Nun verstand ich auch die Anwesenheit der Kutsche vor dem Haus. Nachdem er sein Ziel erreicht hatte, gab es keinen Grund mehr, weshalb Harold Trowbridge noch länger auf Scargrave verweilen sollte.

»Lord Harold«, sagte ich und sah ihn nunmehr furchtlos an, »wie ich sehe, hat der Engel der Finsternis gesiegt.«

Er hob das Glas und prostete mir mit einem spöttischen Lächeln zu. »Gab es daran irgendwelche Zweifel?«

»Luzifer war sich ebenfalls seiner Sache sicher gewesen, aber sein Ende war wohl kaum besonders angenehm.«

»Dem wage ich zu widersprechen, Miss Austen. Luzifer erwarb ein Königreich nach seinen eigenen Vorstellungen. Viele Menschen würden gerne das gleiche erreichen.«

Ich wischte seine Bemerkung mit einer Handbewegung beiseite. »Sie reden, weil Sie sich selbst gerne zuhören, Mylord, und ich habe keine Zeit für derartige Eitelkeiten. Ich wollte mich nur mit dem Wunsch verabschieden, daß Sie hoffentlich geradewegs in die Hölle fahren.«

Ich gebe zu, daß solche Rede aus dem Mund einer Frau schockierend war, vor allem aus dem Mund der Tochter eines Geistlichen. Aber mein Blut war in Wallung, wie mein Bruder Henry sagen würde, und ich interessierte mich nicht für seine Reaktion. Die sah jedoch völlig anders aus, als ich hätte erwarten können. Harold Trowbridge legte den Kopf in den Nacken und lachte schallend. Dann nahm er die Zigarre aus dem Mund und betrachtete mich prüfend.

»Zornig wirken Sie noch ansprechender, Miss Austen. Hätte ich das gewußt, dann hätte ich diese Reaktion schon früher bei Ihnen hervorgerufen.« Seine Augen funkelten vergnügt und verrieten einen Charakter, der wirklich keine Skrupel kannte.

»Wie können Sie so etwas sagen, Mylord, wenn Sie eine der besten, sanftesten und sicherlich am härtesten vom Schicksal geschlagenen Frauen ruiniert haben?«

»Sie denken also, ich erfreue mich an meinen Erfolgen, auch wenn Sie auf Kosten anderer errungen wurden, nicht wahr?«

»Sie sind in jeder Hinsicht verabscheuungswürdig«, erwiderte ich.

»Das mag sein«, entgegnete er, »aber ich bin dabei erfolgreich, und die Countess ist wohl kaum als edel und arm zu bezeichnen.«

»Wie haben Sie sie umstimmen können«, fragte ich, und in meiner Stimme lag plötzlich ein unangenehm angespannter Unterton. »Sie stand Ihren Bestrebungen in jeder Hinsicht ablehnend gegenüber. Es ist nur möglich, daß sie kapituliert hat, weil sie nicht mit Ihnen kämpfen wollte.«

»Ich habe ihr lediglich klar gemacht, daß Sie keinen Penny mehr besitzt«, erklärte Trowbridge gelassen, »und daß ihre Gläubiger endlich befriedigt werden wollen. Solange ihr Mann noch lebte, wartete ich ab und wollte erst einmal in Erfahrung bringen, wieviel es ihm wert war, die Belastungen des Besitzes auszugleichen. Aber nach dem Hinscheiden Scargraves hat längeres Warten keinen Sinn mehr.«

»Scargrave ist verstorben, aber Scargrave ist immer noch da«, erwiderte ich. »Der Earl hat einen Erben, hinter dem nun Macht und Einfluß seines Besitzes stehen.«

»Und der ebenfalls beträchtliche Schulden hat«, fügte der Kerl amüsiert hinzu. »Selbst wenn die Countess sich beeilen und ihren Geliebten schnellstens heiraten würde« – diese Demonstration seines Wissens verschlug mir den Atem, aber er schien es nicht zu bemerken – »muß Fitzroy Payne sich zuallererst um seine eigenen Belange kümmern. Er hat Schulden bei halb London. Seine eigenen Besitzungen auf den Westindischen Inseln sind hoch belastet, und wäre sein Onkel nicht gestorben, so wäre Payne schon in Kürze vor Gericht gezerrt oder in einem Duell von einem der vielen Männer getötet worden, bei denen er Ehrenschulden hat.«

»Ehrenschulden?« Ich war entgeistert.

»Miss Austen«, sagte Lord Harold mit einer Herablassung, die mein Blut in Wallung brachte. »Ihnen ist das Leben auf dem Lande sicherlich vertrauter als das Stadtleben. Sie kennen keine grundlegenden Zweifel, kein allgemeines Mißtrauen. Aber ich kann Ihnen versichern, daß Fitzroy Payne sich in ziemlich flotten Kreisen bewegt. Mehr noch, er ist sozusagen der Mittelpunkt dieser Kreise. Seine Lebenshaltungskosten – seine Kleider, der Unterhalt seines Gutes in Derbyshire, das Spiel, dem er mit besonderer Vorliebe nachgeht – belasten ein Vermögen, das nicht mehr als dreitausend Pfund im Jahr einbringt. Er verläßt sich fest auf sein Erbe, und seine Gläubiger, die seine Aussichten kennen, haben ihn an noch längerer Leine laufen lassen, die wie eine Schlinge um seinen Hals liegt. Aber er hat mittlerweile das Ende des Stricks erreicht, und ich fürchte, daß Ihre Freundin, die Countess, nicht von ihm profitieren kann.«

Trowbridges Worte waren für mich ein schwerer Schlag und ließen keinen Raum für den Verdacht, daß der Earl durch andere als natürliche Ursachen gestorben war. Daß Fitzroy Payne ein Mordmotiv hatte – und zwar noch bevor der Earl einen eigenen Sohn bekam und dadurch sein Neffe enterbt würde –, war eindeutig. Fitzroy Paynes edles Antlitz erschien im Geiste vor mir. War ein solcher Mensch eines Mordes fähig? Seine äußere Erscheinung enthielt keinerlei Hinweis auf seine angespannten Verhältnisse. Niemals hatte er auch nur einen Anflug von Verzweiflung durchscheinen lassen, die seine Gedanken ständig beschäftigen mußte. Ich verstand nun etwas besser, weshalb er Isobel nicht gedrängt hatte, ihre Verlobung mit dem Earl zu lösen und statt dessen ihn zu heiraten. Der Zorn seines Onkels hätte seine Zukunftsaussichten vollends zunichte gemacht. Dann war es schon besser, das Herz der Countess ihrem Ehemann wegzunehmen – und sich so gegen die Möglichkeit eines Erben und den Verlust eines immensen Vermögens zu wappnen.

Was so edel erschienen war, entpuppte sich als reine Berechnung. Aber meine Gedanken wurden von Lord Harolds unnachgiebiger Stimme unterbrochen.

»... und dann ist da noch die Angelegenheit um Mrs. Hammond.«

»Mrs. Hammond?«

»Eine Frau in einer Wohnung in Cheapside, die er bezahlt. Es widerstrebt mir, eine Lady mit solchen Unappetitlichkeiten zu konfrontieren, aber so ist es nun einmal. Sie scheint ziemlich bizarre Vorlieben zu haben.«

Eine Geliebte, während Payne seine Liebe zu Isobel beteuert hatte. Das war zuviel. »Umfassende Informationen, das gebe ich zu«, sagte ich verächtlich. »Aber das macht Sie noch immer nicht zu einem Ehrenmann.«

»Ich achte stets darauf, möglichst alles über meine Gegner und Konkurrenten zu erfahren«, erwiderte Trowbridge gleichmütig. »Die Hochfinanz ist ein Schlachtfeld, Miss Austen, und man darf nicht ahnungslos in den Krieg ziehen. Und meine Position war der Countess völlig klar.«

»Sie haben ihr alles erzählt?« fragte ich entsetzt. »Auch von Mrs. Hammond?«

»Isobel mußte erkennen, daß sie niemals auf Hilfe von Seiten des neuen Earls hoffen konnte. Ich konnte mein Angebot nicht bis zu dem Zeitpunkt aufrecht erhalten, an dem sie den Burschen vielleicht heiraten würde. Ich konnte mich nicht darauf verlassen, daß irgendwelche Gelder in meine Richtung fließen würden.«

Ich erkannte jetzt die totale Niederlage meiner Freundin. Und ich hatte ihr noch heute morgen geraten, zuversichtlich in ihr neues Leben zu gehen. Ich hatte mich für Fitzroy Payne verwendet, obgleich es völlig unangebracht war.

»Die Countess konnte sich meinen Argumenten nicht verschließen«, fuhr Lord Harold fort und griff nach der Portweinkaraffe, um sein Glas aufzufüllen. »Sie war mit der Summe für ihren Besitz und die Begleichung aller Schulden einverstanden – einer unter den gegebenen Umständen durchaus großzügigen Summe. Ihr bleibt sogar noch genug zum Leben.«

Er schien sich nun auch noch als Wohltäter zu fühlen!

Ich wollte den Raum verlassen, ehe Lord Harold von sich aus das Gespräch beendete, aber ein Gedanke ließ mich innehalten.

»Was könnte an Crosswinds so wichtig sein, Lord Harold«, fragte ich und wandte mich zu ihm um, »daß Sie die Countess so hartnäckig verfolgen?«

»Am Ende Sieger zu bleiben, reicht mir eigentlich schon«, erwiderte er gelassen, zog an seiner Zigarre und stieß eine übelriechende Qualmwolke aus. »Aber dann ist da noch das Gelände selbst. Es liegt in einer Bucht, die sich als Hafen für seetüchtige Schiffe eignet, der einzige derartige Grund auf Barbados in privater

Hand. Ein solcher Hafen ist von entscheidender Bedeutung.«

»Entscheidend wofür?«

»Sie würden es sowieso nicht verstehen, meine Liebe. Und nun«, sagte er und zog seine Taschenuhr hervor, »muß ich mich leider verabschieden. Es war ein Vergnügen, Sie kennengelernt zu haben, Miss Austen. Wir gäben ein interessantes Paar ab. Meine Initiative und Ihr Intellekt – wären Sie vermögend, würde ich mich wahrscheinlich sogar vor Ihnen in acht nehmen müssen. Aber leider sind Sie nahezu mittellos, und es mangelt Ihnen außerdem an Schönheit, um diesen Makel wettzumachen.«

»Dieses Kompliment kann ich nur zurückgeben, Lord Harold«, erwiderte ich, »denn Ihnen mangelt es an Einfühlungsvermögen, an Skrupel und Ehrbarkeit – offen gesagt, an allem, was einen Gentleman ausmacht. Sie wären wirklich der letzte Mensch, den zu heiraten ich in Erwägung ziehen könnte.«

Kapitel 9

Ein blutiger Fund

24. Dezember 1802

Nach Lord Harolds Abreise machte sich eine zunehmende Spannung im Haus bemerkbar. Daß seine Eröffnungen Isobel gegenüber ihre Gefühle für Fitzroy Payne vergiftet haben, ist wohl nicht zu bezweifeln. Sie behandelt den neuen Earl mit ausgesprochener Kälte und verbringt die meiste Zeit alleine in ihrem Zimmer, während er sich in der Bibliothek aufhält, einsame Spaziergänge im Park unternimmt oder sich in seine Bücher vertieft.

Dafür hat Madame Delahoussaye bereitwillig die Rolle der Hausherrin von ihrer Nichte übernommen. Sie macht Mrs. Hodges die Aufsicht über die Wirtschaftsräume streitig und erteilt den Dienstmädchen Anweisungen. Sobald Fitzroy Payne seine Spaziergänge unternimmt, verschwindet Madame in der Bibliothek. Danson, der Leibdiener des Earls, wird in den Dienstbotentrakt des Hauses verbannt, und hinter der Bibliothekstür bricht eine hektische Unruhe aus. Sobald Madame wieder auftaucht, liegen die Papiere des Earls geordnet auf dem Tisch, ist sein Aschenbecher geleert, und seine Briefe sind säuberlich geordnet, so daß Danson sie abheften kann. Ein regelrechter Krieg ist zwischen dem Kammerdiener des Earls und seiner geliebten Tante entbrannt, dessen Schlachten Madame zugebenermaßen meistens für sich entscheidet.

Fanny Delahoussaye leidet weiterhin unter Magenbeschwerden, spielt jedoch des öfteren mit Tom Hearst

Zahlenlotto. Es scheint, als behage ihr die Atmosphäre im Landhaus mehr als die Stimmung im Gutshaus. Mr. George Hearst wirkt zunehmend mürrisch und in Gedanken versunken und ist kaum die Gesellschaft, die der Lieutenant sucht. Zum Glück erscheint der trübsinnige Geistliche nur selten vor der Tür des Gutshauses, und sein Stumpfsinn treibt seinen Bruder häufig verzweifelt aus dem kleinen Landhaus.

Da kaum etwas Angenehmes mein Interesse weckt und kein weiteres verleumderisches Schriftstück aufgetaucht ist, beschloß ich, das Wissen und die Geduld Lieutenant Hearsts in Anspruch zu nehmen und absolvierte in der vergangenen Woche drei Reitstunden. Da das Wetter sich heute morgen nach mehreren Tagen Schneefall zu bessern schien, hatte ich Lust auf körperliche Betätigung und begab mich auf die Suche nach Lady Bess. Ich war begierig, das Haus für einige Zeit zu verlassen, und wartete nicht ab, bis Lieutenant Hearst mir seine Begleitung anbot, sondern entschied mich dafür, den Ausritt alleine zu wagen.

Im Stall traf ich James, den leitenden Stallburschen.

»Miss Austen«, begrüßte er mich, »Sie wollen sicher Lady Bess, nehme ich an?«

»Stimmt«, erwiderte ich lächelnd, »es sei denn, sie ist bereits anderweitig vergeben.«

»Sie steht auf der Weide«, erklärte James stirnrunzelnd. »Aber wenn Sie einen Moment warten, hole ich sie.«

Er wollte gerade gehen, als Mr. George Hearst erschien. Er machte ein finsteres Gesicht und würdigte weder mich noch den Burschen eines freundlichen Blicks.

»Hol Balthasar, Kerl«, befahl er und deutete ungeduldig auf die Stalltür, als James zögerte. »Nun mach schon!«

Der Bursche warf mir einen entschuldigenden Blick zu.

»Und bring ihn gleich zum Haupteingang«, fügte George Hearst hinzu, machte abrupt kehrt und entfernte sich in Richtung Gutshaus.

Seine Eile und seine Unfreundlichkeit gaben mir Rätsel auf, aber irgend etwas in seinem Gebaren hielt mich davon ab, ihnen auf den Grund zu gehen. Seit unserem Gespräch in der vergangenen Woche war kaum ein Wort zwischen uns gefallen, und ich nahm an, daß der Gentleman seine Offenheit bedauerte und meine Gesellschaft mied. Ich folgte James in den Stall, wo er soeben vor einer Box stehenblieb, über deren Tür sich der schwarze Kopf des gewünschten Pferdes schob.

»Wenn Sie nur eine Minute warten, Miss Austen, ist Bess gleich für Sie bereit«, versicherte mir der junge Mann.

»Das ist nicht nötig, James«, entgegnete ich. »Wenn Sie mir das Zaumzeug geben, hole ich sie mir selbst.«

»Ich weiß nicht, ob das etwas für eine Lady ist« – sein Blick war voller Zweifel –, »nicht daß ich glaube, daß Sie es nicht schaffen würden, Miss.«

»Wenn ich sowieso warten muß, kann es nicht schaden, wenn ich es selbst einmal versuche. Bringen Sie Balthasar nur zu Mr. Hearst, James, und kommen Sie dann raus zur Weide. Wenn das Pferd mir nicht gehorchen sollte, können Sie Ihr Gewissen dadurch beruhigen, indem Sie mir helfen.«

* * *

Bess befand sich unter einer kleinen Gruppe von Tieren, die sich am Gatter auf der anderen Seite der Weide zusammendrängte. Daher mußte ich durch den tiefen Schnee stapfen, der fast bis zu den Rändern meiner Stiefel reichte. Ich schnalzte mit der Zunge, wie Tom Hearst es mir beigebracht hatte. Zu meiner Freude kam Bess sofort gehorsam auf mich zu und ließ sich das Zaumzeug anlegen.

Ich führte Bess am Zügel und näherte mich dem Gattertor, als sie plötzlich stehenblieb und sich nicht mehr vom Fleck rühren wollte. Sie verdrehte die Augen, wieherte und bäumte sich auf, so daß mir der Zügel aus der Hand rutschte. Machtlos mußte ich mitansehen, wie sie wieder zum anderen Ende der Weide hinübertrabte.

Da ich von Madam Lefroy*, einer hervorragenden Pferdekennerin, wußte, daß Pferde durchaus über Intelligenz verfügen und sich in vielem von ihr leiten lassen, beschloß ich, dem Verhalten von Lady Bess auf den Grund zu gehen und nach seiner Ursache zu forschen.

Ich ging auf das Tor zu und entdeckte im weißen Schnee ein graues Stück Stoff. Ich bückte mich, um es aufzuheben, und stellte fest, daß es ein Leinentaschentuch war, welches Isobels verschnörkeltes Monogramm trug. Sie ließ die Tücher überall im Haus liegen. Ich hatte unzähligemal selbst erlebt, wie sie sie achtlos fallenließ, und vermutete, daß sie einen Lieferanten in der Stadt kennen mußte, der sie ständig damit versorgte. Aber wie konnte eins der Tücher auf diese Weide gelangt sein? Ich steckte es in die Tasche und ließ meinen Blick über die Weide schweifen.

Zum erstenmal gewahrte ich nun, was ich vorher übersehen hatte, nämlich mehrere Reihen Fußabdrücke, die einander überlagerten und zu einer kleinen Heumiete am Rand der Weide führten. Die Tür des Holz-

* Anne Lefroy, »Madam« für ihre Bekannten und Freunde, war trotz ihres großen Altersunterschieds Janes beste Freundin während ihrer Kindheit in Steventon, Hampshire. Anne Lefroy starb 1804 in Folge eines Sturzes vom Pferd. – *Die Herausgeberin*

schuppens stand einen Spalt breit offen. Schon wieder Fanny Delahoussaye?

Aus dem Schuppen drang kein Laut. Ich drückte mit behandschuhten Fingerspitzen gegen die Tür, und sie schwang knarrend zurück. Sobald meine Augen sich an das Halbdunkel im Innern des Schuppens gewöhnt hatten, sah ich, daß sich niemand darin aufhielt. Nur Heu war in größeren Haufen darin verteilt und dort mit einer dünnen Schneeschicht bedeckt, wo sich Risse und Spalten im Dach befanden. Ich wollte mich schon abwenden, als ein bestimmter Sinneseindruck mich bremste. Der Duft getrockneten Sommergrases – süß und ein wenig modrig, so daß er zum Niesen reizte – wurde von etwas Fleischlichem überlagert. Mein Herzschlag beschleunigte sich, als ich den Geruch mit einem Begriff in Verbindung brachte: Blut – Blut, das immer noch warm und naß war und zu meinen Füßen das Heu tränkte.

Ich bückte mich, untersuchte den Boden und machte im Halbdunkel einen dunkleren Schimmer aus. Die Feuchtigkeitsspur führte zu einer dunklen Ecke des Schuppens, und obgleich mein Herz sich dagegen sträubte, fühlte ich, daß ich unbedingt wissen mußte, was dort im Heu lag. Ich raffte meine Röcke hoch und tastete mich bis zum letzten Heuballen vor.

Die Finger einer Hand, die aus dem Heu ragten, stoppten mich. Es war eine Frauenhand, wie ich sofort erkannte, und für mehrere Herzschläge war ich vom nackten Grauen völlig gelähmt. Dann gab ich mir einen Ruck und wischte die Heuschicht beiseite.

Es war die Zofe Marguerite, und sie befand sich in einem grauenvollen Zustand.

Ihre Kehle war von Ohr zu Ohr aufgeschnitten, und ihr Kopf war grotesk vom Hals abgewinkelt. Die blinden Augen hatten sich derart verdreht, daß nur noch das Weiße zu erkennen war, und ihr Mund war in einem stummen Schrei aufgerissen. Aber am betroffensten machte mich die Haltung des Körpers, der an eine achtlos weggeworfene Lumpenpuppe erinnerte. Hatte sie im Tode, ihr grauenvolles Ende unmittelbar vor Augen, noch das Kreuzzeichen gemacht?

Ich würde am liebsten mitteilen, daß ich den schrecklichen Anblick in heldenhafter Haltung ertrug oder daß sich abrupt ein schwarzer Vorhang vor meinen Augen herabsenkte, doch in Wahrheit verlor ich völlig den Kopf, stieß einen schrillen Schrei aus, wirbelte herum und rannte in blindem Entsetzen davon, ohne mich noch einmal umzudrehen.

Draußen, in der frischen Luft, zwang ich mich stehenzubleiben und nachzudenken. Die Zofe war tot und wohl kaum durch eigenes Zutun. Sir William Reynolds mußte sofort erfahren, daß sie ermordet worden war. Aber was hatte sie hier draußen auf der Weide zu suchen gehabt? Hatte sie sich tagsüber in der Heumiete versteckt gehalten, um nachts besser ihre denunzierenden Briefe ins Haus schmuggeln zu können? Ein kurzes Gespräch mit den Stallburschen sollte umgehend Klarheit schaffen. Entweder sie gaben zu, daß sie ihr Unterschlupf gewährt hatten, oder sie erwiesen sich als völlig ahnungslos.

Daß sie in dem Schuppen ermordet worden war, war offensichtlich, denn wäre das Verbrechen an einem anderen Ort verübt worden, hätte ich draußen im Schnee Blutspuren finden müssen. Seit dem Abend des Vortags war kein Schnee mehr gefallen, und nach meinem Dafürhalten waren die Blutspuren im Schuppen zu frisch, um vor längerer Zeit entstanden zu sein.

In diesem Zusammenhang fielen mir die Fußspuren ein, und ich unterzog sie einer eingehenderen Betrachtung. Ein Fußabdruck rührte eindeutig von Marguerite her, während der andere vom Schuh eines Mannes stammte. Aber mehr konnte ich nicht feststellen.

Ich richtete mich auf und hielt Ausschau nach James. Er tauchte als dunkler Punkt auf der Anhöhe hinter der Weide auf und winkte mir zu. Ich erwiderte sein Winken und kehrte in den Schuppen zurück.

Vielleicht hatte das Mädchen irgend etwas bei sich, das nach ihrem Tod auf den Mörder hinwies. Ich gab im Stillen zu, daß jemand, der sie zum Schweigen hatte bringen wollen, sicherlich den gleichen Gedanken gehabt haben dürfte, hielt aber eine Suche trotzdem für sinnvoll. Wenn James den Schuppen erreichte, müßte Marguerite sofort der Obhut der Gesetzesvertreter überlassen werden. Daher sollte ich mich lieber beeilen.

Ich wartete einen kurzen Moment, damit meine Augen sich an die schlechten Lichtverhältnisse gewöhnten. Dann atmete ich tief ein, hielt die Luft an und vermied es, dem armen Mädchen ins Gesicht zu blicken, während ich begann, die Taschen ihrer Kleidung zu durchsuchen. Sie lag verdreht auf dem Rücken, und ich mußte ihre Leiche ein wenig wenden, um an alle Taschen heranzukommen, aber es erwies sich als müßig. Ihre Taschen waren leer.

Ich überlegte. Wo würde ein Mädchen von einfacher Erziehung einen geheimen Brief vor neugierigen Blikken verstecken? In ihrem Mieder natürlich.

Ihr grobes Kleid aus Nankingseide war steif von Blut. Ich dachte an meine Handschuhe und streifte den rechten ab, um Flecken zu vermeiden. Und, Gott helfe mir, ich griff in den Ausschnitt des Kleides der Toten und tastete kurz in dem Korsett herum, wobei ich krampfhaft die Augen schloß.

Das war es, ich fühlte die Kante eines zusammengefalteten Stück Papiers, das sich an die Fischbeinstützen schmiegte. Ich hielt die Luft an und zupfte es vorsichtig mit zwei Fingerspitzen heraus. Danach hatte ich gerade noch genügend Zeit, um es in der Tasche meines Capes zu verstauen und meine Hände mit einem Büschel sauberen Heus abzuwischen. Dann streifte ich den Handschuh wieder über und trat durch die Türöffnung nach draußen, das Gesicht vom Entsetzen über den Fund gezeichnet, um auf James, den Stallburschen, zu warten.

Kapitel 10

Exotische Früchte und ein schlimmer Verdacht

24. Dezember 1802, Fortsetzung

Einige Stunden später, nachdem Sir William Reynolds herbeigerufen worden war und alles gesehen hatte, was in dem furchtbaren Schuppen zu sehen war, wurde Marguerites Leiche von einigen stämmigen Arbeitern der Farm ins Gutshaus getragen. Sie wurde auf den Eichentisch im Anrichteraum neben der Küche gelegt, und Mrs. Hodges ging daran, die Tote herzurichten. Aber wie die Haushälterin es schaffte, inmitten des Wirbels, der durch die Ermordung der Zofe ausgelöst wurde, einen klaren Kopf zu behalten, kann ich nicht sagen. Im Scargrave-Haushalt wurde trotz der Trauerzeit das Weihnachtsfest vorbereitet, und eine teilweise schon gefüllte Gans, deren Hals ziemlich verdreht aussah, war Marguerites Gefährtin im Tode.

Ich saß alleine vor dem Kamin im Wohnzimmer, denn nach Bekanntwerden des traurigen Endes der Zofe hatte Fitzroy Payne Sir William seine Hilfe angeboten, und Isobel half Mrs. Hodges. Danach hatten der Earl und die Countess sich an ihre jeweiligen Zufluchtsorte zurückgezogen – Payne in die Bibliothek und Isobel auf ihr Zimmer. Fanny Delahoussaye hatte bei der Nachricht vom Tod Marguerites fast einen Nervenzusammenbruch erlitten, wie es sich für eine höhere Tochter gehörte. Ihre Mutter versorgte sie im ersten Stock gerade mit Haferschleim, während Fanny das Opfer spielte. Mr. George Hearst hatte in London etwas Persönliches zu erledigen – dazu hatte er Balthasar satteln lassen –, während Lieutenant Hearst, der nach dem Leichenfund aus dem Landhaus herbeigerufen worden war, im Herrenzimmer Billard spielte.

Meine Gedanken wurden durch Cobblestone, den Butler, unterbrochen, der die Wohnzimmertüren weit öffnete. Das Gesicht des Mannes war aschfahl. Die Leiche im Anrichtezimmer hatte ihn zutiefst erschüttert. Hinter ihm stand mein guter Freund Sir William Reynolds, und beim Anblick seines würdigen weißhaarigen Schädels, stürmten die Einzelheiten meines letzten Abenteuers ungehindert auf mich ein. Meine Augen füllten sich mit Tränen.

»Miss Austen«, sagte Sir William und kam eilig auf mich zu, »meine arme, liebe Jane.« Er nahm meine Hand und tätschelte sie sanft. »Da Sie die Leiche entdeckt haben, müßte ich mich mit Ihnen unterhalten. Aber sagen Sie mir ganz offen, ob Ihre Nerven das ertragen.«

Ich brachte ein Lächeln zustande. »Der Fund liegt schon einige Stunden zurück, und meine Nerven haben sich einigermaßen beruhigt«, erwiderte ich.

»Das freut mich zu hören.« Er zog sich einen Sessel an den Kamin. »Weshalb sind Sie eigentlich zu der Weide zurückgekehrt.«

Ich erzählte ihm von meinen bescheidenen Reitkünsten und meiner Absicht, die Stute Lady Bess eigenhändig aufzuzäumen, sowie von den darauffolgenden Ereignissen.

»Und es gab keinen Hinweis darauf, daß irgend etwas Ungewöhnliches passiert war?«

Wortlos reichte ich ihm das Stück Stoff, das ich am Gattertor gefunden hatte.

»Ein Taschentuch?« fragte er.

»Es trägt Isobels Initialen.«

»Das sehe ich. Steht das C für ihren Mädchennamen?«

»Collins«, antwortete ich. »Ihr Vater war Engländer, ihre Mutter eine Kreolin namens Delahoussaye.«

»Ach ja, sicherlich verwandt mit der Frau, die nichts mit Barristern zu tun haben will«, sagte er. »Aber was hat es mit dem Taschentuch auf sich?«

»Ich fand es am Gattertor, ehe ich das Mädchen entdeckte«, erklärte ich ihm. »Lange kann es nicht dort gelegen haben. Da es weder gefroren noch feucht war, wie man es bei dem Schnee hätte erwarten müssen, dürfte es erst kurz vor dem Mord dorthin gelangt sein.«

»Könnte es nicht jemand benutzt haben, um den Verdacht auf Isobel zu lenken?«

»Das wäre möglich. Es gab zwei Arten von Fußspuren, die zu der Leiche führten«, berichtete ich. »Eine stammte von der Zofe, die andere von einem Männerschuh.«

»Vielleicht trug die Countess die Schuhe ihres Mannes«, äußerte Sir William eine Vermutung, »um ihre Anwesenheit hier zu verschleiern.«

»Das ist doch absurd!« rief ich aus.

»Es ist genauso plausibel wie die Vermutung, daß jemand ihr Taschentuch am Tor fallengelassen hat«, erinnerte der Magistrat mich. »Sie müssen zugeben, daß es zumindest möglich ist, Jane. Und jetzt erzählen Sie mir bitte, wie Sie die Frau gefunden haben.«

Ich schilderte die schreckliche Szene so genau wie möglich, angefangen von meinem Betreten der Scheune bis hin zu meiner anfänglichen Flucht und meiner Rückkehr und Suche kurz danach. Zum Schluß reichte ich ihm den blutbefleckten Zettel aus dem Mieder der Toten.

Sir William setzte seine Brille auf und musterte mich über den Rand hinweg. »Das ist ja einzigartig, meine Liebe. Gleich zwei Beweisstücke, die vom Tatort entfernt wurden? In Zukunft sollten Sie alle Leichen, die Sie finden, einfach liegenlassen und nicht anrühren.«

»Aber ich fand das Taschentuch, ehe ich Grund hatte, mich über sein Vorhandensein an dieser Stelle zu wundern«, wehrte ich mich. »Außerdem hatte ich vorausgesehen, daß die Leiche ins Haus gebracht würde. Bei den Vorbereitungen der Leiche Marguerites für die Beerdigung hätte die Nachricht durchaus verloren gehen können, sei es durch Zufall oder mit Absicht.«

»Mit Absicht? Sie meinen, der Mörder sei im Haus zu suchen?«

»Wo sonst?«

Er schüttelte den Kopf. »Ein mittelloses Mädchen, liebe Jane, weit weg von zu Hause und dazu im Winter kann jedes mögliche Unglück erleiden, aber kaum durch Verschulden ihrer Arbeitgeber.«

»Sie halten einen solchen Fall nicht für möglich, Sir William?«

Er lächelte mich an. »Nein, Jane. Es wäre ein zu großer Zufall, daß Marguerite an dem Tag tot aufgefunden würde, an dem ihr letzter Brief eintraf.«

»Ihr letzter Brief ...« setzte ich an, wurde jedoch von seiner erhobenen Hand zum Schweigen gebracht.

»Wir reden beizeiten darüber. Einstweilen möchte ich erst einmal lesen, was auf dem Zettel steht.«

Ich kannte den Text auswendig. Allerdings war mir die Handschrift fremd. Es war nur ein Papierfetzen mit einem Satzfragment: *wir treffen uns wieder am üblichen Ort* lautete es. Der Autor war nicht so dumm gewesen, mit seinem Namen zu unterschreiben.

»Das sagt uns herzlich wenig«, stellte Sir William unwirsch fest. »Aber der Zettel ist von bester Qualität und so klein, daß er unbemerkt von Hand zu Hand wandern kann. Das Papier trägt kein Wasserzeichen, aber es ist eindeutig aus reinen Hadern geschöpft und dürfte einiges gekostet haben.« Er verstaute den Zettel in seiner Westentasche und massierte sich dann nachdenklich das Kinn.

»Es ist eine elegante Handschrift«, äußerte ich, »und nach meinem Dafürhalten männlichen Ursprungs. Die Wortwahl deutet auf jemanden hin, der von höherem Stand war als die Zofe.«

»Ich stimme mit Ihnen überein, meine Liebe.«

»Und nun zum letzten Brief der Zofe«, erinnerte ich ihn.

Sir William griff in seinen Mantel und holte ein zusammengefaltetes Blatt Papier hervor. »Das hat jemand kurz vor dem Morgengrauen an die Tür des Cock and Bull genagelt«, berichtete er mir. »Die halbe Stadt hat die Nachricht gelesen, und die andere Hälfte hat davon gehört. Ich denke, Sie schätzen seinen Inhalt genauso ein wie ich.«

An den guten Sir …
meine Hoffnungen auf Ihre Gerechtigkeit wurden enttäuscht, deshalb muß ich die Stimme erheben. Das Böse treibt sein Unwesen auf Scargrave Manor. Sehen Sie sich die Besitztümer des Lords an, und Sie werden die Gaben des Teufels finden! Vielleicht glauben Sie dann endlich, daß ein Mord begangen wurde, und zwar durch die Hand der Countess. Gott lasse die Seele des armen Earls in Frieden ruhen.

Marguerite Dumas

Ich schaute fragend hoch.

»Es ist so schlimm, wie es schlimmer nicht sein kann«, stellte Sir William mit ernstem Gesicht fest. »Sie bezichtigt die Countess vor ganz Scargrave Close des Mordes und wagt es noch, die Anschuldigung zu unterschreiben. Seltsam, daß sie so kurz nach der Niederschrift getötet wurde, nicht wahr, Jane?«

Ich rang verzweifelt die Hände. »Kann einem einzelnen Menschen soviel Unglück widerfahren, wie der armen Isobel? Was sollen wir tun, Sir William? Was?«

»Ich habe den Auftrag, die persönlichen Dinge eines Lords zu durchsuchen«, sagte der Magistrat. »Und da ich keine Vorstellung davon habe, von wem die Zofe schreibt – ob vom verstorbenen oder vom lebendigen Earl –, schlage ich vor, die Sachen von Fitzroy Payne und vom verstorbenen Lord Scargrave zu durchsuchen. Das sollte doch bei weitem ausreichen, nicht wahr, Jane?«

* * *

Ich suchte Isobel auf ihrem Zimmer auf, und stellte fest, daß sie in den Anrichteraum gegangen war, wo Marguerites sterbliche Überreste gebadet und für die christliche Beerdigung zurecht gemacht wurden. Ich bat darum, daß die Countess sich mit mir in den Salon begeben sollte. Aber mir fehlten die Worte und der Mut, meine Freundin vor der Schmach zu warnen, die sie schon bald erdulden müßte. Isobel las nichts davon in meinem Gesicht und folgte der Aufforderung bereitwillig.

Der Earl erwartete uns in Gegenwart des Magistrats. Daß Fitzroy Payne erwartete, daß Sir William ihn wegen des Mordes an der Zofe befragen würde, wurde durch seine Reaktion deutlich. Sir William wartete nicht lange damit, den dritten Brief zu erwähnen – zur großen Überraschung des Earls, der keine Ahnung von den vorhergehenden Briefen hatte. Sein Gesicht blieb vollkommen gefaßt, als er davon erfuhr. Weder schalt er Isobel dafür, daß sie geschwiegen hatte, noch reagierte er in irgendeiner Weise auf die dunklen Andeutungen der Schreiberin über einen grauhaarigen

Lord. Aber sein Zorn über die öffentliche Beschuldigung war deutlich zu spüren, und als er aufgefordert wurde, seine persönlichen Dinge dem Magistrat zugänglich zu machen, erstarrte Fitzroy Payne.

»Soll die Unantastbarkeit des eigenen Zuhauses unter den Verleumdungen dieser Frau leiden?« platzte er heraus.

»Diese Frau wurde zum Schweigen gebracht. Und ich kann nicht glauben, daß die Tat in keinem Zusammenhang mit ihren Schreiben stehen soll«, entgegnete Sir William. »Für die Öffentlichkeit läßt ihr Tod ihre Anschuldigungen durchaus glaubwürdig erscheinen, und daher müssen wir alles tun, um ihnen entgegenzutreten und alle Gerüchte zu widerlegen.«

Der Earl faßte sich an die Stirn, und ging mehrere Male vor dem Kamin auf und ab. Dann warf er einen Blick auf Sir William und entspannte sich. »Mein Butler, Danson, wird Ihnen in meinen Räumen alles zeigen.«

»Die Sachen meines verstorbenen Mannes befinden sich noch in seinen Räumlichkeiten«, flüsterte Isobel. »Ich führe Sie hin.«

»Sie brauchen sich nicht zu bemühen«, sagte Sir William zu ihr. »Der Butler kann mich ebensogut hinbringen. Und Sie, Lord Scargrave, bleiben bitte ebenfalls hier. Ich möchte, daß jeder sich in Reichweite befindet, während ich mich umschaue.«

»Und nicht die Möglichkeit hat, in unseren Zimmern irgend etwas zu verändern, wenn ich Sie richtig verstehe«, sagte Fitzroy Payne mit einem bitteren Lächeln. »Sehr wohl.«

* * *

Warten ist immer ein ermüdendes Geschäft, und vor allem dann, wenn es von bösen Vorahnungen begleitet wird. Ich spielte gerade für Isobel mehr schlecht als recht eine Melodie auf dem Klavier, als Lieutenant Hearst im Salon erschien. Er hatte offensichtlich die Lust am Billardspiel verloren, weil es ihm an einem Gegner mangelte, der dem Spiel ein wenig Spannung verliehen hätte. Er sah mich mit ungewohnt ernster Miene an.

»Sir William war hier?« fragte er betont beiläufig.

»Und er ist noch da«, erwiderte ich. »Er ist oben tätig, während wir hier unten auf sein Erscheinen warten.«

Der Lieutenant schien zu überlegen, was er darauf erwidern sollte. Ich brach das Mozart-Menuett ab, durch das ich mich hindurchgestümpert hatte. Als ich von meinem Klavierhocker aufstand, hob Tom Hearst eine Hand, als wollte er mich aufhalten.

»Der Magistrat hat doch nichts Schlimmes gefunden, Miss Austen?«

Ich starrte ihn verblüfft an. »Etwas Schlimmes? Außer einer erpresserischen Zofe mit einer aufgeschlitzten Kehle in einem verlassenen Heuschober? Ich verstehe Sie wirklich nicht, Lieutenant. Sind solche Dinge denn für einen Offizier der Horse Guards etwas Alltägliches?«

Ich ging schnell zum Salonfenster, um ein plötzlich aufkommendes Zittern meiner Gliedmaßen zu unterdrücken. Die Erinnerung an Marguerites entstelltes Gesicht kehrte lebhafter zurück, als mir lieb war. Sicherlich würde ich in der Nacht Alpträume haben, oder der geisterhafte erste Earl würde mir wieder einen Besuch abstatten.

Meine Leidensgenossen waren nicht weniger deprimiert. Fitzroy Payne bemühte sich, so zu tun, als sei er in sein Buch vertieft, doch sein Blick sprang ebensooft zu Isobels Gesicht, wie er die Buchseiten fixierte. Ich sah seine traurige Miene, wenn er die Countess anschaute, und er tat mir leid wegen des Schweigens, das zwischen ihnen lastete.

Isobels Blick hingegen ging ins Leere, und ihre Hände lagen untätig in ihrem Schoß. Sicherlich rekapitulierte sie in Gedanken den bisherigen Verlauf des Dezembers und versank angesichts ihrer drastisch verschlechterten Vermögensverhältnisse in noch tieferer Verzweiflung. Ich wollte ihr zu Hilfe eilen, aber die Anwesenheit der anderen – und die Aussicht auf Sir Williams Rückkehr – ließen mich auf meinem Platz verharren und statt dessen aus dem Fenster auf die idyllisch anmutende Winterlandschaft blicken.

Die Unruhe um die Zofe hatte uns die Weihnachtstafel vergessen lassen, doch nicht Mrs. Hodges, der zuverlässigen Haushälterin von Scargrave war es keineswegs so ergangen. Ich schrak zusammen, als ich die Glocke hörte, die uns zu Tisch rief. Tom Hearst stand als erster an der Tür und hielt sie für die Damen auf. Fitzroy Payne schlug sein Buch zu und beobachtete Isobel, die sich aus ihrem Sessel erhob, als wachte sie aus einem Traum auf. Ich nickte dem Earl zu und folgte der Countess durch den Flur. Dabei verspürte ich eine leichte Übelkeit.

Mrs. Hodges hatte sich bemüht, den Anlaß dieser Festtafel zu betonen, indem sie die Kandelaber mit roten Schleifen und Stechpalmenzweigen geschmückt hatte. Beim Anblick dieses dekorativen Schnickschnacks wanderten meine Gedanken zu meiner Familie in Bath. Wie mochten meine liebe Cassandra, mein Vater und meine Mutter heute auf meine Abwesenheit reagieren? Fühlten sie sich vielleicht genauso einsam wie ich? Aber dann schaute ich zu Isobel, die in ihrer Verzweiflung noch nicht einmal den festlichen Tafelschmuck wahrzunehmen schien, und meine Entschlossenheit kehrte zurück. Angesichts des Todes der Zofe standen der Countess wenig erfreuliche Dinge bevor. Jetzt brauchte sie zuverlässige Freunde.

Madame Delahoussaye hatte bereits Platz genommen. »Isobel, meine Liebe, deine Cousine fühlt sich noch immer schlecht«, sagte sie.

»Das tut mir leid, Tante.« Die Countess setzte sich auf den Stuhl, den der Lakai für sie bereithielt. Ihr Gesicht war bleich wie der Tod. »Vielleicht solltest du mit Fanny nach den Feiertagen nach London fahren, denn Scargrave hat ihr sicherlich nur wenig zu bieten, was sie aufmuntern könnte.«

»Die Atmosphäre hier ist höchst ungesund«, verkündete Madame und blickte dabei vielsagend auf Tom Hearst. »Ich denke, wir reisen übermorgen ab. Bestimmt muntert die Stadt meine arme Fanny wieder auf.«

»Ist die Gesellschaft in der Stadt der von Scargrave tatsächlich vorzuziehen?« erkundigte der Lieutenant sich. Er faltete seine Serviette auseinander wie jemand, der über einen gesunden Appetit verfügt. »Ich muß gestehen, daß Miss Fanny und ich uns in jeder Hinsicht einig sind, obgleich wir nach Temperament, Alter und Erfahrung doch recht unterschiedlich sind. Ich werde schnellstens zu meinem Regiment in St. James zurückkehren, um Miss Fanny zu den verschiedenen Festlichkeiten begleiten zu können.«

»Sie unverschämter Kerl!« schimpfte Madame, und ihr Gesicht war schneeweiß vor Zorn. »Das werden Sie nicht tun!«

»Ich fürchte, ich muß, verehrte Lady. Ich habe heute einen entsprechenden Befehl von meinem Regiment erhalten.«

Und was ist mit dem Duell, dachte ich. Nahm sein

Regiment den Lieutenant wieder mit offenen Armen auf? Waren all seine Sünden vergessen?

Madame umklammerte ihre Gabel, als wollte sie sie jeden Moment dem Lieutenant in die Brust bohren. »Es gibt nichts, das ich mir weniger wünsche, als daß Fannys Zukunftschancen durch die Bekanntschaft mit Ihnen verdorben werden.«

»Liebe Tante!« rief Isobel. »Du vergißt dich. Lieutenant Hearst ist ein Mitglied der Scargrave-Familie!«

»Leider ist er das. Und er bildet sich darauf zuviel ein, Isobel. Er glaubt, er könne Fannys Schönheit und Vermögen für ein Butterbrot bekommen. Aber was ist er schon? Nicht mehr als ein Abenteurer im roten Rock. Der zweite Sohn eines Verschwenders.« Madame schleuderte ihre Serviette auf den Tisch und schob ihren Stuhl nach hinten. »In so einer Gesellschaft schmeckt mir das Essen nicht. Sag Mrs. Hodges Bescheid, Isobel, daß ich ein Tablett auf mein Zimmer gebracht bekommen möchte.«

Lieutenant Hearst prostete der Lady mit seinem Glas zu. »Auf Ihre Gesundheit, Madame«, rief er, als sie mit blitzenden Augen an ihm vorbeirauschte. Dann nickte er mir zu. »Das dürfte doch ein schönes Bild sein, nicht wahr, Miss Austen? Miss Fanny und der Lieutenant. So wenig Vernunft, gepaart mit soviel Empfindsamkeit. Man könnte es glatt ›Die Schöne und das Biest‹ nennen, wenn wir wüßten, auf wen welche Bezeichnung paßt.«

»Meine Güte, Tom«, schalt Fitzroy Payne ihn. »Mußt du Madame so verärgern? Die Sorge um ihre Tochter geht ihr über alles auf der Welt. Wir wissen ja, wie gerne du provozierst, aber sie fühlt sich durch dein Gerede ernsthaft verletzt.«

»Vorwürfe, Fitzroy?« Der Lieutenant mimte den Beleidigten. »Und ich hatte mit Dank gerechnet! Denn aufgrund meiner Bemühungen hat die gute Frau sich auf ihr Zimmer zurückgezogen, und wir können unser Weihnachtsmahl in Ruhe und Frieden einnehmen.«

Tom Hearst mochte seine Wort scherzhaft gemeint haben, doch sein Tonfall war scharf, und ich staunte über die Bitterkeit in seiner Stimme. Ich weiß nicht, was dahintersteckt. Bewundert er Fanny etwa? Seine bissigen Bemerkungen lassen eher auf das Gegenteil schließen. Dabei verfolgt er Madame unbarmherzig mit seinen Aufmerksamkeiten, als habe er es weiterhin auf die Tochter abgesehen. Und dennoch – nach einer Stunde in seiner Gesellschaft sagt mir mein Herz, daß Fanny sich vergeblich Hoffnungen macht.

* * *

Als wir uns gerade an Mrs. Hodges' vorzüglicher Austernsuppe delektierten, kehrte Sir William zurück. Keine zwei Stunden waren vergangen, seit er uns verlassen hatte, aber seinem Gesichtsausdruck nach zu urteilen hätte es durchaus ein Jahr sein können.

Er blieb in der Türöffnung stehen, räusperte sich und wandte sich an die Countess. »Es tut mir leid, daß ich Sie beim Essen störe, Mylady«, sagte er, »aber ich muß den Anwesenden leider einige Fragen stellen.«

»Aber natürlich, Sir William.« Isobel legte ihren Löffel beiseite. Ihre Miene war erstaunlich gefaßt. »Was können wir für Sie tun?«

Der Magistrat warf den beiden Lakaien, die am Ende der Tafel bereit standen, einen vielsagenden Blick zu. »Ich würde lieber mit der Familie alleine sprechen«, meinte er zur Countess. »Miss Austen eingeschlossen.«

Isobel gab den Lakaien ein Zeichen, und sie entfernten sich. Ihr Abgang steigerte die Spannung im Raum, aber Sir William ließ uns nicht lange warten.

»Ich denke, das gehört Ihnen, Mylady«, sagte er und trat mit ausgestreckter Hand auf Isobels Stuhl zu.

»Tatsächlich, so ist es!« rief sie aus und nahm das Taschentuch entgegen. »Ständig lasse ich diese Tücher irgendwo liegen. Wo haben Sie es gefunden?«

»Miss Austen war so freundlich, es heute morgen von der Weide mitzubringen«, antwortete der Magistrat.

»Von der Weide ...« Jegliche Farbe wich aus Isobels Gesicht. »Ich war schon seit mehreren Tagen nicht mehr auf der Weide. Jane ...« Sie suchte verwirrt meinen Blick.

»Es lag am Tor, Isobel«, beantwortete ich ihre unausgesprochene Frage. »Es hatte noch nicht lange dort gelegen.«

Sir William ergriff wieder das Wort. »Erkennen Sie die Handschrift, Countess?« Er holte den blutbefleckten Papierfetzen aus der Tasche, den ich in Marguerites Mieder gefunden hatte.

Isobel las die Worte. Dann sah sie erst mich, dann den Magistrat an. »Aber was heißt das?« fragte sie.

»Die Handschrift, Mylady?«

Während sie den Earl fixierte, erwiderte sie schleppend: »Ich könnte schwören, es ist Fitzroys.«

Tom Hearst räusperte sich und schob seinen Stuhl zurück. Er verschränkte die Arme vor der Brust. Unsere Blicke trafen sich, und er hob fragend eine Augenbraue.

Nun blickte Sir William zum Earl und zog die Hand aus der Tasche. Auf seiner Handfläche lagen ein paar kleine braune Kügelchen. »Mylord«, sagte er, »können Sie mir verraten, was das ist?«

Fitzroy Payne schüttelte ratlos den Kopf.

»Und Sie, Mylady?«

Isobel betrachtete die samengroßen Körner in der Hand des Magistrats. »Nun, das sind die Früchte des

Barbadosbaums!« rief sie aus. »Die Eingeborenen meiner Heimat verwenden sie als Medizin. Aber wo haben Sie die gefunden?«

»In Samt eingewickelt im Gewehrschrank des derzeitigen Lord Scargrave, Mylady«, erwiderte Sir William, und sein Gesicht war sehr ernst. »Ich war mir nicht ganz sicher, ob es sich um das handelt, was Sie gerade genannt haben.« Er legte die Nüsse auf eine Serviette auf der Anrichte und faltete die Serviette zu einem Päckchen zusammen.

»Warst du etwa auf den Westindischen Inseln, ohne daß ich davon wußte, Fitzroy?« Isobel sah den Earl mit sorgenvollen Augen an. Sie hatte ihre Stimme bewundernswert unter Kontrolle, aber an ihrem Hals pulsierte eine Ader und verriet, daß ihr Herz raste.

»Du weißt genau, daß das unmöglich ist«, erwiderte Fitzroy Payne. »Sir William, sind die Nüsse genießbar?«

»Sie schmecken so gut, daß man kaum genug davon bekommen kann«, sagte Sir William. »Das dürfte auch auf den verstorbenen Earl zutreffen. Denn diese Barbadosnuß ist giftig, Lord Scargrave. Sie ist ein tödliches Abführmittel. Eine Viertelstunde nach ihrem Genuß wird einem übel, und nach wenigen Stunden tritt der Tod ein.«

Tom Hearst sprang auf, wobei seine Hand zum Säbelgriff zuckte. »Mein Gott, Mann, was wollen Sie damit sagen?«

Ein Laut, fast ein Wimmern, kam von Isobel, die kreidebleich geworden war. Ihre Hände krampften sich um die Tischkante.

»Setz dich, Tom.« Fitzroy Paynes Stimme klang müde. »Sir William will uns glauben machen, daß diese Nüsse für das tödliche Unwohlsein meines Onkels verantwortlich waren.«

»Aber, Fitzroy, bist du verrückt? Der Kerl behauptet ...«

»Ich weiß, was der Richter andeutet.« Auf einen Blick seines Vetters hin hielt Tom Hearst inne und setzte sich. Fitzroy Payne nickte Sir William zu. »Bitte fahren Sie fort.«

»Es ist meine Pflicht, Lord Scargrave«, erklärte Sir William langsam und senkte den Blick, »zu fordern, daß die Leiche von Frederick, Lord Scargrave umgehend exhumiert wird.«

»Zu welchem Zweck wollen Sie die letzte Ruhe meines Onkels stören, Sir?«

»Ich möchte, daß Dr. Philip Pettigrew aus der Sloane Street, der in der Todesstunde seiner Lordschaft zugegen war, den Körper noch einmal gründlich untersucht.« Sir William blickte auf, und die Kälte seiner Augen erschreckte mich.

»Und welchen Sinn soll das haben?« Die Stimme des Earls hatte ihren höflichen Tonfall verloren. »Pettigrew hat den Mann bereits offiziell für tot erklärt.«

Sir William blickte zu Isobel. Dabei gewahrte ich, daß sie sich an die Kehle faßte. »Ein Arzt«, erklärte der Magistrat, »kann den Mageninhalt auch nach dem Tod noch untersuchen und daraus vielleicht die jeweilige Todesursache erkennen.«

»Sie wollen meinen Mann sezieren?«* Isobels Miene drückte Entsetzen aus.

»Ich fürchte, das ist unsere einzige Möglichkeit, My-

* Das Sezieren von Toten war gewöhnlich auf die Leichen von verurteilten Verbrechern beschränkt, die Ärzten häufig zu wissenschaftlichen Untersuchungen zur Verfügung gestellt wurden. Die Sektion, wie diese Praxis genannt wurde, wurde als das entwürdigendste Schicksal eines Toten betrachtet, so daß sogar die Angehörigen von Verurteilten und Bestraften, versuchten, die Leichen nach der Exekution zu verstecken, um ihnen ein derartiges Schicksal zu ersparen. – *Die Herausgeberin*

lady«, sagte Sir William nicht ohne Mitgefühl. »Falls ein Gift beteiligt war, auch wenn es sich nur um ein starkes Abführmittel gehandelt hat, ist dies die einzige Methode, um die Richtigkeit der von der ermordeten Zofe aufgestellten Behauptung zu beweisen.«

Ich holte tief Luft und ertappte mich dabei, wie ich den braunen Musselinstoff meines Kleides zwischen den Fingern zerknüllte.

»Sir William, ich glaube nicht, daß Sie all das zu Ihrem eigenen Vergnügen veranstalten«, sagte Lord Scargrave mit leiser Stimme. »Das Ganze dürfte im öffentlichen Interesse sein.« Seine dunklen Augen lieferten keinen Hinweis auf seine Gedanken.

»Das ist es, Mylord. Ich möchte die Ergebnisse von Dr. Pettigrews Untersuchung einer vom Coroner in Hertfordshire eingesetzten Jury präsentieren, die mit der Aufgabe betraut wird, die Ursache für den Tod des Earls zu ermitteln. Ein solches Gremium müssen wir ohnehin wegen der Zofe Marguerite zusammenrufen. Daher können wir ihm auch gleich die Beweismittel im Zusammenhang mit dem Tod Ihres Onkels vorlegen.«

»Meine liebe Countess«, machte Tom Hearst sich nun bemerkbar, »mir scheint, Sie fühlen sich nicht wohl.« Isobels Augen waren geschlossen, und ihr Atem ging ganz flach. Der Lieutenant erhob sich, um ihr zu Hilfe zu kommen, aber Isobel gebot ihm mit erhobener Hand Einhalt.

»Für das, was ich im Augenblick empfinde, gibt es keine Medizin, lieber Tom«, sagte sie. »Bitte – wir wollen hören, was Sir William vorzutragen hat.«

Dem Magistrat war das Unbehagen darüber deutlich anzusehen, daß er einer Lady so viel Leid zufügen mußte.

»Die beiden Fälle haben nichts miteinander zu tun«,

erklärte Fitzroy Payne. »Die Andeutungen der Zofe sind nichts als Verleumdungen. Mein Onkel klagte über ganz normale körperliche Beschwerden, und obgleich er sehr plötzlich und frühzeitig starb, hatte er derartige Beschwerden schon früher.«

»Tatsächlich, Mylord?«

»Fitzroy«, sagte Isobel matt, und unsere Blicke wandten sich ihr zu.

»Tu ihm den Gefallen, mein Lieber«, sagte sie und vergaß jeden Anstand. »Wir werden niemals frei sein von dem schlimmen Verdacht, wenn wir uns weigern.«

»Das befürchte ich auch, Mylady.« Sir William nickte. »Und meine Pflicht als Magistrat zwingt mich, darauf zu bestehen – und zwar um der Zofe willen, wenn schon nicht um Ihretwillen.«

Tom Hearst hustete. Er starrte ins Leere. Dabei umklammerten seine Finger die Armlehnen seines Stuhls so heftig, daß die Knöchel sich weiß färbten.

»Die Zofe«, sagte Fitzroy Payne nachdenklich. »Dieses Stück Papier mit meiner Handschrift war mit Blut befleckt.«

»Sie haben richtig gesehen, Mylord.« Sir William ging durch den Raum und blieb vor mir stehen.

Der neue Earl schien zu zögern, ehe er die Frage stellte, die ihm auf der Zunge brannte. »Sie haben es bei ihr gefunden?«

»Jawohl, Mylord, zweifelsfrei.« Sir William warf mir einen unbehaglichen Blick zu. Ich spürte, wie ich errötete, aber niemand der Anwesenden hatte im Augenblick Interesse an Miss Austen.

»Das ist doch Unsinn!« Fitzroy Payne erhob sich plötzlich, als seine Selbstkontrolle doch noch versagte. »Absoluter Unsinn!«

Wir waren wie vom Donner gerührt über seine Reaktion. Tom Hearst baute sich hinter seinem Vetter auf, und die beiden starrten Sir William eindringlich an.

»Ich schwöre Ihnen bei meiner Ehre als Gentleman«, rief der Earl erregt, »und beim Ruf der angesehenen Familie, zu der ich gehöre, daß ich Marguerite seit dem Tag, an dem mein Onkel starb, nicht mehr gesehen habe.«

»Und die Nüsse, die bei Ihnen gefunden wurden, Mylord?« Sir Williams Stimme klang so sanft wie die Abenddämmerung.

»Falls sie den Tod des Earls bewirkt haben …« begann Fitzroy Payne.

»Sicher, wenn sie es waren.« Der Magistrat machte kehrt und ging zur Tür. »Um Gewißheit zu bekommen, müssen wir abwarten, was der gute Doktor herausfindet.«

»… selbst wenn diese Nüsse seinen Tod herbeigeführt haben, kann es keinesfalls etwas mit mir zu tun haben«, beteuerte Fitzroy Payne. »Ich habe von ihrer Existenz erst in dem Moment erfahren, als Sie sie mir zeigten.«

»Sehr wohl, Mylord.« Sir William verbeugte sich.

»Sie müssen mir glauben.«

Der Magistrat fixierte den Earl, und ich erschrak über den grimmigen Gesichtsausdruck meines Freundes. »Ich fürchte, Lord Scargrave«, sagte Sir William, »daß Sie mit dem falschen sprechen. Es ist der Coroner, den Sie überzeugen müssen.«

Kapitel 11

Eliahu Bott im Cock and Bull

27. Dezember 1802

Es war ein trauriges Weihnachtsfest trotz meiner stillen Freude über einen Brief und ein Geschenkpaket von meiner lieben Cassandra, das fünfzehn Yards eines wunderschönen rosafarbenen Musselinstoffs für ein neues Kleid enthielt. Nach der Kirche in Scargrave Close blieb Isobel für den größten Teil des Tages auf ihrem Zimmer, während Lord Scargrave einen mehrstündigen Spaziergang durch die Parklandschaft von Scargrave unternahm und erst bei Einbruch der Dämmerung wieder zurückkehrte. Meine einzige Gesellschaft bestand aus Tom Hearst, dessen Aufmerksamkeit vollständig von der lebhaften Fanny Delahoussaye in Anspruch genommen wurde, und seinem Bruder George, dessen schlechte Laune sich seit dem Weihnachtsabend nur wenig gebessert zu haben schien. Der Geistliche verbrachte viele Stunden in stummem Nachdenken vor dem Kamin.

Ich setzte mich ans Klavier, da Musik die einzige Beruhigung für meine Nerven war, wurde aber schließlich von Miss Delahoussaye am weiteren Spiel gehindert. Sie erklärte uns zu einer überaus traurigen Weihnachtsgesellschaft und schlug einige einfältige Vergnügungen vor wie Scharaden auf dem Dachboden oder das Arrangieren von *tableaux vivants*, aber keine dieser Aktivitäten paßte zu unserer augenblicklichen Stimmung oder Situation.

»Seht euch nur Fanny an!« rief Madame Delahoussaye begeistert. »So fröhlich, daß keine Lappalie ihre gute Laune trüben kann. Sie ist so gut aufgelegt, daß man all seine Sorgen vergißt!«

»Ein Mord ist wohl kaum eine Lappalie«, bemerkte George Hearst mit düsterer Stimme, »obgleich, wenn man diese Einstellung hat, kann man über alles Ernste im Leben mit gleichgültiger Leichtigkeit hinweggehen.«

»Ach George, Sie sind ein Miesepeter«, stellte Fanny fest. »Ich wundere mich, daß der Mörder nicht auch *Sie* beseitigt hat, aus reiner Langeweile zum Beispiel. Aber egal, wir amüsieren uns ohne Sie sowieso viel besser.«

»Das tun Sie doch immer«, erwiderte Mr. Hearst, »allerdings ist das keine Schande. Da Sie sich über fast alles amüsieren können, Miss Delahoussaye – sogar über ernste und tragische Dinge –, ist die Fähigkeit, Sie zum Lachen zu bringen, nicht besonders hoch einzuschätzen. Ich gebe zu, daß ich mich etwas anderer Qualitäten rühmen kann.«

»In einem so alten Haus muß es doch eine Menge alter Kleider geben«, sagte Fanny, ohne auf seine Bemerkung einzugehen. »Lieutenant Hearst fände es sicherlich recht schön, mich als Marie Antoinette herausgeputzt zu sehen und selbst als Sonnenkönig aufzutreten.«

Madame schien zu erschrecken und musterte ihre Tochter mit zusammengekniffenen Augen. »Ich wünschte, du würdest deine historischen Kenntnisse ein wenig auffrischen«, sagte sie, »denn es sind immerhin einige Jahrhunderte, die die beiden voneinander trennen.«

Fanny zuckte mit eleganter Gleichgültigkeit die Achseln. »Puuh, Mamma! Wenn man Theater spielt, dann ist das doch egal. Ich rufe Mrs. Hodges und stelle den ganzen Speicher auf den Kopf.«

»Bitte nicht, Fanny«, sagte Madame scharf. »Wir würden lieber hören, wie du mit deiner schönen Stimme ein Lied singst – und uns die Freude deiner Gegenwart zu versagen, wäre ziemlich grausam. Lieutenant Hearst ist sicherlich der gleichen Meinung.«

Ich war überrascht, daß sie die Unterstützung eines Mannes suchte, den sie verabscheute, und muß abschließend feststellen, daß sie Verkleidungen offenbar haßte. Aber Miss Fanny strahlte, und ich mußte den Platz am Klavier räumen. In Wahrheit war es mir völlig gleichgültig, und ich begab mich schon bald auf mein Zimmer, denn nun würde sie nicht müde, ein Weihnachtslied nach dem anderen zu schmettern.

Unter der Aufsicht von Sir William wurde gestern der Sarg des Earls aus dem großen Steinsarkophag auf dem Friedhof von Scargrave Manor gehoben und Mr. Pettigrew, dem Londoner Arzt, übergeben. Dabei assistierte ihm Eliahu Bott, der Coroner von Hertfordshire, ein korrekt gekleideter kleiner Mann mit einem wie angeboren wirkenden mürrischen Gesichtsausdruck. Die gerichtliche Untersuchung ist für heute nachmittag angesetzt, und alle sind vorgeladen. Ich selbst muß mich zum Fund der Leiche Marguerites äußern und blicke meinem Auftritt und dem Ergebnis der Untersuchung recht beklommen entgegen.

Sir William hält sich betont zurück. Er teilt mir nicht mit, was er über den Fall weiß, sondern behandelt mich mit einer sanften und eifrigen Fürsorge, die bei mir nur Angst erzeugt. Daß er einige schlimme Dinge über Fitzroy und Isobel weiß – und glaubt, daß sie beider Morde schuldig sind – habe ich schon erkannt. Da er weder der Countess in Freundschaft zugetan ist noch eine positive Meinung über den Charakter des Earls hat so wie ich, ist Sir William in seinem Urteil unbefangen. Und so beziehe ich seine zur Schau getragene Härte auf den Gang der Untersuchung und habe nicht wenig Angst vor ihrem Ergebnis. Seine Aufgabe als Magistrat des Bezirks verlangt von ihm, die Schuld meiner Freunde zu beweisen*, und in seiner Suche nach allem, was gegen sie spricht, ist er ebenso gewissenhaft wie in seiner Zeit in der King's Bench Division. Daß er sich einige Tage in London aufgehalten hat und Zeugen für die bevorstehende Verhandlung suchte, habe ich von seiner Frau erfahren, als ich sie besuchte. Ihr ernstes Auftreten und ihr mitleidiger Blick haben wenig dazu beigetragen, meine Hoffnungen auf einen glücklichen Ausgang zu beflügeln.

Obgleich das Wetter sich seit Weihnachten von seiner freundlichen Seite zeigt, habe ich Lady Bess und die Freuden des Reitens vernachlässigt, desgleichen mein Tagebuch, meinen Boswell-Band und sogar meine Briefkorrespondenz – denn wie soll ich meiner lieben Cassandra von all dem Bösen erzählen, das die Menschen einander antun? Ehrlich gesagt, weiß ich gar nicht, was ich schreiben soll. Denn ich entdecke in all den Ereignissen keinerlei Logik, wie sollte ich sie dann jemand anderem plausibel machen? Die Welt entpuppt sich als höchst unsicherer Ort, wo das Gesicht eines Freundes mörderische Absichten verbergen kann. Isobels Taschentuch, das am Weidetor gefunden wurde, und Fitzroy Paynes Handschrift auf dem Zettel aus dem Mieder der Zofe – ganz zu schweigen von den Barbadosnüssen zwischen seinen persönlichen Dingen – sind Fakten, die nicht geleugnet werden können. Auch wenn Isobels Beziehung zu ihrem Neffen während der

* Das Prinzip, einen Tatverdächtigen bis zum Beweis seiner Schuld als unschuldig zu betrachten, ist relativ jung. Bis 1848 bestand die Aufgabe eines Magistrats darin, Indizien zusammenzutragen und zu bewerten, die die Schuld des Beklagten bewiesen. Bis 1837 durfte der Anwalt des Beschuldigten keine Zeugen befragen oder sie einem Kreuzverhör unterziehen, und erst um die Jahrhundertwende durfte der oder die Beschuldigte in eigener Sache aussagen. – *Die Herausgeberin*

Untersuchung nicht zur Sprache kommen sollte, so könnten die scharfsinnigeren Mitglieder der Jury etwas Derartiges vermuten und zwar ausschließlich auf Grund der Beweisstücke sowie des jeweiligen Alters und der Verbindungen zwischen den Beteiligten. Wer die beiden überhaupt nicht kennt, könnte durchaus zu dem Schluß gelangen, daß der Erbe seinen Onkel umgebracht hat, um an dessen Vermögen und an dessen Ehefrau heranzukommen. Und daß Isobel, in arger Geldnot und fast eine Generation jünger als ihr Mann, mit dem sie gerade drei Monate verheiratet war, den Plan ihres Liebhabers bereitwillig unterstützte. Der Tod der Zofe paßt in diesen Zusammenhang. Sie hat das Liebespaar an den Magistrat verraten und wurde zum ewigen Schweigen verdammt. Und so sind die Aussichten für beide tatsächlich äußerst düster.

Inwieweit ich diese Darstellung für glaubhaft halte, kann ich nicht sagen. Ich gebe offen zu, daß ich nicht weiß, was ich denken soll. Ich stehe vor einer schwierigen Entscheidung: entweder muß ich feststellen, daß die Unschuldsbeteuerungen der Countess und ihres Geliebten krasse Lügen waren und daß mein Vertrauen in Isobel auf Sand gebaut war, oder ich beschuldige andere, genauso enge Mitglieder des Haushalts und füge dem Frevel des Mordes auch das Vergehen hinzu, Unschuldige in ein tödliches Netz der Verdächtigungen verwickelt zu haben. Keine der beiden Möglichkeiten bietet sich an, denn beide basieren auf den schlimmsten Eigenschaften der menschlichen Natur, und obgleich ich gelernt habe, darüber zu lachen, bei meinen Bekannten danach zu suchen und in dem, was ich schreibe, darüber zu spotten, finde ich, daß ich, wenn ich dem Bösen in seiner reinsten Form begegne, nicht so einfach darüber hinweggehen kann. Der Tod der Zofe war zu grausam, um so etwas zuzulassen. Ebensowenig erlauben die qualvollen letzten Stunden des Earls Nachsicht mit seinem Mörder.

* * *

Später am gleichen Nachmittag

»Meine liebe Tante«, sagte Tom Hearst ernst zu Isobel, »darf ich dir empfehlen, mit George und mir zu fahren – und mit Miss Austen, wenn sie möchte – und die Scargrave-Kutsche stehenzulassen?«

»Aber Percy hat die Pferde herausgeholt, Tom«, protestierte Isobel und deutete auf den Kutscher von Scargrave.

Der Lieutenant schien zu zögern und warf einen Blick auf Fitzroy Payne.

»Ich glaube, mein Vetter fürchtet um Ihre Sicherheit, Countess«, sagte der Gentleman leise. »Die Stimmung der Stadtbewohner hat sich nach der Veröffentlichung des letzten Briefs der Zofe und nach ihrem Tod erheblich verschlechtert.«

Isobels wunderschöne Augen verdüsterten sich, als sie den Earl fragend ansah. »Teilst du Toms Befürchtungen, Fitzroy?«

»Ich fürchte, Isobel, daß viele die Gelegenheit nutzen werden, die unser öffentliches Auftreten ihnen bietet. Mein verstorbener Onkel war weder so großzügig in seinen Zahlungen noch so fürsorglich in der Behandlung seiner Mieter, als daß er ihren Dank und ihre Zuneigung hätte erringen können. Als sein Erbe habe ich auch den Groll übernommen, den sie gegen ihn hegten.«

»Es hieß, daß die Kutsche mit Steinen beworfen werden solle«, erzählte Lieutenant Hearst. »Die Zofe war unter den männlichen Gästen des Cock and Bull sehr beliebt. Tatsächlich war es Sir William, der dazu geraten hat, jede Kutsche mit dem Scargrave-Wappen im Kutscherhaus stehenzulassen. Unsere Kutsche ist, wie du weißt, schlicht und schwarz und dürfte auf keinen Fall die gleiche Aufmerksamkeit erregen wie Percy und seine vier Grauschimmel.«

»Na schön«, sagte Isobel mit halb erstickter Stimme. »Dann werde ich mich dieses eine Mal ebenfalls verstecken und mich an der Täuschung beteiligen, obgleich mir beides grundsätzlich fremd ist. Und sobald die Untersuchung abgeschlossen ist, werde ich nach London reisen und diesen schrecklichen Ort hinter mir lassen.«

Und so nahmen wir in der Kutsche der Hearsts Platz, während die Delahoussayes und Lord Scargrave in Sir Williams Kutsche einstiegen. Und da sich eine beachtliche Menschenmenge vor der Tür des Gastwirts versammelt hatte, fuhren wir vor dem Hintereingang vor und betraten das Gebäude unbehelligt.

* * *

Der Coroner, Mr. Bott, hatte seine Jury im größten Raum Platz nehmen lassen, über den der Cock and Bull verfügte. Es war der große Gastraum mit seinem Geruch nach Räucherschinken, die von den Deckenbalken herabhingen, und verschüttetem Bier. Der Fußboden war für diesen Anlaß geschrubbt worden, und bis auf einen waren alle Tische in einen Nebenraum geschoben worden. Hinter dem letzten Tisch saßen die zwölf Männer – kleine Bauern in ihrem Sonntagsstaat, die Isobel nicht in die Augen schauen konnten, als sie am Arm von Lieutenant Hearst den Raum betrat. Hinzu kamen der Inhaber der Gastwirtschaft, dessen massiger Hals in einem Kragen steckte, der einige Nummern zu klein war, der Apotheker des Ortes, Mr. Smollet, mit seinem roten Gesicht und ernstem Ausdruck, und Squire Fulsome aus Long Farm, prächtig ausstaffiert mit einer roten Seidenweste – ein Weihnachtsgeschenk von seiner kleinen Judy –, den Bott zum Obmann ernannt hatte.

Vor dieser buntgewürfelten Versammlung standen mehrere Stuhlreihen, die zum größten Teil mit Dorfbewohnern besetzt waren. Als wir kurz vor ein Uhr, dem festgesetzten Termin, hereinkamen, war nur die für die Scargrave-Familie reservierte Reihe noch frei, und ich spürte, wie ich vor Angst zu zittern begann, als die Köpfe zu uns herumfuhren und wir haßerfüllt gemustert wurden. Wir waren kaum zwei Schritte weit gekommen, als eine sehr fette Frau mit lückenhaften Zähnen aufsprang. Auf dem Kopf hatte sie einen furchtbaren Hut mit türkisfarbenen und roten Rosen. Sie deutete mit ausgestrecktem Arm auf die Countess.

»Da ist sie!« kreischte sie, wobei ihre knotigen roten Finger zuckten. »Die Metze und Intrigantin von Scargrave! Die Frau hat Blut an den Fingern! Die Mörderin und Hure, die der Earl aufgenommen hat und die ihn getötet hat! Die arme Margie mußte sterben, weil sie es gewußt und erzählt hat, aber sie hat nicht umsonst gelebt! Möge Gottes Rache dieses raffinierte Weibsstück vernichten!«

Isobel erstarrte. Ihre großen Augen blickten verwirrt, und sie faßte sich an den Hals – stets ihre erste Geste, wenn sie erschrak oder Angst hatte. Während die Frau weiterhin ihre Haßtirade herausschrie, begann meine Freundin zu schwanken, und ich erkannte, daß sie jeden Augenblick in Ohnmacht fallen würde. Fitzroy Payne stürzte sich mit ungewohnter Entschlossenheit in die Menge, wollte die alte Vettel aus dem Saal drängen, aber er wurde im letzten Moment durch Tom Hearst daran gehindert.

»Laß Lizzy Scratch in Ruhe, Fitzroy«, warnte der Lieutenant. »Sie ist eine Zeugin Sir Williams und muß hierbleiben.«

Sir William redete eindringlich auf die Frau ein, die sich unter seinen Worten zu ducken schien und sich anschließend damit begnügte, in ihren Becher mit seinem dampfenden Inhalt hineinzumurmeln, den sie mit beiden Händen festhielt, die in fingerlosen Handschuhen steckten. Gestützt vom Magistrat setzte Isobel ihren Weg fort und ließ sich auf einem harten Holzstuhl nieder. Ich setzte mich ebenfalls.

Eine Position so weit vorne und von der Versammlung getrennt erzeugte ein seltsames Unbehagen. Man spürte die feindseligen Blicke des gesamten Ortes, die sich einem in den Hinterkopf bohrten, fast körperlich. Aber es ließ sich nicht ändern. Wir waren eingetroffen und mußten unsere zwei Stunden auf dem Richtblock durchhalten.

Kapitel 12

Ein klarer Fall für den Coroner

27. Dezember 1802, Fortsetzung

Zuerst wurde das Beweismaterial zum Tod von Frederick, Lord Scargrave, präsentiert, und der Londoner Arzt, Dr. Philip Pettigrew, nahm neben dem Coroner Platz. Bei Tageslicht sah er noch jünger aus als am Bett des verstorbenen Earls. Er war ein breitschultriger Mann von eher kleiner Statur mit kühlen, grauen Augen hinter einer goldgeränderten Brille. Er legte eine Hand auf die Bibel und wurde vereidigt. Dabei blickte er mit bewundernswertem Gleichmut auf die versammelte Landbevölkerung. Zu meinem Mißfallen bemerkte ich, wie Fanny Delahoussaye ihn freundlich anlächelte, als sein Blick sie zufällig streifte. In dreister Mißachtung der Trauerzeit hatte sie darauf bestanden, einen pfauenblauen Hut mit dazu passenden Federn zu tragen.

Mr. Eliahu Bott hüstelte trocken und griff nach seinem Federkiel. »Sie sind Dr. Philip Pettigrew aus der Sloane Street in London?«

»Das bin ich.«

Danach folgte eine ermüdende Schilderung der Ausbildung des guten Mannes, die für jemanden, der aussah wie zweiunddreißig und sicherlich nicht viel älter war, erstaunlich lang ausfiel. Dann wurde erwähnt, daß er sich auf Magenleiden, Vergiftungen und Krankheiten der Verdauungsorgane spezialisiert hatte, und am Ende kam seine Bekanntschaft mit dem verstorbenen Earl zur Sprache.

»Ich wurde vor etwa drei Jahren zum Lord Scargrave gerufen, um ihn wegen einer Magenverstimmung nach dem Genuß schwerverdaulicher Speisen zu behandeln. Der Earl verbrachte damals die Saison in London. Da die Beschwerden des öfteren auftraten, besuchte ich in den nachfolgenden Monaten mehrmals sein Haus und wurde natürlich auch nach Hertfordshire gerufen, als das Leiden sich verschlimmerte.«

»Ihre Behandlung scheint ihm aber nicht viel geholfen zu haben.« Mr. Bott musterte Dr. Pettigrew eindringlich.

»Selbst der weiseste Rat ist wirkungslos, wenn er nicht beachtet wird«, wehrte Dr. Pettigrew sich. »Der Earl liebte es, üppig zu essen und zu trinken, und pflegte seine Genußsucht nicht einzuschränken.«

»Und wie würden Sie Lord Scargraves Zustand kurz vor seinem Tod am 12. Dezember beschreiben?«

»Er war schwerkrank – so krank, daß jede Hilfe bei meiner Ankunft kurz vor Tagesanbruch zu spät kam. Seine Lordschaft war aufgedunsen und hatte Schwierigkeiten beim Atmen. Zu diesem Zeitpunkt hatte er sich bereits seit Stunden wiederholt übergeben. Dadurch war er derart benommen und geschwächt, daß er nicht mehr aufrecht sitzen oder stehen konnte.«

»Und trotzdem glaubten Sie, daß seine Lordschaft lediglich unter einer Magenverstimmung litt?«

Der Arzt rückte würdevoll seine Brille zurecht. »Ich nahm an, daß Lord Scargrave sozusagen die Quittung für seine ständige Maßlosigkeit erhielt – daß er unter einer akuten Gastritis litt, ausgelöst durch eine ständige Überbelastung der Verdauungsorgane. Daß er nach einem festlichen Ball zu Ehren seiner Braut und nach einer drei Monate währenden Hochzeitsreise aufs Krankenlager geworfen wurde, legte für mich den Schluß nahe, daß meine Diätvorschriften seit einiger Zeit nicht mehr befolgt worden waren. Ich ließ ihn daher zur Ader und hoffte das beste.«

Mr. Botts Federkiel verharrte in der Luft. »Und was war die Folge?«

»Seine Lordschaft verschied eine halbe Stunde nach dem Aderlaß.«

Unter den Zuhörern hinter uns entstand ein erregtes Murmeln.

Der vorwurfsvolle Blick des Coroners wanderte von seinem Zeugen zum Publikum, und er schnaubte ungehalten. »Sie sind entlassen, Dr. Pettigrew.«

Als nächster wurde die Countess selbst aufgerufen. Mit ihrem aus der Mode geratenen Witwenschleier, das rote Haar straff nach hinten gekämmt, sah sie aus wie das Sinnbild der Witwenschaft. In mir erwachte die Hoffnung, daß sogar Mr. Bott Mitleid empfand und ihr mit seinen Fragen nicht allzu heftig zusetzte. Sie wurde vereidigt, nannte ihren Namen und ihren Geburtsort, Barbados, und wurde gefragt, ob ihr die Eßgewohnheiten ihres Mannes bekannt gewesen seien.

»Hat seine Lordschaft während Ihrer Reisen jemals an einem solchen Unwohlsein gelitten?«

»Mehrmals in Paris und auch in Wien«, erwiderte Isobel mit zitternder Stimme.

»Hurerei und Völlerei!« brüllte jemand auf der Galerie.

Mr. Bott schlug mit einem kleinen Holzhammer auf den Tisch. »Ruhe!« Sein Kopf zuckte zur Countess herum. Er glich dabei einem Vogel. »Und wann genau war das, Mylady?«

Isobel dachte nach. »Anfang September und noch einmal Mitte November, denke ich, Sir.«

»Aber es war keine Krankheit, unter welcher der Earl täglich litt.« Mr. Botts Hand glitt zügig über das Papier.

»Ganz sicher nicht während unserer Ehe.«

»Fanden Sie, daß Ihr Mann bei guter Gesundheit war, als sie ihn heirateten, Mylady?«

»Der Earl war in jeder Hinsicht gesund und bei Kräften.« Isobel sprach so leise, daß sie kaum zu verstehen war. »Ich freute mich auf ein langes und erfülltes Leben an seiner Seite.« Ihr Blick wanderte zu Fitzroy Payne in seinem eleganten dunklen Rock. Ich sah, wie er aufmunternd lächelte, und hoffte, daß die Jury nichts von diesem Blickwechsel bemerkt hatte.

»Obgleich der Gentleman« – dabei warf Mr. Bott einen prüfenden Blick auf das Blatt Papier vor seiner Nase – »sechsundzwanzig Jahre älter war als Sie?«

»Sie hat ihn nur wegen seines Geldes geheiratet!« erklang eine andere Stimme hinter mir.

Tom Hearst sprang auf und sah sich ungehalten im Saal um. Zum Glück legte sein Bruder George ihm eine Hand auf den Arm und hielt ihn zurück. Der Lieutenant setzte sich widerstrebend.

»Ruhe!« donnerte Sir William Reynolds zornig. Das Gemurmel erstarb, und der Coroner wandte sich wieder Isobel zu. »Bitte beantworten Sie meine Frage, Mylady.«

Isobel holte tief Luft. Sie starrte auf ihre gefalteten Hände. »Mein Ehemann wirkte trotz seiner Jahre sehr jung. Ich hatte nicht damit gerechnet, daß er so bald sterben würde.«

Mr. Bott schnüffelte und schaute Isobel lauernd an. »Erinnern Sie sich«, sagte er langsam, »was der Earl von Scargrave am Tag seines Todes zu sich genommen hat?«

»Er nahm an dem Mahl anläßlich des Balls teil wie alle anderen Gäste. Gereicht wurden Speisen wie Roastbeef, verschiedene Gemüse, gebratene Gans und Pudding, Gebäck und Austern. Zu trinken gab es heißen Punsch und Wein.« Bei diesen Worten schickte mir meine Freundin einen fragenden Blick. »An mehr kann ich mich nicht erinnern.«

»Und wie viele Gäste hatten Sie an diesem Abend, Mylady?«

»Über hundert aus London und der Umgebung.«

Mr. Bott machte vor der nächsten Frage eine kurze Pause und schaute bedeutungsvoll zur Jury. »Und Sie können beschwören, Mylady, daß alle die gleichen Speisen zu sich nahmen wie der Earl?«

»Das nehme ich an«, erwiderte Isobel. »Ich selbst erhielt meinen Teller aus der Hand meines Mannes, und ich weiß, daß er ihn zusammen mit seinem eigenen gefüllt hatte.«

»Gab es bei Ihrem Ehemann irgendein Anzeichen eines Unwohlseins, während der Ball im Gange war?«

Die Countess zögerte, und Mr. Bott beugte sich erwartungsvoll vor. »Er war stundenlang in bester Verfassung und bei guter Laune«, berichtete Isobel, »klagte aber kurz nach Mitternacht über Übelkeit, nachdem er ein Glas Rotwein auf mein Wohl geleert hatte.« Ihre Stimme versagte, und ich spürte ihre Not. »Wir brachten ihn in sein Zimmer. Und ich verabschiedete unsere Gäste.«

Fanny Delahoussayes Aufmerksamkeit ließ nach wie bei einem Kind während einer langatmigen Predigt in der Kirche. Sie schaute sich neugierig im Saal um, auf der Suche nach einem interessanteren Objekt, bis ihre Mutter sie anstieß und sie an die Würde des Ortes erinnerte.

»Und hat seine Lordschaft um irgend etwas gebeten?« fuhr Mr. Bott fort.

»Ja – um ein Glas Milch und etwas Süßes in der Hoffnung, daß sich danach sein Magen beruhigte.«

Der Coroner bohrte weiter. »Haben Sie ebenfalls davon genossen, Mylady?«

»Das habe ich nicht, Sir.«

»Sonst jemand im Haushalt?«

»Ich glaube nicht, Sir.«

Fitzroy Paynes Stirn war gerunzelt. Tom Hearst flüsterte ihm etwas ins Ohr. Neben ihnen saß Mr. George Hearst. Er war so tief in Gedanken versunken, daß er von den Vorgängen kaum etwas mitbekommen haben dürfte. Er hätte lieber mit Fanny ins Gutshaus zurückkehren sollen, denn keiner der beiden spielte bei der Untersuchung eine Rolle.

Mr. Botts trockene Stimme forderte erneut meine Aufmerksamkeit. »Und wer, Mylady, hat den Teller mit den Süßigkeiten gebracht?«

»Die Milch und der Teller wurden von meiner verstorbenen Zofe, Marguerite, serviert.«

»Hielten Sie sich zu diesem Zeitpunkt noch im Zimmer auf, Mylady?«

»Jawohl, Sir. Ich kümmerte mich um meinen Mann.«

»Und war sonst noch jemand aus dem Haushalt zugegen?«

»Nein. Bis auf die Zofe waren alle zu Bett gegangen.«

»Aha. Also nur die Zofe.« Mr. Bott schaute zur Jury und nickte fast unmerklich. »Und hat Lord Scargrave die Milch und die Süßigkeiten getrunken beziehungsweise verzehrt, Mylady?«

»Ja.«

»Und hat sich sein Zustand gebessert?«

Isobel zögerte und schaute wieder zu mir.

»Besserte sich sein Zustand, Lady Scargrave?«

»Nein«, antwortete Isobel leise. »Nach kurzer Zeit begann er zu würgen und sich zu übergeben, und dann ging es ihm immer schlechter.«

»In welcher Zeitspanne?«

»Innerhalb einer Viertelstunde, vielleicht auch einer halben Stunde. Genau weiß ich es nicht.«

»Und wann ließen Sie Dr. Pettigrew kommen?«

»Zuerst benachrichtigten wir den Dorfarzt. Aber schon nach einer Stunde meinte er, er wisse nicht weiter. Erst dann entschieden wir, Dr. Pettigrew zu rufen.«

»Wie spät war es etwa?«

»Ich schätze halb zwei.« Isobel schwankte auf ihrem Stuhl, erholte sich aber. Doch es war offensichtlich, wie sehr sie unter dieser öffentlichen Zurschaustellung litt.

»Und Dr. Pettigrew hat ausgesagt, er wäre vor dem Morgengrauen eingetroffen.«

»Ich glaube, es war kurz vor fünf Uhr. Ich hatte mittlerweile meine Freundin, Miss Austen, geweckt, die freundlicherweise am Bett meines Mannes Wache hielt.«

Nun richtete der Coroner seinen scharfen Blick auf mich, und ich errötete. Dabei verfluchte ich im Stillen meine verräterischen Wangen.

»Und Ihr Ehemann starb kurz danach?«

Isobel senkte den Blick. »Er war bei Sonnenaufgang tot.«

Unruhe entstand in der Jury. Ich studierte die Gesichter der zwölf Männer und erkannte in ihnen ein tiefes Unbehagen. Hinter mir unterhielten sich die Zuschauer murmelnd.

Mr. Bott sorgte erneut mit dem Hammer für Ruhe. »Ich frage Sie jetzt, Lady Scargrave, ob Sie den Gegenstand erkennen, den ich Ihnen nun zeige.« Er hielt ein Stück feinen Leinens in die Höhe.

»Ich erkenne es.«

»Können Sie den Gegenstand für die Jury benennen?«

Die Augen meiner Freundin flackerten, und sie atmete zitternd ein. »Es ist ein Taschentuch aus Schweizer Leinen, bestickt mit meinen Monogramm. Es ist eins von einem Dutzend gleichartiger Tücher, die ich im vergangenen August zusammen mit meinem Hochzeitskleid in der Bond Street gekauft habe.«

»Vielen Dank, Mylady. Sie dürfen sich wieder hinsetzen.«

Ich erkannte deutlich, was der Mann mit dem verkniffenen Gesicht am langen Tisch beabsichtigte. Er hatte der Jury deutlichgemacht, daß der Earl nichts anderes gegessen hatte als alle anderen, bis auf die Süßigkeiten, und daß er diese allein in Anwesenheit seiner Frau zu sich genommen hatte – und der Zofe, die nun tot war. Weitere Erklärungen waren kaum vonnöten.

Als nächster trat Sir William selbst auf. Er klärte die Jury über den Inhalt der anonymen Briefe auf und wies darauf hin, daß Lady Scargrave persönlich ihn über den ersten Brief informiert hatte – ein Punkt, so dachte ich, der für Isobel sprach. Denn falls sie etwas zu verbergen hatte, hätte sie dann nicht den Brief verbrannt, anstatt den Magistrat zu benachrichtigen? Die Dorfbewohner hinter mir wußten von dem Brief, der an die Tür des Gasthauses genagelt worden war, in dem wir saßen. Aber die Nachricht von zwei weiteren Drohbriefen, die an die Countess gerichtet waren und von ihr geheimgehalten wurden, schlug wie ein Unwetter bei ihnen ein.

Mr. Bott brachte ihre erregten Ausrufe und Bemerkungen mit dem Hammer zum Schweigen. Dann wandte er sich an meinen Freund, den Magistrat. »Im ersten Brief wurde Lady Scargrave mitgeteilt, daß der zweite an Sie geschickt würde, Sir William?«

»So ist es.«

»Und als die Countess Sie an dem Tag nach Scargrave rief, als ihr Mann beerdigt wurde« – wie herrisch und gefühllos dieser schreckliche kleine Mann Isobel erscheinen ließ – »äußerte sie ihre Überzeugung, daß die Zofe die Briefe geschrieben hatte, und bat Sie um Hilfe?«

»Das tat sie.« Sir William suchte meinen Blick und

mußte meinen Unmut über seine Reaktion erkannt haben, denn er starrte verlegen in seinen Schoß.

Und so sah es schließlich dank Mr. Eliahu Bott aus: die Countess war eine raffinierte Intrigantin. Da sie wußte, daß der zweite Brief mit seinen schlimmen Anschuldigungen in Sir Williams Hände gelangen würde, und sich nicht ausrechnen konnte, welche Wirkung er haben würde, hatte Isobel die Verwirrte gespielt und die Zofe als Urheberin genannt. Meine Hoffnungen, daß überhaupt irgendeine der Handlungen meiner Freundin zu ihren Gunsten sprach, verflüchtigte sich schlagartig, und ich begann, mir Sorgen um ihre Zukunft zu machen.

Zum erstenmal schien auch Fanny Delahoussaye zu begreifen, welches Drama sich vor ihren Augen abspielte. Sie hatte sich zu ihrer Mutter hinübergelehnt und stellte ihr flüsternd eine Reihe von Fragen. Das Gesicht ihrer Mutter war ernst, und ihre schwarzen Augen funkelten. In Fitzroy Payne tobte ein innerer Aufruhr. Er hatte die Arme vor der Brust verschränkt, sein Gesicht war verzerrt, und er sah aus wie der Satan persönlich. Ich konnte mir denken, daß er den Coroner am liebsten wer weiß wohin gejagt hätte, und hoffte, daß er diesem Impuls widerstand.

Der nächste Zeuge löste im Gastraum allgemeines Erstaunen aus, da er den Anwesenden völlig fremd war. Er wurde als Dr. Percival Grant vorgestellt, und nachdem er vereidigt worden war, wandte er der Versammlung ein freundliches, rundliches Gesicht zu, als sei er zu einem gemütlichen Picknick eingeladen worden.

»Dr. Grant, welcher Universität gehören Sie an?«

»Ich lehre in Cambridge, verehrter Sir, und gehöre zum Christ Church Haus.«

»Und was ist Ihr Fachgebiet?«

»Die Botanik, Sir, mit besonderem Schwerpunkt auf den tropischen Pflanzen Südamerikas und Afrikas.«

Eine allgemeine Verwirrung brach nach dieser Antwort aus, und man rätselte über den Grund für die Vorladung des Mannes.

Mr. Bott faltete ein Stück Leinentuch auseinander. »Können Sie uns den Namen der Früchte nennen, die ich Ihnen hier zeige, Dr. Grant?«

Der freundliche Gentleman beugte sich vor. »Es sind die Nüsse des Barbadosbaums, der auf den Westindischen Inseln und in einigen Teilen Südamerikas und Afrikas vorkommt.«

»Und haben Sie diese Nüsse früher schon einmal gesehen?«

»Ich nehme an, es sind die gleichen, die Sir William Reynolds mir zur Analyse überlassen hat.«

Erneut wurde Gemurmel laut, als das Publikum erkannte, in welche Richtung Mr. Botts Fragen zielten.

»Und nachdem Sie sie untersucht hatten, zu welchem Schluß gelangten Sie?« fragte der Coroner und schien ihn mit seinem Federkiel aufspießen zu wollen.

»Daß es sich in der Tat um Barbadosnüsse handelte.«

»Und welche Wirkung haben Barbadosnüsse auf den menschlichen Organismus, Dr. Grant?«

Der Gelehrte lächelte fröhlich in die Runde. »Sie sind sehr giftig, bester Sir. Auch in geringen Mengen genossen, führen sie innerhalb kürzester Zeit den Tod herbei.«

Die Unruhe hinter mir wurde immer heftiger, so daß meine Wangen vor Verlegenheit brannten. Isobel stieß neben mir einen verzweifelten Seufzer aus. Fitzroy Payne griff nach ihrem Ellbogen, aber sie wich ihm aus und suchte Zuflucht an meiner Schulter.

Mr. Botts Blicke ruhten auf der Countess, während

er seine nächste Frage stellte. »Kommt die Barbadosnuß auf der Insel Barbados vor, Dr. Grant?«

Der Professor lachte, als ob der Coroner einen Scherz gemacht hätte. »Wer könnte das bei ihrem Namen bezweifeln, guter Mann?«

Danach durfte er sich setzen, und Sir William wurde noch einmal aufgerufen.

»Können Sie der Jury erklären, wie Sie in den Besitz dieser Barbadosnüsse gelangt sind?«

Sir William wandte sich den zwölf Männern zu, deren Gesichter immer düsterer wurden. »Ich fand sie bei den persönlichen Gegenständen eines Mitglieds des Scargrave-Haushalts.«

»Und wie kamen Sie überhaupt dazu, die Habe eines Mitglieds des Hauses zu durchsuchen?«

»Ich wurde im dritten und letzten Brief, der von der Zofe Marguerite geschrieben wurde, dazu aufgefordert. Er trug ihre Unterschrift und war an die Tür dieses Gasthauses geheftet worden«, antwortete Sir William sachlich. »Da der Brief am gleichen Tag auftauchte, an dem ihre Leiche gefunden wurde, hielt ich es für ratsam, alle Spuren ordentlich zu verfolgen.«

Eliahu Botts kleine Augen funkelten lebhaft. »Und wo genau befanden sich die Nüsse, Sir William?«

»Sie waren in ein Samttuch eingewickelt und lagen in dem Gewehrschrank, der Fitzroy, Lord Scargrave, gehört.«

Mr. Bott mußte nun den Hammer benutzen und hatte einige Sekunden lang Schwierigkeiten, die Ordnung im Saal wiederherzustellen. Isobel lehnte sich kraftlos gegen mich. Tom Hearst war wieder aufgesprungen und brüllte etwas, das im allgemeinen Lärm unterging. Schließlich sprang der Coroner von seinem Stuhl auf und gebot mit energischer Stimme Ruhe. Der achte Earl von Scargrave bewahrte die ganze Zeit hindurch eine bemerkenswerte Fassung. Allerdings konnte ich mir denken, welch innerer Aufruhr in ihm toben mußte.

Mr. Bott war noch nicht fertig. »Und was taten Sie dann, Sir William?«

»Ich ordnete die Exhumierung des verstorbenen Earls an.«

Das war für die Jury und die Dorfbewohner keine Neuigkeit. Sie hatten den gespenstischen Vorgang auf dem Friedhof von Scargrave Close ein paar Tage zuvor beobachten können und sicherlich beim Bier lebhaft darüber diskutiert. Der Coroner entließ Sir William und rief erneut Dr. Pettigrew auf.

»Und nun, Sir«, sagte Mr. Bott und befeuchtete mit der Zungenspitze seine trockenen Lippen, »würden Sie uns bitte mitteilen, was Ihre weiteren Untersuchungen des Verstorbenen ergaben?«

»Ich entnahm der Leiche den Magen und untersuchte seinen Inhalt«, berichtete Dr. Pettigrew, ohne auf den Entsetzensschrei Fanny Delahoussayes zu reagieren.

»Und was fanden Sie im Magen?«

»Eindeutige Hinweise darauf, daß der Earl eine größere Menge Barbadosnüsse verzehrt hatte«, antwortete der Arzt leidenschaftslos.

»Und rufen die Nüsse die gleiche Wirkung hervor, wie Sie sie beim Tod des Earls beobachtet haben?«

»Ich bin jetzt geneigt festzustellen, daß das gesamte Unwohlsein seiner Lordschaft durch diese giftigen Früchte hervorgerufen wurde.«

* * *

Mr. Bott genehmigte uns widerstrebend eine Pause, ehe die Jury über den Fall der armen Zofe beriet. Sir William führte die Scargraves in ein kleines Hinterzimmer, wo sie sich für einige Zeit vor dem Zorn und den Beschimpfungen der Dorfbewohner zurückziehen konnten. Seinem Auftreten fehlte die sonst so vertraute Wärme, und ich konnte die Zweifel meines Freundes durchaus nachvollziehen.

Fanny Delahoussaye erklärte, sie fiele gleich in Ohnmacht, und Madame beugte sich mit einem Fläschchen Riechsalz über sie und verkündete, ihre Tochter sei nicht in der Lage, sich noch länger im Gasthaus aufzuhalten. Mir war klar, daß Fanny sich lediglich hervortun wollte, aber ihr Hauptziel, Lieutenant Hearst, schien sie überhaupt nicht zu beachten, sondern stand mit einem Ausdruck völliger Niedergeschlagenheit am einzigen Fenster des Raums. Das Drama fand erst dann sein Ende, als Sir William um seine Kutsche bat, mit der die Delahoussayes hergekommen waren. Danach wurde eine kleinlaute Fanny in Gesellschaft ihrer armen, wachsamen Mutter nach Hause gebracht. Daß erstere gehofft hatte, vom Lieutenant begleitet zu werden, und ihre augenblickliche mißliche Situation bedauerte, las ich in ihren verdrießlichen Blicken.

Isobel saß mit geschlossenen Augen und totenbleichem Gesicht auf einem Stuhl in der Ecke, sagte nichts und rührte sich fast gar nicht. Fitzroy stand stumm neben ihr, seine gequälten Gedanken zeichneten sich deutlich auf seinem Gesicht ab. Mr. George Hearst rang sich dazu durch, ein wenig Wein für Isobel zu holen, der seine kräftigende Wirkung bei ihr entfaltete. Aber die Leiden meiner teuren Freundin waren noch nicht zu Ende und sollten sich sogar im weiteren Verlauf des Tages noch verschlimmern. Ich konnte voraussehen, was geschehen würde, und nachdem die Weingläser geleert worden waren, kehrten wir wieder auf unsere Plätze zurück.

* * *

Zu meiner Überraschung trat zunächst Lizzy Scratch auf und wurde vereidigt.

Sie war eine grobe, schwere Frau in einem abgetragenen Wollkleid, das früher einmal rosafarben gewesen sein mochte, nun jedoch aufgrund von Schmutz und Alter kastanienbraun war. Schwarze Handschuhe verhüllten nur unzureichend ihre von Frostbeulen übersäten Finger, und an den Füßen trug sie die derben Schuhe eines Feldarbeiters. Wahrscheinlich waren es die Schuhe ihres verstorbenen Mannes, denn wir erfuhren bald, daß sie Witwe war. Von Zeit zu Zeit griff sie nach oben, um ihren lächerlich aussehenden Strohhut zurechtzurücken. Es war ein Ungetüm aus Rüben- und Kohlblättern sowie einem Hahnenkamm, soweit ich es beurteilen konnte. Sie baute sich in ihrer ganzen Pracht vor den Dorfleuten auf, wußte sie doch, wie wichtig sie war, weil sie etwas zu erzählen hatte.

»Sie wohnen im Dorf?« Mr. Botts Stimme hatte einiges von der Wärme verloren, mit der er mit dem Magistrat gesprochen hatte.

»Das will ich meinen«, erwiderte Lizzy Scratch ein wenig undeutlich, da sie während der Verhandlung einiges an warmem Gin konsumiert hatte.

»Und welches Gewerbe betreiben Sie?«

»Ich bin Wäscherin. Gelernt habe ich es von meiner guten Mutter und habe wieder damit angefangen, als mein armer Joe starb.«

»Und kannten Sie die Zofe, Marguerite Dumas?«

»Ich hab' zweimal pro Woche die Wäsche ihrer Lady gemacht«, antwortete Lizzy Scratch und starrte Isobel haßerfüllt an, »und was für schändliche Unterwäsche die Lady getragen hat, will ich gar nicht erst erzählen. Dabei konnte sich der Magen jeder anständigen Frau umdrehen.«

»Das reicht jetzt, Mrs. Scratch«, sagte der Coroner.

»Bitte beschränken Sie sich nur auf die Beantwortung der gestellten Fragen. Waren Sie mit der Zofe auf irgendeine Weise befreundet?«

»Nun, ich wußte, daß Margie nicht glücklich war, aber das wußten auch alle anderen. Sie kam schließlich aus einem fremden Land und haßte die Kälte und schämte sich wegen der Dinge, die ihre Lady mit dem Viscount trieb und die ...«

Ein schockiertes Murmeln wanderte durch die Zuschauerreihen, und Fitzroy Payne, der rechts neben mir saß, barg den Kopf in den Händen.

»Mrs. Scratch, ich muß darauf bestehen«, sagte Mr. Bott, während er den Earl scharf beobachtete, »daß Sie sich strikt an die Beantwortung der Frage halten.«

»Wir waren gute Freundinnen«, sagte die Wäscherin trotzig.

»Obgleich das Mädchen nicht einmal einen Monat hier gelebt hat?«

»Margie hatte ein freundliches Wesen und unterhielt sich gerne. Ich konnte nichts Schlechtes an ihr entdecken.«

»Und wann haben Sie Marguerite Dumas zum letztenmal gesehen?«

»Sie kam zu mir am Tag, nachdem der alte Earl gestorben war, und bat mich um etwas zu essen und um Unterschlupf vor der Kälte. Sie sagte, sie könne unmöglich in einem Haus bleiben, in dem ein Mord begangen worden war, und daß sie verschwinden würde, sobald sie ihre Geschichte der Justiz erzählt hätte.«

Ein Tumult brach im Saal aus, und Lizzy Scratch grinste zufrieden und nickte ihren Nachbarn und den anderen Dorfbewohnern stolz zu.

»Das ist die Wahrheit, bei Gott, und deshalb mußte das arme Ding sterben«, fügte sie hinzu.

»Mrs. Scratch«, sagte Mr. Bott drohend, »wenn Sie

Ihre Zunge nicht im Zaum halten können, lasse ich Sie aus dem Saal weisen.« Er nahm seine Brille ab und putzte sie mit seinem Taschentuch. »Wie lange blieb Marguerite Dumas bei Ihnen?«

»Bis zu dem Tag, als ihre Leiche im Heuschober auf Scargrave gefunden wurde«, erklärte die Wäscherin und tupfte sich die Augen mit einem fingerlosen Handschuh ab.

»Können Sie sich erinnern, wann sie an diesem Tag Ihr Haus verlassen hat?«

»Natürlich weiß ich das. Gleich nach dem Melken, das sie erledigt hatte. Margie kam rein, nahm sich was zu essen und meinte, sie träfe sich mit einem Mann und käme erst gegen Abend wieder zurück.«

»Mit einem Mann?«

»Jemand, mit dem sie ein Verhältnis hatte.«

»Wissen Sie, wer es war?«

»Nein. Margie konnte auch ziemlich verschwiegen sein.« Das sagte Mrs. Scratch mit zufriedener Miene.

»Hat dieser Mann sich Ihres Wissens irgendwann mit ihr in Verbindung gesetzt?«

Lizzy Scratch zuckte die Achseln. »Er hat sich wahrscheinlich mit ihr hier im Cock and Bull getroffen, wo ich ihn nicht sehen konnte. Woher sollte sie sonst die Zettel gehabt haben, die sie immer in ihrem Mieder versteckte? Ich sagte mal zu ihr, das seien wohl Liebesbriefe, und sie hat nur gelacht.«

Danach war der glorreiche Auftritt der Mrs. Scratch beendet, und sie durfte wieder zum gemeinen Volk zurückkehren, aber sie segelte wie Nelsons Flaggschiff zu ihrem Platz, sich ihrer erhabenen Stellung durchaus bewußt. Isobel, die neben mir saß, hatte die Augen geschlossen, und die blauen Adern auf ihren Lidern pulsierten fieberhaft. Ich ergriff ihre Hand und drückte sie. Die drei Gentlemen der Scargrave-Gruppe starrten mit steinernen Mienen vor sich hin. Ich staunte, daß auch die Hearst-Brüder soviel Würde an den Tag legen konnten.

Danach war es an mir, aufgerufen zu werden und den Eid auf die Bibel zu leisten. Ich erzählte so ruhig und gelassen wie möglich, wie ich zuerst das Taschentuch gefunden, dann die Fußabdrücke entdeckt hatte und schließlich auf die Leiche gestoßen war. Ich sagte aus, es sei halb zehn Uhr morgens und das Blut noch ziemlich frisch gewesen. Auf die mit schärferer Stimme diesbezüglich vorgetragene Frage Mr. Botts erklärte ich, weshalb ich das Mieder der Toten untersucht hatte, wobei mein Gesicht sich vor Verlegenheit rötete. Schließlich durfte ich wieder gehen.

Sir William versicherte, daß die Zofe im Schuppen getötet und zweifellos durch die bei ihr gefundene Nachricht dorthin bestellt worden war. Und daß Fitzroy Payne die Nachricht geschrieben hatte. Auch diesmal reagierte das Publikum erregt wie eine Meute Jagdhunde, die vom Blut einer Fuchsfährte in Raserei versetzt wird.

Zum Schluß wurde Fitzroy Payne befragt. Er erklärte, er habe gegen acht Uhr an jenem Tag einen Ausritt unternommen, sei dabei durch den Park gestreift und hätte sich mit niemandem getroffen. Gegen elf Uhr sei er wieder bei den Ställen gewesen und hätte dann erst vom Tod der Zofe erfahren. Die Frage, ob er Marguerite jemals einen Brief geschrieben hätte, verneinte der Earl mit Nachdruck und fügte hinzu, daß ein gemeiner Fälscher und Betrüger sein Spiel mit uns treibe.

Danach räusperte Mr. Bott sich und drehte sich zu dem Dutzend Männer der Jury um. »Sehr geehrte Sirs«, sagte der Coroner, »damit ist der Beweisvortrag beendet, über dessen Bewertung Sie jetzt entscheiden müssen. Eine schwere Aufgabe liegt vor Ihnen. Wenn

Sie der Überzeugung sind, daß der Earl an Dyspepsie gestorben ist, müssen Sie auf Tod durch natürliche Ursache entscheiden. Wenn Sie sich mit dem Tod der Zofe beschäftigen und sich nicht sicher sind, ob es ein Mord war, und wenn ja, nicht wissen, wer ihn verübt hat, dann müssen Sie sich für einen Unglücksfall mit tödlichem Ausgang entscheiden.«

Mr. Bott hielt inne und musterte die versammelten Dorfbewohner mit ernstem Blick. »Wenn Sie jedoch glauben, daß der Earl ermordet wurde und sich sicher sind, den Täter nennen zu können, dann müssen Sie die betreffende Person des vorsätzlichen Mordes beschuldigen. Das gleiche gilt auch für die verstorbene Zofe. Ziehen Sie sich jetzt zurück, und beraten Sie ausführlich und nüchtern. Gott schütze Sie.«

Die Jury verließ den Saal, wobei ihre Mitglieder es vermieden, einen Angehörigen des Scargrave-Haushalts direkt in die Augen zu blicken. Schon nach kurzer Zeit kehrten sie zurück. Ihre Entscheidung lautete im Fall des Earls auf vorsätzlichen Mord, begangen von Isobel, und im Fall Marguerites auf vorsätzlichen Mord, begangen von Fitzroy Payne.

* * *

Und so herrscht im großen Haus heute abend eine bedrückte Stille. Mehrere kräftige Männer halten vor den Türen des Gutshauses Wache, falls es der Countess oder dem Earl in den Sinn kommen sollte zu fliehen. Sir William hat verfügt, daß sie in dieser Nacht unter Hausarrest stehen, bis morgen das Schwurgericht zu einer Sondersitzung zusammentritt. Anschließend werden sie nach London gebracht, wo über sie vor einem Adelsgericht verhandelt werden soll. Der Prozeß wird vor dem Oberhaus stattfinden, ein seltenes Ereignis in den Annalen der englischen Kriminalgeschichte.

Der Haushalt und ich sollen ihnen folgen und uns im Stadthaus des Earls einrichten. Selbst wenn ich jetzt nach Bath zurückkehren wollte, verbietet dies meine Pflicht als Freundin, denn Isobel würde es nicht ertragen, wenn ich sie in dieser ihrer schlimmsten Stunde verlassen würde. Statt dessen hat sie mir eine Aufgabe übertragen, von der ich kaum weiß, wie ich sie lösen soll.

»Finde die Wahrheit heraus, liebste Jane«, bestürmte sie mich. Ihre braunen Augen waren ohne Tränen, und ihre Haltung war ungebeugt, als sie sich darauf vorbereitete, in ihren Räumen eingeschlossen zu werden. »Ich habe nicht mehr die Macht, dies zu tun. Gott ist mein Zeuge, daß ich am Tod meines Mannes unschuldig bin. Sir William läßt sich nicht beeinflussen, und die Leute aus dem Dorf folgen seinem Urteil. Aber deine Scharfsicht und dein Verständnis sind nun meine einzige Hoffnung. Laß mich nicht im Stich, Jane!«

Kapitel 13

Ein unerwarteter Besucher

28. Dezember 1802

Ich erwachte an diesem Morgen davon, daß das Hausmädchen im oberen Stockwerk den Kamin anzündete. Es war ein angenehmes Geräusch und erinnerte mich an die Wintermorgen meiner Kindheit, als einen die Gewißheit eines guten Frühstücks vor einem lodernden Kamin im Parterre erwartete und der Morgen lediglich mit einer Unterrichtsstunde ausgefüllt war. Ich sehnte mich nach Cassandra und unseren Gesprächen im Morgenmantel – und nach Steventon, dem Zuhause meiner Jugend, das ich seit achtzehn Monaten nicht mehr gesehen habe. Obgleich Hampshire häufig wegen seiner häßlichen Kreidefelsen und seines eintönigen Ackerlandes gescholten wird, kann ich mir nicht vorstellen, daß die Felsen in Derbyshire schöner sind, noch daß die Gärten von Hertfordshire einen größeren Reiz auf mich ausüben. Es war zum Teil Heimweh, das mich über eine Ehe mit Harris Bigg-Wither nachdenken ließ – denn eine Verbindung mit seinem beträchtlichen Vermögen und den Gütern in Hampshire hätte mich in die Gegend zurückkehren lassen, die ich so innig liebte.

Ich verkroch mich noch tiefer in den Federn, während die Magd den Zunder anfachte. Mein Körper mochte an diesem Morgen in Scargrave weilen, aber mein Geist war zu Hause. Als mein Vater mit unserer Familie vor nunmehr achtzehn Monaten nach Bath umzog, traten für mich die Vorzüge von Steventon nur noch deutlicher zutage.*

Bath selbst finde ich grauenvoll, auch wenn es irgendwie fasziniert – wie es stets dann der Fall ist, wenn ich einer bestimmten Art von Gesellschaft überdrüssig bin. Ständig die gleichen Leute im Pump Room, auch wenn ab und an neue Gesichter auftauchen, ist nahezu unerträglich; ebenso wie deren Oberflächlichkeit. Sie halten sich allein deshalb dort auf, um unterhalten zu werden, und empfinden es als Zumutung, sich selbst um eine Unterhaltung zu bemühen. Für nichts in der Welt hätte ich mir ein Vergnügungszentrum als ständigen Wohnort ausgesucht.

Hinzu kommt, daß die Sanitäreinrichtungen im Haus am Sydney Place unzumutbar sind.

Ich frage mich, wie mein Vater eine solche Stadt als Wohnort für seinen Lebensabend hatte aussuchen können. Ich sehne mich mehr denn je nach meinem Zimmer im oberen Stockwerk des Pfarrhauses und an die Gesellschaft von Madam Lefroy, meiner liebsten Anne. Mir vorzustellen, daß Bruder James und seine arme Mary nun all das besitzen, was mir lieb und teuer ist, stellt eine weitere Quelle des Mißbehagens für mich dar. Weder können sie seine Vorzüge genauso hoch einschätzen wie ich, noch können sie sich seines schlichten Komforts erfreuen. Sie existieren eigentlich nur, um alles und jeden zu kritisieren. Aber ich sollte vorsichtig sein, auch ich habe schon immer sehr gerne Kritik geübt und muß zugeben, daß es sich offenbar um einen typischen Charakterzug unserer Familie handelt.

Ich stützte mich auf einen Ellenbogen und blickte

* Im Jahr 1801 verkaufte George Austen seine Steventon-Pfründe, das Pfarrhaus und die meisten Einrichtungsgegenstände, seinem Sohn James, der wie er ein Geistlicher war, und zog mit seiner Frau und seinen Töchtern nach Bath. – *Die Herausgeberin*

durch den Spalt des Bettvorhangs. »Martha«, sagte ich zu der Magd, die vor dem Kamin hockte, »ist schon irgend jemand aufgestanden?«

»Das weiß ich nicht, Miss«, antwortete sie, richtete sich halb auf und strich eine schwarze Haarsträhne zurück, »ich hab nur diese Kerle an den Türen gesehen. Sie haben mir den Zunder abgenommen und mich wieder weggeschickt, als könnte ich dem Earl mit einem bißchen Glut helfen.«

»Es sieht ziemlich übel aus«, sagte ich.

»Das stimmt wohl, Miss, und nur wegen Lizzy Scratch und ihrem Geschwätz. Diese Margie war ganz schön schlimm, und es war nur eine Frage der Zeit, daß ihr Freund ihr etwas antat. Jedenfalls haben das Mr. Cobblestone und Mrs. Hodges schon immer prophezeit.«

»Kannten Sie Marguerite gut?« erkundigte ich mich neugierig.

»Dazu hatte ich keine Zeit. Sie war ja nur ein oder zwei Wochen hier, ehe sie das Haus verließ.« Martha stand auf und wischte sich die Hände ab. »So, das Feuer brennt. Bleiben Sie noch im Bett, Miss, bis es richtig warm ist. Ich hole schon mal den Tee.«

Als sie das Zimmer verlassen hatte, ließ ich mich zurücksinken und dachte darüber nach, was Lizzy Scratch am Vortag von sich gegeben hatte. Marguerites unbekannter Freund konnte auch ihr Mörder gewesen sein. Sir William Reynolds schien das zu glauben und ihn bereits im derzeitigen Earl gefunden zu haben. Das Fitzroy Payne wohl kaum mit der Countess und ihrer Zofe gleichzeitig ein Verhältnis haben konnte – zumal ich auch noch von seiner Geliebten in der Stadt wußte –, schien Sir William kein Kopfzerbrechen zu bereiten. Vielleicht wußte er über Gentlemen und ihre Gewohnheiten besser Bescheid als ich.

Genauso war es möglich, daß Marguerites Liebhaber überhaupt nichts mit den Vorgängen im Gutshaus zu tun hatte und daß nur die Angst vor dem Gesetz den Mann davon abhielt, sich zu melden.

»Martha«, sagte ich, als die Magd mit dem Teetablett zurückkam, »wußten Mrs. Hodges oder Cobblestone, wer Marguerites junger Freund war? Ich wundere mich, daß er sich bei der Untersuchung nicht gemeldet hat.«

»Dieser Mann«, sagte Martha und meinte den Coroner Mr. Bott, »hat so getan, als hätte der neue Earl, Lord Payne, meine ich, etwas mit Margie gehabt. Ha! Lord Payne – Lord Scargrave, meine ich – ist so stolz, daß wir Bedienstete für ihn nur Luft sind. Er hat mich schon wer weiß wie oft Kate oder Daisy genannt.«

»Vielleicht hatte Marguerite gar keinen Freund.«

»Oh doch, sie hatte einen«, erklärte Martha mit Nachdruck. »Dauernd hat sie erzählt, wie toll er aussähe, und daß er ihr ständig teure Geschenke machte, wenn sie sich trafen.« Sie setzte das Tablett vor dem Kamin ab und füllte eine Tasse.

»Dann hatte die Affäre schon länger gedauert«, sagte ich. »Ich hatte angenommen, sie hätte ihren Freund erst hier auf Scargrave kennengelernt.«

»Oh Gott, nein! Sie redete dauernd davon, daß sie nicht mehr als Zofe zu arbeiten brauchte, wenn ihr Schiff einträfe, und daß wir sie dann mit *Miss* Marguerite anreden müßten.« Martha reckte die Nase in die Luft und zuckte mit den Schultern, indem sie Marguerites hochmütiges Auftreten imitierte. »Sie zeigte uns ein goldenes Medaillon, das sie von ihm erhalten hatte. Sie trug es immer unter ihrem Kleid. Sie dachte, er werde sie heiraten – und wehe wenn nicht.«

Ich schlug die Decke zurück und schlüpfte in meinen Morgenmantel. Dabei betrachtete ich hungrig Marthas Tablett. »Vielleicht war es jemand aus ihrem Heimatdorf, mit dem sie ständigen Briefkontakt hatte.«

Martha schüttelte zweifelnd den Kopf. »Ich glaube nicht, daß es ein Fremder war, Miss, aber genaues weiß ich nicht.«

»Möglich, daß sie sich während ihrer Zeit in London mit jemandem angefreundet hat.«

»Ich erinnere mich, Miss, daß sie mal sagte, er sei mit ihr abends in Covent Garden ausgegangen.«

Ich trank einen Schluck Tee und betrachtete die Magd über den Tassenrand hinweg. »Ich frage mich, ob ihre Herrin, die Countess, irgend etwas davon wußte. Die ganze Sache ist ziemlich seltsam, Martha. Genauso seltsam wie Marguerites angebliche Freundschaft mit Lizzy Scratch.«

»Die alte Lizzy spielte sich auf wie noch nie«, stellte Martha ungehalten fest. »Wenn sie mit dem Mädchen befreundet war, dann bin ich ihre verwitwete Tante. Jeder weiß doch, daß sie Margie 'ne Menge Geld abgenommen hat, als sie ihr Logis gewährte. Diese Lizzy ist alles andere als die Güte in Person.«

* * *

Das Frühstück nahm ich gemeinsam mit Fanny Delahoussaye ein, die an diesem Morgen ein taubengraues Kleid mit Spitzenkragen trug, das weniger aus Rücksicht auf die Trauerzeit, als auf Grund des reizenden Kontrastes zu ihren blonden Locken und blauen Augen ausgewählt worden war. Im Vergleich dazu wirkte mein braunes Musselinkleid so unattraktiv wie nasser Lehm und vermittelte mir das Gefühl, mindestens genauso träge und schwer zu sein. Ich suchte Zuflucht im Schweigen und bei Mrs. Hodges köstlicher heißer Schokolade, aber Miss Delahoussaye hatte mit Ruhe und Frieden wenig im Sinn. Daher mußte ich ein frühmorgendliches *tête-à-tête* über mich ergehen lassen. Denn Fanny war schon früh auf den Beinen und redete nur von ihrer Rückkehr nach London.

»Denn«, erklärte sie und spielte mit einem goldenen Armband, »ich kann die Langeweile des Landlebens nicht mehr ertragen. Man bewegt sich doch in reichlich beschränkten Kreisen. Wenn ich einmal verheiratet bin, werde ich so wenig Zeit wie möglich auf den ländlichen Besitzungen meines Mannes verbringen.«

»Dann sollte man Ihnen einen Ehemann wünschen, der so etwas nicht hat«, erwiderte ich vielleicht etwas spitzer, als ich beabsichtigt hatte.

»Was denken Sie denn, Miss Austen!« rief Fanny. »Was ist denn schon ein Mann ohne eigenen Besitz? Ein ziemlich armseliger Gentleman, würde ich meinen.«

»Vielleicht – aber häufig ist er ein Soldat, wissen Sie? Denn während dies der Beruf ist, der Ihnen von allen am besten gefällt, ist er meistens den *zweiten Söhnen* vorbehalten.«

»Ach, Unsinn«, sagte Miss Fanny und lachte. »Woraus besteht denn das Landleben außer der Jagd, Billardspielen und der Ungehobeltheit seiner ländlichen Nachbarn? Ein Wohnsitz in der Stadt, wie ihn ein Offizier mit gutem Einkommen durchaus vorweisen kann, ist dem bei weitem vorzuziehen. Ich freue mich schon auf die Park Lane und die Läden in der Bond Street und das Theater und auf hundert weitere Vergnügungen, selbst wenn in London nicht allzuviel Betrieb ist – zumindest bis Ostern.«

Meine Geduld mit solchem Geschwätz war schnell erschöpft. »Ich denke, wir dürften in London mit anderen, traurigeren Angelegenheiten beschäftigt sein«, sagte ich steif, »die uns wohl kaum Zeit für Zerstreuungen lassen werden.«

»Man kann doch nicht ständig mit langem Gesicht herumlaufen«, sagte Fanny und nestelte an ihrem Kleid herum. »Ich werde sofort Madame Henri aufsuchen – sie ist die zur Zeit gefragteste Schneiderin, meine liebe Miss Austen – und ein passendes Kleid für die Galerie im Oberhaus aussuchen. Es muß natürlich schwarz sein, da wir ja um den Earl trauern. Eigentlich schade, denn diese Farbe hat mir noch nie besonders gut gestanden.« Ungeachtet meiner geringschätzigen Miene plapperte sie weiter von ihren geplanten Unternehmungen.

»Stellen Sie sich vor, wen wir alles sehen werden!« jubilierte Fanny. »Den gesamten Hochadel von England, versammelt an einem einzigen Ort! Ganz sicher werden sie Gnade walten lassen, wenn sie erst einmal die Situation kennenlernen, in der wir uns befinden. Sie müssen mich zu Madame Henri begleiten, Miss Austen. Sie können es sich in Ihrem Alter nicht leisten, schlechter als blendend auszusehen.«

Madame Henri, ausgerechnet! Es würde Miss Delahoussaye niemals in den Sinn kommen, daß mir die Mittel fehlten, um in einem solchen Laden Kundin zu sein. Meine liebste Schneiderin war meine liebe Schwester Cassandra und ich ihre. Feiner Musselin ist viel zu teuer, um ihn auch noch zurechtschneidern zu lassen. Lieber gebe ich mein Geld für eine hübsche Borte aus, um mein Mieder zu verzieren. Aber Miss Fanny hat von Sparsamkeit ebensowenig Ahnung wie von Taktgefühl.

Ein wenig gereizt, reagierte ich ziemlich schroff. »Demnach haben Sie Ihre Bemühungen um Lord Scargrave aufgegeben und suchen jetzt einen Mann in anderen Adelskreisen?«

»Ich hatte es niemals auf Fitzroy abgesehen«, erwiderte Fanny achselzuckend. »Er ist doch schon ziemlich alt. Außerdem würde ich mir meine Aussichten verderben, wenn ich mit einem Mann liiert wäre, dessen Zukunft dermaßen düster aussieht.« Sie senkte betont tugendhaft den Blick und errötete anmutig. »Nein, Miss Austen, ich habe mein Herz längst jemand anderem geschenkt. Es kann Ihnen nicht entgangen sein, wem. Wenn die Sache ein schlimmes Ende nimmt – wenn Fitzroy hängen sollte und Isobel neben ihm – nun, dann wird meine Wahl sich als richtig erweisen! Denn in diesem Fall ist gewiß, daß George Hearst Titel und Besitz erben wird.«

»Hat die Payne-Familie keinen anderen direkten Erben?« fragte ich mit gewecktem Interesse.

»Nein, es sei denn der Earl hat irgendwo einen Bastard versteckt«, antwortete Miss Delahoussaye achselzuckend. »Und ganz im Vertrauen, Miss Austen, das ist kaum wahrscheinlich. Er war ein verdammt anständiger alter Knacker. Wenn er wirklich einen unehelichen Sohn hätte, dann wüßte es die ganze Welt, und der Junge wäre mindestens in Eton. Nein, Miss Austen, die Hearsts sind die nächsten männlichen Angehörigen des Earls – und wer sollte mehr Anspruch auf Scargrave haben als Mr. Hearst, der sein ganzes Leben hier verbracht hat und vor ihm seine Mutter?«

»Aber kann er denn über die weibliche Linie erben?«

»Ich habe mir von Tom erklären lassen, daß der Titel unter bestimmten Bedingungen übertragen werden kann. George braucht den Namen Hearst nur gegen Payne einzutauschen, und alles ist in bester Ordnung. Sicherlich haben Sie schon einmal von dieser Möglichkeit gehört.«

Und so hat Tom Hearst also, kurz nachdem Fitzroy Payne des Mordes beschuldigt wurde, über die Aussichten seines Bruders gesprochen – und zwar gegenüber jemand schwatzhaftem wie Miss Fanny. Oder hatten die Hearsts es schon lange auf eine solche Anklage abgesehen, um nach Titel und Besitz greifen zu können?

Fanny summte eine Melodie und träumte von ihrer rosigen Zukunft. Ich wollte soviel wie möglich in Erfahrung bringen und schnitt ein anderes Thema an.

»Demnach interessieren Sie sich für Mr. Hearst?« sagte ich und stellte mich dumm.

»Miss Austen!« rief sie und funkelte mich zornig an. »Ich sage gar nichts mehr, wenn Sie sich über mich lustig machen. Mr. Hearst, ich bitte Sie!«

Ich verstand sofort und staunte über Fannys Fähigkeit, bestimmte Dinge zu begreifen, während sie vielen anderen keinerlei Beachtung schenkte. Sollte Fitzroy Payne verurteilt werden, erbte sein Vetter George Hearst den Titel, und die Verhältnisse des Lieutenants würden sich erheblich verbessern. Er erhielte den Titel eines Viscounts – denn Fitzroy Paynes Güter würden nach dessen Ableben auf George Hearst übertragen. Solche Vereinbarungen zwischen Brüdern waren durchaus üblich, zumal George Hearst weder Frau noch Kind hat. Mit einem Titel und einem Vermögen – ganz gleich wie hoch mit Schulden belastet – sowie mit seinem ehrenhaften Beruf dürfte Tom Hearst in den Genuß allen Glücks kommen, das Fanny Delahoussayes dreißigtausend Pfund einem verschaffen konnten.

Beide Brüder, dachte ich, während ich meinen Toast mit Butter bestrich, hatten ausreichend Grund, den Tod ihres Onkels zu wünschen und dafür zu sorgen, daß ihr Vetter des Mordes schuldig gesprochen wurde.

Aber ich hatte keine Zeit mehr für derartige schlimme Überlegungen oder für Fannys Geplapper. Ich mußte mich erst einmal um Isobel kümmern, die in ihrem eigenen Heim nunmehr eine Gefangene war.

* * *

»Jane«, begrüßte die Countess mich erfreut, als ich mich an dem Wächter vor ihrem Zimmer vorbeidrängte und durch die Tür schlüpfte, »du kommst gerade rechtzeitig. Gab es jemals eine so treue Freundin? Jeder andere wäre längst in den Schoß seiner Familie zurückgekehrt und hätte Scargrave vergessen.« Die Countess saß an ihrem Schreibtisch, hatte Briefpapier vor sich liegen und einen Federhalter in der Hand. Ihr Frühstück hatte sie nicht angerührt.

»Niemand könnte es vergessen, Isobel. Aber ich habe weder Angst noch ist mir dein Schicksal gleichgültig.«

»Liebste Jane!« rief sie und streckte mir eine kalte, bleiche Hand entgegen. Sie sah erstaunlich schlecht aus. Offenbar hatte sie eine schlaflose Nacht hinter sich und dachte sicherlich schon mit Schrecken an das, was sie noch erwartete. »Könntest du deiner Freundin einen letzten Dienst erweisen, ehe wir uns trennen müssen?«

»Alles, was du willst, Isobel.«

»Dann unterschreibe bitte hier«, sagte sie mit leiser, zitternder Stimme. »Es ist mein Letzter Wille.«

Ich starrte sie entgeistert an, aber sie hielt mir auffordernd den Federhalter hin. »Ich bitte dich – unterschreib.«

Ich brachte keinen Ton hervor und las auch nicht, was sie im Falle ihres Ablebens verfügt hatte, sondern setzte den Namen Austen unter den Text. Traurig gewahrte ich Daisy Hodges' unbeholfene Schrift – die junge Zofe der Countess – als die des zweiten Zeugen.

»Danke, meine Liebste«, sagte Isobel, als ich fertig war. Sie faltete den Bogen Büttenpapier zusammen und reichte ihn mir. »Du sollst das Dokument aufbewahren. Übergib es bei nächster Gelegenheit meinem Solicitor, Mr. Hezekiah Mayhew in der Bond Street.«

»Mein liebes Kind«, sagte ich tief bewegt, »noch gibt es keinen Grund zu verzweifeln! Es kann noch sehr viel passieren, ehe dieses Dokument benötigt wird.«

»Man sollte lieber auf das Schlimmste vorbereitet sein, Jane, da es das ist, was mir noch zustoßen kann. Arme Isobel! Wie gut, daß Fredericks Augen das nicht mehr miterleben müssen. Ich, ins Unglück gestürzt durch die Hand dessen, den er geliebt hat!« jammerte sie und raufte sich die Haare. »Dieser treulose Fitzroy! Wie kann ein Satan nur ein solch edles Gesicht haben!«

»Isobel!« Ich ergriff ihre zuckenden Hände. »Wie kannst du so reden! Das Schicksal des Earls ist genauso schrecklich wie deins, und er ist ebenso unschuldig. Du glaubst doch nicht etwa das Gegenteil?«

»Ich habe die Nachricht mit eigenen Augen gesehen«, stieß meine Freundin wütend hervor. »Ich habe gesehen, was er geschrieben hatte. Es war seine Handschrift. Du hast den Zettel selbst an ihrer Leiche gefunden. Erkennst du denn nicht, was er getan hat? Das Mädchen hatte recht. *Fitzroy* ist der Mörder meines Mannes. *Fitzroy* wurde von Marguerite entlarvt, die seine Untat daraufhin publik machen wollte. Und *Fitzroy* hat dafür gesorgt, daß sie nichts mehr erzählen konnte!«

»Ich glaube das nicht, Isobel!« rief ich.

»Bist du verrückt, Jane?« Die Countess erhob sich ruhelos von ihrem Stuhl und ging vor dem Kamin auf und ab. »Was soll ich denn sonst glauben? Daß ich ihren Tod verursacht habe? Im Grunde habe ich das auch. Es war mein blindes Vertrauen zu Fitzroy – meine Eitelkeit, mein Streben nach Bewunderung, meine Schwäche im Angesicht der Leidenschaft – die ihn zu seiner schlimmen Tat hingerissen haben. Er erkannte mein grenzenloses Vertrauen, und er benutzte es für seine

Zwecke. Ich sollte für den Tod meines Mannes Frederick verantwortlich gemacht werden, während er sich am Reichtum meines Mannes schadlos hielt. Aber Marguerite durchkreuzte die Pläne Lord Scargraves, indem sie seinen tödlichen Brief unbemerkt bei sich trug.«

Die Countess blieb vor dem Portrait ihres verstorbenen Mannes stehen und blickte schuldbewußt zu ihm empor. »Ich habe dich verraten, Frederick, wenn auch nur im Herzen. Aber in meinem Herzen bin ich deshalb längst gestorben.«

Ich tastete hinter mich auf der Suche nach einer Stütze, überwältigt von ihren Überlegungen. Schließlich lehnte ich mich gegen den Bettpfosten. »Ich fürchte, daß du einem bösen Irrtum unterliegst, meine Liebe. Du wirst diese Worte bald bedauern. Vergiß sie, nimm sie zurück, ehe sie sich in deinem Herzen festsetzen!«

Isobel starrte mich mit fiebrigen Augen an. »Jane, sag mir nur, weshalb du Fitzroy vertraust, während deine Freundin vernichtet ist! Hat er dich mit seinem Charme verzaubert, während Isobel um Frederick trauerte?«

»Du weißt genau, daß das unmöglich ist!« rief ich aus. »Jemand von seinem Stand und Ansehen kann niemals eines Mordes schuldig sein! Isobel – wäre Fitzroy Payne zu einer solchen Tat fähig, hätte er niemals den Zettel bei der Zofe zurückgelassen. Er wäre doch ein Narr, den Verdacht auf sich zu lenken. Der wahre Mörder der Zofe hätte uns auf eine falsche Fährte gelockt. Ich bin sicher, daß die Nachricht eine Fälschung ist.«

Isobel beantwortete meinen Einwand mit einem erstickten Lachen. »Ich kenne seine Handschrift, Jane. Zu oft habe ich sie gesehen, habe Worte der Liebe gelesen, die genauso falsch waren wie Fitzroys Charakter. Nein, liebe Freundin«, sagte die Countess, die sich nun etwas beruhigt hatte, »ich teile deine törichten Hoffnungen nicht, denn dort, wo ich hingehe, gibt es keine Hoffnung mehr.«

Kapitel 14

Das goldene Medaillon

28. Dezember 1802, Fortsetzung

Ich verließ Isobel, obgleich ihre Verzweiflung mir schreckliche Angst machte, und versuchte, meine Unruhe zu bekämpfen, indem ich Vorbereitungen für unsere Reise nach London traf. Ich gab Martha gerade Anweisungen zum Packen der Koffer, als ich durch ein Klopfen an der Tür überrascht wurde. Mrs. Hodges trat mit ängstlicher Miene herein.

»Leider muß ich Sie stören, Miss Austen, und wenn Sie keine Zeit für Jenny Barlow haben, dann will ich es ihr gerne ausrichten. Ich weiß nicht, worum es geht, aber sie wollte sich nicht abweisen lassen. Sie wartet im Anrichteraum, doch ich schicke Sie sofort weg, wenn Sie es wünschen.«

»Nein, tun Sie das nicht, Mrs. Hodges!« rief ich. »Es war richtig, daß Sie zu mir gekommen sind. Bringen Sie sie in den kleinen Salon. Ich komme gleich zu ihr.«

Die gute Frau tat, worum ich sie gebeten hatte, allerdings schien sie über meine Reaktion überrascht zu sein. Nachdem ich Martha noch einige Instruktionen zum Packen gegeben hatte, eilte ich nach unten.

Jenny Barlow schien sich unbehaglich zu fühlen, obwohl ihr Äußeres nun weitaus besser in die Pracht des kleinen Salons als in ihre eigene raucherfüllte Hütte paßte. Ihr goldblondes Haar wetteiferte mit dem goldenen Glanz der Bilderrahmen, und ihre Augen spiegelten das Kornblumenblau des Teppichs wider. Sie schrak zusammen, als ich mich bemerkbar machte.

»Sie sind so gut zu mir, Miss, Sie empfangen mich, und ich weiß nicht, wie ich Ihnen dafür danken soll«, sagte sie.

»Da Sie offenbar gegen die Anordnung Ihres Mannes handeln, indem Sie zu mir kommen, Mrs. Barlow, bin ich es, die sich geehrt fühlen müßte«, erwiderte ich. Ich wollte mich setzen und ihr einen Platz anbieten, ahnte aber, wie schwer es ihr fallen würde, sich in dieser Umgebung zu entspannen. Sie würde nichts anderes tun, als vorsichtig auf einer Stuhlkante zu hocken und darauf zu achten, ihr Kleid aus Nankingseide nicht zu zerknittern, und ihre Unsicherheit, die daraus erwuchs, daß sie genauso behandelt wurde wie ihre Vorgesetzten, würde jedes normale Gespräch unmöglich machen. Ich blieb daher stehen.

»Haben Sie mir etwas zu sagen?« erkundigte ich mich sanft.

»Ja – das heißt, nein, Ma'am.« Man sah ihr die Not und die Zweifel deutlich an, dann machte sie sich mit einem tiefen Atemzug Mut. »Es ist ein Gefallen, um den ich Sie bitten möchte.«

»Ein Gefallen?«

»Nicht für mich, sondern für meine arme Schwester Rosie, Ma'am. Haben Sie auch Schwestern?«

»Ich habe eine Schwester«, erwiderte ich, »die mir lieber ist als alles andere auf der Welt. Was kann ich für Sie tun, Mrs. Barlow, was Ihr Mann offenbar nicht kann?«

»Ted will von Rosie nichts wissen«, sagte sie leise, »wegen ihrer Schwierigkeiten.«

»Ihrer Schwierigkeiten? Bekommt sie etwa – ein Kind?«

Jenny Barlow sah mich kurz an, dann schaute sie auf ihren eigenen Bauch, der sich unter ihrer Kleidung schon deutlich abzeichnete. »Sie ist erst siebzehn, Miss, genauso wie ich, als ich mein erstes hatte. Aber Ted hat zu mir gehalten, während Rosie ... es ist ein schlimmes Unglück für ein Mädchen.«

»Wohnt sie nicht hier?«

Jenny schüttelte den Kopf. »Sie ist nach London gegangen, so wie der Earl es gewünscht hat. Ich habe schon seit einigen Monaten nichts mehr von ihr gehört. Sie kann weder lesen noch schreiben, und die Post ist so teuer, daß ich ihr auch keinen Brief schicken könnte. Aber ich hörte, daß Sie heute nach London gehen. Vielleicht können Sie mal nach ihr sehen.«

»Aber gerne, Mrs. Barlow«, versprach ich ihr, »und ich lasse Ihnen bei der nächsten Gelegenheit eine Nachricht über den Zustand Ihrer Schwester zukommen. Ich nehme doch an«, fügte ich unsicher hinzu, »daß Sie lesen können?«

Sie nickte. »Pa hat darauf geachtet. Aber Ma starb, als Rosie auf die Welt kam, und er gab das arme Wurm zu einer Frau in Scargrave, als er woanders arbeiten mußte. Dadurch wurde ihre Ausbildung vernachlässigt.«

»Verraten Sie mir, wo sie wohnt«, sagte ich, »und ich werde es so einrichten, daß ich sie besuche.«

Die junge Frau nannte mir die Adresse – eine nicht unelegante Straße in Süd-London – und verabschiedete sich.

Ich wußte nicht mehr über Jenny Barlow als nach unserer ersten Begegnung in ihrem Haus, hielt es aber für unklug, ihr noch eingehendere Fragen zu stellen. Jetzt meiner Neugier nachzugeben, wäre sicherlich als geschmacklos aufgenommen worden. Daß ich vielleicht von ihrer Schwester mehr über sie erfahren könnte, war durchaus möglich. Ich kann nur hoffen, daß es nicht so aussieht, als würde ich mich nur aus egoistischen Motiven um das unglückliche Mädchen kümmern.

Ich brachte Jenny zur Wohnung der Haushälterin, wo Mrs. Hodges sie schon erwartete. Danach fuhr ich mit dem Packen fort. Wir wollten kurz nach Mittag aufbrechen, und ich wollte vorher noch nach Scargrave Close eilen und mit Lizzy Scratch reden.

* * *

Ein dünne Schicht frischgefallenen Schnees bedeckte die Landstraße, als ich mich auf den Weg ins Dorf machte. Irgendwann erklang Hufgetrappel hinter mir, und ich drehte mich um und entdeckte Sir Williams Kutsche, die sich zügig näherte. Sie hielt schließlich neben mir an.

»Miss Austen!« rief Sir William, »ich dachte, Sie seien mit Packen beschäftigt!«

»Ich verursache dabei stets ein solches Durcheinander, daß ich das lieber einer Hausangestellten überlasse«, erwiderte ich. »Sind Sie denn schon unterwegs zum Gericht?«

»Ich wollte nur kurz im Cock and Bull Halt machen und dann den Weg zur Poststraße einschlagen«, antwortete Sir William. Er betrachtete meinen Mantel, der, wie ich zugeben muß, ziemlich abgetragen aussah. »Sie haben sicherlich ein ähnliches Ziel. Möchten Sie mitfahren?«

»Wissen Sie, Sir«, sagte ich darauf bedacht, daß er nicht gewahr wurde, was ich vorhatte, »so ein Spaziergang kommt mir wie gerufen. Und zu dieser Jahreszeit sollte man jedes gute Wetter nutzen, sobald es sich anbietet.«

»Es färbt Ihre Wangen rosenrot«, sagte er freundlich, wenngleich aus falsch verstandener Galanterie. Schon als kleines Mädchen hatte ich immer besonders rote Wangen, derer ich mich ein wenig schämte. Aber ich nahm das Kompliment so freundlich auf, wie es gemeint war, erwiderte sein grüßendes Kopfnicken und schaute ihm nach.

Ein Junge aus dem Dorf führte mich zu Lizzy Scratchs Häuschen. Es war kaum mehr als ein offener Schuppen, an dessen hinterem Ende ein großer Eisenkessel auf dem Feuer stand. Dort, so vermutete ich, erledigte sie ihre Wäscherei. Zahlreiche Kinder, altersmäßig nur wenige Monate auseinander und allesamt ihrer Mutter ähnlich in Gesicht und dunkler Haut und ebenfalls dunkler Kleidung, tobten dort herum. Wahrscheinlich wusch Lizzy Wäsche nur dann, wenn sie dafür bezahlt wurde. Ich erkundigte mich, ob die gute Frau zugegen sei, und wurde nach hinten zum Kessel geschickt. Dort fand ich sie dann, das Gesicht gerötet und in der kalten Luft schwitzend, während sie mit einem langen Eschenstab die Wäsche im kochenden Wasser hin und her schob.

»Mrs. Scratch?« fragte ich.

»Wer sind Sie?« Sie wischte sich mit einem kräftigen Unterarm übers Gesicht und musterte mich mit zusammengekniffenen Augen. »Die Wäsche kostet drei Shilling die Woche, weniger einen Shilling, wenn Sie sie selbst bügeln. Wenn Sie die Wäsche am Waschtag – das ist der Montag – abgeben, können Sie sie am Donnerstagmorgen abholen.«

»Ich bin nicht wegen des Wäschewaschens hergekommen«, sagte ich, »sondern wegen Marguerite Dumas.«

Sie schob ihr Kinn vor, um mein Gesicht besser betrachten zu können – ich fürchte, sie benötigt dringend eine Brille –, und ihr Gesichtsausdruck verfinsterte sich schlagartig.

»Sie sind aus dem großen Haus. Ich hab' Sie bei der Bande im Cock and Bull gesehen.«

»Ich bin Gast in Scargrave Manor«, sagte ich, »und

deshalb bin ich hergekommen. Die Familie möchte Marguerites persönliche Habe ihrer Familie auf Barbados schicken, und ich möchte sie holen.«

»Sie wollen ihre Sachen«, sagte die Wäscherin mit einem belustigten Unterton.

»Die will ich.«

»Um sie wegzuschicken?«

»Das ist wohl das mindeste, was man tun kann.«

Lizzie Scratch legte den Kopf in den Nacken und lachte schallend. »Die arme Margie«, keuchte sie und wischte sich die Augen, »wenn sie gewußt hätte, daß den Leuten ihre paar Habseligkeiten so viel wert sind, hätte sie sie sicher mitgenommen.«

»Haben denn schon andere nach den Sachen der Zofe gefragt?« wollte ich wissen.

»Sagen wir einfach, Sie sind nicht die erste«, erwiderte sie. »Der Magistrat war bei uns, nach der Untersuchung, zusammen mit Mr. Bott; sie waren ziemlich verärgert, daß ihre Sachen schon weg waren. Die taten so, als hätte ich sie gestohlen, und dazu hatten sie kein Recht, nicht das mindeste. Und ich würde sie niemals berauben, jetzt, wo sie unter der Erde liegt.«

»Aber wer hätte die Sachen denn mitnehmen können?«

»Jemand aus dem großen Haus.«

»Ein Gentleman?«

»Nicht der, der sie ermordet hat, wenn Sie danach fragen«, sagte sie verschlagen. »Es war der Diener des Soldaten, der gelegentlich im Landhaus wohnt.«

»Ich hatte keine Ahnung, daß Lieutenant Hearst sich um das Wohlergehen des Mädchen kümmern würde«, sagte ich, »aber das ist natürlich die Pflicht eines Gentleman im Haushalt.« Daß es eigentlich Isobels Aufgabe war, wollte ich der Wäscherin vorerst nicht mitteilen. Aber ich wunderte mich darüber, wie schnell der Lieutenant reagiert hatte. »Wann, sagten Sie, hat sein Bursche die Sachen abgeholt?«

»Ich habe nichts dergleichen gesagt«, erwiderte Lizzy, »aber ich kann Ihnen gerne Auskunft geben. Es war am Tag, als Margie ihrem Schöpfer gegenübertrat, und wenn ich gewußt hätte, wer sie getötet hat, hätte ich die Sachen niemals in dieses Haus zurückgeschickt.«

»Vielen Dank, Mrs. Scratch«, sagte ich, »Sie haben mir sehr geholfen, obgleich Sie sicherlich genug mit Ihrer Wäsche zu tun haben.« Ich griff in die Tasche und holte einen Shilling hervor, den sie schnell einsteckte. Dabei betrachtete sie die restlichen Münzen mit gierigen Blicken. Meine Geldbörse ist immer ziemlich schmal, und meine Finanzen sind recht bescheiden – aber in einem solchen Fall dachte ich, daß eine zusätzliche Ausgabe sich durchaus lohnen würde. Ich holte einen weiteren Shilling hervor und hielt ihn hoch.

»Ich frage mich, Mrs. Scratch, ob Sie sich an ein Medaillon unter den Sachen erinnern, die sie dem Burschen übergeben haben.«

»Margies Medaillon? Was wollen Sie damit?«

»Ich habe es so verstanden, daß es für sie sehr wertvoll gewesen war und sie gewiß den Wunsch hätte, daß ihre Familie es erhält. In dem Durcheinander, als ihre Habseligkeiten dem Boten des Lieutenants übergeben wurden, könnte ein solches Schmuckstück verloren gegangen sein.« Ich ließ die Münze in Lizzys Handfläche fallen. Blitzartig schlossen sich ihre fleischigen Finger darum und sie zuckte die Achseln.

»Es war nicht viel wert, soweit ich erkennen konnte«, sagte sie. »Wenn doch, dann hätte ich es sicherlich behalten. Aber da sie es von einem Mann aus dem Haushalt hatte, dachte ich, es sei klüger, es mit zurückzuschicken. Er hätte es gezielt suchen und unangenehme Fragen stellen können.«

»Ganz gewiß«, bekräftigte ich und mußte dabei meine Verwunderung über diese letzte Offenbarung unterdrücken. »Demnach wußten Sie, wer es ihr geschenkt hat?«

»Das habe ich nicht gesagt.« Lizzy Scratchs Augen verengten sich zu Schlitzen. »Genausowenig wie Sie es wissen, Miss. Margie hat sich niemals über ihren Freund geäußert. Ich dachte immer, es wäre einer der besseren Diener gewesen – dieser Mr. Danson vielleicht, der dem neuen Earl dient, oder einer der Oberlakaien. Aber jetzt glaube ich allmählich, daß es der neue Earl selbst war, der gleiche, der sie getötet hat. Es ergäbe einen Sinn, nicht wahr?«

* * *

Auf meinen Rückweg nach Scargrave Manor blieb ich vor dem Tor zum Landhaus stehen und hielt Ausschau nach einem Anzeichen, daß die Bewohner unterwegs waren. Ich hatte nicht den Wunsch, Mr. Hearst oder seinen Bruder zu treffen, aber es war sehr wahrscheinlich, daß der eine einen Spaziergang unternahm und über die Abgründe der menschlichen Natur nachdachte, während der andere damit beschäftigt war, sein Jagdpferd auszubilden. Ich nahm all meinen Mut zusammen, öffnete das Tor und ging entschlossen auf das Haus zu.

Scargrave Cottage war als Witwenhaus gedacht*, aber da der verstorbene Earl keine Verwendung dafür hatte, war doch seine Mutter schon längst verstorben, als er seinen Titel erlangte, vermachte Frederick Payne es seiner Schwester, Lady Julia, als Zufluchtsort vor dem treu-

* Das Witwenhaus war traditionsgemäß als Heim für die verwitwete Lady vorgesehen, wenn ihr Sohn den Titel des Vaters übernahm und auf dem Familiensitz einzog. Die Ehefrau des Sohns erhielt dann den Titel ihrer Schwiegermutter. – *Die Herausgeberin*

losen Mr. Hearst. Die Hearst-Jungen waren unter seinem Tudordach aufgewachsen, und der Lieutenant erzählte gerne von den Jungenspielen in den Büschen um das Haus. Weiß gekalkt und halb aus Holz erbaut, bot das Haus im Frühling einen idyllischen Anblick, denn ein Rosenstrauch klebte auf dem Fenstersturz und eine duftende Buchsbaumhecke blühte unter den bleigefaßten Fenstern. Ende Dezember hingegen wirkte der Garten trist und verlassen.

Die Haushälterin – Joan lautete ihr Name – begrüßte mich und setzte mich davon in Kenntnis, daß Mr. George Hearst anwesend sei. Ich bedauerte augenblicklich mein unschickliches Vorhaben – eine Frau, die alleine einen alleinstehenden Bekannten besucht –, aber nun gab es kein Zurück mehr. Ich ließ mich in den Salon führen. Er hatte das typische Aussehen eines Junggesellenheims – Bücher bedeckten die Wände, und zahlreiche Drucke von Moorhühnern hingen über dem Kamin. Der Geruch von Pfeifentabak und feuchtem Jagdhund hing trotz des lodernden Kaminfeuers in der Luft. Mr. Hearst war in ein Buch vertieft gewesen und erhob sich nun mit konsternierter Miene.

»Miss Austen!« rief er erstaunt. »Ich dachte, ich sehe Sie erst in der Kutsche wieder. Ist im Gutshaus irgend etwas passiert, daß Sie herkommen und Hilfe suchen?«

»Ganz und gar nicht, Mr. Hearst«, beruhigte ich ihn.

»Dann nehmen Sie doch Platz und trinken Sie eine Tasse Tee.« Er deutete mit einer einladenden Geste in den Raum.

Ich schüttelte den Kopf. »Vielen Dank, aber ich wollte eigentlich nur mit Lieutenant Hearst sprechen.«

»Mein Bruder ist nicht da. Aber vielleicht kann ich Ihnen helfen?«

»Ich fürchte nein«, antwortete ich kurzangebunden.

Mr. Hearst sah mich voller Besorgnis an. »Hoffentlich hat er keine Dummheiten gemacht und ...« begann er, verstummte dann aber mitten im Satz und biß sich auf die Lippen.

»Mr. Hearst«, sagte ich schnell, »machen Sie sich keine unnötigen Sorgen. Ich weiß, mein unerwartetes Erscheinen mag ein wenig seltsam anmuten, aber Sie können versichert sein, daß es keine Ungehörigkeit Ihres Bruders war, die mich den Weg hierher hat zurücklegen lassen.« Einer spontanen Eingebung folgend fuhr ich fort: »Ich komme auf Wunsch der Countess mit einer Nachricht für den Lieutenant, mehr nicht. Sie wissen ja, daß sie keinerlei Möglichkeit hat, selbst herzukommen. Meinen Sie, ich könnte den Burschen des Lieutenants sprechen?«

»Aber sicher. Ich hätte eigentlich selbst daran denken können.« Die Stirn des Geistlichen glättete sich. »Ich hole ihn.« Er legte sein Buch beiseite und durchquerte den Raum, aber ich konnte ihn nicht so einfach von dannen ziehen lassen.

»Mr. Hearst«, rief ich ihm nach. »Ich glaube, man kann Ihnen gratulieren. Der Lieutenant sagte mir, daß Sie nun doch in den Genuß einer Pfründe kommen. Nun fehlt nur noch die Priesterweihe.«

Er schien zu erschrecken und trat dann unbehaglich von einem Fuß auf den anderen. Dabei starrte er verlegen zu Boden. »Ich wünschte, es wäre so einfach, Miss Austen«, murmelte er. »Aber nicht alle, die gerufen werden, sind würdig genug, um zu dienen.«

Er ließ mich stehen. Wie der Lieutenant bereits angedeutet hatte, gibt Mr. Hearst nur ungern seine mürrische Haltung auf. Vielleicht hat jedoch mein Hinweis auf Dinge, die er lieber geheimgehalten hätte, sein schlechtes Gewissen geweckt. Aber warum? Ich hatte keine Gelegenheit mehr, eingehender darüber nachzudenken, weil eine fröhliche Cockney-Stimme an der Tür erklang.

»Sie sind also das Frauenzimmer, das meinem Herrn den Kopf verdreht hat.«

Ich blickte erstaunt über die Schulter und gewahrte einen flinken Burschen in Hemdsärmeln, der mit einem Lappen einen von Lieutenant Hearsts Stiefeln polierte. »Er hört niemals auf, von Ihnen zu reden. Miss Austen hier, Miss Austen dort. Wenn ich nicht wüßte, wie der Kerl mit den Frauen umgeht, würde ich meinen, ihn hat es endgültig erwischt. Was ist denn, Schätzchen?«

Ich schluckte und bewahrte mühsam die Fassung. Noch nie war ich auf solch vertrauliche Art von jemandem seines Standes angesprochen worden. »Ich nehme an, Sie sind Lieutenant Hearsts Bursche?«

»Ich heiße Jack Lewis, und der Krieg ist mein Geschäft«, erwiderte er und vollführte eine affektierte Verbeugung »Aber ich habe nicht den ganzen Tag Zeit. Der alte Knabe will seine Stiefel gewichst und poliert vorfinden, sobald er mit dem Gaul zurückkommt.«

»Lewis!« Ein lockiger Kopf schaute durch den Spalt der Wohnzimmertür. »Schwätz nicht soviel mit Joan – pack verdammt noch mal endlich meine Sachen.«

»Wie Sie wollen, Chef«, gab der Bursche ungerührt über die Schulter zurück. Er drehte sich wieder zu mir um und zwinkerte. »Er mag es nicht, wenn ich mich auf seinem Territorium breit mache.« Für einen winzigen Moment befürchtete ich tatsächlich, der Kerl würde mir einen Klaps aufs Gesäß versetzen, aber er gab sich mit einem Grinsen und einem Kopfnicken zufrieden und zog mich in irgendeinen Schabernack hinein, von dem ich keine Ahnung hatte, der mich aber Böses ahnen ließ. »Übernehmen Sie das mal, *Sir*.«

»Miss Austen!« rief Lieutenant Hearst aus, während er den Raum betrat. »Ich hatte keine Ahnung, daß sie hier sind. Bitte, lassen sie mich Tee bestellen und Sie ein wenig verwöhnen! Ich fürchte, Soldat Lewis hat sie schrecklich belästigt.« Letzteres sagte er mit finsterer Miene gegenüber dem Burschen und einem Kopfnikken in Richtung Tür. Jack Lewis seufzte tief, ließ seinen Blick über meine Gestalt wandern und machte auf dem Absatz kehrt. Aber sein zur Schau gestellter Unmut war offensichtlich nur gespielt, denn er pfiff ein fröhliches Lied, als er durch den Korridor davonmarschierte.

»Ein außergewöhnlicher Mann«, sagte ich staunend. »Seine Impertinenz ist einfach unglaublich.«

»Ich fürchte, Sie haben recht«, erwiderte Tom Hearst, deutete auf den einzigen Lehnsessel im Zimmer und blieb stehen, bis ich mich setzte. »Ich hätte den Burschen schon längst entlassen sollen, wenn ich ihm nicht auf eine ganz besondere Weise verpflichtet wäre.«

»Was können Sie einem solchen Mann schon schuldig sein?«

Er zögerte, dann zuckte er die Achseln. »Mein Leben, Miss Austen.«

Das hatte ich wirklich nicht erwartet. Ich spürte, wie ich von Scham überwältigt wurde, und starrte auf meine gefalteten Hände.

»Aber Sie sind sicher nicht nach Scargrave Cottage gekommen, um sich mit mir über den Soldaten Lewis zu unterhalten.« Tom Hearst ließ sich in einen Sessel vor dem Kamin fallen. »Also, welcher Tatsache habe ich diese Ehre zu verdanken, Miss Austen, und dazu noch während sie mitten in den Vorbereitungen für Ihre Reise nach London stehen?«

»Ehrlich gesagt, Lieutenant, bin ich tatsächlich wegen Ihres Burschen gekommen. Ich habe gehört, er sei im Besitz der persönlichen Habe von Marguerite Dumas, die Sie durch ihn bei dieser Wäscherin, Lizzy Scratch, haben abholen lassen.« Ich sprach die Worte mit völliger Selbstverständlichkeit aus und beobachtete seine Reaktion genau.

»Wie sind Sie denn darauf gekommen?« fragte er, und sein attraktives Gesicht drückte Ratlosigkeit aus.

»Isobel hat mich damit beauftragt, das Eigentum der Zofe ihrer Familie auf Barbados zukommen zu lassen.« Das war eine Unwahrheit, die ich schnell wieder aus meinem Bewußtsein verdrängte.

»Aber sie hat ...« begann er und verstummte dann, als dächte er über etwas nach. »Ich hatte den gleichen Gedanken, und hätte dieser Ausflug nach London mich nicht abgelenkt, wäre die Habe des Mädchens längst in ihre Heimat unterwegs.«

»Ich muß zugeben, daß ich mich gewundert habe, weshalb Sie daran gedacht haben.«

Der Lieutenant zwang sich zu einem Lächeln. »Nach Jahren im Dienst der Armee bin ich durchaus damit vertraut, die persönliche Habe der Männer in meiner Kompanie zu verwalten, wenn sie ums Leben gekommen sind«, erklärte er mir. »Es wurde mir zur zweiten Natur, an die Hinterbliebenen zu denken und an ihre Sorge um das Schicksal ihrer Verwandten. Sehr oft ist die persönliche Habe für sie sehr wertvoll. Ganz gleich wie wenig Wert sie für uns besitzt.«

»Aber – verzeihen Sie, Lieutenant – die Zofe gehörte nicht zu Ihnen, sondern zu Isobel. Wie kommt es, daß Sie wußten, wo Sie ihre Habseligkeiten suchen mußten? Denn niemand im Haus ahnte, daß sie bei Lizzy Scratch Unterschlupf gefunden hatte.«

Er errötete und schwieg einige Sekunden lang. »Die gleiche Frage könnte ich Ihnen stellen, Miss Austen«, sagte er, »denn Sie wissen mehr über meine Aktivitäten, als man von einer jungen Dame mit ausgeprägtem Taktgefühl erwarten würde. Aber das macht nichts – daß ich über die Zofe so gut Bescheid weiß, habe ich meinem ausgeprägten Hang zur Ausschweifung zu verdanken.« Bei diesen Worten lächelte er wehmütig.

»Wenn ich das Schweigen meines Bruders nicht länger ertragen kann, verziehe ich mich in den Cock and Bull. Und im Cock and Bull war Marguerites neue Bleibe allgemein bekannt.«

Ich blickte überrascht auf. »Und Sie haben trotzdem Isobel nichts davon erzählt?«

»Sie müssen zugeben, daß ich keinerlei Grund dazu hatte«, protestierte er. »Als die Zofe aus dem Gutshaus verschwand, ließ Isobel nichts verlauten, was darauf abzielte, daß nach ihr gesucht werden sollte. Und ich sah in Marguerites Wegbleiben nichts anderes als ein Zerwürfnis zwischen ihr und ihrer Herrin. Von den Briefen und den darin enthaltenen Drohungen erfuhr ich erst zusammen mit den anderen Hausbewohnern, und zu diesem Zeitpunkt war das arme Mädchen bereits tot.«

Die Geschichte klang durchaus einleuchtend. »Aber Sie haben ihre Habe noch nicht nach Barbados geschickt?«

»Ich wollte mir nur noch von Isobel die Adresse geben lassen, aber es kam einiges dazwischen. Es war jedoch ganz gut, daß ich die Sachen noch nicht abgeschickt hatte, denn Sir William Reynolds konnte die persönlichen Dinge der Zofe nach der Untersuchung gestern in Augenschein nehmen und stellte mir in etwa die gleichen Fragen wie Sie. Aber er erfuhr nichts, was ihn hätte weiterbringen können, und bat mich, alles der Familie des Mädchens zu schicken.« Tom Hearst hielt inne und betrachtete mich eingehend. »Es ist außerordentlich gütig von der Countess, sich um die Angelegenheiten ihrer Zofe zu kümmern, obwohl ihre eigene Situation so zerrüttet ist.«

Vor allem wenn die Zofe die Ursache für ihren eigenen Ruin war. Dieser Gedanke stand, wenn auch unausgesprochen, zwischen uns im Raum.

»So war Isobel schon immer«, sagte ich zaghaft, »und sich mit solchen Dingen zu beschäftigen, vertreibt vielleicht ein wenig ihre Sorgen.«

»Vielleicht.« Der Lieutenant versuchte, wieder seine alte humorvolle Art hervorzukehren. »Ich lasse Joan die Dinge sofort herholen.«

* * *

Ich habe viel Zeit, über Lieutenant Hearsts Worte nachzudenken, während die Scargrave-Kutsche nach London rattert. Ich habe mein Notizbuch hervorgeholt, um zu versuchen, mittels einer Niederschrift des bisher Erlebten zu einem besseren Verständnis zu gelangen. Die Reise wird mehrere Stunden dauern, in denen ich mich auch der Strapaze unterziehen muß, mich mit Fanny Delahoussaye und ihrer Mutter zu unterhalten. Isobel und Fitzroy werden von bewaffneten Wachen voneinander getrennt und in Unbequemlichkeit und Schande gehalten, die zu schildern sich alles in mir sträubt. Ich erkenne, daß dies nur der Anfang der Demütigungen ist, die sie ertragen müssen, und verzage fast vor der Aufgabe, mit der Isobel mich betraut hat.

Das Scargrave-Gewirr wird von Stunde zu Stunde undurchsichtiger. Wo immer ich nach weiteren Informationen suche in der Hoffnung, Licht ins Dunkel zu bringen und das Rätsel zu lösen, stoße ich auf neue Ungereimtheiten. Mein Besuch im Haus der Hearst-Brüder bildet da keine Ausnahme.

Denn obgleich Lizzy Scratch behauptet hat, das Medaillon der Zofe dem Burschen übergeben zu haben, befand es sich nicht unter den persönlichen Gegenständen Marguerites, die Tom Hearst mir überreicht hatte. In dem Leinensack, den ich von der Hausangestellten des Landhauses erhielt, waren einige abgetragene Kleidungsstücke und ein winziges Bild von einer Frau, möglicherweise ihrer Mutter. Das war alles – keine Bücher, kein Schmuck, keine Andenken – alles in allem eine sehr traurige Hinterlassenschaft eines menschlichen Lebens.

Ich stehe daher vor einer schwierigen Frage. So plausibel seine Geschichte auch klingen mag, so hat Lieutenant Hearst es dennoch unterlassen, mich über einen Punkt aufzuklären – hat *er* das Goldmedaillon aus Marguerites Besitztümern an sich genommen oder hat sein Bursche, Soldat Lewis, sich dazu hinreißen lassen? Und welche schwere Schuld lastet auf Herrn oder Diener, die sie zu einer solchen Tat verleitet haben mag?

Kapitel 15

Die bezaubernde Eliza

31. Dezember 1802
Scargrave House, Portman Square

Es ist Silvester, und der Festlärm auf den Straßen ist so laut geworden, daß an Schlaf nicht zu denken ist. Ich sitze beim Schein einer Kerze in dem großen Zimmer, das mir im Scargrave House überlassen wurde. Ein größerer Kontrast zur vornehmtuenden Schäbigkeit des Gutshauses ist kaum vorstellbar – hier entspricht die Einrichtung in allem der allerneuesten Mode. Es ist klar, daß der Geist des verstorbenen Earls eher in London als auf dem Land beflügelt wurde und daß dies sein Hauptwohnsitz sein sollte. Alles mögliche wurde unternommen, um das Haus zu einem gemütlichen Heim für seine junge Frau zu machen, deren Räume – die sie bisher noch nicht zu Gesicht bekommen hat – dunkel und verschlossen sind. Nachdem das Geschworenengericht ihren Fall an das House of Lords verwiesen hat, wurden Isobel und Fitzroy Payne den Schrecken des Newgate-Gefängnisses überantwortet, um dort ihre Verhandlung zu erwarten. Der Prozeß wurde auf einen Termin zu Beginn der Hilarius-Periode* gesetzt und wird in zehn Tagen eröffnet. Da Mr.

* Die Hilarius-Periode der Gerichte begann im Januar und hatte ihren Namen vom St. Hilarius-Fest am dreizehnten des Monats; sie dauerte bis Ende März, wenn die sogenannte Oster-Periode anfing. Das Parlament trat ebenfalls zur Hilarius-Periode zusammen, wenn die Sitzungspause, die seit dem August des jeweiligen Vorjahres andauerte, zu Ende ging. – *Die Herausgeberin*

Perceval* indisponiert ist, wird Sir William als Anwalt der Krone auftreten. Ein Mr. Cranley, ein Barrister von bestem Ruf und mit einer vielversprechenden Karriere vor sich, wird die Verteidigung übernehmen, obgleich seine Möglichkeiten derart beschränkt sind, daß ich mich frage, weshalb er diesen Fall eigentlich übernommen hat. Mr. Cranley rechnet wohl mit einigem Aufsehen – denn es geschieht höchst selten, daß das House of Lords über einen Adligen zu Gericht sitzt – und hofft, daß dadurch sein Name ein wenig bekannter wird –

(An dieser Stelle klafft eine Lücke in der Niederschrift.)

– ein lauter Knall, als sei eine Kanone in nächster Nähe des Hauses abgefeuert worden. Ich renne nur mit meinem Nachthemd bekleidet hinaus auf den Flur, halte die Kerze hoch und schaue mich um. Aber alles ist ruhig und schläft, und ich bin alleine mit den Geistern der Nacht und einem Gefühl, mich lächerlich zu machen.

Aber ich bin nicht ganz alleine. Als ich mich zu meinem Zimmer umdrehe, entdecke ich die Gestalt von Lieutenant Hearst, der ein oder zwei Zimmer von meinem entfernt in seiner Tür steht. Eigentlich hätte er seine Bleibe in St. James aufsuchen sollen, wurde aber von seinem Bruder und von Fanny Delahoussaye bedrängt, zum Abendessen zu bleiben.

* Spencer Perceval (später Premierminister von England und im Jahr 1812 im Unterhaus einem Attentat zum Opfer gefallen) war 1803 erster Kronanwalt und hätte eigentlich in diesem Fall die Anklage vertreten müssen. Seine »Indisponiertheit« könnte in Wirklichkeit Überarbeitung gewesen sein. Er bereitete nämlich zu dieser Zeit gerade den Prozeß gegen einen gewissen Colonel Despard vor, der die Ermordung George III und den Sturz der Regierung geplant hatte. – *Die Herausgeberin*

»Sie zittern ja vor Kälte, Miss Austen«, sagte er, stieß sich vom Türrahmen ab und trat auf den Flur. Er kam auf mich zu, wobei seine blauen Augen im Kerzenschein funkelten und das Mondlicht auf den Schultern seines seidenen Hausmantels spielte. Er erschien wie eine Gestalt aus meinen Alpträumen, und eine Aura der Gefahr umgab ihn.

»Ich habe eine Explosion gehört und dachte, hier im Haus wäre etwas passiert«, erwiderte ich und senkte die Kerze. Ich hätte gehen sollen, aber irgend etwas an ihm lähmte mich regelrecht – die fließenden Bewegungen seiner Gestalt in der dunklen Halle ließen ihn im Mondlicht so gewichts- und körperlos wie einen Geist erscheinen. Mir fiel sofort der geisterhafte erste Earl ein, und ich hatte das Gefühl, zu Stein zu erstarren.

»Es ist ein Böller, der in Southwark abgefeuert wird, um das Neue Jahr willkommen zu heißen«, sagte der Lieutenant. »Machen Sie sich keine Sorgen.« Er blieb dicht vor mir stehen und blickte mir mit einem Ausdruck in die Augen, als befände er sich in einem Traum.

»Welch wundervolles Haar«, murmelte er, »wie es Ihr Gesicht umfließt. Niemals hätte ich mit so einem Anblick rechnen können, mit soviel Schönheit im Mondschein. Ist Ihnen klar, was für ein Verbrechen es ist, daß nur der Ehemann einer Frau solches Haar sehen darf? Es ist ein Frevel, der Welt einen derartigen Anblick vorzuenthalten. Und Sie haben keinen Ehemann, Jane.«

Als er meinen Vornamen aussprach, wurde mir das Unschickliche an meiner Situation bewußt. Wie mußte diese Szene jemandem vorkommen, der uns beobachtete? Meine Wangen röteten sich, mein Atem ging schneller, und ich machte Anstalten zu gehen. Aber der Lieutenant hob eine Hand und legte einen Finger auf meine Lippen. »Nicht«, flüsterte er, »ich habe Sie in der Geisterstunde erwischt, und ich muß mir meine Belohnung holen.«

Nach diesen Worten beugte er sich schnell herab und küßte mich mitten auf den Mund, bis ich mich gedemütigt aus seinen Armen befreite, in mein Zimmer zurückrannte und ihm die Tür vor der Nase zuschlug. Spöttisches Gelächter belohnte mich und Geräusche, die mir signalisierten, daß er sich zurückzog. Wenig später erklang ein scharfes Klicken wie von einer Tür, die geschlossen wurde. Der Laut kam von der Tür rechts neben meiner – also von Fanny Delahoussayes Zimmer und nicht von dem des Lieutenants. Sicherlich werde ich mich nun auch noch ihres Zorns erwehren müssen, denn sie hat bestimmt alles mitangehört.

Meine Wangen brennen vor Scham. Noch nie hat ein Mann sich mir gegenüber solche Freiheiten herausgenommen. Schlimmer ist jedoch das Gefühl der Süße, das durch meine Adern kreist. Ich bin benommen vor Staunen und einer Begierde, die ich noch nicht einmal mir selbst gegenüber eingestehen kann. Und so gebe ich sie an dieser Stelle, in meinem Tagebuch, offen zu. Daß er mich geküßt hat, ist einfach unfaßbar – und völlig ohne Sinn und Zweck. Tom Hearst kann sich niemals in mich verliebt haben, denn ich besitze kein Vermögen und meine Schönheit verblaßt allmählich, beides Elemente, die für einen Mann von seinem Stand und mit seinem Aussehen absoluten Vorrang haben. Was geschehen ist, ist in jeder Hinsicht unfaßbar, daher muß ich diesen Kuß der Macht des Mondscheins und der Wirkung meiner ungebändigten Haarflut zuschreiben.

Ich streiche gerade eine Haarsträhne zurück, und sie erscheint mir überhaupt nicht ungewöhnlich, noch nicht einmal im Licht des Mondes. Aber ich verspüre dennoch ein Prickeln seliger Genugtuung, das bei einer

Frau sehr selten ist, deren Geist stets höher eingeschätzt wird als ihr Äußeres. Wir alle haben unsere Fehler; und meiner ist die Eitelkeit. Daran wird man mich sicher noch am Tag des Jüngsten Gerichts erkennen.

Wie soll ich Tom Hearst morgen gegenübertreten? Ich werde vor Scham im Boden versinken.

Und so ist das alte Jahr gestorben.

* * *

1. Januar 1803

Es blieb mir erspart, dem Lieutenant beim Frühstück zu begegnen. Er und sein Bursche, Jack Lewis, waren schon früh aufgestanden und zu den Horse Guards in St. James zurückgekehrt. Kein Wort über das Duell oder darüber, wie es ausgegangen war. Allmählich gelange ich zu der Überzeugung, daß es nur ein Produkt von Miss Delahoussayes überreizter Phantasie gewesen sein dürfte. Da das Frühstückszimmer völlig verlassen war, konnte ich in Ruhe über die schwere Aufgabe nachdenken, die Isobel auf meine Schultern gelegt hatte, und meine weitere Vorgehensweise planen.

Wenn Isobel und Fitzroy Payne unschuldig waren, was ich zumindest von Isobel glaubte, dann hatte sich jemand äußerst große Mühe gegeben, uns von ihrer Schuld zu überzeugen. Erstens war der Earl infolge des Genusses von Süßigkeiten gestorben, die er in Anwesenheit seiner Frau und ihrer Zofe verzehrt hatte. Marguerites schrecklicher Tod war für Sir William ein Beweis dafür, daß sie getötet worden war, weil sie beobachtet hatte, wie Isobel dem Earl die Barbadosnüsse ins Essen gemischt hatte. Aber ich betrachtete es als genauso einleuchtend, daß die Zofe von jemand anderem dazu gebracht worden war, die giftigen Samenkörner selbst hineinzurühren. Danach war sie benutzt worden, um ihre Herrin mit ihren Briefen zu beschuldigen, und zuletzt war sie, nachdem sie ihren Zweck erfüllt hatte, ebenfalls ermordet worden – um Fitzroy Payne zu belasten.

Daß Marguerite mit dem Mörder in einem gewissen Vertrauensverhältnis stand, wurde durch ihre Bereitschaft angedeutet, ihn bei Tagesanbruch in der einsamen Heumiete zu erwarten. Aber welcher der Bewohner von Scargrave könnte es gewesen sein? Wenn meine Theorie zutraf, dann mußte es sich bei dem Komplizen der Zofe um jemanden handeln, der durch das Ausschalten der Frau des Earls und seines Erben in den Genuß handfester Vorteile käme. George Hearst, der durch das Testament seines Onkels zu einer Pfarrei gelangte und das gesamte Gut erben würde, falls Fitzroy starb, gewänne am meisten. Er hatte sich außerdem mit dem Earl am Abend seines Todes gestritten und laut und vernehmlich erklärt: »Ich weiß, was ich jetzt tun muß.« Mr. Hearsts Charakter war so düster und undurchsichtig, daß man ihn der Anwendung von Gewalt durchaus für fähig halten konnte. Zudem hatte er das Haus am Tag des Mordes an der Zofe schon sehr früh mit den Anzeichen höchster Eile verlassen. Aber war Geld allein die Ursache für den Streit, den ich mitangehört hatte?

Ich mußte unbedingt Rosie Ketch finden.

Ein anderer, dem Isobels Unglück Nutzen brachte, war Lord Harold Trowbridge. Aber er hatte Scargrave eine Woche vor dem Tod der Zofe verlassen. Daß er das getan hatte, um sich ganz deutlich von dieser Tat zu distanzieren, schien genau seiner Cleverness und Raffinesse zu entsprechen. Vielleicht hatte er die Zofe schon in London gekannt, als er vor der Hochzeit Isobels zum erstenmal versuchte, Crosswinds zu erwerben. Möglich, daß Trowbridge sie überredet hatte, den Earl mit einem Gift aus ihrer Heimat aus dem Weg zu schaffen, um dann schnellstens zu verschwinden, nachdem er sicher sein konnte, daß er sein Ziel – den Erwerb Crosswinds – so gut wie erreicht hatte. Ein solcher Mann hätte keine Probleme, ein paar Worte aus einem Geschäftsbrief von Fitzroy Payne an ihn herauszureißen, dann im Schutz der Dunkelheit nach Scargrave Close zurückzukehren, auf die Weide hinauszugehen, Isobels Taschentuch dort zu deponieren, der Zofe den Hals aufzuschlitzen und unbemerkt nach London zurückzukehren.

Es sei denn, er wäre an einem anderen Ort, in der Gesellschaft anderer Leute, zur gleichen Zeit gesehen worden. Ich mußte mir Klarheit über seine Aktivitäten am Tag von Marguerites Tod verschaffen. Und das bedeutete, ich müßte seinen Bruder, den Duke of Wilborough in seiner Londoner Residenz aufsuchen. Aber wie sollte ich das anstellen? Denn diese erhabene Familie war nicht mit den Bewohnern von Scargrave bekannt, eine Tatsache, die Madame Delahoussaye mir mehr als einmal deutlich machte, als es so schien, als würde Harold über Weihnachten auf Scargrave bleiben. Sie fand es einigermaßen seltsam, daß er seinen Bruder, den Duke, zugunsten von Isobel Payne zu einer solchen Zeit verlassen hatte. Da sie jedoch herzlich wenig von Trowbridge oder Wilborough wußte, hatte sie angenommen, daß das Verhältnis zwischen ihnen nicht allzu persönlich und eng war. Lord Harolds Handlungsweisen waren eindeutig von Nützlichkeit bestimmt, indem er diese Beziehung pflegte. In außerordentlichen Umständen sollte ich nicht allzu behutsam auftreten. Ich müßte daher auf jeden Fall Wilborough House einen Besuch abstatten, egal unter welchem Vorwand, um mich über seinen Aufenthaltsort am Tag von Marguerites Ermordung zu informieren.

Und was war mit den anderen? Madame Delahoussaye klammerte ich von Anfang an aus, da sie in keiner Weise vom Tod des Earls sowie davon profitierte, daß ihre Nichte oder der Adlige gehenkt würde, von dem sie gehofft hatte, daß er ihre Tochter ehelichte. Aber mit *Fanny* – könnte soviel Dummheit, wie sie bei ihr vorhanden war, eine solch schlimme Absicht verbergen? Ich konnte ihren frühmorgendlichen Ausflug zur Pferdeweide nicht vergessen, ausgerechnet sie, die nicht ritt. Ebensowenig ihr verstohlenes Eindringen in den Heuschober und auch nicht den Beutel mit den Geldmünzen, den sie dort hinterlegt hatte. Anonyme Menschenfreundlichkeit, so war mir klar, lag nicht in Fannys Natur. Wenn sie sich von einem Penny trennte, dann nur unter Zwang. Jemand hatte Miss Delahoussaye erpreßt, und das aus Gründen, die ich nicht ermessen konnte. Daß es durchaus die Zofe gewesen sein konnte, ergab sich aus ihrer Wahl der Heumiete als Versteck für den Erpresserlohn. Hatte Fanny genug von den Geldforderungen gehabt und die Affäre mit einem Mord an Marguerite beendet?

Weshalb dann die Umstände, ihrer Cousine und dem neuen Earl die Schuld an einem Mord in die Schuhe zu schieben? Habsucht und Ehrgeiz könnten dafür verantwortlich sein. Jemand sollte des Mordes schuldig sein, und daß es nicht sie selbst oder jemand sein durfte, den sie liebte – Lieutenant Hearst – sondern dann schon der Mann, den sie ausdrücklich nicht heiraten wollte, leuchtete völlig ein. War Fitzroy erst einmal aus dem Weg geschafft, könnte George Hearst erben und, mit entsprechender Überzeugungsarbeit, seinem Bruder zu Titel und Reichtum verhelfen. Soviel hatte Fanny jedenfalls vor ein paar Tagen angedeutet. Eine solche

Überlegung ist bei jemandem, der so sehr von seiner Selbstsucht bestimmt wird, durchaus natürlich.

Aber weshalb war Isobels Taschentuch auf der Weide abgelegt worden? Um zu gewährleisten, daß es auf Scargrave keine Rivalin gab? Die Beantwortung dieser Frage wollte ich mir für später aufsparen.

Zwei Personen blieben übrig – Lieutenant Tom Hearst und sein Bursche, Jack Lewis. Daß für mich der Lieutenant auf Grund seines Charakters wahrscheinlich kaum irgendwelche bösen Dinge im Schilde führen konnte, will ich nicht leugnen. Und daß eine gewisse Empfindsamkeit meine Sicht der Dinge beeinflußte, kann ich ruhig zugeben. Aber ich zwang mich, ein Bild vom Lieutenant zu zeichnen, das nicht darauf angelegt war, ihm zu schmeicheln.

Indem er die Zofe dazu brachte, den Earl zu töten und den Verdacht auf Fitzroy zu lenken, konnte Tom Hearst, sobald Marguerite erst einmal zum Schweigen gebracht worden war, hoffen, aus der Hand seines Bruders George den früheren Titel und das Vermögen des Viscount zu empfangen. Es schien ein ziemlich komplizierter Plan für jemanden zu sein, der stets impulsiv oder im Affekt handelte. Aber ich konnte mir vorstellen, wie es sich zugetragen hatte. Der Lieutenant hatte in der kurzen Zeit der Werbung seines Onkels um Isobel in London gewohnt, denn in dieser Zeit hatte er Fanny Delahoussaye kennengelernt. Gleichzeitig könnte er ein Verhältnis mit Marguerite begonnen haben.

Ich dachte daran, wie sehr Tom Hearsts gleitende Schritte im mondbeschienen Flur in der vergangenen Nacht mich an den Geist des ersten Earls erinnert hatten. Hatte der Lieutenant sich vor so vielen Tagen in Scargrave Manor verkleidet, und war er auf Zehenspitzen an meiner Tür vorbeigeschlichen, um die Barbadosnüsse ungestört in Fitzroys Gewehrschrank zu verstecken? Wenn er dabei beobachtet worden war, wie er um jene späte Stunde das Zimmer seines Vetters betrat, dann hätte man sich daran erinnert, als die Nüsse entdeckt wurden. Aber niemand würde behaupten, daß ein *Gespenst* den achten Earl belastet hatte. Tom Hearst hatte sich am nächsten Morgen beeilt, meine mitternächtlichen Eindrücke zu bestätigen, indem er erklärte, er habe eine ähnliche Erscheinung kurz vor dem Tod seiner Mutter gehabt.

Ich dachte voller Unbehagen über den Charakter des Lieutenants nach. Er war derart zu Scherzen aufgelegt – und so völlig ohne Prinzipien –, daß er das Ganze als einen wahrlich teuflischen Schabernack inszeniert haben könnte. Ich hatte jedoch keinen Beweis dafür, daß er der wandelnde Geist war, und beschloß, meinen Gedankenstrom zu unterbrechen und mich vom Lieutenant ab und seinem Burschen zuzuwenden. Ganz sicher hatte einer der beiden das Medaillon der Zofe aus ihrer persönlichen Habe entfernt, weil es wahrscheinlich ein Bild von ihm enthielt. Aber von wem?

Der Bursche, Jack Lewis, paßte rein standesmäßig viel besser zu der Zofe. Ich stellte mir den schneidigen Cockneykerl mit seinem dreisten Blick und seiner frechen Art vor und entschied, daß er wohl am ehesten jemand wäre, der mit einer jungen Kreolin durch Covent Garden spazierte. Eher auch als der Lieutenant würde er ihr ein Medaillon schenken – und so unvorsichtig sein, es mit einem Bild von sich zu versehen.

Und dann kam mir ein Gedanke. Jack Lewis brauchte gar nicht der Mörder des Earls – den er wohl kaum gekannt haben dürfte – gewesen zu sein, um das Medaillon zu stehlen. Es war durchaus möglich, daß der Bursche nach dem Tod Marguerites ihre Habseligkeiten bei Lizzy Scratch abgeholt hatte und dabei völlig unerwartet auf das Medaillon mit seinem Bild gestoßen war. Falls jemand anderer es entdecken sollte, dürfte er so gut wie sicher am Galgen enden – zumindest könnte er diese Befürchtung gehabt haben. Und so versteckte er es irgendwo bei sich und ließ nichts von dessen Existenz verlauten.

Ich muß mir bei der nächsten Gelegenheit Klarheit darüber verschaffen, ob ich recht habe oder nicht.

Womit sollte ich anfangen? Bei Lord Harold Trowbridge, bei Rosie Ketch oder bei dem Offiziersburschen Jack Lewis? Da der Mörder meiner Auffassung nach Isobels direkter Feind war, erschien es mir am geratensten, zuerst seine Position zu schwächen. Aber ich brauchte eine stärkere Waffe als unsere flüchtige Bekanntschaft, um die Schutzwälle von Wilborough House zu überwinden. Ich dachte an Eliza, sprang vom Frühstückstisch auf und suchte Hut und Mantel.

* * *

Eliza, Comtess de Feuillide, ist die Frau meines Bruders Henry. Als Kind der Schwester meines Vaters, wenngleich nicht die Tochter des Mannes meiner Tante, ist sie auch meine Kusine. Man braucht nur soviel zu wissen, als daß Eliza das Produkt einer ehebrecherischen Beziehung ist, und meine Kusine hat dies seit ihrer Geburt zu ihrem *métier* gemacht – indem sie keinem Flirt abgeneigt war, sich als charmante Gesellschafterin hervortat und vor dem Untergang Marie Antoinettes eine der Attraktionen von Versailles war. Sie entging der Guillotine, während ihr Ehemann, Comte de Feuillide, dieses Glück nicht hatte. Der Tod dieses unglücklichen Gentleman durch die Hand des Henkers im Jahr 1794 erlaubte meiner geliebten Eliza, nach England zurückzukehren und etwa drei Jahre später ihren Henry zu heiraten. Obgleich sie fast zehn Jahre älter ist als mein Lieblingsbruder und seine Verbindung zu ihr der Familie großes Unbehagen bereitet hat, passen sie meiner Meinung nach recht gut zusammen. Während meine Kusine durch ihre Verbindung mit den Austens ein wenig gebändigt wird, besitzt Henry in seiner Frau eine lebhafte und geistreiche Partnerin, die ihm und seinen Vorlieben durchaus gerecht wird.

Sie ist außerdem von großem Nutzen, da sie alles und jeden kennt und überall willkommen ist.

Ich begab mich zu Henrys Haus in der Sloane Street, abenteuerlustig und entschlossen, Eliza in meine Pläne einzuweihen. Das Glück war mir hold – mein Bruder war außer Haus, und Eliza konnte über ihre Zeit frei verfügen. Ihre Zofe Manon geleitete mich in den Salon, wo die zierliche Comtesse vor einem lodernden Kaminfeuer saß. Sie hatte ihr Schreibzeug griffbereit neben sich liegen, und in ihrem Schoß saß ihr kleiner Hund Pug.

»Meine liebste Jane!« rief meine Kusine aus, veranlaßte den Hund auf den Boden zu springen und stand hastig auf. »Ich hatte keine Ahnung, daß du in London weilst! Bist du vielleicht mit einem gutaussehenden jungen Mann durchgebrannt und suchst Unterschlupf bei mir?«

»Nachdem du von meiner Affäre mit Harris Bigg-Wither erfahren hast, wirst du so etwas doch wohl nicht für möglich halten«, sagte ich lächelnd. »Ich habe den Männern für mindestens ein Jahr abgeschworen, nachdem es mir nicht gelungen ist, die Männer für mich zu interessierten, die mir gefallen, und ich mich denen gegenüber, die ich verabscheue, fürchterlich benommen habe.«

»Du wärest an der Seite eines so armseligen Kerls regelrecht zugrundegegangen«, antwortete Eliza, »und hättest du mich um Rat gefragt, dann hätte ich es dir gleich prophezeien können. Aber ich nehme an, deine Familie ist tief gekränkt, oder? Das ist sie ja ständig«, endete sie fröhlich, »wenn Frauen für sich selbst denken. Schön! Wie sollen wir unser Wiedersehen feiern?«

»Ich hatte gehofft, Eliza«, sagte ich, »daß du mir in einer ziemlich delikaten Angelegenheit behilflich sein könntest.«

»Delikate Angelegenheiten sind sozusagen mein Lebensinhalt«, erklärte sie, und ihre Augen funkelten neugierig.

»Es betrifft den Duke von Wilborough«, fuhr ich fort, »oder genaugenommen seinen Bruder.«

»Trowbridge? Mein Gott, du hast doch nicht etwa ein Auge auf ausgerechnet diesen Kerl geworfen? Ich habe zwar einiges für gefährliche Männer übrig. Ich hatte mit dieser Gattung sehr viel zu tun. Aber Lord Harold ist in dieser Hinsicht einfach zuviel.«

»Ich halte ihn für den schlimmsten und bösartigsten Mann, dem ich je begegnet bin.«

»Und das nicht ohne Grund.« Eliza hob warnend die vielberingte Hand. »Es heißt, er sei für den finanziellen Ruin von Sir Hugh Carmichael verantwortlich und er habe dessen Frau verführt. Auf jeden Fall wurde sie zu ihrer Familie in Wales geschickt, bis das Kind geboren wurde, und vor knapp zwei Monaten hat der arme Sir Hugh sich mitten auf der Pall Mall erschossen. Eine skandalöse Geschichte. Aber wie kommt es, daß du Lord Harold Trowbridge kennst?«

»Das erzähle ich dir in der Kutsche«, sagte ich, »denn Eile ist vonnöten.«

»Aber, meine liebe Jane – ich muß erst einmal überlegen, was ich anziehen soll. Denn dieser alte Fetzen reicht für die Residenz des Duke of Wilborough keinesfalls aus. Nein, wirklich nicht.« Mißbilligend musterte sie ihr kurzärmeliges Kleid aus kürbisfarbener Seide. Es war mit bronzenen Borten verziert und wie immer nach der neuesten Mode geschnitten. Mit zweiundvierzig Jahren hat Eliza noch nichts von ihrer Jugendlichkeit eingebüßt, und ihrer Wirkung auf andere Gentlemen nach zu urteilen, wird die Sorgfalt, die sie auf ihre Erscheinung verwendet, reichlich belohnt. Sie warf einen kurzen Blick in den Spiegel und eilte zur Tür. Pug folgte ihr kläffend. »Es dauert nicht lange, Jane. Manon!«

Kapitel 16

Ein Anwalt sucht Rat

1. Januar 1803, Fortsetzung

Wilborough House steht in all seiner Pracht und im Glanz seines alten Namens in der Park Lane.* Daß Eliza mit der Duchess of Wilborough befreundet war, wußte ich schon lange – es war der wesentliche Grund, weshalb ich sie um Hilfe bat, denn ihre Karte, auf der immer noch ihr französischer Titel der Comtesse de Feuillide stand, dürfte mir dort leicht Zugang verschaffen, wo ich als einfache Miss Austen bereits in der Eingangshalle abgewiesen worden wäre. Es war genauso, wie ich vorausgesehen hatte – die strengen Posten, die in Livree und weißen Perücken zu beiden Seiten der Haustür Wache hielten, erblickten Elizas elegantes smaragdgrünes Kleid, ihren mit Quasten verzierten Turban und die Hermelinstola, verneigten sich mit einem Ausdruck würdiger Ehrerbietung und kehrten umgehend zurück, um uns mitzuteilen, die Duchess sei anwesend und erwarte uns.

Niemand konnte Eliza widerstehen. Sie war, wie immer, im Besitz der interessantesten Neuigkeiten hinsichtlich gemeinsamer Bekannter.

Wir wurden eine breite Treppe hinaufgeleitet und durch großzügige Räume geführt, die nach europäischer Mode eingerichtet waren. Gemälde von rundlichen Kupidos und schlanken Nymphen schmückten die Decken, die Wände waren holzgetäfelt, und in jeder Ecke standen wertvolle Sèvres-Vasen.

* Wilborough House wurde mittlerweile abgerissen. – *Die Herausgeberin*

»Beängstigend spießig, meine Liebe, genauso wie der Geist der Duchess«, vertraute Eliza mir an, und ich atmete erleichtert aus. Wenigstens sie war nicht von Scheu ergriffen.

Es ging durch lange Fluchten von Salons, durch eine hohe Doppeltür nach der anderen, die sich lautlos öffneten, sobald wir uns ihnen näherten – eine ganze Schar von Lakaien war offenbar nötig, um die Besucher der Duchess zu empfangen und zu ihr zu bringen. Ich wage gar nicht mir vorzustellen, welchen Aufwand sie für eine kleine Dinnerparty betreiben dürfte. Zum Schluß wurden wir in einen intimen Damensalon geführt, der möbliert war mit goldbrokat- und seidengepolsterten Stühlen der unbequemen Sorte, die für nötig erachtet wurden, um eine möglichst elegante Pose zu erhalten, und standen der Duchess of Wilborough persönlich gegenüber. Sie war eine kleine Frau mit spitzem Gesicht und herrischer Miene, die verkniffen lächelte, als sie Eliza erblickte.

»Meine Liebe«, sagte die Duchess und reichte ihr eine schlaffe Hand, »wie lieb von Ihnen, eine Freundin in ihrer Einsamkeit aufzumuntern.«

»Sind Sie denn so alleine, Duchess?« erkundigte Eliza sich mit besorgter Stimme und ergriff die beringten Finger, die ihr dargeboten wurden. »Ich habe meine Lieblingsschwester*, Miss Austen aus Bath, mitgebracht, die erst vor kurzem in die Stadt gekommen ist. Sie hat die letzten Wochen in Scargrave Manor verbracht, wo Ihr Bruder, wie ich glaube, ebenfalls seine Aufwartung gemacht hat.«

»Harry?« sagte die Duchess mit einiger Schärfe, »ich habe nicht die geringste Ahnung, wessen Häuser oder

* Obgleich Jane zweifelsfrei Elizas Schwägerin war, war es zu Jane Austens Zeiten üblich, einen angeheirateten Angehörigen genauso zu behandeln wie einen Blutsverwandten. – *Die Herausgeberin*

wessen Betten Harry zuletzt bevölkert hat. Aber es freut mich, Sie kennenzulernen, Miss Austen, und zu sehen, daß Ihnen die Begegnung mit meinem Bruder nicht geschadet hat.«

Verblüfft über ihre Gewöhnlichkeit, murmelte ich eine Erwiderung und nahm auf eine Geste der Duchess hin Platz.

»Also«, sagte sie und faltete die Hände, »Sie müssen mir alles erzählen, was Sie über den Skandal wissen.«

»Über den Skandal?« wiederholte ich und spielte die Unwissende.

»Über den Tod Scargraves«, entgegnete sie ungeduldig. »Stimmt es, daß der junge Bursche, der ihn beerbt, sich der Gunst der Countess erfreut hat?«

Es war offensichtlich, daß die Duchess glaubte, völlige Offenheit wäre der Preis dafür, daß sie mich in ihren erlauchten Freundeskreis aufnahm, und mein Unbehagen mußte sich in meinem Gesicht abgezeichnet haben. Ich wußte nicht, was ich sagen sollte. Derart delikate Angelegenheiten sollten nicht aus reinem Amüsement breitgetreten werden. Und dennoch, ich selbst war ja gekommen, um weitere Informationen zu erhalten. Eliza rettete mich.

»Meine liebe Kusine ist eine enge Freundin der Lady«, flüsterte sie und beugte sich vor, um ihren Charme so stark wie möglich wirken zu lassen, »und Eure Hoheit kann wohl kaum erwarten, daß sie ein derart enges Vertrauensverhältnis mißbraucht. Aber ich muß solche Bedenken nicht haben, und ich kann Ihnen verraten, daß die Countess und der augenblickliche Earl zur Zeit im Gefängnis von Newgate eingesperrt sind. Sie wurden kurz nach Weihnachten vor das Schwurgericht geladen und dem Oberhaus als dem prozeßführenden Organ überantwortet.«

»Nein!« sagte die Duchess und klatschte in die Hände,

»und Bertie« (damit meinte sie wohl ihren Mann, den Duke) »wird im Oberhaus alles darüber hören. Wie ungewöhnlich! Wir müssen Bertie sofort hierherholen. Denn die Verhandlung wird sicherlich nicht allzu lange hinausgeschoben werden.«

»Sie soll als einer der ersten Tagesordnungspunkte der neuen Sitzungsperiode durchgeführt werden«, meldete ich mich wieder zu Wort. »Ist Seine Hoheit denn nicht anwesend?«

»Mein Gott, nein«, erwiderte sie. »Er und Trowbridge halten sich wegen irgendeiner unangenehmen Angelegenheit im Zusammenhang mit den Geschäften auf den Westindischen Inseln seit fast vierzehn Tagen in Paris auf. Ich habe im letzten Moment darauf verzichtet mitzufahren – ich kann diesen Bonaparte nicht leiden und ebensowenig diese Schlampe, die er als seine Frau bezeichnet. Intelligenz ist nicht gerade ihre starke Seite, und dann ihr Geschmack in Sachen Mode …«

»Wie mutig von Seiner Hoheit«, unterbrach Eliza sie. »Nur wenige Landsleute würden eine Reise nach Frankreich wagen, nachdem die Feindseligkeiten erst seit so kurzer Zeit eingestellt wurden.«

»Ich bin ganz Ihrer Meinung und habe dem Duke das gleiche gesagt. ›Wenn dieser Emporkömmling sich zur Invasion entschließt, während du weg bist, mein Lieber‹, habe ich zu Bertie gesagt, ›dann landest du im Gefängnis, und ich werde mich aufs Land zurückziehen.‹ Welchen Wert hat denn eine Konzession für den Handel mit den Westindischen Inseln, wenn man dem Wort eines Diktators kein Vertrauen schenken kann? Sie sollten sich damit zufrieden geben, nur mit anständigen englischen Partnern Handel zu treiben. Bonaparte hat versucht, den Strom englischer Waren zu unterbinden, aber das wird ihm wohl kaum gelingen, so lange wir unsere Kolonien in der Karibik haben.«

»Wie erfrischend, eine Lady über Politik sprechen zu hören«, murmelte Eliza mit einem bewundernden Augenaufschlag, »und wie ich Ihren Mann darum beneide, daß er dieses unglückliche Land besuchen kann! Die Zeit dort wird mir als abwechslungsreichste und schönste in meiner Vergangenheit stets in Erinnerung bleiben.« Sie schaute auf ihre Handschuhe und brachte sogar eine Träne zustande. Die Duchess war sofort voller Mitgefühl.

»Wie konnte ich nur so grausam sein und Sie an solche Schrecken erinnern! Verzeihen Sie, meine Liebe – und Sie auch, Miss Austen.«

»Lord Harold ist also von Scargrave direkt nach Paris gereist«, folgerte ich. »Demnach kann er von der jüngsten Misere der Countess noch gar nichts wissen.«

»Richtig«, sagte die Duchess, »aber ich werde Bertie sofort schreiben. Weder er noch Trowbridge werden sich ein solches Ereignis in den aristokratischen Kreisen entgehen lassen.«

»Ich fürchte, daß wir Sie jetzt verlassen müssen, Duchess«, erklärte Eliza unter Tränen, als würde sie von bitteren Erinnerungen eingeholt, »aber wir haben den Besuch bei Ihnen wirklich genossen.« Sie erhob sich, reichte unserer Gastgeberin die Hand und wandte sich zur Tür. Ich folgte ihrem Beispiel.

Hinter uns läutete die Duchess, und die Tür öffnete sich lautlos. Davor stand ein Lakai, der uns durch das Haus zurück auf die Straße geleitete. Ohne einen solchen Führer hätte wahrscheinlich sogar Eliza sich in den Fluren des Hauses verirrt und wäre von den Portraits der Wilborough-Ahnen mit mißbilligenden Blikken bedacht worden.

Sobald die bedrückenden Räumlichkeiten mit ihrer

übertriebenen Eleganz hinter uns lagen, atmete meine Kusine erleichtert auf. »Die arme Honoria ist eine unglückliche alte Schachtel«, sagte Eliza und stieg beschwingt in die Kutsche, »aber sie hat uns immerhin verraten, was wir wissen wollten.«

»Und im Austausch können wir wohl erwarten, daß sie Isobels Namen in den besten Häusern verbreitet«, fügte ich hinzu. »Ich muß jedoch ausschließen, daß Lord Harold die Zofe ermordet hat, da er zu diesem Zeitpunkt eindeutig außer Landes war. Also muß ich nach anderen Möglichkeiten Ausschau halten, die Countess zu entlasten.«

»Es ist sicher nicht auszuschließen, daß Trowbridge jemandem einen Mordauftrag erteilt hat«, sagte Eliza nachdenklich und strich ihre Pelzstola glatt, während der Kutscher hinter uns die Tür schloß. »Jemand mit seinem Einfluß und seinen Möglichkeiten könnte so etwas jederzeit und von jedem Ort aus veranlassen.«

»Das ist möglich, aber unwahrscheinlich«, sagte ich. »Er müßte sich in einem solchen Fall auf die Verschwiegenheit des betreffenden Mannes verlassen, bis er aus Paris zurückkehrt, und Vertrauen in andere ist etwas, das der Natur Lord Harolds völlig fremd sein dürfte. Ich denke, ich muß mich auf andere mögliche Täter konzentrieren.« Ich betrachtete sie besorgt. »Schmerzt die Erinnerung an Frankreich dich so sehr?«

»Ich werde niemals aufhören, meinem Schicksal dafür zu danken, daß es mich nach Frankreich geführt hat«, sagte sie, während die Kutsche sich in Bewegung setzte. »Indem er sich unter die Guillotine legte, hat der Comte für meine Zukunft mehr getan, als er sich jemals hätte träumen lassen. Er hat mich vor vielen langweiligen Jahren bewahrt, deshalb war sein Tod doch nicht ganz sinnlos.«

* * *

Ich kehrte ins Scargrave House zurück und traf dort Fanny Delahoussaye und ihre Mutter in Gesellschaft eines jungen Gentleman namens Cranley an, der die Gesellschaft Fannys mit Rücksicht auf seine neue Aufgabe erduldete, die in der Verteidigung Isobels und Fitzroy Paynes bestand. Er erhob sich schnell bei meinem Eintreten und begrüßte mich mit einem formvollendeten Handkuß. Er hatte ein freundliches, offenes Gesicht und war in jeder Hinsicht ein Gentleman.

»Soweit ich verstanden habe, kennen Sie meinen verehrten Gegner schon seit vielen Jahren«, sagte er zu mir.

»Sir William Reynolds? Oh ja, er ist schon seit langem mit meiner Familie, den Austens, befreundet.«

»Und ein Gegner jedes unseligen Verbrechers vor den Schranken des Gerichts«, fügte Cranley geistreich hinzu. »Obgleich Miss Delahoussaye der Meinung ist, daß er vielleicht seine beste Zeit hinter sich hat.«

Ich bemerkte mit einigem Unmut seine schafsgleichen Blicke der Bewunderung, die er Fanny zuwarf. Sie hatte keine Zeit vergeudet, um diesen armen Mann mit ihren Reizen zu betören. Sie trug an diesem Nachmittag ein Kleid, um das ich sie zugegebenermaßen beneidete – schwarz-weiß gestreifte Seide mit geflochtenem Schnürmieder. Als ich meiner Bewunderung Ausdruck verlieh, hatte sie jedoch gemeint, es sei hoffnungslos aus der Mode und eigne sich nur noch dazu, im Haus getragen zu werden. Ich wagte gar nicht, mir auszumalen, welche Meinung sie über meine Garderobe haben mochte, und unterließ es, mich weiterhin lobend über ihre Kleidung zu äußern.

»Ich würde Sir William keineswegs unterschätzen«, erklärte ich dem Anwalt, während Fanny errötete und verlegen den Blick senkte, »auch wenn er nicht in bester Form ist, ist er immer noch sehr gut. Aber das ist sicherlich nicht das, was Sie hören wollen, Mr. Cranley, und ich sollte mich wohl eher zur eigentlichen Affäre äußern. Was wollen Sie wissen?«

»Ist Sir William sich hinsichtlich der Schuld ihrer Ladyschaft ganz sicher?«

Ich ließ mich in einem Sessel vor dem Kamin nieder – die Kutschfahrt vom Wilborough House war recht kalt gewesen –, befreite mich von Hut und Handschuhen und reichte beides der Zofe, die neben mir wartete. »So sicher, wie er es für die Verhandlung sein muß«, beantwortete ich die Frage des Barristers. »Sie wissen ja, daß er nur die versammelten Lords von ihrer Schuld überzeugen muß, um die Countess am Galgen hängen zu sehen.«

»In der Tat«, erwiderte er und begann vor dem Kamin auf und ab zu gehen. Er bot das Bild eines fähigen jungen Mannes mit einem wachen, brillanten Verstand. »Ihre Ladyschaft wird allein durch die Beweismittel verurteilt. Nur die Zofe hätte sie retten können – indem sie selbst ein Schuldgeständnis abgelegt oder jemand anderen beschuldigt hätte –, aber die Zofe ist tot.«

»Das dürfte Sir Williams bestes und erfolgversprechendstes Argument sein«, stellte ich fest. »Denn er wird sicher den Eindruck erwecken wollen, daß die Countess Fitzroy Payne den Auftrag gab, Marguerite die Kehle durchzuschneiden, weil sie ihre Herrin hätte beschuldigen können.«

»Ich habe die Countess in ihrer Zelle besucht«, berichtete Cranley.

Fanny erschauerte, und ihre Mutter bedachte sie mit einem mitfühlenden Blick.

»Mr. Cranley«, meldete Madame sich in vorwurfsvollem Ton zu Wort, »sollten Sie Ihre Angelegenheiten nicht lieber mit einem männlichen Vertreter der

Familie besprechen? Solche Dinge sind wohl kaum für die Ohren wohlerzogener junger Damen geeignet.«

Der Barrister blickte sofort schuldbewußt drein und gab zu, daß sie damit durchaus recht habe. Aber ich erhob augenblicklich Widerspruch.

»Da ich von nicht ganz so edlem Geblüt und auch nicht mehr ganz so jung bin wie Miss Delahoussaye«, wandte ich ein, »würde ich herzlich gerne über den Fall der Countess diskutieren.« Madame verzog ungehalten die Miene und gab ihrer Tochter mit einer Geste zu verstehen, sie solle ihr folgen. Und so verließen die Damen den Raum und ließen mich mit dem Anwalt alleine.

»Wie ging es ihr?« wollte ich von Cranley wissen, nachdem die Türen sich geschlossen hatten.

»Wie es unter solchen Umständen zu erwarten ist«, erwiderte er mit sorgenvoller Miene. »Ihre Ladyschaft ist zutiefst niedergeschlagen und hat nur wenig Hoffnung. Außerdem leidet sie schrecklich unter den unwürdigen Bedingungen, unter denen sie zur Zeit leben muß. Der Earl erträgt die Situation ein wenig besser, aber er ist in jeder Hinsicht ein Gentleman und würde jegliche Unbill mit allergrößtem Gleichmut über sich ergehen lassen.«

»Ich selbst hätte Fitzroy Payne nicht besser beschreiben können. Sie haben ihn bestens charakterisiert.«

Der junge Anwalt musterte mich ernst. »Sie sind überzeugt von seiner Zuversicht, mit der er diese Vorwürfe zurückweist?«

»Das bin ich.«

»Ich wünschte, die Countess dächte genauso.«

»Ich weiß, daß sie hinsichtlich des Earls gewisse Zweifel hat«, meinte ich stockend.

»›Zweifel‹ ist wohl kaum das angemessene Wort für ihre Gefühle. Ich würde meinen, daß die Countess von der Schuld seiner Lordschaft überzeugt ist.«

»Das ist Trowbridges Werk«, erwiderte ich fassungslos. »Er hat sie gezielt in dem Moment entzweit, als sie am dringendsten Hilfe brauchten, und zwar aus reiner Freude an ihrem Ruin.«

»Trowbridge? *Lord* Harold Trowbridge?« Cranley staunte nicht schlecht. »Wie ist der denn in diese Geschichte verwickelt?«

»Wo immer irgend etwas Böses geschieht, erscheint er fast wie eine Art Bote des Unglücks.«

»Aber was hat er mit der Countess gemacht?«

Ich fing an, für Cranley die Methoden des Schurken an den Fingern aufzuzählen. »Er hat die Countess von der Insolvenz des neuen Earls informiert, und von seinem ausschweifenden Leben – und zwar auf eine Art und Weise, daß sie von der Richtigkeit der Schilderungen überzeugt war. Fitzroy Payne braucht wirklich Geld, und sie betrachtet seinen Schuldenberg jetzt als Motiv für einen Mord. Schlimmer ist dabei jedoch, daß sie annimmt, er habe sie im Fall der beiden Morde ganz gezielt belastet. Sie hatte gehofft, daß der Earl sein nicht unbeträchtliches Vermögen und seinen Einfluß dazu verwenden würde, ihren Besitz auf Barbados gegen den räuberischen Zugriff Trowbridges zu verteidigen – aber in diesem Bemühen wurde sie bitter enttäuscht. Und dann, Mr. Cranley, hat Lord Harold sie von der Existenz von Paynes Geliebter ins Bild gesetzt.«

Cranley blickte verwirrt drein. »Und was sollte die Countess eine solche Frau angehen?«

Ich zögerte. »Mein lieber Herr«, entgegnete ich, »als Kenner all unserer Angelegenheiten sollten Sie nicht im Dunkeln tappen. Und es würde Ihnen ohnehin in den Londoner Salons bald zu Ohren kommen, fürchte ich. Die Countess glaubte, selbst von Fitzroy Payne geliebt zu werden, während sie noch verheiratet war.

Und obgleich sie mir versichert hat, daß zwischen ihnen nichts Ungehöriges vorgefallen ist, dürfte die Unschicklichkeit solcher Empfindungen die Öffentlichkeit schnell vom Gegenteil überzeugt haben.«

»Das ist schlimm«, stöhnte Cranley, stützte sich mit den Händen auf dem Kaminsims ab und ließ den Kopf hängen, »wie es gar nicht schlimmer sein könnte. Keiner der beiden hat einen Zeugen für seine Handlungen zur Zeit des Mordes an der Zofe. Die Countess hielt sich alleine in ihren Gemächern auf, während der Earl einen Spaziergang im Park unternahm, wie er ausgesagt hat. Keiner kann erklären, wie das Taschentuch in die Nähe der Leiche oder der ominöse Zettel ins Mieder gelangt ist. Und nun ist Lady Scargrave derart mißtrauisch, daß sie bei allen Aktivitäten des derzeitigen Earls ernste Zweifel hegt.«

»Meine arme Isobel«, sagte ich langsam, »ihr ganzes Vertrauen ist dahin.«

»Allerdings nicht das Vertrauen, daß sie in Sie setzt«, schränkte der Anwalt ein, und seine Miene hellte sich ein wenig auf. »Sie hat mir aufgetragen, mich mit Miss Austen zu beraten, da sie glaubt, daß ich davon nur profitieren kann.«

»Ich staune über ihre Zuversicht«, erwiderte ich. »Wäre ich nicht gewesen – hätte ich die Nachricht vernichtet und das Taschentuch unbemerkt an mich genommen – wären die Countess und Fitzroy Payne wahrscheinlich noch immer in Freiheit. Sie hat eigentlich allen Grund, mich zu hassen.«

»Ich bezweifle, daß sie von jeglichem Verdacht befreit gewesen wäre«, tröstete er mich, »wenn Sir William so sehr von ihrer Schuld überzeugt ist.«

Isobels Leben schien in der Tat unter einem unglücklichen Stern zu stehen. »Was haben Sie jetzt vor?« fragte ich Mr. Cranley.

»Ich hoffe, den wahren Mörder vor dem Tag der Gerichtsverhandlung zu finden«, antwortete er entschlossen, »und die Mordanklage als beste Verteidigung meiner Klienten vorzubringen. Denn Sie sollten wissen, daß ich keine Gelegenheit haben werde, die Position zu erschüttern, die Sir William beziehen wird. Er wird sein bestes tun, seine Argumente so fest und unerschütterlich wie möglich zusammenzufügen.«

»Ich werde ähnlich verfahren«, versicherte ich ihm, »und Ihnen alles umgehend mitteilen, was ich herausbekomme. Aber wenn ich Ihnen noch einen Rat geben darf ...«

»Nur zu, Miss Austen.« Er zog sich einen Sessel heran, um mir besser folgen zu können.

»Ganz gewiß wird Sir William den Eindruck erwekken wollen, daß Fitzroy Payne verzweifelt Geldquellen suchte, und daß seine Lage ihm keine andere Rettungsmöglichkeit ließ als die Ermordung seines Onkels. Können Sie nicht nach Fakten Ausschau halten, die unter Umständen das Gegenteil beweisen? Andere Mitglieder der Familie hatten vielleicht ähnlich dringende Motive, gerieten aber bisher nicht in Verdacht. Und dann ist da auch noch Lord Harold Trowbridge.« Ich schilderte ihm kurz, in welcher Weise der Mann seinen Vorteil aus Isobels Unglück herausgeschlagen hatte.

In diesem Moment erklang der Gong zum Abendessen. Die Zeit war wie im Fluge vergangen, und ich hatte mich noch nicht einmal umgezogen.

»Gott schütze Sie, Mr. Cranley«, sagte ich, erhob mich und reichte ihm die Hand. »Ich werde alles in meinen Kräften stehende tun, um Ihnen zu helfen. Aber ich möchte Sie um einen Gefallen bitten.«

»Sie brauchen Ihren Wunsch nur zu äußern, Miss Austen, und er ist schon erfüllt.«

»Nehmen Sie mich morgen mit in die Zelle der Countess. Ich möchte mir mit eigenen Augen ein Bild davon machen, wie es ihr geht – und auch Fitzroy Payne.«

»Newgate ist kein Ort für eine Lady«, sagte der Barrister mit warnender Stimme.

»Dummes Zeug!« rief ich. »Sie wissen sehr wohl, Mr. Cranley, daß Besuche im Gefängnis mittlerweile ein beliebter Zeitvertreib der besseren Gesellschaft sind. Wenn Newgate eine Countess in seinen Mauern beherbergen kann, dann dürfte es auch einen Besuch durch meine Person vertragen. Ich erwarte Sie nach dem Frühstück.«

Kapitel 17
Die Treibhausblüte

2. Januar 1803

Der nachmittägliche Londoner Nebel wogt jetzt vor den zahlreichen Fenstern von Scargrave House und löscht die Konturen von Pferd und Kutsche aus, die unten auf der Straße das Haus passieren. Genauso trübe sieht es auch in meiner Seele aus. Dort herrscht eine Dunkelheit, die aus unendlicher Traurigkeit erwachsen ist. Ich habe den größten Teil des Vormittags in ständiger Nacht verbracht, nämlich in den Verliesen des Newgate-Gefängnisses. Daß ich froh bin, diesem Ort entflohen zu sein, brauche ich wohl kaum hinzuzufügen, wäre da nicht noch meine tiefe Betrübtheit darüber, Isobel als Gefangene in seinen Mauern zurückgelassen zu haben. Aber etwas von Newgate trage ich immer noch mit mir herum, einen intensiven Eindruck von dem Schmutz und dem Gestank seiner Zellen, das hartnäckig an meiner Person haftet.

Ich habe mir ein heißes Bad herrichten lassen, um mich von dem entsetzlichen Gestank zu befreien. Teils Abfall, teils Exkremente, teils menschliche Verzweiflung, ist er wirklich widerlich. Und der Gestank erzeugte in mir eine derart heftige Übelkeit während meiner Heimkehr in Mr. Cranleys Kutsche, daß ich vor dem Scragrave House sofort heraussprang, kaum daß sie zum Stehen gekommen war, im Haus meinen Mantel und meinen Hut von mir schleuderte und schnellstens in mein Zimmer hinaufrannte. Daß der elegante Stadtbutler des Earls, Simmons – der sich mit seiner Jugend und Energie genauso von Cobblestone unterscheidet wie Scargrave House von Scargrave Manor – eine gewisse faulige Aura um meine Person wahrnahm, erkannte ich an seinem Naserümpfen, als ich das Haus betrat. Er hielt meine Straßenkleidung mit den Spitzen seiner elegant behandschuhten Hände indigniert von sich und beeilte sich, sie einem Dienstmädchen mit dem eisigen Hinweis zu übergeben, sie sollte »ausgebürstet« werden. Ausgebürstet, also wirklich! Eine ganze Woche in heißer Lauge würde die Kleider wahrscheinlich nicht von dem Schmutz Newgates befreien. Aber ich hatte meine ältesten Kleidungsstücke angezogen, da ich vorausgesehen hatte, wie es sein würde, und ich konnte in einem solchen Fall den Verlust eines so kleinen Teils meiner Garderobe durchaus verschmerzen.

Und nun sind die Dienstmädchen mit dampfenden Kupferkannen erschienen und haben verkündet, daß das Wasser für mich sicherlich noch zu heiß sei. Daher habe ich mein Tagebuch hervorgeholt und zu schreiben begonnen in der Hoffnung, meine Eindrücke von diesem höllischen Ort, an dem ich nur ein paar Stunden zugebracht habe, unauslöschlich festzuhalten. Das Entsetzen wird sich gewiß im Laufe der Zeit verflüchtigen, aber ich werde einiges davon auf diesen Seiten erhalten, um meinen Kampfeswillen zu stärken, falls die Verzweiflung über Isobels Schicksal mich zu überwältigen droht. Ich weiß, daß sie unschuldig ist, und ich will und kann ihr nicht zumuten, auch nur eine Minute länger in diesem schrecklichen Loch zu verbringen, als unbedingt sein muß.

Mr. Cranley hielt Wort und erschien kurz nach dem Frühstück – um Punkt halb acht auf der großen Uhr, die unermüdlich in der riesigen Eingangshalle von Scargrave House die Viertelstunden schlägt. Seine Miene zeigte einen Ausdruck des Zweifels, und er wollte noch einmal versuchen, mich von meinem Besuch abzuhalten. Aber meine aus der Gewißheit, in jeder Hinsicht recht zu haben, geborene Entschlossenheit setzte sich über alle Einwände hinweg.

Ich trug mein bequemstes Kleid aus dunkelblauem Wollkammgarn und meine festesten Schuhe, als beabsichtigte ich eine Querfeldeinwanderung. Letztere fanden offenbar das Wohlwollen des Barristers, als er meine äußere Erscheinung begutachtete.

»Die Tochter eines Geistlichen wollen Sie sein?« Er lächelte trotz des Ernstes unseres Vorhabens. »Ich hätte eher angenommen, daß Ihr Vater mindestens ein Colonel ist, Miss Austen, und Sie eigenhändig abgehärtet hat, um die Beschwernisse eines Feldzugs zu ertragen.«

»Die Arbeit in einer Pfarrei kann genauso mühsam und der tägliche Kampf ebenso bitter sein wie das Erringen eines militärischen Sieges«, erwiderte ich und streifte meine Handschuhe über. »Waren Sie vielleicht schon einmal gezwungen, Mr. Cranley, die Rollen in einem zu Weihnachten aufzuführenden Krippenspiel zu verteilen, und anschließend Verleumdungen und Angriffe zu ertragen, weil sie den kleinen Liebling irgendeines Vaters angeblich vernachlässigt haben? Aber genug davon. Die Countess erwartet uns.«

»Ihre Ladyschaft kann nicht viel anderes tun«, erwiderte er grimmig und half mir in die Kutsche, »umso mehr Mitleid verdient sie. Hätte sie irgendeine geistige Beschäftigung, könnte sie die Umstände sicherlich weitaus besser ertragen.«

Ich hielt inne, halb in der Kutsche, halb draußen, und starrte ihn fassungslos an. »Sie meinen, sie hat nichts, was sie zerstreuen könnte?«

»Zerstreuen? Ich glaube nicht.«

Ich wandte mich abrupt um und stieg wieder aus. »Warten Sie einen Moment, Mr. Cranley«, bat ich ihn. »Ich weiß, womit man sie aufmuntern kann.«

* * *

Wir hatten es nicht weit bis nach Newgate, das östlich des Portman Square und unweit der alten Stadtmauern gelegen war. In früheren Zeiten wären der Earl und die Countess wahrscheinlich in den Tower gebracht worden, um dort in eisiger, ihrem Stand angemessener Würde zu residieren, obgleich er nicht mehr Komfort bot als das Gefängnis, das in seinem Schatten errichtet worden war. Während wir Newgate näher kamen, zitterte ich innerlich bei dem Gedanken an den Galgen, der vor seinen Toren errichtet würde, falls Isobel zum Tode verurteilt werden sollte. Eine öffentliche Hinrichtung mit all der Erniedrigung und dem Aufsehen, das gewöhnlich einen Galgentag kennzeichnet, wäre eine allzu schreckliche Vorstellung. Ich wandte mich an Mr. Cranley. »Ist es denn wahrscheinlich, mein lieber Sir – falls wir bei unserem Versuch scheitern, die Unschuld der Countess zu beweisen –, daß sie hängen muß?«

Mehrere Herzschläge lang antwortete der Anwalt nicht, sondern betrachtete nur nachdenklich die düsteren Mauern des Gefängnisses, auf das wir zurollten. Schließlich drehte er sich um und sah mich ernst an. »Die Gerichte scheuen sich im allgemeinen, eine solche Strafe über eine Frau zu verhängen«, erwiderte er, »aber der vorsätzliche Mord an einem Ehegatten – vor allem an einem Gentleman vom Stand des Earls – ist ein Vergehen, für das keine mildernden Umstände geltend gemacht werden können. Ich fürchte, Miss Austen, daß wir keine andere Alternative haben, als die Unschuld der Countess zu beweisen. Und auch die des Earls.«

Die Kutsche hielt vor dem Tor von Newgate an, und Mr. Cranley sprang hinaus und reichte mir die Hand, während ich ausstieg. Für einen kurzen Moment blieben wir vor diesen schrecklichen Mauern schweigend stehen. Sie waren mit sich windenden Wasserspeiern verziert und mit Ketten behängt. Eine Klappe wurde in der massiven Eichentür geöffnet. Wir erblickten ein vierschrötiges Gesicht mit einer Augenklappe und einem Mund, in dem sich nur noch wenige Zähne befanden.

»Warten Sie einen Augenblick, Miss Austen, während ich mit dem Pförtner spreche«, bat Mr. Cranley mich und ging zum Gefängnistor. Das Gespräch wurde schnell beendet – mit dem Überwechseln einer Geldmünze von seiner Hand in die des anderen Mannes – und das massive Tor schwang auf. Wir wurden auf den Innenhof geführt, dessen Kopfsteinpflaster von den Spuren des Londoner Nebels feucht glänzte. Es schmerzte mich, mir Isobels Ankunft hier vorzustellen, einsam und von allen gehaßt und ohne nennenswerte Hoffnung, die sie aufrechterhalten würde. Es dauerte nur einen Moment, bis wir von einem Kalfaktor an der Gefängnistür in Empfang genommen wurden, und dann waren wir innerhalb des Gebäudes.

Wie soll ich die Szenerie beschreiben, die uns empfing?

Ein enger, fensterloser, niedriger Raum, nur von Fackeln erleuchtet, um den in Jahren angesammelten Schmutz und das Herumgehusche um unsere Füße – zweifellos Ratten – zu verbergen. Eine Luft, erfüllt von Qualm und Gestank, daß sie erstickend wirkte. Dazu ein ständiges Klappern und Klirren von Riegeln, die vorgeschoben oder geöffnet wurden – oder, was noch schlimmer war, von Ketten, die verzweifelt geschüttelt wurden. Ich blickte mich verstohlen um in der Hoffnung, keinen allzu schockierten Eindruck zu hinterlassen, aber Mr. Cranley ahnte meine Reaktion.

»Noch können Sie umkehren«, sagte er sanft. »Ich würde Sie nicht geringer schätzen, Miss Austen, wenn Sie meine Kutsche rufen würden.«

»Unsinn«, erwiderte ich und demonstrierte mehr Entschlossenheit, als ich tatsächlich verspürte.

Wir wurden an einen Mann weitergereicht, den Mr. Cranley Snatch nannte, eine seltsame verkrüppelte Erscheinung mit einer riesengroßen Nase und einer üppigen, verfilzten schwarzen Haarmähne. Er trug an seinem Körper eine erstaunliche Anzahl von Kleidern aus verschiedenen Stoffen und in unterschiedlichen Größen – für mein unerfahrenes Auge die reinste Fundgrube für einen Lumpensammler. Ich erfuhr später von Mr. Cranley, daß Snatch gewöhnlich den zum Tode Verurteilten vor ihrer Hinrichtung Stück für Stück die Kleider abkaufte. Da die armen Teufel bis zum Schluß etwas zu essen haben wollten, waren sie bereit, alles, was sie besaßen, für gutes Bier und madenfreies Brot zu verhökern. Ich bin froh, daß ich damals, als ich ihn zum erstenmal sah, nichts von der Herkunft der bunten Tracht unseres Führers wußte. Ich glaube kaum, daß ich meine Abscheu vor ihm hätte verbergen können.

Snatch geleitete uns durch einen dunklen und engen Gang, der kaum Schulterbreite hatte. Und da die Wände feucht und mit Moder bedeckt waren, hatte ich Angst um den guten Wollmantel des Barristers. Die Kerze unseres Führers warf tanzende Schatten, während er vor uns herging. Er schien mit seinem Los genauso zufrieden zu sein wie einer der Lakaien der Duchess von Wilborough. Der Weg ging über mehrere Treppen und durch scheinbar endlose Korridore, wobei wir gelegentlich hinter vergitterten Türen neugierig starrende

Gesichter sehen konnten. Beängstigendes Geplapper, teils Stöhnen, teils erregtes Gestammel, teils gemurmelte Flüche, begleitete uns.

Unser Führer blieb vor einer Tür stehen. Dabei machte der Kerzenschein aus seiner Knollennase und seinem fettigen Haarfilz eine groteske Fratze. Er fingerte am Bund seiner zahlreichen Hosen herum und holte einen großen Schlüssel hervor, der, als er ins Schloß gesteckt wurde, die Riegel zurückschob. Ich betrachtete furchtsam meine Umgebung. Sollte Isobel tatsächlich an diesem Ort untergebracht sein?

Sie war es.

Snatch öffnete die schwere Tür weit und trat als erster in den Raum hinein. Ein lüsternes Grinsen verzerrte sein Gesicht. Als ich Mr. Cranley über die Schwelle folgte, erkannte ich schnell den Grund für dieses Grinsen.

Alle Arten von Dirnen, Taschendiebinnen und Bettlerinnen drängten sich in dem Raum – Frauen, rundlich und mager, groß und klein, hübsch und abschrekkend. An die sieben teilten sich eine Fläche von etwa fünfzehn Quadratfuß. Sie kauerten entweder niedergeschlagen auf dem Fußboden oder standen selbstbewußt in Gruppen zusammen und unterhielten sich derart angeregt, als unternähmen sie einen Sonntagsspaziergang. Eine von ihnen, eine alte Vettel mit lükkenhaften Zähnen, drängte sich an Snatch heran, strich mit den Fingern durch seine schmutzigen Locken und verschlang ihn geradezu mit lüsternen Blicken.

»Heh, Schätzchen«, gackerte sie, »was hast du uns denn heute gebracht? Was Hübsches?«

»Benimm dich, Nance«, sagte der Türwächter und drängte sie mit einer Kopfnuß zurück. »Ich habe mit der Lady etwas zu erledigen.«

»Sie ist also eine Lady? Ho ho.« Nance taxierte mein

Kleid mit bemerkenswerter Impertinenz für jemanden von ihrem niederen Stand und spuckte aus. »Das hier ist was für Ladies!«

Mr. Cranley bot mir seinen Arm als Schutz und Stütze an und geleitete mich zu einer Tür in der hinteren Wand, die zu einer weiteren Kammer führte. Dort, in einer dunklen Ecke, entdeckte ich die Countess. Isobel saß auf dem Fußboden. Die Arme hatte sie vor der Brust verschränkt, als böte diese mitleiderregende Geste ihr ein wenig Schutz vor ihrer alptraumhaften Umgebung. Sie hob bei unserem Eintreten ihr vom Leiden gezeichnetes Gesicht, und ihre braunen Augen weiteten sich entsetzt.

»Jane!« flüsterte sie heiser. »Wie kommt es, daß du hier bist? Und Zeuge meiner Schande wirst?« Sie schaute sich gehetzt um und kämpfte sich mühsam auf die Füße, als wolle sie vor uns fliehen.

»Mein liebes Kind«, sagte ich zärtlich und ergriff ihre Hände, »ich sehe keine Schande, sondern nur unendliche Geduld inmitten eines solchen Unglücks. Dein Mut macht deinem Namen große Ehre, Isobel – deine Freunde können dir nur Anerkennung zollen.«

»Wenigstens eine Freundin habe ich«, rief sie und umarmte mich. Mr. Cranley schloß die Tür von Isobels Zelle und sperrte Nance und ihre Komplizinnen aus. Dann hielt er sich abseits, wandte den Blick ab, bis die Berührung durch die Hand der Countess seine Aufmerksamkeit weckte.

»Und Sie, Mr. Cranley«, sagte sie mit bewegter Stimme, »der beste aller Anwälte und ein wahrer Gentleman. Ich kann mich in der Tat glücklich schätzen, Ihre Freundschaft zu besitzen. Aber Sie scheinen große Sorgen zu haben, bester Sir.«

»Ich bin nur entrüstet, Mylady«, sagte Mr. Cranley, »Ihre ständige Erniedrigung miterleben zu müssen.

Ich hatte von Snatch verlangt, für eine angemessenere Unterbringungsmöglichkeit zu sorgen, und der Mann hat unsere Abmachung aufs gröbste verletzt.«

Isobel wandte den Blick ab und wischte sich über die Augen. Dann hatte sie sich gefaßt und sah uns wieder an. »Ich glaube, dieser Snatch hat nicht das geringste Ehrgefühl, Mr. Cranley. Sie täten besser daran, mit seinen Vorgesetzten zu verhandeln, wenn Sie Ihr Geld sinnvoll ausgeben wollen. Aber zerbrechen Sie sich wegen mir nicht den Kopf. Ich sorge mich kaum darum, welchen Raum in der Hölle ich bewohnen soll. Denn Komfort dürfte mir keiner bieten.«

Ich betrachtete die Countess mit größter Anteilnahme und weigerte mich, mir die Strapazen auszumalen, die sie bereits durchlitten hatte. Ihr schlichtes Kleid aus schwarzer Wolle war schmutzig und stellenweise zerrissen. Wessen Hände sich an ihrer Person vergriffen hatten, konnte ich mir leicht vorstellen, nachdem ich ihre Zellengenossinnen kennengelernt hatte. Ihr Haar war zerzaust und fettig, und ein schrecklicher Geruch drang aus den Falten ihrer Kleidung. Sie hatte tatsächlich den Wohlstand und das Ansehen, dessen sie sich vor nur wenigen Wochen noch hatte erfreuen können, weit hinter sich gelassen. Ich umarmte sie erneut, überwältigt von Mitleid.

»Ich fürchte, wir können nicht länger bleiben, Miss Austen«, sagte Mr. Cranley behutsam.

»Isobel«, sagte ich, »wir holen dich aus diesem entsetzlichen Loch heraus, wenn wir erst einmal deine Unschuld bewiesen und deinen guten Namen wiederhergestellt haben. Du darfst keine Sekunde daran zweifeln, daß wir uns voll und ganz für dich einsetzen. Jetzt, in deiner dunkelsten Stunde, darf die Hoffnung dich nicht verlassen. Wir werden dich in die Freiheit zurückholen, und Fitzroy Payne mit dir.«

»Nenne seinen Namen nicht, Jane. Ich möchte ihn nie wieder hören.«

Ich betrachtete ihr abgewandtes Gesicht und ihre traurigen Augen, die zutiefst verstört blickten. Wie schrecklich ist eine Liebe, die glaubt, daß sie verraten wurde!

»Ich wäre über alle Maßen überrascht, Isobel, wenn ich entdecken sollte, daß er etwas anderes als unschuldig ist, und irgendwann wirst du daraus ebensoviel Hoffnung für ihn wie für dich selbst schöpfen.«

Sie biß sich auf die Lippen und suchte erneut Halt bei mir. Auf ein Nicken Mr. Cranleys hin ließ ich sie widerstrebend los. Aber ich vergaß nicht, meiner Freundin das Buch zuzustecken, das ich aus der Kutsche mitgenommen hatte. Es war mein liebster Roman – *Cecilia* von Miss Fanny Burney –, an diesem furchtbaren Ort sicherlich die beste geistige Zerstreuung, die man finden konnte. Aber Isobel wollte das Buch nicht annehmen und warf als Erklärung den Frauen und Snatch, die jenseits der Tür lauerten, einen vielsagenden Blick zu.

»Bewahre es für mich auf, Jane«, bat sie mich leise. »Ich hoffe, daß für mich bessere Zeiten kommen, um seine Vorzüge gebührend würdigen zu können.«

* * *

»Mr. Cranley«, sagte ich nachdenklich, nachdem Snatch uns wieder zum Tor zurückgeführt und auf die Straße hinausgelassen hatte. »Wir müssen alles daransetzen, Gründe zu finden, daß die Countess wieder Hoffnung schöpfen kann.«

»Ich stimme Ihnen zu, Miss Austen. Aber woraus diese Hoffnung erwachsen soll, das kann ich wirklich nicht sagen.«

»Ein wiedergewonnenes Vertrauen in den Earl könnte

diese Hoffnung entstehen lassen. Wenn die Countess ihre schlechte Meinung über den Earl ändern könnte, würde sie weniger leiden.«

Mr. Cranley war mir beim Einsteigen in die Kutsche behilflich und blieb an der Tür stehen. Ich schloß daraus, daß er mich nicht zum Scargrave House begleiten wollte.

»Müssen Sie noch einmal in diese Hölle hinabsteigen?« erkundigte ich mich besorgt.

»Ich muß noch den Earl besuchen, Miss Austen, und zu einer solchen Zelle hat eine Lady keinen Zutritt«, erwiderte der Anwalt gepreßt. »Außerdem habe ich einiges mit dem Gefängnisdirektor zu besprechen, falls ich ihn dazu bewegen kann, daß er mich anhört. Die Countess und der Earl müssen unbedingt in bessere Räumlichkeiten verlegt werden, auch wenn es ein kleines Vermögen kosten sollte.«

»Sie sind ein wahrer Engel.«

»Ich tue nur, was getan werden muß – was eigentlich jeder mitfühlende Gentleman tun würde.«

»Die meisten *mitfühlenden* Gentlemen würden einen Monat andauernde Waschungen kaum für ausreichend halten, um sich von den Spuren Newgates zu befreien«, erwiderte ich sarkastisch. »Ich lasse mich von meiner guten Meinung über Sie nicht abbringen, mein lieber Sir.«

Er neigte den Kopf mit verlegener Miene, und ich wandte mich schnell einem anderen, wichtigeren Punkt zu. »Mr. Cranley«, sagte ich, »wenn Sie mit Fitzroy Payne sprechen, dann erkundigen Sie sich doch bitte nach der Art und Weise, wie er seine Korrespondenz erledigt.«

»Nach der Art und Weise?«

»Genau – ob er sich irgendwelche Aufzeichnungen über abgesandte oder erhaltene Briefe macht; ob er Buch über seine Portoausgaben führt. Und fragen Sie ihn vor allem, ob er Kopien von den Briefen anfertigt, die er selbst verschickt.«

Verständnis zeichnete sich allmählich auf dem Gesicht des Barristers ab. »Sie denken sicherlich an den Papierfetzen, der im Mieder der Zofe gefunden wurde.«

Ich nickte. »Wenn wir nachweisen könnten, daß dieses Papier der Korrespondenz des Earls entnommen wurde, dann dürfte die Tatsache, daß es seine Handschrift ist, nicht mehr so schwerwiegend sein. Denn dann hätte praktisch jeder der Zofe diese Nachricht schicken können. Es gibt keinen Beweis dafür, daß der Earl es getan hat. Was ihn belastet, ist allein seine Handschrift. Ganz sicher hat er diese Worte geschrieben. Wir müssen versuchen aufzuzeigen, daß sie für jemand anderen bestimmt waren und nur durch Zufall bei der Zofe gefunden wurden.«

Das Leuchten in den Augen Mr. Cranleys reichte aus, um mich zufriedenzustellen. Ich hatte kaum Zweifel, daß wir schon in Kürze alles über Fitzroy Paynes Gewohnheiten erfahren würden, und ich freute mich über die hervorragende Auffassungsgabe von Isobels Verteidiger.

* * *

Später am selben Tag

Nach dem Abendessen kam es zwischen mir und Miss Fanny Delahoussaye zu einem höchst sonderbaren Gespräch. Ich habe nicht die geringste Ahnung, wie ich es verstehen soll, so daß ich seinen Inhalt niederschreibe in der Hoffnung, es vielleicht auf diese Art und Weise zu begreifen.

Ich hatte mich ans Klavier gesetzt, um mich ein wenig mit den Kompositionen Mr. Haydns zu beschäftigen und gleichzeitig über alles bisher Geschehene nachzudenken, als Miss Delahoussaye zu meiner Überraschung neben mir auftauchte. Eine Perlenkette, in der eine Pfauenfeder steckte, umspannte ihre Stirn, und sie trug ein elegantes Dinnerkleid aus schwarzem Sarsenett. Ich wußte, daß sie ihrem Besuch bei Madame Henri's am nächsten Tag entgegenfieberte, jener zur Zeit gefragtesten Schneiderin in der Bond Street, und nahm an, daß sie mir davon vorschwärmen wollte, um dieses Glück noch besser auskosten zu können.

»Miss Austen«, sagte sie in einem wärmeren Tonfall als üblich, »kann ich Sie vielleicht zu einem Spaziergang in der Orangerie überreden? Ich glaube nicht, daß Sie deren Schönheit bereits kennengelernt haben. Zu einer solchen Jahreszeit, wenn die Straßen so gut wie unpassierbar sind, ist ein Gewächshaus jedem anderen Amüsement vorzuziehen. Ich bin überzeugt, daß es Ihnen gefallen wird.«

Ich sah keinen Grund, abweisend zu reagieren, und willigte erfreut ein. Die Orangerie war eine Verrücktheit des sechsten Earls, des Vaters des verstorbenen Lord Scargrave, dessen Frau Französin war. Es heißt, er habe das Haus einem der Bauten in Versailles vor der Zerstörung durch den französischen Pöbel nachempfinden lassen. In dem Gewächshaus gedeiht eine Vielzahl von Pflanzen, die man kaum irgendwo anders antreffen kann. Der verstorbene Earl teilte die Interessen seines Vaters, von denen die Botanik nur eine war. Keine Pflanze war zu teuer oder zu selten, um nicht angeschafft zu werden.

»Für einen Barrister scheint Mr. Cranley ja ein ganz anständiger Kerl zu sein«, begann Fanny, während wir durch die feuchte Atmosphäre, die vom Duft der Grünpflanzen gesättigt war, dahinschlenderten. »Wenn Sie genug Zeit hätten, Miss Austen, könnten Sie vielleicht sogar versuchen, ihn sich zu angeln. Sein Gewerbe schreckt wenigstens *Sie* nicht ab, und seine Aussichten müssen als recht gut bezeichnet werden – zumindest in den Augen von jemandem wie Ihnen.«

»Ich denke, Mr. Cranley würde es vorziehen, von *Ihnen* eingefangen zu werden, Miss Delahoussaye. Er zerfloß ja geradezu vor Bewunderung, während Sie sich im Zimmer aufhielten.«

»Ihnen entgeht aber auch gar nichts, Miss Austen! Aber nennen Sie mich doch Fanny«, sagte sie und hakte sich bei mir unter. Ich hatte nicht die geringste Lust, Vertraulichkeiten dieser Art zuzulassen, und reagierte daher nicht, indem ich ihr meinen Vornamen anbot. »Ich habe mir schon lange gewünscht, mit Ihnen einen Spaziergang zu unternehmen, denn ich befinde mich in einem schrecklichen inneren Aufruhr. Die Weisheit von jemand wie Ihnen – die mir an Alter und Erfahrung so weit voraus ist – dürfte für mich eine Quelle des Trostes sein.«

So viel älter als sie, in der Tat! Die acht Jahre Altersunterschied haben wohl kaum die Dimension einer ganzen Generation. Aber ich konnte nicht erwarten, daß Miss Delahoussaye sich Bosheiten verkniff, wenn sich dazu eine günstige Gelegenheit bot.

»Einen Rat, wenn er denn erwünscht ist, werde ich Ihnen gerne geben. Allerdings muß ich darauf hinweisen, daß unsere Bekanntschaft doch sehr flüchtig ist. Vielleicht wenden Sie sich mit Ihren Fragen lieber an jemand anderen.«

»Unsere Bekanntschaft flüchtig! Ich bitte Sie! Kaum fünf Minuten nach Ihrer Ankunft auf Scargrave war ich bereits überzeugt, daß Sie der Segen meines Besuchs an diesem tristen Ort sein würden, und vielleicht sogar die große Hilfe, endlich mein Lebensglück zu sichern – aber ich eile zu schnell voraus. Ich erwarte vielleicht zu viel von Ihnen. Daher sollte ich lieber meinen Kummer schildern.«

»Das denke ich auch«, erwiderte ich ein wenig verwirrt.

»Man kann sich nicht allzu lange in Lieutenant Hearsts Gegenwart aufhalten, ohne seine außergewöhnliche Fähigkeit zu bemerken, allen zu gefallen«, begann sie mit einem bedeutsamen Seitenblick in meine Richtung. »Das ist Ihnen sicherlich nicht entgangen.«

»Er ist ein charmanter Bursche.« So wollte sie also meine verfängliche Situation vom Silvesterabend zur Sprache bringen. Ich hatte es beinahe geschafft, den Vorfall zu vergessen.

»Charmant! Er ist ein Ausbund an Aufmerksamkeit und Zuvorkommenheit. Und dann diese Bescheidenheit! Er begreift überhaupt nicht, welche Wirkung seine Offenheit und seine Liebenswürdigkeit auf die Ladies in seiner Bekanntschaft ausüben. Ich weiß, daß früher viele von ihnen verleitet wurden, hinter seiner Freundlichkeit, seinen Gesprächen, seinen kleinen Aufmerksamkeiten, zuviel zu vermuten.« Sie blieb stehen, um mit einem Finger über eine blühende Pflanze zu streichen. »Ich fürchte, daß viele zutiefst betrübt haben feststellen müssen, daß sie zuviel erhofft haben, nachdem sie entdeckten, daß er keinerlei Absichten auf sie gehabt hat. Oh, sehen Sie, eine Orchidee im Januar! Ich finde, eine Orchidee ist schöner als alles andere auf der Welt!«

Und so, dachte ich, als ich mich ihrer ersten Worte entsann, soll ich gewarnt werden, mich zurückzuhalten. Sogar der zweite Sohn eines Verschwenders ist zu gut für eine Miss Austen, die weder über Vermögen noch Verbindungen verfügt, die für sie sprechen könnten. Ich konnte mir nichts anderes denken, als daß Fannys neuer Hang zur Vertraulichkeit ihrer Absicht entsprang, mich davon zu überzeugen, wie gefährlich es wäre, Lieutenant Hearst zu ermutigen. Indem sie auf seine Unbeständigkeit hinwies, hoffte sie mich zu verletzen und auf diese Art und Weise selbst seine Aufmerksamkeit zu erringen. Obgleich ihr so etwas wie Eifersucht oder Neid fremd zu sein scheint, läßt ihr Charakter darauf schließen, daß sie dagegen nicht immun ist. Aber wie amüsant, daß sie dieses Gefühl ausgerechnet mir gegenüber hegen soll, wo meine Wirkung sich neben jemandem von ihrer Schönheit und ihrem Wohlstand als null und nichtig erweist.

»Als Frau, die soviel älter ist als Sie, muß ich gestehen, daß ich auch schon andere Männer kennengelernt habe, die mindestens genauso charmant waren wie der Lieutenant«, sagte ich vorsichtig. »So freundlich er auch ist, so kenne ich viele, die ihm durchaus ebenbürtig sind. Ihre mangelnde Erfahrung in dieser Hinsicht dürfte durch das eher abgeschirmte Leben entschuldigt werden, das Sie bisher geführt haben.«

Bei diesen Worten errötete sie allerliebst. »Ich darf eine ausgeprägte Parteilichkeit für den Lieutenant zugeben«, sagte sie. »Wie sonst könnte jemand, der ihm versprochen ist, ihn anders betrachten als das Sinnbild all dessen, was bei einem Mann gut und liebenswert ist?«

»Versprochen!« rief ich aus und versuchte vergebens, meine Belustigung zu verbergen. »Ich hatte ja keine Ahnung! Und Ihre Mutter ist damit einverstanden?«

»Oh, Gott! Mamma weiß nichts davon«, sagte Fanny gefaßt. »Diese Verbindung dürfte wohl kaum von ihr befürwortet werden wie auch nicht von Isobel. Sie wissen ja sicherlich, daß Isobels Vater mein Beschützer war und daß bei seinem Tod diese Aufgabe ihr anheimfiel, bis ich heiratete oder fünfundzwanzig Jahre alt wäre. Mein Onkel John Collins hat lange die Vaterrolle für mich übernommen und hat meiner Mutter mit Nachdruck geraten, mir einen Mann zu suchen, dessen Stand meinem Vermögen entspricht – ich besitze schließlich nicht weniger als dreißigtausend Pfund. Er hat meiner Mutter die Bedeutung dieser Summe klargemacht und sie wiederholt vor Mitgiftjägern gewarnt, so daß sie mich noch nicht einmal mit einem Mann tanzen läßt, der nicht mindestens fünf- oder zehntausend Pfund pro Jahr zur Verfügung hat, von einem zweitgeborenen Sohn ganz zu schweigen.«

»Und Sie teilen diese Vorbehalte nicht?«

»Wo die Liebe blüht, welche Bedeutung hat dort das Geld?«

Ja, das stimmte! Vermögen oder dessen Mangel war bisher ein wesentlicher Faktor bei jedem noch so nebensächlichen Aspekt meines bisherigen Lebens gewesen. Ganz sicher war es für die Trennung von meiner ersten und wahren Liebe – Tom Lefroy* – verantwortlich. Da wir beide noch jung waren, glaube ich nicht, daß uns zu unserem gemeinsamen Glück etwas anderes fehlte als Vermögen. Aber ich wollte mich nicht in Selbstmitleid ergehen und stimmte Miss Delahoussaye darin zu, daß ihr Wohlstand es ihr erlaubte, ihre Zuneigung dem zu schenken, den ihr Herz ausgewählt hatte.

»Und wie lange sind Sie schon dem Lieutenant versprochen?«

»Seit drei Wochen.«

Drei Wochen! Seine Aufmerksamkeiten mir gegenü-

* Jane Austen verliebte sich im Alter von zwanzig Jahren in den Neffen ihrer Freundin Anne Lefroy, als der junge Ire zu Besuch in Steventon in Hampshire weilte, wo Jane aufwuchs. Anne Lefroy war gegen eine Heirat, weil Jane keine ausreichende Mitgift vorweisen konnte, und schickte Tom wieder fort, ehe eine Verlobung stattfinden konnte. – *Die Herausgeberin*

ber waren demnach nichts wert gewesen. Ich war also erneut durch Schmeicheleien getäuscht worden. Es ist nicht zum Aushalten!

»Ich gebe zu«, sagte Miss Delahoussaye mitteilungsbedürftig, »daß es ziemlich überraschend kam! Ich habe schon vor langer Zeit ein Auge auf Tom geworfen, aber er hatte nichts anderes im Sinn, als mich unbarmherzig zu mißbrauchen und zu quälen. Im vergangenen Sommer kam es sogar so weit, daß ich annahm, er sei einer Miss King versprochen, und ich gab jede Hoffnung auf ihn auf. Aber offensichtlich hat sich das zerschlagen, und als er hierher nach Scargrave kam, gab es keinen Mann, der sich mir gegenüber hätte zuvorkommender verhalten können! Ich schreibe dies der Wirkung meiner purpurfarbenen Seide zu. Es ist ein raffiniertes Kleid und läßt meine Augen fast im gleichen Farbton leuchten.«

Ich erwiderte etwas darauf, das ebenso sinnlos klang wie das, was sie erzählte, und sie fuhr fast ohne Atempause fort.

»Mamma dachte sich nichts bei seiner Anwesenheit im Haus, in welchem nichts anderes als tiefe Trauer herrschte. Und er machte auch immer, wenn sie erschien, ein zutiefst betrübtes Gesicht und tat so, als widme er Ihnen seine ganze Aufmerksamkeit. Doch sobald sie nicht mehr zu sehen war, hellte seine Miene sich auf, und er verriet sich als jemand, der furchtbar verliebt war! Ein Riesenschwindel, das gebe ich zu. Nur ist da jetzt dieser Prozeß, und Tom und ich müssen uns voneinander fernhalten und dürfen kaum miteinander reden. Wir dürfen keinen Ball besuchen und kein anderes Vergnügen –«

»Miss Delahoussaye«, unterbrach ich sie, »ich kann nicht erkennen, in welcher Hinsicht Sie meines Rates bedürfen.«

»Aber Sie müssen mir sagen, was ich tun soll!«

»Und in welcher Weise kann ich Ihnen helfen?«

»Tom – Lieutenant Hearst – sollte am Abend, als der Earl starb, Isobel aufsuchen. Wir hatten beschlossen, daß sie alles erfahren sollte, ganz gleich ob sie ihre Zustimmung gab oder nicht, und daß wir nach Weihnachten heiraten wollten, selbst wenn wir dazu nach Gretna Green fahren müßten.« Ihre Worte kamen ungewöhnlich heftig aus ihrem Mund.

Ich gestehe, daß mein Pulsschlag sich beschleunigte. »Und hat Lieutenant Hearst das Gespräch geführt?«

»Ich kann nicht feststellen, ob er es getan hat, aber das kann jetzt nicht mehr von Bedeutung sein. Isobel hat mit unserer Entscheidung nichts mehr zu tun und kann uns keine Schwierigkeiten mehr machen. Aber da ist immer noch Mamma. Und ich kann nicht glauben, daß sie untätig bleibt, solange die Ehe nicht geschlossen ist.«

»Ich kann in beiden Fällen wohl kaum etwas unternehmen, Miss Delahoussaye, falls Sie Unterstützung suchen.«

»Aber das ist der Punkt, Miss Austen. Tom will so bald wie möglich heiraten – er ist ganz wild darauf, mich zu bekommen. Und nun befinden wir uns in der Trauerzeit, und bald fängt auch noch der Prozeß an – ich gebe zu, daß ich innerlich hin und her gerissen bin. Denn wie soll ich heiraten, wenn die ganze Welt sich offenbar dagegen verschworen hat?«

Ich gestand, daß sogar mein Alter und meine Erfahrung es mich nicht gelehrt hatten, solche Konventionen zu ignorieren. Aber ich äußerte die Auffassung, daß eine Hochzeit sechs Wochen nach dem Prozeß kaum als ungehörig empfunden würde, wenn sie still und ohne übermäßigen Pomp vollzogen würde. Daraufhin schien Fanny beruhigt zu sein und tat ihre unerschütterliche Absicht kund, auf Lieutenant Hearst zu warten, bis sie nach Gretna Green eilen könnten.

Nachdem ich Zeit gehabt hatte, diese Nachricht und die darin enthaltene Warnung vor Episoden wie etwa heimlichen Küssen im Mondschein ausreichend zu verarbeiten, kam mir ein neuer Gedanke.

»Die Zofe Marguerite wußte doch von Ihren Plänen, nicht wahr?« fragte ich.

Miss Fanny schrak zusammen, und die gesunde rote Farbe wich schlagartig aus ihrem Gesicht. »Das hat sie Ihnen niemals erzählt!« protestierte sie lautstark.

Ich tat so, als wüßte ich bestens über alles Bescheid. »Aber natürlich«, sagte ich. »Sie haben doch wohl nicht angenommen, daß sie Ihr Geheimnis mit ins Grab genommen hat?«

Danach beschleunigte sich Fannys Atem, und Tränen traten ihr in die Augen. Sie ließ sich auf einer Steinbank nieder und war völlig überwältigt. Ich war zugegebenermaßen ziemlich verblüfft – denn ich hatte nichts anderes gemeint als ein geplantes Ausreißen, über das sie sich gerade sehr offen geäußert hatte. Eine solche Reaktion konnte wohl kaum darin seine Ursache haben. Demnach war das Geheimnis von größerer Bedeutung. Und ich wollte es unbedingt erfahren. Ich ließ mich neben ihr nieder und legte ihr einen Arm um die Schultern.

»Sie brauchen mich nicht zu bezahlen, damit ich schweige, Fanny«, versicherte ich ihr. »Ich erwarte keinen Beutel voller Geldmünzen in einer Heumiete.«

Sie hob ihr hübsches Gesicht, tränennaß und niedergeschlagen, und starrte mich gehetzt an. »Aber Sie müssen begreifen, weshalb wir so schnell wie möglich heiraten müssen«, stammelte sie. »Nicht mehr lange, und meine Kleider passen mir nicht mehr. Marguerite hat schon längst einige Säume auslassen müssen. Und sie hat alles daran gesetzt, mich mit ihrem Wissen zu ruinieren. Jetzt will Mamma mit mir anläßlich unserer Trauerzeit ein Modehaus aufsuchen, und ich muß ein Kleid für den Prozeß vor dem Oberhaus kaufen, und falls eine Schneiderin bei mir Maß nimmt, dürfte sie sofort erkennen, was los ist!«

Endlich verstand ich ihr Problem. »Wann soll das Kind denn auf die Welt kommen?« fragte ich sie.

Fanny zuckte hilflos die Achseln. »Woher soll ich das wissen? Ich habe in solchen Dingen keinerlei Erfahrung. Ich weiß nur, daß mir mein Korsett nicht mehr paßt, und daß die Nähte meiner Kleidung zu platzen drohen, und daß ich mich seit ein paar Wochen sehr unwohl fühle. Marguerite meinte, frühestens Juli sei es soweit. Aber es ist möglich, daß sie sich geirrt hat.« Tränenfeuchte blaue Augen schauten mich hilfesuchend an. »Lüge und Eigennutz waren schon immer Marguerites hervorstechende Eigenschaften, Miss Austen.« Fannys Stimme drückte eine völlig ungewohnte Bitterkeit aus.

»Sie haben sich mit dem Lieutenant getroffen, während er noch in London weilte«, sagte ich nachdenklich. »Nach Isobels Hochzeit – während sie auf Reisen war.«

»Es war besser, daß sie von unseren Problemen keine Ahnung hatte«, erwiderte Fanny und schlug den Blick nieder. »Sie war nicht damit einverstanden, daß ich Tom traf.«

Und das aus gutem Grund, dachte ich und erinnerte mich an das Klicken von Fannys Tür einige Nächte zuvor. War der Lieutenant in ihr Zimmer gegangen, nachdem er sich von mir verabschiedet hatte? Sein Benehmen war in jeder Hinsicht unverschämt. Und hier war ein gewichtiges Motiv für die Ermordung der Zofe und dafür, Isobels Taschentuch auf der Pferdeweide zu plazieren. Durch diese Aktionen sollte Fannys Erpresser beiseite geschafft und ihr Vormund zum Schweigen gebracht werden. Aber was hatte es mit dieser belastenden Nachricht in Fitzroy Paynes Handschrift auf sich?

Die arme Fanny war nicht in der Verfassung, um weitere Fragen beantworten zu können. Ich tätschelte ihre Schulter, sagte ein paar tröstende Worte und half ihr aufzustehen. Wir verabschiedeten uns voneinander an der Tür der Orangerie, sie, um sich zu ihrer Mamma zu begeben, und ich, um mit schwerem Herzen in mein Zimmer und zu meinem Tagebuch zurückzukehren.

* * *

Ich kann nicht anders, als diese Verabredung mit einiger Enttäuschung zu betrachten. Es ist in der Tat sehr lange her – trotz meiner kapriziösen Bemerkung Fanny gegenüber –, seit ich einem Mann mit der Unbeschwertheit und der Freundlichkeit Lieutenant Hearsts begegnet bin, ganz gleich wie falsch ich seine Absichten eingeschätzt haben mochte. Und es scheint, als sollte ich ständig solchen Männern begegnen, die bereits einer anderen gehören. Ich gebe zu, daß ich mich in Betrachtungen meiner eigenen Herzensaffären erging und mich sicherlich zum tausendsten Mal fragte, ob ich nicht einen Fehler gemacht hatte, als ich Harris Bigg-Wither abwies. Allein die schmerzvolle Erkenntnis all dessen zu vermeiden, was mir versagt blieb, indem ich schließlich wenigstens einen erhörte, wäre schon eine ausreichende Erlösung von einem Leben voll bitterer Enttäuschungen.

Und ich kann mich über Lieutenant Hearsts Verhalten nur wundern! Er hat Fanny geschwängert und gleichzeitig lieber meine Gesellschaft gesucht, wann immer sich eine Gelegenheit dazu bot. Wäre ich seine Geliebte, fände ich sein Verhalten abscheulich. War das Ganze lediglich ein falsches Spiel, wie sie es beschrieben hatte, durchgeführt mit der Absicht, andere zu täuschen und die mißtrauischen Mitglieder seiner Familie abzulenken? Falls das zutrifft, kann ich nur feststellen, daß Tom Hearst dabei allzu gründlich vorgegangen ist und ich mich zum allgemeinen Gespött gemacht haben dürfte. Es hätte schon gereicht, wenn er sich gemäßigt wohlwollend über Miss Delahoussaye geäußert hätte, wie jeder andere Mann es in einer ähnlichen Situation tun würde. Statt dessen hat er keine Gelegenheit zum Spott ausgelassen. Ihre Selbstverliebtheit, ihr falscher Stolz, ihr ausschließliches Interesse an Kleidung und Selbstdarstellung – all das waren Zielscheiben seiner Geringschätzung während unserer gemeinsamen Reitstunden. Ich kann das nicht verstehen. Fast glaube ich, daß er seine Wahl bereut hat. Und falls er so wenig Achtung vor der Frau hat, deren äußere Reize allein sein Interesse geweckt zu haben scheinen, kann ich seine Ausführungen über das Glück in der Ehe keinesfalls unterstreichen.

Hat der Lieutenant sein Gespräch mit Isobel an jenem Abend geführt? Und vielleicht auch eine Gelegenheit gefunden, dem Earl die Barbadosnüsse ins Essen zu mischen?

Isobel ist aus dem Spiel, hatte Miss Delahoussaye gesagt. Und in der Tat ist meine Freundin nicht in der Lage, der Heirat und der Übergabe von Miss Delahoussayes dreißigtausend Pfund entgegenzuwirken. Ich frage mich, ob man sie nicht davon hätte überzeugen können, daß durch die Heirat das Geld in der Scargrave-Familie geblieben wäre, und man sie nicht dazu hätte bringen können, die Verbindung wohlwollender zu betrachten. Aber vielleicht wäre das Lieutenant

Hearsts Absicht nicht entgegengekommen. Isobel – und Fitzroy Payne – hätten zweifellos das Geld mit erheblichen gesetzlichen Beschränkungen versehen, so daß es am Ende für ihn völlig nutzlos gewesen wäre. Und es könnte sein, daß Tom Hearst vor allem Bargeld gesucht hat. Falls zutrifft, daß der Gentleman dringend Geld gebraucht hat, dann, so muß ich feststellen, steht er wirklich da wie ein Schuldiger.

Oder tröste ich mich lediglich mit dem Gedanken, daß er sich für Miss Delahoussaye nur wegen ihres Vermögens statt für mich mit all meinen anderen Vorzügen entschieden hat? Dumme, dumme Jane! Deine Eitelkeit meldet sich sogar in der Stunde deiner schlimmsten Niederlage.

Kann solch ein Mann, dessen liebenswürdige Erscheinung und friedliche Einstellung nur das Beste und Angenehmste von ihm vermuten lassen, derart heuchlerisch sein? Ich hebe seinen Charme hervor und betrachte ihn als Mörder. Ich ermutige ihn zu weiteren Aufmerksamkeiten und stelle fest, daß er einer anderen versprochen ist. Wäre ich mit seiner Persönlichkeit vielleicht schon ein Jahr lang vertraut und hätte ich ausreichend Zeit gehabt, ihn zu beobachten, wäre ich wahrscheinlich genauso hinters Licht geführt worden. Nein, ich werde es auch nicht andeutungsweise verstehen, selbst wenn Miss Fanny Delahoussaye eines Tages Mrs. Tom Hearst heißen und ihr drittes Kind unterwegs sein sollte.

Kapitel 18

Die ominöse Mrs. Hammond

3. Januar 1803

Ich ließ heute morgen schon sehr früh nach Mr. Cranley schicken und sah zu meiner großen Zufriedenheit, daß er kaum eine Stunde später herbeigeeilt kam. Um seine offensichtliche Enttäuschung über Fanny Delahoussayes Abwesenheit zu lindern – sie stand in diesem Moment sicherlich vor Madame Henri in der Bond Street –, kam ich umgehend zum Grund meiner Bitte um seinen Besuch.

»Unterhalten wir uns zuerst einmal über Beweisstücke, Mr. Cranley«, begann ich, während ich die Tür der Bibliothek hinter uns schloß, um vor neugierigen Ohren der Dienerschaft besser geschützt zu sein. »Daß Isobels Taschentuch in der Nähe des Gattertors auf der Pferdeweide gefunden wurde, können wir eigentlich als unbedeutend vernachlässigen. Jeder, der daran interessiert war, die Countess als Verdächtige erscheinen zu lassen, konnte sich ein solches, mit ihrem Monogramm versehenes Leinentuch zu diesem Zweck besorgen. Dazu brauchte er sich noch nicht einmal Zugang zu Isobels Gemächern zu verschaffen. Ich selbst habe beobachten können, daß Isobel ihre Taschentücher gelegentlich wo sie geht und steht achtlos liegenläßt.«

Mr. Cranley nickte zustimmend. »Das habe ich mir auch schon gedacht.«

»Und wie steht es mit Fitzroy Payne? Haben Sie Informationen hinsichtlich seiner Korrespondenzgewohnheiten?« Ich saß gespannt auf der Sesselkante, und Mr. Cranley rutschte ebenfalls auf seinem Platz nach vorne und lehnte sich zu mir vor.

»Ihr hervorragendes Verständnis der Situation, Miss Austen, hat zu einem erfreulichen Ergebnis geführt«, antwortete er.

»Wundervoll!« rief ich aus und faltete die Hände. »Sie haben demnach etwas erfahren, was vorteilhaft für die Countess ist!«

Der Barrister nickte. »Wie Sie zweifellos wissen, war Fitzroy Payne zum Zeitpunkt des Mordes an der Zofe damit befaßt, die geschäftlichen Angelegenheiten seines Onkels zu regeln. Er schloß sich tagelang in der Bibliothek ein, wühlte sich durch Stapel von Papier, und zahlreiche Schreiben gingen zwischen Lord Scargrave und seinen Londoner Anwälten hin und her.«

»Daran erinnere ich mich. Die Anwälte erschienen gleich nach dem Tod des Earls auf Scargrave, blieben jedoch nur ein paar Stunden. Danach wurde alles per Post erledigt. Und welche Mengen! Madame Delahoussaye hat mehrmals in der Bibliothek des Earls aufgeräumt und sich ständig über das Durcheinander beklagt.«

»Laut Lord Scargrave verfährt er in geschäftlichen Dingen stets auf die gleiche Art und Weise. Wenn er einen Brief schreibt, fertigt er zumeist einen sorgfältigen Entwurf an, den er dann auf einen anderen Bogen Papier überträgt. Dies ist dann das Exemplar, das er verschickt.«

»Besitzt er Kopien von seiner gesamten Korrespondenz?«

»Das tut er. Ich halte es durchaus für möglich, daß der fragliche Satz aus einem solchen Entwurf – die übrigens mit allen anderen offen in der Bibliothek herumliegen, so daß jedermann sich in ihren Besitz bringen kann – herausgerissen wurde. Der Rest dürfte danach vernichtet worden sein.« Der Barrister schlug sich erregt auf den Oberschenkel und lehnte sich zurück.

»Aber wie soll man den betreffenden Brief finden?«

»Ich wurde an den Diener von Fitzroy Payne verwiesen«, erklärte Mr. Cranley und sah sich um, als hielte er Ausschau nach einem Lauscher, der sich irgendwo versteckt halten könnte. »Er verfügt über ein Verzeichnis der Briefe des Earls sowie seiner persönlichen Dokumente. Falls der Entwurf des Briefs fehlt, können wir vielleicht feststellen, an wen die Endfassung geschickt wurde, und dort die belastende Formulierung im Text suchen.«

Ich wünschte, ich könnte die offenkundige Zufriedenheit des Anwalts teilen, aber bei mir meldeten sich Zweifel an. »Suchen wir im Gutshaus, wie Sie vorschlagen, Mr. Cranley – wo jedermann Zugang zur Bibliothek und den Briefentwürfen des Earls hat – oder müssen wir nicht annehmen, daß auch der Empfänger des Briefs der Mörder sein könnte?«

Der Barrister runzelte nachdenklich die Stirn und erhob sich ruhelos aus seinem Sessel. »Wenn der Mörder der Zofe einen Brief des Earls mit der belastenden Passage erhalten hat, dann braucht er den Entwurf nicht. Er brauchte die entsprechende Passage lediglich aus seinem Brief herauszureißen und der Zofe zu übermitteln. Falls dies zutrifft, werden wir den beschädigten Brief kaum mehr finden können.«

»Aber wir erfahren die Identität des Mörders, indem wir die bei der Zofe gefundene Botschaft in einem Entwurf des Earls lokalisieren«, sagte ich.

Mr. Cranley strahlte mich siegessicher an. »Falls jedoch der Mörder zum Haushalt gehört – wo er die Briefentwürfe des Earls durchsucht und den Satz aus der entsprechenden Vorschrift herausgerissen hat – dann müßte eigentlich der gesamte Entwurf in der Sammlung Dansons fehlen.«

»Damit wird zwar nicht die Unschuld des Earls bewiesen«, meinte ich nachdenklich, »aber es läßt sich demonstrieren, daß jeder, der sich im Haus auskennt – und der über Fitzroy Paynes Korrespondenzgewohnheiten Bescheid weiß – sich eine Probe seiner Handschrift ohne sein Wissen hätte verschaffen können.«

»Wir sind offenbar der gleichen Meinung, Miss Austen«, stellte der Anwalt fest. »Der beste Weg, der Countess – und natürlich auch Fitzroy Payne – wieder zur Freiheit zu verhelfen, dürfte der sein, die Schuld eines anderen zu beweisen. Das läßt sich wohl nicht vermeiden. Aber bis wir unseren Mörder gefunden haben, lasse ich erst einmal Danson herkommen.«

Ich erhob mich, während Mr. Cranley zur Tür ging. »Und wissen Sie, wo er zu finden ist?«

»Fitzroy Payne hat ihn zu seiner Londoner Wohnung in einem Haus unweit seiner Clubs auf der Pall Mall geschickt. Danson wartet dort alleine den Verlauf des Prozesses gegen seinen Herrn ab. Er scheint ziemlich verzweifelt zu sein. Denn falls der Earl verurteilt wird, sind die Chancen seines Dieners, eine angemessene neue Stellung zu finden, sehr mager.«

»Danson sollte lieber aktiv werden und uns helfen«, erwiderte ich. »Denn schließlich steht auch seine Zukunft auf dem Spiel.«

* * *

Mr. Cranley glaubte, daß seine vernünftigste Verteidigung in Attacken gegen Sir William in einzelnen Unterpunkten der Anklage bestehen mußte. Ich hingegen hielt es für klüger, in möglichst plausibler Form die Schuld eines anderen nachzuweisen – und obgleich

ich das Gefühl hatte, mich in die schwierige Rolle des Göttlichen Schöpfers zu begeben, indem ich versuchte, über Bestrafung oder Freispruch zu entscheiden, fühlte ich mich verpflichtet, dieser Aufgabe meine ganze Kraft zu widmen. Während der Barrister sich auf die Suche nach Danson begab, beschloß ich, daß ich mit Jenny Barlows Schwester Kontakt aufnehmen sollte. Ich mußte in Erfahrung bringen, weshalb ihr Name die Ursache für eine derart leidenschaftliche Auseinandersetzung zwischen dem angehenden Hilfspfarrer, Mr. George Hearst, und seinem Onkel gewesen war. Ich vermutete, daß der Grund der rechtschaffene Zorn jenes Gentleman darüber war, daß der verstorbene Earl seine eigene Dienerin verführt hatte. Aber das müßte bewiesen werden.

Wenn ich in der Scargrave-Kutsche mit dem Wappen auf der Tür vorfuhr, würde ich wahrscheinlich in Rosies bescheidener Unterkunft einige Aufregung auslösen. Daher hielt ich es für ratsam, eine Droschke zu mieten und mehr oder weniger unerkannt den Weg über die Westminster Bridge nach Süd-London zurückzulegen.

* * *

Die Adresse, die Jenny Barlow mir genannt hatte, machte ihrer Schwester keine Schande. Ihrem Äußeren nach zu urteilen befinden sich in der Gracechurch Street die Heime zahlreicher achtbarer Familien – bescheidene Kaufleute zweifellos und Handwerker, deren Wohlstand sie noch nicht hat ins West End abwandern lassen. Ich fand viele geschrubbte Marmortreppen und Haustüren, die von jungen Dienstmädchen in gestärkten Schürzen und Morgenhauben für den Milchmann weit geöffnet wurden. Das verlieh mir die Überzeugung, daß Rosie Ketchs Schicksal weniger traurig aussah, als ich nach Lage der Dinge hätte annehmen können.

Die Droschke hielt vor einer gepflegten Pension an, deren Portier sofort herbeieilte, um mir beim Aussteigen behilflich zu sein. Ihm übergab ich meine Visitenkarte und bat ihn, sie zu Zimmer 33 zu bringen und nach Miss Rosie Ketch zu fragen. Gespannt wartete ich ab, was geschehen würde. Die Vorhalle des Hauses war schlicht und bescheiden eingerichtet, wie man es angesichts der Nachbarschaft und seiner Bewohner erwarten konnte, und ich gebe zu, daß ich zunehmend gespannt war zu erfahren, wie das Mädchen hierher gelangt war.

Kurz darauf erschien eine ältere Frau mit freundlichem Gesicht und stellte sich mir als Mrs. Hammond vor – ein Name, der mich aufhorchen ließ, da er der Frau gehörte, die Harold Trowbridge als Fitzroy Paynes Geliebte identifiziert haben wollte. Als ich erkannte, daß sie eher seine Mutter hätte sein können, interpretierte ich die Namensgleichheit als reinen Zufall und verzichtete auf indiskrete Fragen. Sie forderte mich auf, ihr einige Treppen hinauf zu folgen bis zu einer kleinen Wohnung mit wenigen Zimmern und gemütlicher Einrichtung, die allerdings nur wenig Eleganz aufwies.

»Und wie, Miss Austen, kann ich Ihnen dienen?« fragte Mrs. Hammond in der Art einer vornehmen Hausangestellten, nachdem sie mir ein zerschlissenes Sofa vor dem Kamin angeboten und selbst mir gegenüber Platz genommen hatte. »Ihre Visitenkarte und Ihr Name sind mir gänzlich unbekannt.«

»Aber der Name Rosie Ketch ist es nicht, oder?« fragte ich.

»Ich kannte mal eine Rosie Ketch«, erwiderte sie, und auch wenn ihre Augen weiterhin freundlich blickten, lag in ihnen ein stählerner Glanz.

»Ich komme im Auftrag von Rosie Ketchs Schwester, Mrs. Barlow, die ich während eines Aufenthaltes in Scargrave Manor kennengelernt habe. Mrs. Barlow macht sich erhebliche Sorgen, weil sie von Rosie keinerlei Nachricht hat und um jeden Preis erfahren möchte, wie es ihr geht. Daher bat sie mich, für sie entsprechende Erkundigungen einzuziehen, da sie wußte, daß ich in die Stadt fuhr.«

»Die liebe Jenny!« rief Mrs. Hammond aus, und ihre Gesichtszüge entspannten sich. »Ein wirklich nettes Mädchen. Daß die beiden von diesem Vater abstammen, werde ich wohl nie verstehen, aber Susan Ketch war eine reizende Frau, und ihre Kinder kommen nach ihr. Leider ist sie schon sehr jung gestorben.«

»Das Mädchen ist also anwesend?« fragte ich.

»Ja, natürlich. Hat Jenny Ihnen von ihrem Problem erzählt?«

Ich bejahte.

»Ich schicke sie gleich zu Ihnen, und dann können Sie sich selbst ein Bild von ihr machen«, sagte Mrs. Hammond und erhob sich für ihr Alter erstaunlich energisch, um hinauszugehen und ihre junge Schutzbefohlene zu holen.

Sie war kaum zurückgekehrt, in ihrer Begleitung ein zierliches Mädchen mit engelhaften Zügen, als an der Haustür geklopft wurde. Mit einer knappen Verbeugung ließ Mrs. Hammond mich mit Rosie Ketch alleine.

Ihre Schwangerschaft war bereits so weit fortgeschritten, daß sie nicht mehr zu übersehen war. Allerdings mußte man sich fragen, wie ein so zierliches Mädchen, das außerdem noch so auffällig jung war, bereits ein Kind zu Welt bringen konnte. Sie hatte das blonde Haar und die blauen Augen Jenny Barlows, aber während bei dieser die unangenehmeren, rauheren Seiten des Lebens bereits ihre Spuren hinterlassen hatten, die man allgemein mit Reife gleichsetzt, wirkte Rosies Antlitz vollkommen unschuldig. Ich gelangte sofort zu der Überzeugung, daß sie schwanger geworden sein mußte, ohne überhaupt zu begreifen, wie es dazu gekommen war, und empfand tiefes Mitleid mit ihr und ihrem Schicksal. Daß ein Mann einem solchen Kind nahegetreten war, war einfach unfaßbar. Aber daß es der verstorbene Earl gewesen sein sollte – wie ich aus Jenny Barlows heftiger Reaktion bei der Nennung seines Namens und aus George Hearsts anklagenden Worten in seiner Bibliothek schließen mußte – schadete nachhaltig seinem Ruf, ein guter Mensch gewesen zu sein.

»Du bist also Rosie Ketch«, begann ich behutsam.

Das Mädchen nickte schüchtern, hatte den Blick starr auf den Boden gerichtet und die Hände vor der Brust gefaltet.

»Ich bin Miss Austen, Rosie«, stellte ich mich vor. »Ich soll dir die herzlichsten Grüße deiner Schwester überbringen, die mich um einen Besuch bei dir gebeten hat, als ich zuletzt auf Scargrave war. Sie will nur das Beste für dich, und ihre Sorge hat im gleichen Maße zugenommen wie die Entfernung zwischen euch beiden und der Wunsch ihres Mannes, über diese Affäre zu schweigen. Darf ich ihr ausrichten, daß du bei bester Gesundheit und insgesamt guten Mutes bist?«

»Erzählen Sie Jenny, mir geht es gut«, sagte sie langsam mit klarer, heller Stimme, »allerdings habe ich Angst, wenn meine Zeit kommt, und ich hätte sie am liebsten bei mir, falls Ted sie solange entbehren kann.«

»Ich werde es ihr ausrichten«, versprach ich. »Wie viele Monate wird es denn noch dauern?«

»Das kann ich wirklich nicht genau sagen«, erwiderte sie.

»Und wie lange bist du schon hier?«

Ihr Blick richtete sich nun auf die Tür, die in diesem Moment aufschwang. Mrs. Hammond erschien mit einem Besucher. Man stelle sich mein Erschrecken vor, als ich feststellte, daß es sich um einen Gentleman handelte, der mir bestens bekannt war – es war niemand anderer als Mr. George Hearst!

Meine Überraschung muß in meinem Gesicht gestanden haben, oder vielleicht hatte er schon etwas Derartiges erwartet, denn er reagierte genauso verwirrt wie ich. Seine Intelligenz überwand jedoch schnell seine Verlegenheit, und er kam meinen Fragen eilends zuvor.

»Mein liebe Miss Austen«, sprudelte er hervor, »was in Gottes Namen führt Sie denn hierher?«

»Mr. Hearst!« antwortete ich genauso verblüfft. »Das gleiche könnte ich Sie fragen!«

Er errötete, sagte aber nichts. Er fing sich und beugte sich über meine Hand.

»Sie kennen Mr. Hearst?« fragte Mrs. Hammond und blickte lauernd von ihm zu mir, was auch durchaus verständlich war. Ich vermutete nämlich, daß sie ihm nichts von meiner Anwesenheit erzählt hatte, obgleich sie wußte, daß ich erst vor kurzem von Scargrave herübergekommen war und es mehr als wahrscheinlich war, daß ich ihm dort bereits begegnet war.

»In der Tat«, sagte Mr. Hearst, »ich hatte bereits das Vergnügen.«

»Rosie«, sagte Mrs. Hammond aufgeräumt, »du mußt jetzt wieder bei der Wäsche helfen. Geh schon vor, Kind. Ich komme gleich zu dir.«

Nachdem ihre Schutzbefohlene den Raum verlassen hatte, wandte sie sich noch einmal zu mir um und sagte nicht unfreundlich: »Sie haben sicherlich nichts gegen eine Tasse Tee einzuwenden, Miss. Ich hole Sie und lasse Sie beide dann in Ruhe.«

Da George Hearst offenbar darauf wartete, daß ich mich setzte, entschied ich mich erneut für die Couch, und er nahm Mrs. Hammonds Platz mir gegenüber ein. Er betrachtete mich einige Sekunden lang und ich ihn. Ich darf bemerken, daß seine Miene diesmal nicht den gewohnten melancholischen Ausdruck zeigte. Er schien vielmehr wie von einer großen Last befreit zu sein und hatte offenbar mit seinen bisherigen Sorgen und Problemen Frieden geschlossen.

»Ich kann mir durchaus vorstellen, welche Verwirrung mein Erscheinen in diesem Haus bei Ihnen auslösen muß«, begann er. »Ich will gar nicht erst versuchen, Sie zu täuschen, Miss Austen. Nachdem Sie mich hier angetroffen haben, sollten Sie von mir nichts anderes erwarten als ein volles Geständnis.«

»Mein Auftauchen an diesem Ort dürfte Sie in ähnlicher Weise verblüfft haben«, entgegnete ich. »Ich bin auf Bitten von Jenny Barlow hier, aber daß sie Ihnen einen ähnlich lautenden Auftrag gegeben haben könnte, erachte ich für höchst unwahrscheinlich.«

»Und damit haben Sie voll und ganz recht«, sagte der Kurat und nickte. »Ich bin hier auf Grund des Briefs von Mrs. Hammond, den ich an Weihnachten erhielt.«

»Am Tag des Mordes an der Zofe – an dem Tag, an dem Sie überstürzt nach London geritten sind.«

»Ich wurde von Mrs. Hammond gerufen, die erst kürzlich vom Tod des Earls erfahren hat«, erklärte er. »Sie meinte, daß sich für Rosie deshalb einiges ändern sollte, und bat mich, sie über die jüngsten Ereignisse möglichst erschöpfend in Kenntnis zu setzen.«

»Aber weshalb wandte die Lady sich ausgerechnet an Sie? Hätte sie nicht besser den derzeitigen Earl angesprochen?«

»Als ihre Großmutter macht sie sich wegen Rosie natürlich große Sorgen, und ich bin der Mann, dessen

Freiheit, oder vielmehr dessen Unfreiheit, über das Schicksal des Mädchens entscheiden muß.«

»Mrs. Hammond – Rosies Großmutter? Das hat sie nicht erwähnt.«

»Rosies Mutter war eine Hammond, die von ihrer Mutter sehr geliebt wurde. Allerdings wurde sie auf Scargrave zurückgelassen, als Fitzroy Mrs. Hammond hier ein Heim einrichtete.«

»Demnach ist der Earl tatsächlich Mrs. Hammonds Gönner?« Ich erinnerte mich an Harold Trowbridges unverhohlene Freude, als er am Kamin stand und von Fitzroy Paynes Geliebter erzählte. Diese großmütterliche Frau, die soeben Tee in meine Tasse schenkte, entsprach überhaupt nicht dem, was ich erwartet hatte. »Das erscheint mir geradezu unglaublich!«

»Daß ein solcher Mann sich an die Liebe seines Kindermädchens erinnert? Ich nehme an, daß es Ihnen so vorkommen muß, da Sie ihn kaum kennen. Aber ich versichere Ihnen, Fitzroy ist wirklich ein überaus gütiger Mensch.«

»Kindermädchen?« rief ich. Ich schaffte es nicht mehr, mein Erstaunen zu überspielen. Als George Hearst mich eindringlich musterte, spürte ich, wie mir das Blut in die Wangen schoß und ich heftig errötete.

»Haben Sie etwa geglaubt, sie habe sich in anderer Weise dienstbar erwiesen?« fragte er in einem bei ihm seltenen Anflug von Amüsiertheit. Aber bei meiner eher verwirrten Reaktion wurde er sofort wieder ernst. »Nein, Miss Austen, Mrs. Hammond hat sich nichts anderes zu Schulden kommen lassen, als den achten Earl an ihrer Brust gestillt zu haben. Damals war er kaum in dem Alter, um diesen Vorgang mit einer unanständigen Deutung zu versehen.«

Bestimmte Aspekte dieser Situation gewannen für mich sofort an Klarheit. Nicht der verstorbene Earl, sondern der augenblickliche – Fitzroy Payne – war für Rosies jetzigen Zustand verantwortlich. Sie mußte wohl die Geliebte sein, von der Lord Harold gesprochen hatte. Payne hatte die vertrauenswürdigste Frau, die er kannte, geschickt, um für sie zu sorgen, nämlich sein ehemaliges Kindermädchen, ihre Großmutter. Daß das Mädchen ein Kind erwartete, war ein weiterer Schlag gegen Isobels Vertrauen! Wenngleich ein Schlag, den Lord Trowbridge, dankenswerterweise, von ihr ferngehalten hat – falls der Kerl wirklich so gut Bescheid wußte, wie er tat.

Aber was hatte George Hearsts hitzige Diskussion wegen Rosie zu bedeuten, die er in der Todesnacht des Earls geführt hatte? Vielleicht hatte der ehrenwerte Mr. Hearst den Vorfall entdeckt und Fitzroy Paynes Vertrauen zu seinem Onkel verraten – der zum Mißfallen des Kurats mit dem Mädchen nichts zu tun haben wollte.

Aber das dürfte wohl kaum ein Motiv für einen gewalttätigen Mord durch George Hearst gewesen sein. Daher waren all meine Bemühungen, etwas in Erfahrung zu bringen, das ihm zum Nachteil gereichte, umsonst gewesen.

»Aber könnte Fitzroy Payne tatsächlich so niederträchtig gewesen sein und die Enkelin seines Kindermädchens verführt haben«, sagte ich laut. Das Ganze überstieg beinahe meinen Verstand, »für die er offenbar eine ständige tiefe Zuneigung empfand, wie der Luxus dieses Hauses beweist?«

»Der Earl soll Rosie Ketch verführt haben?« fragte George Hearst. »Das hat er ganz bestimmt nicht getan, Miss Austen. Um den Schuldigen zu finden, brauchen Sie eigentlich nur mich anzuschauen.«

Was immer ich erwartet hatte, dies war es ganz gewiß nicht. Ich hatte mich bei seiner Enthüllung so wenig in der Gewalt noch wurde ich meiner Abscheu bei dem Gedanken an die Unschuld des armen Kindes Herr – so sinnlos verschleudert und brutal zertreten –, daß es einige Sekunden dauerte, bis ich ihn gefaßt ansehen oder ein Wort hervorbringen konnte. George Hearst ist wahrlich der allerletzte Mensch, in dem ich Leidenschaft vermutet hätte, die stärker ist als seine Tugend. Und Verblüffung und Mißbilligung rangen in meinen Gedanken um die Vorherrschaft.

Daß er meine ganze Verachtung spürte, erkannte ich unmißverständlich an seiner Miene. Und daß er auch sich selbst verachtete und sein Verhalten zutiefst bedauerte, wurde deutlich, als ich seine Worte hörte.

»Ich will mich nicht für das entschuldigen, was ich getan habe«, sagte er, als ich ihm wieder in die Augen blicken konnte, »es ist in jeder Hinsicht verwerflich, und ein ganzes Leben frommer Hingabe an die Pflichten eines Geistlichen dürfte kaum ausreichen, mich von der Verwerflichkeit meines Verhaltens reinzuwaschen. Allein wegen Rosie habe ich mich entschlossen, die heiligen Weihen zu empfangen, Miss Austen, weil ich versuchen will, auf den Pfad der Tugend zurückzukehren. Ich werde bis zum letzten Atemzug daran arbeiten, Vergebung zu erlangen, für alles, was ich ihr angetan habe.«

Seine Rede klang aufrichtig, und ich glaubte ihm seine guten Vorsätze. Aber meine Verblüffung kannte noch immer keine Grenzen, und ich wollte wissen, wie all das überhaupt hatte geschehen können.

»Ich kann nichts anderes tun, als die alleinige Schuld auf mich nehmen«, sagte er, »da ich meinen eigenen Ansprüchen und Wünschen in keiner Weise gerecht werden konnte. Ich hatte gehofft, daß mein Onkel mir mit seinem Rat zur Seite stünde, und geglaubt, ich könne mich darauf verlassen, daß der Earl in Abwesenheit meines Vaters für mein Fortkommen sorgen würde, daß ich durch ihn in irgendeinem Gewerbe würde Fuß fassen können. Aber er wollte, daß ich die Verwaltung seiner Farm übernehme – eine Tätigkeit, Miss Austen, zu der ich wenig Neigung und noch weniger Talent habe. Bei meinem Bemühen, die Aussaat, die Ernte und die Viehhaltung auf Scargrave zu beaufsichtigen, traf ich des öfteren mit den Barlows zusammen, und mit Rosie, die damals unter ihrem Dach lebte, nachdem sie die Frau verlassen hatte, die sich während der voraufgegangenen sechs Jahre um ihre Erziehung gekümmert hatte.

Ich hatte nicht die Absicht, sie zu ruinieren. Ich suchte lediglich ein wenig Trost von den Beschwernissen und der Bitterkeit, in der ich mein Leben fristete. Irgendeinen Ausgleich vielleicht, für alles, das ich hatte opfern müssen. Und wenn ich meine Zügellosigkeit auf ihre Kosten auslebte, so war es genau die gleiche Art, wie mein Onkel mich behandelte. Das redete ich mir zumindest ein. So rechtfertigte ich mich, um kein schlechtes Gewissen zu bekommen, und aus einer Art blinder Rache meinen Neigungen weiter nachzugeben. Aber daß Rosie der einzige Mensch wäre, der unter meinem Verhalten zu leiden hatte – daß ich meinen Onkel damit in keinster Weise traf – all das erkannte ich zu spät.

Als ich von ihrem Zustand erfuhr, bot ich ihr an, sie zu heiraten, obgleich ich wußte, daß aus einer solchen Verbindung nur sehr selten etwas Gutes erwächst.«

»Und Rosie hätte Sie als Ehemann genommen?« fragte ich leise.

»Mein Onkel hat sie nicht akzeptiert«, berichtete er mit grimmiger Miene, »sehr zu Jenny Barlows Schrekken. Ihr Mann Ted raste vor Zorn. Obgleich sie wußten, daß ich standesmäßig unendlich weit über ihrer Schwester stand, hatten sie noch immer auf die Erhaltung ihrer Respektabilität gehofft, wenn nicht sogar auf einen Aufstieg in eine höhere Position im Leben. Sie wollten nur meinen Namen haben, wollten, daß ich mein Kind als solches anerkannte. Wenn es nach ihnen gegangen wäre, hätte Rosie irgendwo zurückgezogen und unbehelligt vom Urteil ihrer Umwelt leben können. Daß ich meine Hoffnungen ihrem Wollen und Trachten opferte, erschien nur gerecht. Und dazu war ich auch in vollem Umfang bereit, wäre nicht mein Onkel gewesen.«

»Sie haben in der Nacht seines Todes mit ihm darüber gesprochen«, sagte ich, während ich allmählich alles verstand.

»Das habe ich«, erwiderte George Hearst und staunte nicht wenig über meinen Scharfblick, »obgleich ich annahm, daß niemand etwas davon wissen konnte. Mein Onkel hatte überhaupt keine Ahnung von Rosies Unglück – ich hatte sie dank der Hilfe meines Cousins Fitzroy bei Mrs. Hammond untergebracht, um den Earl darüber im Unklaren lassen zu können – und als ihr Zustand schließlich offensichtlich war sowie meine Absicht, ihn durch das Opfer meiner eigenen Zukunft zu lindern, packte meinen Onkel die kalte Wut. Die Schande – die Verletzung eines ehernen Vertrauens, indem ich jemanden verführt hatte, der von Scargrave abhängig war – und die Unschicklichkeit, die jemand an den Tag legte, der, wie ich, eine geistliche Laufbahn anstrebte – all das war Anlaß für das größte Entsetzen auf Seiten des Earls. Beinahe hätte er mich für immer und ewig aus dem Gutshaus verbannt. Am Ende hingegen kam es nur zu einem Verbot, in Zukunft mit dem Mädchen irgendeinen Kontakt zu pflegen.«

»Und mit seiner Entscheidung, sein Testament zu ändern«, äußerte ich die Vermutung, »und zwar dahingehend, daß er das kurz vorher gemachte Versprechen zurückzog, Ihnen nach seinem Tod eine Pfründe zu überlassen. Wie günstig für Sie, Mr. Hearst, daß er aus dem Leben schied, ehe er Zeit hatte, seine Anwälte zu benachrichtigen.«

Ein schneller Blick aus den tiefliegenden Augen des Geistlichen, ein Blick, der seine innere Qual verriet. »Verglichen damit, daß ich Rosie nicht wiedersehen dürfte, bedeutete mir die Verweigerung der Pfründe gar nichts, Miss Austen. Bedenken Sie, daß ihr junges Leben infolge meiner Sünde verpfuscht war; daß ihre Zukunft für den Stolz meines Onkels geopfert werden sollte. Als ich ihn in der Bibliothek zurückließ, hatte ich mich entschlossen, mich sofort zu Rosie zu begeben, sie zu heiraten und auf Scargrave zu pfeifen!«

Nur daß Ihnen diese Mühe erspart blieb, dachte ich, *da der Tod Ihres Onkels wie ein gnädiger Wink des Schicksals dazwischenkam.* Das plötzliche Hinscheiden des Earls hatte George Hearst geholfen, seine wichtigsten Ziele zu erreichen – die Erhaltung der Ehre seiner Geliebten und die Erfüllung seines sehnlichsten Wunsches, nämlich eine Pfarrei. Aber diese Gedanken behielt ich für mich.

»Und nun verraten Sie mir eins, Miss Austen«, sagte der Gentleman, »wie kommt es, daß Sie über all das Bescheid wissen? Oder haben Sie lediglich einige gewagte Vermutungen geäußert?«

Ich hatte immerhin den Anstand zu erröten. »Ich habe an jenem Abend Ihr Gespräch in der Bibliothek mitangehört – zumindest ein paar Worte.«

George Hearst schaute mich verblüfft an. »Das habe ich gar nicht bemerkt. Ich war in Gedanken mit ganz anderen Dingen beschäftigt und habe die Bibliothek in einem Zustand höchster Erregung verlassen.«

»Und nun, da der Earl tot ist«, sagte ich, »was wird aus Rosie?«

»Als ich Weihnachten nach London ritt, tat ich das mit der Absicht, sie zu heiraten; und das habe ich auch getan«, berichtete der Kurat.

»Rosie bleibt vorerst bei ihrer Großmutter, und das Kind soll hier für einige Jahre leben und großgezogen werden. Anschließend besucht es unter anderem Namen eine Schule, um eine Ausbildung zu erhalten, wie sie dem Kind eines Gentlemans gebührt.«

»Rosie hat wirklich Glück gehabt«, stellte ich fest. »Sie ist noch sehr jung und dürfte Ihnen, Mr. Hearst, nach entsprechender Vorbereitung und Ausbildung eine gute Ehefrau sein. Wenn Sie sich fern von Scargrave, wo niemand etwas von ihrem Vorleben weiß, niederlassen, schaffen sie es vielleicht sogar, ein rundum glückliches Leben zu führen.«

»Ich habe es gelernt, nicht so weit in die Zukunft zu blicken«, sagte er nachdenklich. »Es muß noch vieles geklärt werden.«

In diesem Moment begriff ich – falls Fitzroy Payne gehenkt würde, dürfte George Hearst den Titel des Earls erben. Was für eine Belastung wäre diese Ehefrau dann für ihn! Denn dann könnte er sich keine passende Partnerin von entsprechendem Vermögen und gesellschaftlichem Stand suchen, sondern müßte Rosies Baby als seinen Erben anerkennen. Jetzt begriff ich seine chronische Melancholie. Auf ihn wartete ein in jeder Hinsicht trauriges Schicksal.

* * *

Als ich zum Portman Square zurückkehrte, herrschte in meinen Gedanken ein ziemliches Durcheinander. Ich hatte in den vergangenen Tagen einiges über die geheimen Leben von Fanny Delahoussaye und George Hearst erfahren – hatte jemals eine angesehene Familie einen derartigen Hang zu unehelicher Nachkommenschaft demonstriert? –, aber nichts, das sich als nützlich für Isobels Fall erwiesen hätte. Der Prozeß sollte am neunten Januar beginnen, also in weniger als sechs Tagen. Viel mehr als mein vorsichtiges Herumstochern war vonnöten, falls ich die Unschuld der Countess beweisen wollte. Plötzlich konnte ich die Rückkehr Mr. Cranleys von der Pall Mall und die mögliche Unterstützung durch den Diener Danson kaum erwarten.

Kapitel 19

Eine Frage der Ehre

5. Januar 1803

Es war jedoch nicht Mr. Cranley, den ich am nächsten Morgen im Salon des Scargrave House antreffen sollte, sondern meine liebe Eliza – und mit ihr Bruder Henry, der nach dem Dienst in der Miliz von Oxfordshire Bankier geworden war.

»Jane, Jane!« rief er und umarmte mich herzlich, »wie ich sehe, bis du in den vergangenen Wochen vor Bruder James und seiner nörglerischen Frau geflüchtet und hast dich in einen noch schlimmeren Skandal als je zuvor verwickelt! Ein gelöste Verlobung und nun ein Mordprozeß? Was sollen die Leute dazu sagen? Daß Miss Jane Austen sich zu einer Abenteurerin entwickelt hat und nicht mehr in der feinen Gesellschaft anzutreffen ist?«

»Unsinn, Henry«, sagte Eliza energisch, »Jane tut nichts anderes, als die Möglichkeit der Zerstreuung zu nutzen, wann immer sie sich bietet, so wie du es auch tun würdest. Zwischen euch beiden ist kaum ein Unterschied außer eurem Geschlecht und der Freiheit, die es dem einen einräumt und dem anderen nicht. Wäret ihr beide nicht mit einem lebhaften Geist und ungewöhnlichen Interessen gesegnet, hätte ich die Austens niemals beachtet und würde immer noch in Frankreich leben und mir mit einem der Generäle Bonapartes die Zeit vertreiben.«

»In der Tat, ich sollte dich nicht schelten«, sagte Henry mit einem Seitenblick auf seine reizende Frau aus seinen großen grauen Augen, die meinen so ähnlich waren, »ich habe immer darauf vertrauen können, daß Jane sich ebenso leicht aus Schwierigkeiten befreit, wie sie in sie hineingerät. Aber der Preis für meine Billigung ist vollständige Enthüllung, meine Liebe«, fuhr er fort und ergriff meinen Arm, »denn ich habe die Absicht, dank deiner Schilderungen für mindestens vierzehn Tage auswärts zu essen. Ganz London ist gespannt auf die Scargrave-Geschichte, und jede Neuigkeit ist Gold wert.«

Und so berichtete ich meinem Bruder von den Morden und dem Schicksal der Countess und des derzeitigen Earls – alles, was Eliza bereits auf dem Weg zum Wilborough House erfahren hatte – und ein wenig von Mr. Cranley dazu. Von George Hearst und Rosie oder von Fanny Delahoussayes Geheimnis erwähnte ich nichts. Bis zu dem Augenblick, in dem eine Enthüllung dieser Punkte sich als notwendig erweisen sollte, sah ich keinen Nutzen darin, sie schon jetzt öffentlich zu machen.

»Aber, Henry«, schloß ich, »du kannst sehr viel tun, um der Countess zu helfen, falls du die Absicht haben solltest.«

»Solange du von mir nicht verlangst, daß ich mit meinen Milizkameraden die Mauern von Newgate ersteigen und Isobel außer Landes bringen soll, kann ich nicht erkennen, wie ich mich nützlich machen sollte.«

»Du bist doch Bankier, Henry.« Ich blickte zu Eliza und sah, daß sie über die Begriffsstutzigkeit ihres Mannes die Augen verdrehte. »Du kennst doch sicherlich einige Finanzfachleute – nämlich einige von denen, die die Belange der Angehörigen dieses Hauses wahrnehmen. Ich gehe davon aus, daß Sir William Reynolds den Bankier von Fitzroy Payne in den Zeugenstand rufen wird, um nachzuweisen, daß der Earl dringendst

Geld brauchte. Aber andere, die zu Scargrave gehören, könnten sich in einer ähnlichen Lage befinden.«

»Das dürfte so gut wie sicher sein«, sagte mein Bruder nachdenklich. »Du brauchst mir nur ihre Namen zu nennen, Jane, und ich werde im Club diskrete Erkundigungen einziehen.« Er erhob sich und ging seinen Mantel holen.

»Und nun, meine Liebe«, sagte Eliza, nachdem sich die Salontür hinter meinem Bruder geschlossen hatte, »ist Henry endlich unterwegs, und wir beide können über unsere Zeit frei verfügen. Welche Pläne hast du heute für uns?« Ihr langärmeliges Samtkleid in Madeirarot mit den gleichfarbenen Perlenschnüren war sowohl für einen Besuch im Wilborough House wie auch für eine Fahrt in offener Kutsche durch die Rotten Row angemessen, wo sie all ihren Bekannten huldvoll zunicken könnte. Ich betrachtete ihr Kleid und sehnte mich nach der Gelegenheit, während meines Aufenthalts in London mit Eliza einen Bummel durch die Geschäfte zu unternehmen, aber ich erinnerte mich daran, daß Isobel ähnliche Freuden versagt waren und daß ich mich mit allen Kräften für ihre Rettung einsetzen mußte.

»Eliza«, erwiderte ich, »ich wäre höchst überrascht, wenn du nicht jemanden kennen würdest, der bei den Royal Horse Guards Dienst tut.«

»Bei den Blauen? Aber natürlich.« Sie winkte lässig mit einer Hand, die an diesem Morgen von einem ausnehmend großen Rubin geschmückt wurde. »Colonel Buchanan ist mir voll und ganz ergeben, weißt du. Er hätte mich am liebsten für sich gehabt, wenn er nicht bereits verheiratet wäre.«

»Wir müssen diese Bekanntschaft unbedingt auffrischen«, sagte ich lächelnd.

Eliza ging sofort auf meinen Vorschlag ein, der meinem Bruder sicher nicht sehr gefallen hätte. »Ich kann dir versichern, daß ein Auffrischen nicht nötig ist«, vertraute sie mir an. »Erst letzte Woche habe ich bei Mrs. Fitzhugh den Colonel getroffen und mich mit ihm unterhalten.«

»Dann solltest du ihm heute einen Besuch abstatten«, entschied ich mit einem Blick zu Henry, der mit dem Hut in der Hand in der Eingangshalle stand und auf seine Frau wartete, »und mich mitnehmen. In seinem Regiment ist eine Person, über die ich liebend gerne mehr erfahren würde.«

* * *

»Lieutenant Thomas Hearst?« sagte Colonel Buchanan und drehte sich mit einer Sherrykaraffe in der einen Hand und meinem Glas in der anderen um. »Welches Interesse, meine liebe Comtesse de Feuillide, könnten Sie an einem solchen Taugenichts haben?«

Wir saßen im gemütlichen Salon des Kommandanten der Horse Guards im Schatten des Buckingham Palace und waren umgeben von in Leder gebundenen Büchern, Säbeln, die in ihren Scheiden an den Wänden hingen und einigen sehr schönen Ölgemälden von Pferden, die der Colonel in diversen Schlachten geritten hatte. Er hatte schnell einige Pflichten, seine Männer betreffend, aufgeschoben, um uns sofort zu empfangen, und so wurde das Vertrauen, das ich in Eliza setzte, wieder einmal bestätigt.

Der Kavallerist reichte mir mein Glas mit einem kurzen Kopfnicken und nahm dann Elizas Glas. Wie sein Name vermuten läßt, war Colonel Buchanan Schotte. Mit seinen Säbelbeinen und dem von grauen Strähnen durchzogenen roten Haar erinnerte er mich stark an den alten Gockel von Steventon, der immer derart wichtigtuerisch und laut krähend über den Farmhof rannte, daß der Koch bald die Geduld verlor und ihn in den Suppentopf steckte. Aber ich befürchtete, daß mich ein Lachkrampf überkommen würde, wenn ich diesen Vergleich weitertrieb, daher trank ich mit gesenktem Kopf schnell einen Schluck von meinem Sherry.

»Ich habe so viele widersprüchliche Geschichten über den Lieutenant gehört«, sagte Eliza mit vor Neugier funkelnden Augen und nippte an ihrem Glas, »und seit kurzem wird im Zusammenhang mit einer engen Freundin Miss Austens wieder über ihn geredet. Die Diskretion verbietet mir, mehr dazu verlauten zu lassen. Aber als Jane mir erzählte, welche Sorgen sie sich wegen ihrer Freundin macht, habe ich sofort an Sie gedacht.« Sie sah Colonel Buchanan mit einem verheißungsvollen Augenaufschlag an. »Denn niemand würde sich offener äußern – niemand würde in einer so delikaten Angelegenheit weniger auf die Etikette achten – als mein lieber Colonel Buchanan.«

Der Colonel war noch nicht Soldat genug, um einer kleinen Schmeichelei abgeneigt zu sein. Er gab einen unbestimmten Laut von sich und ließ sich in einen Sessel fallen. Dann streckte er die in Stiefel gehüllten Beine aus und klemmte eine Hand in seinen Uniformrock. Mit einem weiteren Blick zu Eliza leerte er sein Sherryglas und stellte es klirrend auf den Tisch.

»Demnach macht Tom Hearst sich jetzt an junge Damen der Gesellschaft heran?« fragte der Kavallerist. »Etwas anderes hätte ich auch nicht von ihm erwartet.«

»Mein lieber Colonel – mein lieber William« – dies mit einem weiteren Klimpern ihrer dunklen Wimpern, die zu ihrer cremefarbenen Haut einen hübschen Kontrast bildeten – »wenn Sie irgend etwas wissen, das gegen eine Ehe spricht – wenn eine solche Verbindung in ihren Augen nicht angeraten zu sein scheint – dann hätte ich an Ihrer Stelle keine Hemmungen, Miss Austen ins Vertrauen zu ziehen.«

Der Colonel fing meinen fragenden Blick auf und zögerte. Dabei überlegte er sicherlich, ob nicht ich die Lady war, deren Herz Tom Hearst umgarnt hatte. Wäre ich es gewesen, dann wäre ich sicherlich verzagt. Denn Buchanans Mißbilligung stand in seinen kalten blauen Augen geschrieben, und seine Hand ruhte leicht, sicherlich aus Gewohnheit, auf der Scheide seines Säbels. Ein Mann, mit dem man lieber nicht sein Spiel treiben sollte – was Eliza im Augenblick tat, er jedoch nicht bemerkte. Ich schauderte, wenn ich mir unser doppeltes Spiel vor Augen führte, das wir hier und im Wilborough House während der vergangenen Tage getrieben hatten. Aber dann dachte ich an meine Isobel und an die Gerichtsverhandlung, die in vier Tagen stattfinden sollte, und unterdrückte meine Skrupel.

»Er ist in meiner Kompanie nicht sonderlich gut gelitten, soviel ist sicher«, sagte Buchanan schließlich und schaute mir noch immer in die Augen.

»Und ist das nur Neid, oder gibt es dafür triftige Gründe?« fragte Eliza gespannt.

»Es kommt daher, meine liebe Countess, daß er sein Glück zu gewagt und zu häufig auf die Probe stellt mit dem Ergebnis, daß er wo er geht und steht hohe Schulden zurückläßt.«

»Ach so!« Eliza tat die Worte des Colonels ab, als wäre er ein dummer Schuljunge. »So etwas trifft man doch bei fast allen Offizieren an – also warum nicht auch in den Reihen der Horse Guards.« Sie forderte den Colonel heraus, ausführlichere Informationen zu geben, wie ich erkannte, und damit hatte sie auch sofort den gewünschten Erfolg.

»Ich möchte doch hoffen, daß keiner von uns in Lieutenant Hearsts Fußstapfen tritt«, erklärte der Kavallerist steif, »oder seine Majestät muß sich zu ihrem Schutz neue Leute suchen.«

»Äußere Erscheinung und Auftreten des Lieutenants deuten aber nicht auf derartige Probleme hin«, sagte Eliza unschuldig und stellte ihre Falle auf.

»Daß er sich so lange hat halten können, kann er seiner Arroganz verdanken«, platzte der Colonel heraus und behielt mich weiterhin im Auge. »Aber glauben Sie mir, meine liebe Comtesse, die Angelegenheiten Hearsts befinden sich in einem furchtbaren Zustand. Er hat sich mit der Bitte um Hilfe an seinen Cousin gewandt – einen gewissen Viscount Payne, der, wenn ich es richtig verstanden habe, zur Zeit inhaftiert ist –, und diese Bitte ist ihm abgeschlagen worden. Es ist allgemein bekannt, daß er deswegen gegen diesen Gentleman erheblichen Groll hegt. Aber während der eine Verwandte sich als nicht hilfreich erwies, konnte er schon bald auf die Unterstützung durch einen anderen hoffen. Seit kurzem erklärt er seinen Gläubigern, daß er ihre Forderungen in vollem Umfang nach dem Tod seines Onkels, des Earls von Scargrave, befriedigen könne, da er von dieser Seite mit einem erheblichen Erbe rechne.«

Eisige Finger strichen über meine Wirbelsäule. »Sein Onkel ist tatsächlich vor kurzem verstorben«, sagte ich leise.

Der Colonel wandte sich zu mir um und musterte mich prüfend. »Etwas Derartiges macht im Augenblick in London die Runde. Kennen Sie den Lieutenant, Miss Austen?«

»Erst seit ein paar Wochen. Wir haben uns kürzlich in Scargrave Manor kennengelernt – wo die junge Lady, der er den Kopf verdreht hat und wegen der wir Ihren Rat suchen, ebenfalls zu Gast war.«

»Scargrave Manor! Ein weiterer Flecken auf der Weste

des jungen Mannes. Wir haben alle gehört, was dort vorgefallen ist!«

»Lieutenant Hearst kann wohl kaum seine Familie zum Vorwurf gemacht werden, Colonel Buchanan«, sagte ich. »Er hat dort seine Kindheit verbracht und darf sich dort straflos aufhalten, ganz gleich wie viele Bewohner des Gutshauses ihr vorzeitiges Ende finden.«

»Das mag er tun, aber solche Zufälle spielen im Leben dieses Gentleman doch eine allzu beherrschende Rolle«, erklärte der Colonel in barschem Tonfall. »Wenn die Krone die möglicherweise Verantwortlichen nicht bereits in Gewahrsam genommen hätte, würde ich ihm sogar einen Mord zutrauen.«

Ich wechselte mit Eliza einen vielsagenden Blick. Das waren in der Tat harte Worte.

»Mein lieber Colonel«, murmelte Eliza und beugte sich vertraulich zu ihm vor, »Sie ergehen sich hier in finsteren und äußerst vagen Andeutungen. Bitte äußern Sie ganz offen, welche Gründe Ihrer Meinung nach gegen diese Ehe sprechen.«

Colonel Buchanan erhob sich und ging langsam zum Kamin. Er runzelte nachdenklich die Stirn. Die Flammen spiegelten sich in den goldenen Knöpfen und Schnüren seiner Uniform wider und ließen eine Narbe scharf hervortreten, die sein Kinn teilte. Zweifellos ein Säbelhieb, der seinem Hals gefährlich nahe gekommen war.

»Es ist eine höchst delikate Angelegenheit, müssen Sie verstehen«, sagte er und sah zuerst Eliza, dann mich an. »Kein Wort darüber darf aus diesem Raum herausdringen, zumindest bis zu dem Zeitpunkt, an dem seine unehrenhafte Entlassung vollzogen wurde.«

»Eine unehrenhafte Entlassung? Das ist wirklich eine ernste Sache!«

»Ich würde den Ruf eines Mannes unter meinem Kommando niemals wegen einer Harmlosigkeit ruinieren«, sagte der Colonel mit einem bitteren Lächeln. »Tom Hearst zeichnet sich seit kurzem durch ein derart schlechtes Verhalten aus, wie man es bei einem Soldaten der Horse Guards Seiner Majestät keinesfalls dulden kann.«

»Und spielt dabei auch eine junge Lady eine Rolle?« wollte ich wissen, als mir ein furchtbarer Gedanke kam.

»Eine junge Lady? Nicht daß ich wüßte«, erwiderte der Colonel mit hochgezogenen Augenbrauen. »Nein, Miss Austen – dabei ging es um Spielkarten.«

»Er ist ein Spieler!« rief Eliza und klatschte in die Hände. »Gab es jemals einen anständigen Soldaten, der so etwas nicht getan hat?«

»Der Lieutenant ist in der Tat ein begeisterter Kartenspieler und spielt gewöhnlich um hohe Einsätze.«

»Das sind doch die einzigen Einsätze, um die zu spielen sich lohnt«, murmelte Eliza und erinnerte sich dabei sicherlich an ihren verstorbenen Ehemann, den Comte de Feuillide, der um so manches Vermögen gespielt und es an die jeweiligen Günstlinge Marie Antoinettes verloren hatte.

Colonel Buchanan ging weiterhin im Zimmer auf und ab, wobei er die Hände unter seinem Uniformrock auf dem Rücken verschränkt hatte. Seine schwarzen Stiefel waren auf Hochglanz poliert. Die Richtung, in die unsere Unterhaltung sich bewegte, behagte ihm offensichtlich gar nicht, und ich fragte mich, ob er seine Offenheit schon bedauerte. Seinen nächsten Äußerungen war jedoch zu entnehmen, daß meine Befürchtung unbegründet war.

»Lieutenant Hearst, meine liebe Comtesse und Miss Austen, hatte immer sehr wenig Glück im Spiel. Im letzten Jahr hat er ständig verloren.« Der Colonel blieb abrupt stehen und fuhr herum. »Bis zum vergangenen Monat.«

»Hat sich das Glück für ihn gewendet?« fragte ich.

»Aber ganz dramatisch«, bestätigte der Colonel mit einer Stimme, die von Ironie troff. »Ein paar Wochen vor seinem Weihnachtsurlaub – den er auf Ersuchen seines kommandierenden Offiziers nahm und nicht so sehr aus dem eigenen Wunsch, in den Schoß seiner Familie zurückzukehren – war er plötzlich überaus erfolgreich und gewann so hohe Summen, daß man nur staunen konnte.«

»Sehr unvorsichtig«, sagte Eliza.

»Die Comtesse hat, wie immer, die Dinge klar beim Namen genannt«, stellte Colonel Buchanan mit einem verkniffenen Lächeln fest. »Der Erfolg beim Kartenspiel, müssen wir leider feststellen, stieg dem Lieutenant zu Kopfe, und er wurde habgierig. Er machte jedoch den Fehler, sich mit jemandem anzulegen, der nicht zu seinem Corps gehörte und daher keinerlei kameradschaftliche Gefühle für ihn hegte. Nichtsdestoweniger ein Offizier mit Ehrgefühl – der außerdem ähnliche Glückssträhnen schon früher miterlebt hatte. Noch ein Glas Sherry, Miss Austen?«

Ich schüttelte den Kopf. Ich war von seinem Bericht viel zu sehr gefesselt, um den Sherry zu trinken, der sich bereits in meinem Glas befand.

»Daher gelang es dem Offizier, unseren Freund, den Lieutenant, auf frischer Tat zu ertappen, so daß Tom Hearst beschuldigt wurde, mehrere zusätzliche Spielkarten in seinem Rockärmel versteckt zu haben.«

Ich konnte einen entsetzten Seufzer nicht unterdrücken und handelte mir damit einen durchdringenden Blick des Colonels ein, ehe er fortfuhr.

»Lieutenant Hearst wehrte sich vehement gegen den Vorwurf, daß er betrogen habe – ein Vergehen, von dem kein Gentleman sich jemals erholt – und warf seinem Gegner üble Machenschaften vor. Weshalb so ein Mann – ein Offizier und Fremder – am Ruin des Lieutenants interessiert sein sollte, das muß man sich in dieser Situation fragen.« Der Colonel nahm wieder in seinem Sessel Platz und massierte sein Kinn mit einer schwieligen Hand. Dabei betrachtete er versonnen das Portrait eines Hengstes in voller Schlachtausrüstung.

»Das ist kaum wahrscheinlich«, sagte Eliza. »Man könnte meinen, daß Lieutenant Hearst deshalb so wütend reagierte, weil er sich ertappt fühlte.«

»Wie immer es sich verhielt, andere, die das Ganze etwas objektiver betrachteten, konnten keine der beiden Behauptungen beweisen. Der Lieutenant und sein Gegner hatten bis tief in die Nacht gespielt und waren von ihren Kameraden verlassen worden, und niemand hatte die Karten gesehen, die sich angeblich in Lieutenant Hearsts Rockärmel befunden haben sollen.«

»War denn niemand bereit, vor der Kompanie für ihn zu bürgen?«

»Ich fürchte, sie alle hatten zu sehr unter ihm gelitten, und einige haben vielleicht sogar den Verdacht des Fremden geteilt«, erwiderte Colonel Buchanan knapp. »Es endete so, wie solche Affären enden müssen und auch wirklich enden – nämlich indem Lieutenant Hearst seine Ehre in einem Pistolenduell mit dem fremden Gentleman verteidigte.«

Schlagartig erinnerte ich mich an Fanny Delahoussayes Worte auf dem Ball zu Ehren Isobels, der nun schon eine Ewigkeit zurückzuliegen schien. Der Lieutenant, so hatte sie sich geäußert, sei von St. James herübergekommen, nachdem er kürzlich während eines Duells einen Mann getötet habe. »Die Affären der Offiziere sind immer überaus romantisch«, hatte sie geplappert oder irgendwelchen anderen Unsinn dieses Inhalts zum Besten gegeben.

»Sie trafen sich im Morgengrauen, nicht weit von den Baracken hier in St. James entfernt, und Lieutenant Hearst konnte seinen Widersacher erfolgreich ausschalten – womit er zufrieden gewesen sein mochte, was aber andererseits nur zu seinem schlechten Ruf beigetragen haben dürfte. Der arme Teufel, den er getötet hatte, wollte Weihnachten Hochzeit feiern.«

Stille trat ein, während Eliza und ich das Gehörte aufnahmen und verarbeiteten. Aber da ich mir des Zwecks meines Besuchs nur allzu bewußt war, gab ich mir einen Ruck und machte mich beim Colonel bemerkbar. »Hat dieses Debakel das Ansehen des Lieutenants bei der Kavallerie endgültig ruiniert?«

»Ein Ehrenhandel ist eine heikle Angelegenheit«, erklärte uns der Colonel, nachdem er zischend ausgeatmet und eine ungeduldige Geste ausgeführt hatte. »Vor dem Gesetz war es ein Mord. Aber unter Soldaten gibt es nichts wertvolleres als die persönliche Ehre – sie steht noch über Vermögen und Herkunft. Sie ist sozusagen die Basis jedes Mannes. Ein Duell auf Leben und Tod wird seit langem als die einzige Möglichkeit betrachtet, Angriffe gegen das eigene Ansehen abzuwehren. Wäre dies der einzige Fleck auf der Weste des Lieutenants gewesen, dann hätte er die Affäre vielleicht überstehen können. Aber angesichts seiner drückenden Schulden und der Tatsache, daß einige seiner Kameraden ihn nach dem Duell einen Falschspieler genannt haben, überlegen seine Vorgesetzten sich zur Zeit, ob er unehrenhaft entlassen werden soll.«

»Colonel Buchanan«, sagte ich und nahm meinen ganzen Mut zusammen, »verzeihen Sie mir, daß ich weiterhin in dieser Sache herumbohre. Aber wenn der Lieutenant umgehend die Forderungen seiner Gläubiger befriedigen, seine Ehrenschulden innerhalb der Kompanie bezahlen und in Zukunft ein Verhalten an den Tag legen sollte, das einem Gentleman und Angehörigen seines Corps eher entspricht, wäre dann sein Verbleib im Dienst gerettet?«

»Ich fürchte, daß es nur noch wenig gibt, das Lieutenant Hearst retten kann«, entgegnete der Colonel mit ernster Miene, »obgleich Frauen immer annehmen, daß es mit Liebe alleine zu schaffen ist. Ich hoffe von Herzen, Miss Austen, daß es sich um eine andere Lady als Sie handelt, die dem Charme dieses Halunken erlegen ist. Ich sähe es nicht gern, wenn Sie sich allen vernünftigen Argumenten gegenüber verschlossen zeigen würden.«

Ich verfluchte im Stillen meine Neigung zu erröten, während ich mir eine Erwiderung zurechtlegte. »Ich versichere Ihnen, Sir, daß ich im Namen einer anderen zu Ihnen gekommen bin und nun mit einer schweren Last zurückkehren muß – nämlich jemandem, der aufs heftigste verliebt ist, den Rat zu geben, auf keinen Fall auf ein Glück an der Seite des Lieutenants zu hoffen. Glücklicherweise hilft die Comtesse mir, diese Last zu tragen.«

»In der Tat«, sagte Eliza schnell, erinnerte sich an den angeblichen Grund unseres Besuchs und griff nach ihrer Handtasche. »Lieber Colonel, ich muß mich bei Ihnen für Ihre Bereitschaft bedanken, uns Dinge offenbart zu haben, die dem Lieutenant sehr zum Nachteil gereichen. Die Umstände machten es erforderlich, seine Person ein wenig besser kennenzulernen.«

»Die Entscheidung seiner Vorgesetzten dürfte längst gefallen sein«, sagte der Colonel, »und so werden Sie vielleicht von Ihrer Pflicht befreit. Denn keine junge Frau sollte einen Mann ohne Vermögen, Karriere oder günstige Zukunftsaussichten heiraten – selbst wenn er über zwanzig kürzlich verstorbene Onkel verfügen sollte.«

Kapitel 20

Der Ausweg eines Gentlemans

5. Januar 1803, Fortsetzung

Ehe ich mich von den Horse Guards verabschiedete, fragte ich Colonel Buchanan, wo der Bursche des Lieutenants, Jack Lewis, sich möglicherweise aufhielt. Er ließ den Mann in seine Räumlichkeiten bringen, die er netterweise verließ, als Eliza ihm erklärte, wir müßten etwas für meine Kammerzofe erledigen. Daß ich überhaupt keine Kammerzofe hatte, verriet sie dem Colonel nicht. Und so tappte er weiterhin im Dunkeln hinsichtlich unseres eigentlichen Anliegens, wie er es bereits seit unserer Ankunft tat.

»Miss Austen!« rief Jack Lewis aus, als er ein wenig ungestüm durch die Tür hereinstürmte. Dann drehte er sich zu Eliza um und verbeugte sich, erlaubte sich aber gleichzeitig einen leisen Pfiff. Hätte ich sie nicht auf sein exzentrisches Benehmen vorbereitet, hätte sie sicherlich ein wenig fassungslos reagiert. Aber meine Kusine lächelte nur und nickte wohlwollend. Danach wandte der Offiziersbursche wieder mir seine ungeteilte Aufmerksamkeit zu.

»Jack steht Ihnen uneingeschränkt zu Diensten, Miss, und er hofft, daß Sie mir etwas Erfreuliches über meinen Kumpel Tom erzählen können. Er vergeht fast vor Liebe«, vertraute er Eliza augenzwinkernd an.

»Ich bin hergekommen wegen eines Auftrags, den Sie, soweit ich weiß, für den Lieutenant ausgeführt haben«, begann ich. »Dafür interessiere ich mich.«

»Fragen Sie nur, Miss«, sagte er fröhlich.

»Sie waren es doch, der die Habseligkeiten der Zofe Marguerite von Lizzy Scratch abgeholt hat, oder nicht?«

Was immer der Bursche erwartet hatte, dies war es ganz sicher nicht. Jack Lewis erweckte den Eindruck, als habe er einen heftigen Schlag auf den Kopf erhalten, und trat einen Schritt zurück, ehe er sich halbwegs erholte.

»Ja, das war ich«, sagte er und biß plötzlich grimmig die Zähne zusammen.

»Und haben Sie unter ihren persönlichen Dingen ein goldenes Medaillon an einer Kette gefunden, das sie möglicherweise um den Hals getragen hat?«

Schweigen entstand, und Tom Hearsts Bursche scharrte unbehaglich mit den Füßen.

»Lizzy Scratch hat mir erklärt, sie hätte es Ihnen übergeben, Jack. Als ich die Sachen der Zofe vom Lieutenant erhielt, um sie nach Barbados zu schicken, war das Medaillon nicht dabei. Ist es möglich, daß Ihr Herr es an sich genommen hat?«

»Er würde so etwas niemals tun!« fauchte der Bursche und verwandelte sich von einem harmlosen, freundlichen Affen in eine gefährliche Raubkatze.

»Dann gibt es für mich nur noch eine einzige Möglichkeit«, sagte ich, »nämlich daß Sie selbst das Medaillon entwendet haben.«

Er hob die Hände in einer abwehrenden Geste. »Lizzy Scratch weiß nicht mal, wo abends ihre Kinder sind, geschweige denn irgendwelche Wertsachen. Seit wann ist ihr Wort denn so viel wert?«

»Lizzy Scratch war in dieser Angelegenheit besonders vorsichtig«, entgegnete ich, »denn es ist schließlich ein Mord geschehen. Sie glaubte, daß ihr etwas ähnlich Schlimmes widerfahren könnte, wenn sie irgendwelche Dinge aus dem Besitz der Zofe behielt.«

Er schaute Eliza mit einem Ausdruck der Verzweiflung an, erhielt aber als Reaktion nur ihr betörendes Lächeln. Und dann veränderte sich sein Gesichtsausdruck. »Ich will nicht, daß Sie denken, der Lieutenant hätte es getan«, sagte er, »und außerdem habe ich mir nur genommen, was sowieso mir gehört hat.«

»Sie haben dem Mädchen das Medaillon geschenkt?«

»Als ich ihr den Hof machte, im vergangenen Sommer war das, in London. Nur wegen mir und weil ich mit der Zofe befreundet war, kam der Lieutenant am Tag ihres Todes auf die Idee, ihre Sachen zu holen.« Für einen kurzen Moment versagte Jack Lewis die Stimme, doch dann erholte er sich wieder. »Der gute alte Tom hatte schreckliche Angst, daß es irgend etwas geben konnte, das den Magistrat direkt zu mir führen würde. Mein Lieutenant ist ein absolut treuer Mann, das können Sie mir glauben.« Er ließ sich in einen von Colonel Buchanans Sessel sinken und stützte den Kopf in die Hände.

»Hatten Sie Marguerite seit Ihrer Ankunft in Scargrave gesehen?« fragte ich den Offiziersburschen behutsam.

Jack Lewis hob sein ernstes Gesicht und hielt meinem Blick stand, ohne mit der Wimper zu zucken. »Ich schickte ihr ab und zu eine kurze Nachricht, und dann trafen wir uns in der Heumiete. Aber Gott ist mein Zeuge, ich habe ihr nicht die Kehle aufgeschlitzt, Miss. So etwas hätte ich niemals tun können. Margie war gar nicht übel, trotz all ihrer sonderbaren Gewohnheiten. Sie war nur einsam und dankbar für ein bißchen Zärtlichkeit.«

»Demnach sind Sie also an dem Tag, als die Zofe starb, zu Lizzy Scratch geeilt und haben sich das Medaillon geholt?«

Jack Lewis nickte einmal und wandte dann den Blick

ab. »Ich wäre beinahe umgefallen, als ich das Ding immer noch zwischen ihren Sachen sah – und mein Bild steckte drin! Ich dachte schon, jetzt holen sie mich und klagen mich wegen Mordes an – deshalb steckte ich es einfach in die Tasche und verlor kein Wort mehr darüber.«

* * *

»Ich muß schon sagen, Jane, es sieht für deinen armen Lieutenant ziemlich schlecht aus«, verkündete Eliza, während Henrys Kutsche in Richtung Portman Square ratterte, »sehr schlecht sogar. Ich kenne diesen Blick Colonel Buchanans nur zu gut. Er hat die Absicht, an dem Mann ein Exempel zu statuieren und seinen Ordnungssinn zu befriedigen. Der Colonel wird niemals ausdrücklich das Spielen verbieten und auch die Duelle nicht, die sich häufig daraus ergeben. Aber er wird dafür sorgen, daß seine Offiziere sich an Tom Hearst erinnern und es sich vielleicht noch einmal überlegen, ehe sie zu Spielkarten oder Würfeln greifen.«

»Das ist mir eigentlich herzlich egal«, erwiderte ich wahrheitsgemäß. »Ich schlage mich in Gedanken mit einer gefährlichen Möglichkeit herum. Als er in Scargrave eintraf, befand Tom Hearst sich bestimmt in dem festen Glauben, daß sein ganzes Leben auf dem Spiel stand – seine Stellung, seine mögliche Hochzeit mit Fanny und seine Ehre. Dieser heiß und innig geliebte Besitz eines jeden Offiziers. Hätte er seinen Onkel vergiftet, um sich all das zu erhalten? Und hätte er die Erben des Earls belastet, um absolut sicher sein zu können, daß sein Bruder George den gesamten Besitz übernehmen würde? Wenn Fitzroy erst einmal aus dem Weg war – und bedenke, daß Lieutenant Hearst laut Aussage des Colonels einen heftigen Groll gegen seinen Cousin hegte –, hätte er vielleicht Zugang zum

Vermögen des Viscount und könnte sich Madame Delahoussayes Segen für Fanny und ihre dreißigtausend Pfund holen. Wäre George Hearst erst einmal der neue Earl, brauchte Tom wahrscheinlich keine zusätzlichen Werte mehr, um seine Schulden zu bezahlen. Und sein Corps würde es nicht wagen, den Bruder eines Adligen zu bedrängen, während sie andererseits keinerlei Hemmungen hätten, den armen Verwandten eines Geistlichen mit Schimpf und Schande aus der Truppe zu entfernen.«

Ich hielt inne und schaute hinaus in den Regen, der jenseits der Kutschfenster vom Himmel herabrauschte. Eine Lady in pflaumenblauem Sarsenett mit einem gefiederten Hut eilte den Bordstein entlang. Sie hatte den Sonnenschirm als notdürftigen Schutz vor dem schlechten Wetter aufgespannt. Ich befürchtete, daß die von unseren Kutschrädern hochschäumenden Wassermassen ihre hübschen Schuhe ruinieren würden. »Es ist in jeder Hinsicht furchtbar, Eliza, und leider nur zu einleuchtend.«

»Aber wie konnte Hearst das alles erledigen?«

»Mit Hilfe seines Burschen, Jack Lewis«, erwiderte ich und konzentrierte mich wieder auf das Geschehen innerhalb der Kutsche. »Er hatte sich im vergangenen Sommer mit der Zofe angefreundet und ihr ein Medaillon geschenkt. Als er in diesem Winter nach Scargrave kam, war es nur zu wahrscheinlich, daß die Freundschaft aufgefrischt würde. Der Lieutenant könnte seinen Helfer überredet haben, dem Mädchen die Nüsse zuzustecken, damit sie sie dem Earl ins Essen mischt. Vielleicht hat er sogar ganz offen auf Marguerite eingewirkt, indem er ihr etwas für sie wertvolles dafür versprach, daß sie ihre Herrin hinterging. Ganz sicher hat sie die Briefe, in denen Isobel und Fitzroy Payne belastet wurden, mit einer ganz anderen Absicht geschrieben, als sie zu Erpressungszwecken zu benutzen. Sir William konnte nicht verstehen, weshalb sie kein Geld verlangt hat. Aber ihre Belohnung sollte gar nicht von der Countess kommen, und sie bestand auch nicht aus Geld. Vielleicht war es die Ehe mit dem Offiziersburschen und die Überfahrt nach Barbados?«

»Aber er hat sie statt dessen umgebracht.«

»Sie wußte zuviel, Eliza. Und daher hat er ihr die Kehle aufgeschlitzt, während sie, wie sie annahm, auf ihren Geliebten wartete – auf Jack Lewis. Aber es war der Lieutenant, der an diesem Morgen im Heuschober erschien, der Lieutenant, der die schlimme Tat beging. Und es war Jack, der die Habe der Zofe holte. Tom Hearst wußte, daß er sich auf Lewis' Verschwiegenheit verlassen konnte. Du hast selbst erlebt, wie sehr der Mann sich davor fürchtet, mit dem Tod der Zofe in Verbindung gebracht zu werden.«

»Es ist eigentlich verwunderlich, daß ausgerechnet *er* noch am Leben ist«, sagte Eliza nachdenklich.

»Lieutenant Hearst hat mir gegenüber einmal angedeutet, daß er diesem Mann sein Leben verdankt. Und in einem solchen Fall könnte sogar er – mit seinem ausgeprägten Ehrgefühl – so etwas wie eine Verpflichtung empfinden. Auf jeden Fall klingt das Ganze durchaus überzeugend, meinst du nicht?«

»Jane, was willst du tun?«

»Ich bestelle sofort Mr. Cranley hierher. Vielleicht schafft er es, ein Geständnis aus dem Kerl herauszuholen, denn ehrlich gesagt, Eliza, wir haben nicht den Hauch eines Beweises.«

Wir waren mittlerweile am Portman Square angekommen, und Elizas Kutscher hatte vor den Türen von Scargrave House angehalten. »Möchtest du nicht noch für einen Moment mit hereinkommen und eine Erfrischung zu dir nehmen?« fragte ich sie.

»Ich gestehe, daß ich die Auflösung des Falles auf keinen Fall versäumen möchte«, erwiderte sie aufgeregt, »wenn du meine Gegenwart noch für eine weitere Stunde ertragen kannst, Jane.«

»Sie wird wahrscheinlich meine einzige Hilfe sein. Von jetzt an bewege ich mich auf feindlichem Terrain, meine Liebe.«

Sie sorgte dafür, daß ihre Kutsche wartete, und wir gingen zur Haustür. Im Haus wurden wir jedoch schon in der Halle von lautem Gejammer und einem unglaublichen Durcheinander empfangen. Zofen rannten hin und her und waren mit ihren jeweiligen Besorgungen derart beschäftigt, daß sie nicht einmal Zeit für irgendwelche Erklärungen hatten. Doch das Wehklagen erklang aus dem Salon, und dorthin begaben wir uns schnellstens.

Als ich die Tür öffnete, erblickte ich zuerst Mr. Cranley. Er stand in einer Haltung völliger Hilflosigkeit am Kaminsims. Madame Delahoussaye saß vor ihm auf der Couch und hatte die Arme um ihre Tochter geschlungen. Fanny lag dort mit allen Anzeichen tiefster Trauer. Ihre blonden Locken waren zerzaust und klebten ihr tränenfeucht im Gesicht. Die Augen waren vom Weinen gerötet.

»Was ist denn hier passiert?« rief ich und vergaß in diesem Moment völlig meine Pflichten als Gastgeberin gegenüber Eliza.

Madame hob den Kopf und schüttelte ihn, um weiteren Fragen zuvorzukommen. Mit offensichtlicher Erleichterung durchquerte Mr. Cranley den Raum und begleitete uns zurück in die Halle.

»Ich fürchte, daß meine Nachricht die Ursache für Miss Delahoussayes tiefen Schmerz ist«, berichtete er uns, »aber es war niemand anderer da, der ihr diese überbringen konnte, und erfahren mußte sie alles.«

»Welche Nachricht?« fragte ich und konnte mich einer düsteren Vorahnung nicht erwehren.

»Von Lieutenant Hearst«, sagte der Anwalt und zögerte. »Ich habe es gerade seinem Bruder mitgeteilt. Es ist etwas – Furchtbares passiert.«

»Er ist doch nicht etwa – verletzt?« fragte ich.

»Ich fürchte, er ist tot.«

Elizas entsetzter Blick drückte die Frage aus, die mir auf der Zunge lag. »Aber wie?« rief ich.

»Er hat sich erschossen«, sagte Mr. Cranley, »heute morgen, mitten im Hyde Park.«

* * *

Es stellte sich heraus, daß Mr. Cranley an diesem Morgen per Boten zu einem Treffen mit Lieutenant Hearst bestellt worden war. Er war zur angegebenen Uhrzeit am Treffpunkt gewesen und hatte den Gentleman auf einer Parkbank liegend und aus einer großen Schläfenwunde blutend vorgefunden.

»Und es ist völlig unmöglich, daß er ermordet wurde? Sind Sie ganz sicher, daß er seinem Leben selbst ein Ende gesetzt hat?« fragte ich.

»Ganz sicher«, erwiderte der Barrister. »Ein Bettler, der im Park wohnt und sich unter einem Busch in der Nähe häuslich eingerichtet hat, war Zeuge der Tat.«

»Demnach sind Sie nur zu dem Zweck hinbestellt worden, um ihn zu finden.«

»Und um dies hier an mich zu nehmen und weiterzugeben«, sagte Mr. Cranley und holte ein schlichtes Stück Papier hervor, das zusammengefaltet und mit rotem Wachs versiegelt worden war. »Ihr Name steht darauf, Miss Austen.«

Ich nahm den Brief entgegen. Meine Hand zitterte leicht, als ich mir vorstellte, daß die Hand, die so energisch und unbekümmert meinen Namen geschrieben hatte, nun nie wieder schreiben würde. »Aber was um alles in der Welt könnte er mir mitzuteilen haben?«

»Vielleicht ist es ein Geständnis«, äußerte Eliza eine naheliegende Vermutung.

Ich brach das Siegel und faltete das steife Papier auseinander.

St. James, London
4. Januar 1803

Meine liebe Miss Austen –
oder eher, meine liebe Jane – denn so werde ich stets an Sie denken, wenn ich mich an gemeinsame Momente erinnere, die zu wertvoll sind, um sie in dieser letzten Nacht meines sterblichen Lebens unbeachtet vorbeiziehen zu lassen. Würde mir eine letzte Stunde absoluten Glücks gewährt, so wünschte ich mich zurück ins Scargrave House – wo ich dann vor meiner Tür darauf warten würde, Sie noch einmal beim Mondschein und mit gelöstem Haar sehen zu dürfen. Es liegt so kurze Zeit zurück, und doch kommt es mir vor wie ein ganzes Leben. Ich werde nie mehr die Gelegenheit haben, eine Bekanntschaft zu vertiefen, die für uns beide hätte lohnend sein können – aber ich vergesse. Sie wurden mir schon vor langer Zeit verweigert, und zwar durch mein eigenes verfluchtes Verhalten.

Die Männer, die über meine Zukunft bestimmen, werden morgen ihre Entscheidung bekanntgeben. Ich habe bereits von einem von ihnen erfahren, daß die Bedingungen meinem zukünftigen Wohlergehen, der Erhaltung meines Ansehens und, was vielleicht am wichtigsten ist, meiner Ehre entgegenstehen. Ohne Vermögen und ohne Achtung, wie sie jemandem mit einem in Verruf geratenen Namen nicht gezollt werden dürfte – und außerdem mit Rücksicht auf Fanny Delahoussaye – habe ich mich entschlossen, den einzigen ehrenhaften Weg einzuschlagen, den ein Gentleman noch gehen kann. Wäre ich ein Halunke, würde ich eine Passage auf einem Schiff buchen und mein Glück in einem fernen Land suchen. Aber ich bin trotz allem nur ein Soldat, für den die Pflicht wie Gottes Wort ist.

Ich bitte Sie nur in einem einzigen Punkt um Hilfe, Miss Austen: bitte kümmern Sie sich ein wenig um Fanny. Sie hat mir erzählt, Sie wüßten über unsere traurige Situation Bescheid. Sie hat ihr Vermögen, das sie, so es dem Zugriff ihrer abscheulichen Mutter entgeht, vor allzu großer Not bewahren dürfte. Aber es muß um jeden Preis vor Madame geschützt werden. Ich vertraue auf Ihre Anständigkeit.

Leben Sie wohl, meine liebe Jane. Hätten wir uns früher kennengelernt, hätte ich dank Ihrer Mithilfe meine Ehre vielleicht erhalten können. Aber was können wir für die unerforschlichen Wege des Schicksals?

Ich verbleibe, usw.,
Lt. Thomas Hearst

»So ein verdammter Feigling!« rief ich aus und vergaß mich selbst vor Zorn und benutzte Begriffe, wie mein zur See fahrender Bruder sie in ähnlichen Situationen benutzen würde, »bringt sich eher um, als sich damit abzufinden, daß er unehrenhaft entlassen wird. Eine unglaubliche Verschwendung eines jungen Lebens – und wofür? Für die Ehre. Verstehe einer die Männer in ihren seltsamen Verhaltensweisen!« In tiefer Aufgewühltheit zerknüllte ich den Brief und entfernte mich von Eliza und Mr. Cranley, wobei meine Schritte von dem Marmor der Eingangshalle von Scargrave House widerhallten.

»Aber gibt er zu, daß er den Earl und die Zofe ermordet hat?« fragte Eliza.

»Der Selbstmord legt eine solche Vermutung nahe«, sagte Mr. Cranley.

Ich beeilte mich, ihm zu widersprechen. »Der Lieutenant erwähnt mit keinem Wort die Morde oder äußert sich zu der Rolle, die er für jemand anderen gespielt haben könnte. Mit seinem Tod dürften sich alle Hoffnungen, Licht in jenes Dunkel zu bringen, als müßig erweisen.« Von Tom Hearsts zärtlichen Worten an meine Adresse sagte ich nichts. Noch war ich nicht in der Lage, sie in vollem Umfang zu verstehen. »Auch wenn wir uns hinsichtlich seiner Motive, der Gelegenheit und seiner Schuld sehr sicher sind, werden wir niemals den letzten Beweis in Händen halten.«

»Wir könnten seinen Tod doch als Argument für unsere Verteidigung benutzen«, sagte Mr. Cranley hoffnungsvoll.

»Es ist eine Schande.« Elizas rote Lippen waren geschürzt, und sie stützte einen langen, schlanken Finger gegen ihr Kinn. »Da er geplant hatte, sein Leben zu beenden, hat der arme Mann vielleicht allzu bereitwillig die Schuld auf sich genommen und zugelassen, daß jemand anderer unbehelligt davonkommt. In diesem Akt liegt ein gewisser Egoismus, meinst du nicht auch, Jane?«

»Jeder Selbstmord ist egoistisch«, sagte ich gedankenverloren, »es ist nur eine Frage, *wie* egoistisch er ist. Ich fürchte, die arme Fanny wird es am schlimmsten zu spüren bekommen.«

»Miss Delahoussaye – war sie –« setzte Mr. Cranley an und verstummte dann und errötete.

»Sie waren nicht formell verlobt«, sagte ich vorsichtig, »aber ich glaube, sie war sich mit dem jungen Mann im großen und ganzen einig.«

»Ihrer Trauer nach zu urteilen hatte ich etwas in dieser Richtung vermutet«, sagte der Anwalt mit betrübtem Gesicht. »Ich wüßte nicht, wie man einen solchen Schmerz lindern könnte.«

»Sie werden feststellen, Mr. Cranley«, sagte ich nicht unfreundlich, »daß, was Miss Delahoussaye betrifft, die Zeit durchaus Ihr Verbündeter sein dürfte.«

Kapitel 21

Ein Vertrauensposten

5. Januar 1803, Fortsetzung

Als Eliza sich verabschiedet hatte, bat ich Mr. Cranley, in der Bibliothek auf mich zu warten, und kehrte zögernd zu den Delahousssayes zurück. Ich wußte nicht, wie ich mich ihnen gegenüber verhalten sollte. Fanny und Madame bildeten den Mittelpunkt einer besorgten Gruppe, die aus Simmons, dem Butler, und zwei der leitenden Hausangestellten bestand. Sie hielten Behälter mit warmem Wasser und Kompressen bereit. Aber bei meinem Eintreten hob die arme Fanny ihr tränenüberströmtes Gesicht, löste sich aus der Umarmung ihrer Mutter und streckte mir eine Hand entgegen. »Oh, Miss Austen!« schluchzte sie, während sie meine Finger umschloß, »ist das nicht schrecklich? Niemand außer Ihnen kann nachfühlen, wie furchtbar diese Nachricht ist!«

»Du regst dich bestimmt nur unnötig auf, Fanny«, sagte Madame mit unüberhörbarer Mißbilligung in der Stimme. »Tom Hearst ist wohl kaum eine solche Demonstration wert, wie er uns durch seinen Abschied aus diesem Leben gezeigt hat. Müßte ich nicht befürchten, dich noch mehr aufzuregen, würde ich diese Nachricht erfreut zur Kenntnis nehmen.«

Fannys einzige Reaktion bestand aus einer noch heftigeren Demonstration ihrer Trauer, und Madame hob konsterniert die Hände

»Und daran, Miss Austen, erkennen wir, was *Romane* wirklich wert sind«, sagte sie zu meiner Verblüffung, »denn nur aus den Produkten billigster Schreiberlinge, wie die Romanverlage sie beschäftigen, kann meine Tochter eine derartige Gefühlsseligkeit gelernt haben. Sie besteht nur noch aus romantischen Träumen und ist zu keinem klaren Gedanken mehr fähig. Aber vielleicht, nun da der ungesunde Einfluß des Lieutenants nicht mehr vorhanden ist, kann man auf baldige Besserung hoffen.«

»Und hat der Lieutenant *Romane* gelesen, Madame?« fragte ich entrüstet und wandte mein Interesse wichtigeren Angelegenheiten zu. Die arme Fanny klammerte sich mitleiderregend an mich und benetzte mein graues Wollkleid mit ihren Tränen. Ihre Mutter schnaubte ungehalten und erhob sich wortlos.

»Ich kann mit ihr nichts anfangen, Miss Austen«, sagte sie und drängte sich zwischen den Hausmädchen durch, »vielleicht haben Sie mehr Glück. Ich bin in meinem Zimmer, falls Fanny wieder vernünftig werden sollte.«

Ich klopfte dem armen Wesen sanft auf den Rücken, redete tröstenden Unsinn, mit dem man gewöhnlich ein Kind beruhigt, und bat die Diener, sich mit ihren Wassergefäßen zu entfernen. Nach und nach wurden Fannys Klagen leiser, endeten schließlich mit einem Schluckauf und einem Schniefen, und dann wischte sie sich über die Augen.

»Was soll ich jetzt tun?« fragte sie flüsternd. »Ich fürchte, Miss Austen, nun, da Tom tot ist, bin ich wirklich verloren.«

Als ich in ihren Augen erkannte, daß neue Tränenwolken aufzogen, begann ich mit betont energischer Stimme zu reden und ihr die einzige Hilfe anzubieten, die mir einfiel. »Wir werden aus dieser Situation das Beste machen, meine liebe Fanny, und hoffen, daß Isobel so bald wie möglich aus dem Gefängnis entlassen wird. Ist die Countess erst einmal wieder in Freiheit, dann ist jemand da, der Ihnen hilft und Sie vor Ihrer Mutter beschützt. Dort können Sie sich dann auch ganz offen über die Fehler äußern, die Sie gemacht haben. Haben Sie keine Hemmungen, Tom Hearst die Schuld zu geben. Er hat sie aufs heftigste ausgenutzt und muß die Schuld für seine Taten tragen, auch wenn er mittlerweile tot ist. Aber sagen Sie im Augenblick nichts zu Madame, sondern vertrauen Sie auf Isobels Verständnis, sobald sie wieder zu uns zurückgekehrt ist. Man wird sich etwas für Sie und die Erhaltung Ihres Ansehens einfallen lassen«, versicherte ich ihr und deutete auf ihren gewölbten Leib. »Haben Sie den Besuch bei Ihrer Schneiderin ohne Entdeckung überstanden?«

Fanny nickte traurig. »Ich bekomme ein paar wunderschöne Stücke, Miss Austen, allerdings sind sie in Schwarz.« Ihre Augen füllten sich erneut mit Tränen. »Und außerdem wird Tom mich nie in ihnen bewundern können.«

* * *

Ich brachte Fanny auf ihr Zimmer und riet ihr, sich auszuruhen. Danach suchte ich den geduldigen Mr. Cranley eine Etage tiefer auf. Ich war ein wenig verzweifelt.

»Mr. Cranley!« rief ich, während er sich bei meinem Eintreten aus einem dunkelbraunen Sessel erhob, »Sie sind wirklich ein wahrer Gentleman. Wie schrecklich für Sie, ein derartiges Durcheinander erleben zu müssen. Aber nun erzählen Sie, was es an Neuigkeiten gibt.«

Er zog sich einen Stuhl heran und setzte sich. »Ich habe von Danson die Korrespondenz des Earls erhalten. Dazu müßte eine Liste von allen Briefen mitsamt dem Datum ihres Versendens sowie mit den Namen ihrer Empfänger gehören – denn Lord Scargrave führt genauestens Buch über seine Postgebühren«, fügte der Anwalt als Nachtrag hinzu*. »Verlange ich zuviel, Miss Austen, oder darf ich Sie bei dieser Aufgabe um Ihre Hilfe bitten? Ich möchte nämlich einen Zeugen für alles haben, was ich möglicherweise finde.«

»Ich stehe Ihnen voll und ganz zur Verfügung, Mr. Cranley«, versicherte ich ihm.

»Die Briefe des Earls werden in diesem tragbaren Schreibsekretär aufbewahrt.« Mr. Cranley durchquerte den Raum und trat an einen kleinen Holzschrank heran, dessen Deckel sich zurückklappen ließ und eine Schreibfläche freigab, die bequem auf einem Schoß Platz fand. »Danson hat mir gestattet, es hierher zu bringen.«

Neunzehn Briefe befanden sich darin, allesamt in einer markanten, gleichmäßigen Handschrift verfaßt. Alle trugen das Datum des Tages, an dem der Ball in Scargrave Manor stattgefunden hatte – ein Tag, der zu einem ganz anderen Leben zu gehören schien. Wir stellten schnell fest, daß es sich ausschließlich um geschäftliche Briefe handelte, und nach einem oberflächlichen Vergleich der Liste des Earls mit den vorhandenen Entwürfen kamen wir zu dem Ergebnis, daß ein weiterer Brief abgeschickt worden war, der sich jedoch nicht in dem Schreibsekretär befand.

* Im neunzehnten Jahrhundert waren die Portokosten ausgesprochen hoch, da die Gebühren für Briefe sich nach der Entfernung richteten, die sie bis zum Adressaten zurücklegten. Es gab keine Briefumschläge – ein Bogen Papier wurde zusammengefaltet und mit Wachs versiegelt. Ein Brief, der aus zwei Bögen Papier bestand, kostete die doppelte Gebühr. Interessanterweise wurde das Porto stets vom Empfänger und nicht vom Versender bezahlt. Daher könnten die Aufzeichnungen Lord Scargraves ein Beweis dafür sein, daß er gewissenhaft Buch über seine Schulden führte. – *Die Herausgeberin*

»Hervorragend!« rief Mr. Cranley aus. »Es ist genauso, wie Sie angenommen haben, Miss Austen. Ein Entwurf wurde an einem jener traurigen Tage nach dem Tod des Earls geschrieben. Er wurde kopiert und abgeschickt. Und ehe der Diener Lord Scargraves die Zeit fand, ihn an jenem Abend zu den anderen Papieren zu legen, wurde er entwendet und benutzt, um die Nachricht anzufertigen, die bei der Zofe Marguerite gefunden wurde.«

»Oder der Entwurf wurde einfach vernichtet«, warnte ich, da ich meinte, mit allzu eiligen Schlußfolgerungen vorsichtig sein zu müssen. »Es kommt schon mal vor, daß man von seinen Gewohnheiten abweicht.«

Wir verglichen nun die Entwürfe mit der Liste des Earls und gelangten zu dem Ergebnis, daß der fehlende Brief eines von mehreren Schreiben war, die an die Anwälte in der Bond Street gerichtet waren. Danach warf Mr. Cranley lediglich einen schnellen Blick auf seine Uhr und bestellte eine Droschke, und schon waren wir unterwegs zur Anwaltskanzlei.

* * *

Mayhew, Mayhew & Crabb war ein respektables Unternehmen, wie man es von Geschäftsleuten erwarten kann, die den Adel betreuen. Bei dem Schild, das an der dunkelgrünen Eichentür angebracht war, handelte es sich um auf Hochglanz poliertes Messing, und auch die Marmortreppe war sorgfältig geschrubbt. Als ich den Namen der Firma las, fiel mir plötzlich Isobels letzte Bitte ein, die sie geäußert hatte, ehe sie das Gutshaus verließ – nämlich daß ich ihr Testament einem gewissen Hezekiah Mayhew übergeben sollte. Ich hatte damit abgewartet in der Hoffnung, daß derlei Angelegenheiten noch einige Jahrzehnte Zeit hätten, sobald Isobel wieder in Freiheit wäre. Aber nun, als wir vor der Tür der Anwaltskanzlei standen, besann ich mich auf das Dokument, das ich sicher in meiner Handtasche aufbewahrte und nachts unter mein Kopfkissen zu legen pflegte. Ich sollte die Urkunde lieber umgehend Mr. Mayhew überreichen, sobald wir das Haus betreten hätten.

Wir wurden in ein behagliches Sprechzimmer geleitet, wo ein hell loderndes Feuer seinen Lichtschein auf mehrere Sessel warf. Mr. Cranleys Karte war kaum weitergegeben worden, als Mr. Hezekiah Mayhew schon erschien, um uns zu Diensten zu sein. Er war ein stattlicher Gentleman von ungefähr siebzig Jahren und gebückter Haltung. Auf seinem glänzenden Schädel wuchs schon lange kein Haar mehr, und zwei buschige weiße Augenbrauen versuchten, diesen Mangel wettzumachen.

»Mr. Cranley«, sagte der Solicitor mit einer tiefen Verbeugung in Richtung des Barristers, »es ist mir eine Ehre, Sie in meinem bescheidenen Büro begrüßen zu dürfen.«

»Die Ehre liegt ganz auf meiner Seite«, entgegnete Mr. Cranley. »Und ich muß mich gleichzeitig dafür bedanken, daß Sie die Angelegenheiten der Countess in meine Hände gelegt haben.«

»Diese Firma regelt die Geschäfte der Scargrave-Familie seit mindestens achtzig Jahren«, führte Mr. Mayhew aus und musterte Cranley mit hochgezogenen Augenbrauen, »aber noch nie zuvor haben wir eine derart schlimme Zeit erlebt. Ich habe lediglich den besten und zuverlässigsten Barrister engagiert, den ich kannte.« Die ernsten braunen Augen richteten sich auf mich. »Und wer sind Sie, Madam –?«

»Miss Jane Austen. Ich bin eine Freundin der Countess.«

»Wenn es um ihre eigenen Belange geht, ist Miss Austen ausgesprochen zurückhaltend«, ergriff Mr. Cranley schnell das Wort. »Sie ist die beste Freundin, die die Countess sich wünschen kann, und verfolgt die Verteidigung des neuen Earls mindestens ebenso energisch wie ich.«

»Das ist gut – wirklich sehr gut.« Mr. Mayhews Blick war durchdringend. »Nach meiner Erfahrung sind Freunde, Miss Austen, genauso wie die Damenmode. Sie kommen und gehen mit den Jahreszeiten und sind nur selten aus einem robusten Stoff gefertigt, der häufigen Gebrauch verträgt. Es freut mich, feststellen zu können, daß dies nicht auf Sie zutrifft.« Nach diesen Worten geleitete er uns in sein eigentliches Büro.

Mr. Cranley bot mir einen Sessel an und nahm in einem anderen vor dem imposanten Schreibtisch des Solicitors Platz.

»Sind Sie wegen Angelegenheiten die Countess betreffend hergekommen?« erkundigte Mr. Mayhew sich mit einem Blick, der uns beide einschloß.

»Nicht direkt«, erwiderte ich, »obgleich ich den Auftrag habe, dies in Ihre Obhut zu übergeben, Mr. Mayhew.« Ich reichte ihm das versiegelte Schriftstück, das Isobels letzte Anweisungen enthielt, und war sogleich erleichtert, daß ich diese Last endlich an jemand anderen hatte weitergeben können. »Ich möchte Sie bitten, sich die einzelnen Punkte anzusehen, die darin enthalten sind, wenn wir Ihre Zeit nicht länger in Anspruch nehmen.«

»Haben Sie dringendere Angelegenheiten zu besprechen?« wollte der Solicitor wissen und hob erneut seine buschigen Augenbrauen.

»Heute sind wir wegen des Earls hier«, sagte Mr. Cranley.

»Auch wenn man die beiden kaum voneinander trennen kann«, warf ich ein. »Was dazu beiträgt, die Unschuld des einen zu beweisen, ist natürlich auch für den anderen hilfreich.«

»In der Tat. So ist es. Bitte erläutern Sie mir Ihr Anliegen.« Mr. Mayhew legte Papier und Bleistift zurecht und setzte sich eine altmodische Brille auf die Nase.

Wir erklärten ihm unser Problem mit der Korrespondenz Fitzroy Paynes und konnten zu unserer Erleichterung feststellen, daß der alte Mayhew einen wachen Geist hatte. Er schätzte die Bedeutsamkeit unserer Fragen auf Anhieb richtig ein. Ein Korrespondenzverzeichnis wurde angefordert, und die Endfassungen mehrerer Briefe wurden uns vorgelegt, deren Entwürfe wir schon vorher bei Danson begutachtet hatten.

Zu unserer Freude fanden wir sofort den Brief, von dem wir noch keinen Entwurf gesehen hatten.

Scargrave Manor,
Hertfordshire,
22. Dezember 1802

Mein lieber Mayhew –
ich möchte Sie in einer Angelegenheit den Besitz der Countess auf Barbados, Crosswinds, betreffend, um Rat bitten. Sicherlich erinnern Sie sich, daß mein Onkel, der verstorbene Earl, zur Zeit seines Todes damit beschäftigt war, Lord Harold Trowbridges Kaufansinnen auf die Plantagen seiner Frau abzuwehren. Sein Hinscheiden und die Sorge der Countess um ihre materielle Sicherheit haben sie dazu gebracht, sämtliche Hoffnungen, Lord Harold erfolgreich hinzuhalten, aufzugeben – und sie hat kürzlich ein Dokument dieses Gentlemans unterzeichnet, in dem festgelegt wird, daß er den Besitz zum Ausgleich eines beträchtlichen Schuldenbetrags übernimmt.

Bei Durchsicht der Unterlagen meines Onkels – unter denen sich auch der Ehevertrag der Countess befand – habe ich kürzlich festgestellt, daß gewisse rechtliche Einschränkungen hinsichtlich ihrer Handlungs- und Entscheidungsfreiheit existieren. Daß sie davon nichts wußte, als sie Trowbridges Forderungen erfüllte, werden Sie sicherlich verstehen, dürften doch gerade Sie wissen, wie wenig Ahnung Frauen im allgemeinen von juristischen Dingen haben. Im wesentlichen stellt die Situation sich folgendermaßen dar: Die fraglichen Plantagen gelangten über ihre Mutter in den Besitz der Countess, wenngleich sie von ihrem Vater betrieben und verwaltet wurden, und gehen im Falle ihres Todes auf ihre noch lebenden Angehörigen mütterlicherseits über – nach aller Wahrscheinlichkeit also auf Miss Fanny Delahoussaye. Tatsächlich taucht das Land als eingebrachtes Sondergut im Ehevertrag auf, wobei Sachwalter seinen Bestand sowohl während der Ehe der Countess gewährleisten, wie es auch schon während ihrer Minderjährigkeit geschah. Eine eigentumsrechtliche Übernahme durch Lord Harold dürfte daher null und nichtig sein. Es ist jedoch möglich, daß er das Recht in seinem Sinn gebeugt hat, um dieses Hindernis zu überwinden. Ich würde mich freuen, Ihre Meinung zu dieser Angelegenheit zu erfahren.

Ich habe die Absicht, am Tag nach Weihnachten nach London zu kommen, und ich denke, wir treffen uns wieder am üblichen Ort – in der Bibliothek des Forbearance Club. Wir können dort zu Mittag speisen und einige andere Punkte besprechen und beraten, wie wir Lord Harolds Intrigen am besten begegnen.

In vorzüglicher Hochachtung
Ihr Fitzroy, Earl of Scargrave

Ich sah Mr. Cranley an, nachdem ich den Brief gelesen hatte. *Wir treffen uns wieder am üblichen Ort* stand dort und schrie geradezu danach, mit dem Text auf dem Papierfetzen verglichen zu werden, der im Mieder der Zofe gesteckt hatte. Aber es war der Inhalt des Briefs, der mich verblüffte – Lord Harold hatte Isobel derart heftig bedrängt, daß er am Ende sogar sich selbst überlistet hatte.

»Teilen Sie die Auffassung des Earls, Mr. Mayhew?« fragte ich den Solicitor. »Ist es der Countess tatsächlich unmöglich, ihre westindischen Güter zu veräußern?«

Die trüben braunen Augen blinzelten mich pfiffig an, und Hezekiah räusperte sich. »Ich habe mir das Problem genauestens angesehen, Miss Austen, und ich darf sagen, daß es recht hübsch ist. Sehr hübsch für die Countess und den Earl.« Er hielt inne und ließ seinen Blick zwischen Mr. Cranley und mir hin und her springen.

»Mein lieber Sir«, sagte Mr. Cranley beschwörend, »all diese Dinge können für das Überleben seiner Lordschaft von größter Wichtigkeit sein. Das wissen wir aber erst, wenn wir im Besitz aller Informationen sind. Also fahren Sie bitte fort.«

»Ein eingebrachtes Sondergut besteht notwendigerweise immer aus Aktiva«, erwiderte Mr. Mayhew. »Und wie wir wissen, können Aktiva unerwarteterweise an Wert verlieren. Aktien sinken im Wert, Banken und deren Beteiligungen können in Konkurs gehen, und Liegenschaften – vor allem solche, die landwirtschaftlich genutzt werden – können einen großen Teil ihres Wertes verlieren. Laut den Bestimmungen des anläßlich des Todes der Mutter der Countess, Amelie Delahoussaye Collins, eingerichteten Treuhandverhältnisses dürfen die Treuhänder, falls der gesunkene Wert von Crosswinds den möglichen Bankrott der Stiftung herbeiführt, die Liegenschaft veräußern, um Forderungen von Gläubigern zu befriedigen.«

Der Solicitor griff nach einer Tonpfeife. Dann sah er mich an – es gehörte sich nicht, in Anwesenheit einer Lady zu rauchen – und legte sie mit einem Seufzer und einem ungehaltenen Stirnrunzeln wieder auf ihren Platz auf der polierten Platte seines Schreibtisches zurück. »Und das dürfte in etwa das sein, was passiert ist«, klärte er Mr. Cranley auf.

»Kann das Land der Countess denn so sehr an Wert verlieren?« erkundigte sich der Barrister.

»Das Land nicht, aber das, was es hervorbringt, auf jeden Fall«, erwiderte Mr. Mayhew frei heraus. »Als der Vater der Countess, John Collins, noch lebte, wurde der Anbau von Zuckerrohr eingestellt und dafür mit dem Kaffeeanbau begonnen.« Die buschigen weißen Augenbrauen wurden mißbilligend gerunzelt, und Hezekiah Mayhew fühlte sich bemüßigt, mir weitere Erklärungen zu liefern. »Sie müssen wissen, Miss Austen, daß es einige Jahre dauert, ehe Kaffeesträucher Früchte tragen. Falls sie im noch jungen Zustand von Schädlingen befallen werden – wie es in diesem Fall unglücklicherweise geschah –, müssen sie vernichtet und neue angepflanzt werden. Das passierte John Collins sogar zweimal, und zweimal brauchte er frisches Kapital, um seine Verluste aufzufangen. Als er schließlich die erste Ernte hervorbrachte, die sich verkaufen ließ, war der Kaffeepreis weltweit auf Grund des Produktionszuwachses in Brasilien erheblich gefallen. Die Bohnen, die John Collins anbieten konnte, waren kaum das Geld wert, das er für ihre Produktion ausgegeben hatte. Hinzu kamen Aufstände unter den Sklaven, die ebenfalls größere Verluste zur Folge hatten. Um die Neuanpflanzungen bezahlen zu können, war Mr. Collins gezwungen, Kapital fremder Investoren in seinen Betrieb hineinzustecken, und als er starb, erwies der Wert seines Grundbesitzes sich als zu gering, um die Forderungen seiner Gläubiger erfüllen zu können. Obgleich die sich in treuhänderischer Verwaltung befindliche Liegenschaft durch den Ehevertrag der Countess gesichert ist, ergibt sich die Frage, ob ihre Treuhänder nicht dazu bewegt werden müssen, die Liegenschaft insgesamt zu veräußern.« Er lehnte sich in seinem Sessel zurück, der unter dem beträchtlichen Körpergewicht des Anwalts protestierend knarrte. Hezekiah Mayhew spielte mit seiner goldenen Uhrkette.

»Aber die Countess selbst darf es nicht, oder?« hakte Mr. Cranley nach.

»Sie bedarf dazu einer schriftlichen Einwilligung der Treuhänder.«

»Und wer ist das?« fragte ich gespannt.

Das faltige Gesicht verzog sich zu einem Lächeln. »Ich fürchte, ich habe mich ein wenig falsch ausgedrückt, Miss Austen, und zwar aus alter Gewohnheit«, erwiderte der Solicitor. »Es gibt nur einen Treuhänder, und der ist nicht männlichen Geschlechts – eine ungewöhnliche Regelung, aber sie erfolgte auf ausdrücklichen Wunsch der Familie der Countess. Sie stammte aus Frankreich und betrieb das Bankengeschäft, müssen Sie wissen – sie gründeten zum Beispiel die erste Bank auf Martinique. Sie traten als eine Art Clan auf und vertrauten ihre Geschäfte grundsätzlich keiner familienfremden Person an. Als die Treuhänder – allesamt Familienangehörige – starben, konnten sie nicht durch andere ersetzt werden, daher ist nur noch eine Person übrig, nämlich eine Frau und gleichzeitig die Tante der Countess – Madame Hortense Delahoussaye.«

»Demnach wäre es allein ihre Einwilligung, Mr. Mayhew, um die Lord Harold sich bemühen muß?«

»So ist es in der Tat«, erwiderte der Anwalt ernst.

Ich beugte mich vor. »Aber noch hat er sie nicht in Händen, oder?«

So etwas wie Interesse flackerte in Hezekiah Mayhews klugen Augen auf. »Meines Wissens nein«, sagte er. »Da das weitere Schicksal der Countess noch in der Schwebe ist, dürfte Madame Delahoussaye die Angelegenheit sicherlich vorerst verschoben haben.«

Das hatte sie ganz sicher getan, wenn ich den Charakter von Madame Delahoussaye richtig einschätzte. Ihre Tochter Fanny würde Isobels Eigentum erben, so belastet mit Schulden es auch sein mochte, falls Isobel wegen des Mordes an ihrem Ehemann hingerichtet werden sollte. Und wenn die Familie genauso heftig um den Erhalt ihres Grundbesitzes kämpfte, wie Mr. Mayhew annahm, würde Madame wahrscheinlich all ihre Rücklagen aufwenden, um die Schuld zu bezahlen und die Plantagen wieder in Betrieb zu nehmen. Aber weshalb hatte sie Isobel nicht eine ähnliche Unterstützung angeboten, als die Countess eine solche Hilfe am dringendsten brauchte?

Die ersten Umrisse einer Idee nahmen allmählich Gestalt an. Ich stand hastig auf. Obgleich es schon ziemlich spät war, zählte jede Minute. Uns blieben nicht mehr als vier Tage bis zum Prozeß im House of Lords.

»Verzeihen Sie mir, Mr. Mayhew«, sagte ich und streckte ihm meine Hand entgegen, »Sie waren überaus entgegenkommend und haben uns in unseren Bemühungen sehr geholfen. Aber Mr. Cranley und ich haben woanders noch etwas Dringendes zu erledigen, das keinen Aufschub duldet. Es ist mir eine Ehre, Sie kennengelernt zu haben, Sir – und ich bin überzeugt, daß die Countess dank Ihrer Bemühungen für sie noch immer eine Chance hat, dem Zugriff des Feindes zu entkommen.«

»Sie dürfte meine Hilfe kaum nötig haben, Miss Austen«, sagte Hezekiah Mayhew trocken, »wenn sie sich der Ihren längst sicher sein kann.«

Mr. Cranley trennte sich vor dem Haus des Anwalts von mir, nachdem er für mich eine Droschke besorgt hatte, die mich nach Scargrave zurückbringen sollte. Er selbst begab sich eiligst ins Lincoln's Inn, wo er sein Büro hatte, um die Verteidigung meiner Freunde vorzubereiten. Ich war schnell wieder im Scargrave House. Fanny lag noch immer oben in einem abgedunkelten Zimmer, während Madame Delahoussaye es sich auf der kleinen Couch vor dem Kamin im Salon bequem gemacht hatte.

»Meine liebe Miss Austen«, sagte Madame und stand bei meinem Eintreten schnell auf. »Ich hatte keine Ahnung, wohin Sie gefahren waren – und im Haus wußte man nicht, was geschehen sollte. Wenn Sie weiterhin die Absicht haben, auf diese Art und Weise alleine Ihre eigenen Wege zu gehen, wäre es ganz gut, wenn Sie in der Küche Bescheid sagen würden, wann Sie zurückzukehren gedenken, damit das Abendessen nicht auf gut Glück vorbereitet werden muß.«

»Ich war nicht alleine, Madame«, entgegnete ich. »Ich habe zusammen mit Mr. Cranley die Scargrave-Anwälte aufgesucht.«

»Mit Mr. Cranley?« Madames Miene verriet tiefe Verachtung, und sie ließ ihren Blick an meinem grauen Wollkleid auf und ab wandern, als wäre es durchsichtig. »Ich nehme an, Sie haben es auf ihn abgesehen. Er ist kein übler Bursche und paßt sicherlich zu jemandem in Ihrer gesellschaftlichen Stellung.«

Ich spürte, wie ich errötete. *Ich hatte es also auf ihn abgesehen, na sowas.* »Das ist ein Ausdruck, Madame Delahoussaye, den ich verabscheue«, erwiderte ich vielleicht noch zu freundlich. »Denn er ist abstoßend und verklemmt, und wenn er jemals zum allgemeinen

Sprachgebrauch gehört haben sollte, dann dürfte diese Zeit längst vorüber sein. Ich habe nichts anderes getan, als Mr. Cranley in einer geschäftlichen Angelegenheit zu begleiten.«

Ich wandte mich ab und wollte mich zum Abendessen umziehen, da ich glaubte, mich nicht mehr im Zaum halten zu können, wenn ich noch länger mit dieser Frau im gleichen Raum blieb. Aber Madame ließ mich nicht ohne weiteres gehen.

»Geschäftlich? Was könnte eine Lady mit Geschäften zu tun haben, hm?«

Ich drehte mich langsam um und fixierte sie, ehe ich antwortete. »Das ist eine Frage, die Madame eigentlich beantworten sollte, und nicht ich.«

Ein Anflug von Vorsicht stahl sich in ihre ungehaltene Miene. »Was meinen Sie denn damit, Miss Austen?«

»Ich hatte den Eindruck, daß Geschäfte vor allem Ihr Tätigkeitsgebiet sind, Madame. Vor allem wenn es um das Familienvermögen geht.«

Sie zuckte bei diesen Worten zusammen und wirkte plötzlich etwas verwirrt. Als ich erkannte, daß es ihr kurzfristig die Sprache verschlagen hatte, beschloß ich, meinen Vorteil zu nutzen und auszuspielen.

»Mr. Cranley und ich haben soeben von Ihrem Interesse an der Countess und ihren Angelegenheiten erfahren. Es sieht so aus, als müßte Isobel sich wegen finanzieller Hilfe an Sie wenden.«

»An mich!« rief die gute Lady, nachdem sie sich wieder gefangen hatte, »bei mir wird Sie keine Hilfe finden können, dessen können Sie sicher sein.«

»Soviel wird aus Ihrem Desinteresse für ihre Probleme immerhin deutlich«, stellte ich voller Bitterkeit fest. »Es ist sogar möglich, daß ihr jetzt ohnehin niemand mehr helfen kann.«

Auf diese bitteren Worte gab Madame keine Antwort. Mit funkelnden Augen stürmte sie an mir vorbei und aus dem Raum hinaus. Nach einigen Sekunden folgte ich ihr. Ich war ziemlich erschöpft und freute mich auf mein Abendessen und dachte daran, auf das Umziehen zu verzichten. Viel lieber würde ich es mir mit einem Tablett vor dem Kamin in meinem Schlafzimmer gemütlich machen, als eine eisige Stunde in Madames Gesellschaft zu verbringen. Aber ich hatte die Tür meines Zimmers soeben erst geschlossen und die Knöpfe auf der Rückseite meines Kleides geöffnet, als schnelle Schritte im Korridor meine Aufmerksamkeit fesselten. Ich öffnete meine Tür einen Spaltbreit und beobachtete Madame Delahoussaye, die, in einem Mantel und einem sehr eleganten Hut, die Treppe hinunterhuschte. Und da sie nichts von beidem im Speisezimmer von Scargrave House brauchte, folgerte ich daraus, daß sie ungeachtet der späten Stunde beschlossen hatte, einen Besuch zu machen.

Alleine in der Tür stehend und das Kleid bereits offen, überlegte ich hin und her. Madame würde wohl kaum etwas anderes tun, als eine Medizin für Fanny in der örtlichen Apotheke besorgen. Aber nein – in diesem Fall hätte sie sicherlich einen Diener geschickt. Nur größte Not würde Madame dazu bringen, so spät noch das Haus zu verlassen – und ich hatte eigentlich keinen Zweifel, daß es meine Worte gewesen waren, die ich ihr zornig im Salon entgegengeschleudert hatte, die dies bewirkt hatten. Ich griff nach meinem Mantel und meinem Hut, rannte die Treppe hinunter und knöpfte hastig mein Kleid wieder zu. Ich kam gerade rechtzeitig, um durchs Salonfenster zu beobachten, wie Madame in höchster Eile die Scargrave-Kutsche bestieg.

* * *

Sie lieferte meiner Droschke eine muntere Jagd, die noch dadurch erschwert wurde, daß ich meinen Kutscher anhielt, sich zu bemühen, daß er von unserem Jagdwild nicht bemerkt wurde. Es war nicht so, daß Wilborough House besonders schwer zu finden war – die Park Lane liegt nur ein kurzes Stück westlich vom Portman Square entfernt –, sondern der Verkehr um diese Uhrzeit, wenn Kaufleute und andere Gentlemen zum Abendessen nach Hause oder zu einem der exklusiven Clubs der Pall Mall unterwegs waren, war ausgesprochen dicht und hektisch. Das Hin und Her von Kutschen und Pferden, von Kutschern und Spediteuren, die sich gegenseitig beschimpften, um einander ihre Männlichkeit zu beweisen und ihren Platz auf der Straße zu behaupten, machten jede Stadtfahrt zu einem schwierigen, wenngleich abwechslungsreichen Unterfangen. Und das Bemühen, die Scargrave-Kutsche im Auge zu behalten, ohne selbst aufzufallen, war eine zusätzliche Erschwernis.

Madame traf jedoch bald an ihrem Bestimmungsort ein. Sie bat den Kutscher, auf sie zu warten, und eilte die Marmortreppe geschwind hinauf. Ich erinnerte mich, daß sie während des Weihnachtsbesuchs Lord Harolds in Scargrave Manor ausdrücklich erklärt hatte, sie kenne den Duke und die Duchess of Wilborough überhaupt nicht. Daher war ein solcher Besuch, vor allem zu dieser Stunde, etwas Erstaunliches. Aber nachdem ich ihre Flucht beobachtet hatte, war ich mir ziemlich sicher gewesen, daß ich sie an diesem Ort einholen würde. Und ich hatte auch kaum Zweifel, mit welchem Ziel sie diese Leute aufsuchte, die ihr standesmäßig so unendlich überlegen waren. Madame interessierte sich überhaupt nicht für Wilborough oder seine Lady: Es war sein Bruder und ihr Partner in allen Verbrechen, den sie aufsuchte.

Kapitel 22

Wozu Brüder gut sind

7. Januar 1803

Als ich meinem Bruder den Auftrag gab, soviel wie möglich über die Finanzen der Scargrave-Familie in Erfahrung zu bringen, nahm er diese Aufgabe mit der gewohnten Sorgfalt in Angriff. Dabei erzielte er so schnell die gewünschten Ergebnisse, daß er mich schon am nächsten Morgen mit einigen nicht unwichtigen Informationen aufsuchte. Da nur noch zwei Tage bleiben, ehe Isobel vor den Lords erscheinen muß, war ich furchtbar ungeduldig, mir Henrys Bericht anzuhören.

»Meine liebe Jane«, begann er und ließ sich in einen Lehnsessel in der Bibliothek des verstorbenen Earls sinken – der einzige Raum, in dem ich mich dank der massiven Holztäfelung und der Bücherregale, die vom Fußboden bis zur Decke reichten, vor neugierigen Ohren sicher fühlte –, »ich finde, daß du bei einem ziemlich komischen Volk untergekommen bist.«

»Du überrascht mich, Henry«, erwiderte ich. »Ist Mord denn nicht einfach nur eines der ländlichen Hausspiele, mit denen ein Gast zu Weihnachten rechnen muß?«

»In unseren großen Familien könnte, wie ich annehme, alles als Spiel aufgefaßt werden. Ganz gewiß haben sie sich einen Spaß daraus gemacht, sich gegenseitig zu berauben«, erklärte mein Bruder ernst.

»Ein Schicksal, das schlimmer sein dürfte als der Tod.«

»Oder zumindest durchaus dazu angetan, ihn herbeizuführen.« Henrys große graue Augen zwinkerten. Er genoß vergnügt seine neu erworbene Rolle im Scargrave-Drama.

»Bitte fang von vorne an«, bat ich ihn nicht ohne Hoffnung.

»Nehmen wir uns zuerst Fitzroy Payne vor.«

»Ich bin ganz Ohr.«

»Seine Lage ist keinesfalls so einfach, wie er es sich vielleicht wünscht, allerdings auch nicht so angespannt, wie man dir geschildert hat.

»Du kannst dich darauf verlassen, daß Sir William es erheblich anders sehen wird.«

»Sir William wird keine Wahl haben. Hier sind die Fakten: Der neue Earl hat eine beträchtliche Besitzung auf den Westindischen Inseln. Erworben wurde das Land von seinem Vater, und verwaltet wurde es von einem Mann, der wenig getan hat, um das Vertrauen zu rechtfertigen, das die Treuhänder, die von der Payne-Familie bestimmt wurden, in ihn gesetzt haben. Kurz, der Wert der Plantage ist ziemlich begrenzt…«

»Was, soweit ich weiß, auch auf viele andere gleich gelagerte Betriebe zutrifft.«

»Das ist richtig. Dies ist nicht gerade das günstigste Jahr für den Zuckerrohranbau.«

»Oder für Kaffee, wie ich gehört habe.«

»Jane! Willst du etwa Anteile an irgendeinem Unternehmen erwerben, von dem ich lieber wissen sollte? Müssen wir damit rechnen, daß du eine Londoner Zeitung nach Bath mitbringst und beim Frühstück rätselhafte Bemerkungen über die Börse fallen läßt?«

Ich reagierte mit einem Lächeln auf seine Neckerei und bat ihn fortzufahren.

»Die Besitz als solcher hat natürlich noch immer seinen beträchtlichen Wert, und es ist vielleicht nur ein wenig frisches Kapital und ein Wechsel auf dem Posten des Verwalters nötig, um die Betriebe wieder in Gang zu bringen. Daß der Earl hofft, einen Teil des Vermögens seines Onkels nur zu diesem Zweck einsetzen zu können, ist eine Tatsache, die Sir William vor dem House of Lords besonders betonen muß.«

»Und seine persönlichen Schulden?«

»Fitzroy Payne lebt von den Zinsen des Gutes seines Vaters in Derbyshire, insgesamt etwa dreitausend Pfund im Jahr – ein ansehnliches Einkommen, ohne Frage, aber sicher nicht so üppig, um ihm große Sprünge in den schillernden Kreisen zu erlauben, in denen er sich bewegt.« Henry zögerte und betrachtete mich zweifelnd. »Payne hat ziemlich kostspielige Gewohnheiten, Schwester.«

Ich schloß daraus, daß er an die angebliche Geliebte dachte, über die zahlreiche Gerüchte kursierten, und ich beeilte mich, ihn zu beruhigen.

»Du sprichst sicherlich von der berühmten Mrs. Hammond«, sagte ich zu ihm. »Ich kenne die Lady.«

Mein Bruder hob entsetzt die Hände. »Ich kann nur staunen. Ich werde am besten unserer Mutter nicht verraten, in welchen Kreisen du dich im Augenblick bewegst.«

»Mrs. Hammond war sein Kindermädchen!« protestierte ich. »Lord Payne tut nichts anderes, als daß er diese Frau, die sich zur Ruhe gesetzt hat, finanziell unterstützt.«

»Schon wieder ein Treffer! Ich hatte mir von dem übervorsichtigen Earl etwas Aufregenderes erwartet. Aber das macht nichts. Seine Kutschen, sein Pferd, seine Stadtwohnung und der Erhalt seines Anwesens in Derbyshire haben seine Finanzen bis an die Grenze des Erträglichen belastet – und sogar noch mehr, fürchte ich. Ich konnte jedoch keinerlei Ehrenschulden, wie zum Beispiel Spielschulden, finden. Aber ich habe erfahren, daß er vor ein paar Monaten derartige Schulden für jemand anderen bezahlt hat.

»Lieutenant Hearst?« sagte ich und spürte plötzlich einen leichten Stich in der Herzgegend.

»Der Gentleman, der die Familie am nachhaltigsten beraubt hat«, erwiderte Henry kopfnickend. »Die Angelegenheiten dieses Mannes wären Stoff für einen amüsanten Prozeß gewesen, aber verdammt! Er hat uns das Vergnügen versagt. Der Lieutenant hat die wenigen Mittel erschöpft, die sein Bruder aus dem Besitz ihres Vaters noch besaß – und falls der arme Mr. George Hearst den Wunsch gehabt haben sollte, irgendwo eine Pfarrei zu kaufen, so dürfte das für jemanden, dessen Mittel so beschränkt waren wie seine, recht schwierig gewesen sein. Ich hoffe, daß er tatsächlich eine Scargrave-Pfarrei aus dem Testament des verstorbenen Earls erhalten hat.«

»Ich glaube schon«, erwiderte ich, »aber es könnte sein, daß die Umstände ihm verbieten, diese Pfründe auch zu übernehmen.« Sich mit seiner Frau auf Scargrave blicken zu lassen, wäre angesichts der bösen Zungen und des guten Gedächtnisses der Einwohner das reinste Fegefeuer auf Erden. Aber das war George Hearsts persönliche Sache. »Weißt du noch mehr über Lord Scargrave?«

»Man kennt ihn überall nur als Mann von Geschmack und Anstand, wenngleich ein wenig stolz und abweisend. Die Leute achten ihn, können sich aber nicht unbedingt für ihn erwärmen, und das könnte in der öffentlichen Meinung gegen ihn sprechen, ganz gleich wie dieser Prozeß ausgeht. Früher war er mal sehr gefragt unter den Müttern und Töchtern der besseren Londoner Gesellschaft. Aber ich nehme an, mittlerweile begegnet man ihm eher mit ängstlichem Mißtrauen, und sein Wert auf dem Heiratsmarkt ist erheblich gesunken. Du könntest ihn jetzt günstig kriegen, nun da du ihn hast überprüfen lassen, Jane. Ich gebe mein Einverständnis anstelle unseres Vaters, da du deinen Bruder ins Vertrauen gezogen hast.«

»Ich fürchte, Henry, daß die Interessen des Earls sich in eine andere Richtung bewegen«, eröffnete ich ihm, »und daß die Gesellschaft es schon in Kürze erfahren wird.«

»So ein Pech für dich, Jane«, meinte mein Bruder, »wenn er seine Plantagen wieder in Gang bringen sollte, bekämst du als seine Frau eine ganz schöne Summe Geld – und Eliza findet, es geht nichts darüber, eine Countess zu sein.« Wie immer zauberte eine Erwähnung seiner lebhaften Frau ein Lächeln auf Henrys Lippen. Er hatte sich wohlwollend damit abgefunden, daß Eliza ihren Titel behalten hatte.

»Und nun erzähl mir etwas über Madame Delahoussaye«, forderte ich ihn auf.

Henry legte die Fingerspitzen vor seiner Nase zusammen, so daß seine Hände eine Pyramide bildeten. Er machte damit unbewußt eine Geste unseres Vaters nach. »Obgleich ihre Tochter zwanzigtausend Pfund an Treuhandvermögen besitzt, hat die kreolische Lady nicht einen Penny in der Tasche, und erst recht nichts, was sie verleihen könnte«, erklärte er zufrieden, ohne zu erkennen, welche Wirkung seine Worte haben würden. »Sie hängt völlig vom Haushalt ihrer Nichte ab. Das ist ein Grund dafür, daß sie stets eine so treue Begleiterin ist und daß sie wahrscheinlich durch die Rückgabe von Isobels Vermögen eine gehörige Summe Geld verlieren wird.«

»Aber wie ist das möglich?« staunte ich. »Ich bin immer davon ausgegangen, daß Madame in sehr gesicherten Verhältnissen lebt.«

»Ich fürchte, daß ihr Wohlstand der Vergangenheit

angehört, Jane. Tatsächlich hat ihr Bankier – der alte Robeson in der Londoner Zentrale – den innigen Wunsch, Madame Delahoussayes Konten einer gründlichen Prüfung zu unterziehen. Ich habe für diesen Vorgang nur den Begriff Revision. Robeson vermutet einige Unregelmäßigkeiten hinsichtlich der Verbuchung gewisser Gewinne aus dem Treuhandvermögen, um das Madame sich kümmert, will sich aber nicht näher dazu äußern. Die Privatsphäre der Lady war ihm heilig, ganz gleich wie heftig ich ihn mit Portwein traktiert habe.«

* * *

Ich bedankte mich überschwenglich bei Henry für seine Bemühungen und beteuerte, daß ich mich für sein Entgegenkommen niemals würde angemessen revanchieren können. Als er gegangen war, hatte er mir viel Stoff zum Nachdenken hinterlassen. Ich habe nicht die geringste Ahnung, welche Motive Madame Delahoussayes Handeln bestimmen. Dort herrscht ein großes Durcheinander. Sie bewegen sich zwischen ihren eigenen Bedürfnissen und den Aussichten ihrer Tochter auf ein beträchtliches Vermögen. Nach Henrys Worten verliert Madame nur dann, wenn Isobel am Galgen endet – und dennoch …! Daß sie etwas Wichtiges verbirgt, dessen bin ich mir hundertprozentig sicher.

Ich glaube, daß Lord Harold an Madames Intrigen beteiligt ist und daß keiner der beiden Isobel freundschaftlich gesonnen ist oder daß ihnen ihr Schicksal am Herzen liegt. Aber wie soll ich dieser Sache auf den Grund gehen? Ich mache mir die größten Sorgen wegen des Prozesses, der schon übermorgen eröffnet werden soll, und gleichzeitig muß ich mir Fanny Delahoussayes Tiraden über das Aussehen ihrer Trauerkleidung anhören. Sie hat den galanten Lieutenant lange genug betrauert, um eine ganze Reihe von Ladenbesitzern heimzusuchen, und das einzig Positive im unmittelbaren Bevorstehen des Prozesses liegt darin, daß er für ein Ende solcher Kinkerlitzchen sorgen dürfte – und meines Aufenthaltes, auf Gedeih und Verderb, bei den Bewohnern von Scargrave. Ich fürchte, daß ich mit schwerem Herzen und dem Wissen nach Bath zurückkehre, daß ich eine gute und unschuldige Freundin verloren habe.

* * *

Tagebucheintrag am gleichen Tag

Sir William Reynolds war kurz hier und ist schon wieder weg – ein kurzer Besuch, nur, um mir mitzuteilen, daß ich als Zeugin der Anklage aufgerufen werden soll. Der Magistrat hat die Absicht, mich aussagen zu lassen, wie ich die Leiche der Zofe fand und was anschließend geschah, ungeachtet dessen, wie wenig ich eigentlich zur Aufklärung beitragen kann. Daß mein alter Freund großes Mitgefühl mit mir und meinem inneren Konflikt hat, lese ich in seinen Augen. Aber Sir William ist hart und unbeugsam, wenn er sich im Recht glaubt, und meine matten Ausfluchtversuche haben mir keinen Nutzen gebracht.

»Ich werde keinen Ton herausbringen, so sehr erstarre ich in Ehrfurcht vor dem großen Saal und der Versammlung«, protestierte ich. »Können Sie nicht für mich schildern, was passiert ist?«

Sir Williams freundliche braune Augen wagten nicht, mich anzusehen. »Das ist unmöglich, meine Liebe. Sie alleine haben das Taschentuch und Marguerite gefunden – und das Stück Papier in ihrem Mieder.« Ein kurzes Lächeln glitt über sein ernstes Gesicht. »Wären Sie weniger neugierig gewesen, meine Liebe, oder hätten

Sie Ihren wachen Geist ein wenig ruhen lassen, dann säßen Sie jetzt nicht in dieser Patsche.«

Und so werde ich vor dem House of Lords auftreten und auf einem der Plätze sitzen, die für die Zeugen reserviert sind, unterhalb der Plätze für die Adligen – und ich muß vor der Versammlung reden und darf mir keine Schande machen. Obgleich es genau das ist, was ich eigentlich erwartet habe, ist mir unsagbar übel. Isobel und Lord Scargrave gegenüberzustehen und auszusprechen, was ihnen schaden kann, ist schrecklich. Und dennoch – welche andere Wahl hätte ich? Ich muß schwören und die Wahrheit sagen, so wie ich sie in Erinnerung habe, obgleich Freundschaft – und menschlicher Anstand – das Gegenteil verlangen.

Sir William ist wenig später aufgebrochen, weil er noch etwas Dringendes zu erledigen hatte. Während ich ihm von der Haustür aus nachblickte, als er zu seiner Kutsche hinunterging, betrachtete er kopfschüttelnd das Familiensiegel der Paynes, das über jedem Fenster der Fassade mit einem schwarzen Trauerflor versehen worden war. Auf diese Weise würdigte Scargrave House den Tod von Tom Hearst – lediglich ein weiterer Grund zu trauern.

Keine weitere Zeremonie wird das Hinscheiden des Lieutenants kennzeichnen. Da es sich um einen Selbstmord handelt, wird er morgen an einer Kreuzung irgendwo westlich der Stadt begraben, nachdem ihm ein Holzpflock ins Herz gebohrt wurde. Mir schaudert es bei dem Gedanken. So sehr er auch mit Fehlern behaftet gewesen sein mag – in fremder Erde bestattet zu werden, ohne kirchlichen Segen oder einen Grabstein, ist furchtbar für einen solchen Mann. Sein Bruder wird seine Leiche begleiten. Der arme Bursche, Jack Lewis – niedergeschlagen und betrübt – wird ebenfalls anwesend sein, und der gute Mr. Cranley, als Ausdruck der

Fürsorge des Barristers für die Belange der Familie. Allerdings nehme ich eher an, daß er lediglich die dumme Fanny Delahoussaye trösten will.

Mr. Cranley wirkt zunehmend besorgter, wann immer er erscheint. Aus seinen wenigen Bemerkungen habe ich entnommen, daß seine Verteidigung sich ausschließlich auf die Überzeugung stützt, daß Fitzroy Paynes Brief gestohlen und Isobels Taschentuch gezielt ausgelegt wurde. Denn er kann keine anderen Tatverdächtigen vorweisen – und obgleich ich mich freuen würde, Lord Harold vor den Schranken des Gerichts zu sehen, kann ich nicht sagen, unter welcher Anklage. Es gibt keinen Beweis, der jemand anderen als den Earl und die Countess mit diesen Morden in Verbindung bringt. Und so wälze ich mich nachts in meinem Bett herum und frage mich immer wieder, welche Grundlage die Verbindung zwischen Madame Delahoussaye und *diesem Mann* haben mag. Aber heute dachte ich an Frank.

Mein Bruder Frank ist seit zwei Jahren Standortkommandant in der Royal Navy und zur Zeit in Ramsgate bei der Küstenverteidigung stationiert. Ich kann mir nicht vorstellen, daß, wenn Frank es verhindern soll, die Franzosen unter Bonaparte auf unserer kleinen Insel landen werden. Und in der Zwischenzeit, während er die Sea Fencibles* in Pegwell Bay zusammenzieht, könnte mein Bruder sich vielleicht ebenso intensiv mit dem Nutzen eines privaten Seehafens auf Barbados beschäftigen. Daß Lord Harold vor kurzem in Frankreich war und die Absicht hat, einen solchen Hafen auf den Westindischen Inseln zu erwerben, macht

* Es handelt sich hierbei um eine Streitmacht aus Fischern und Bewohnern der Dörfer an der Küste, die über Boote verfügen – eigentlich eine Art Küstenmiliz –, die im Fall einer Invasion erste Verteidigungsmaßnahmen ergreifen soll. – *Die Herausgeberin*

einen nachdenklich. Irgendeine Intrige ist hier im Gange, und Frank wird sicherlich ihre tiefere Bedeutung erkennen. Ich habe ihm heute morgen einen Brief geschrieben und warte gespannt auf seine Antwort.

Aber jetzt muß ich mich um meine Garderobe kümmern, denn ich besitze sicherlich nichts, was elegant genug wäre für den Zeugenstand der Royal Gallery. Und was soll ich dort aussagen? Nur die Wahrheit, erklärte Sir William mir heute morgen, während er seine Kutsche bestieg – aber was er für die Wahrheit hält und ich für falsch, ist ein und dasselbe.

Kapitel 23

Die Wahrheit und nichts als die Wahrheit

9. Januar 1803

So unglücklich die Umstände auch sein mochten, so kann ich doch mit einiger Berechtigung feststellen, daß die Demonstration britischer Staatsmacht, zu erfahren in Gestalt des House of Lords, das sich vollzählig anläßlich der Gerichtsverhandlung versammelt hatte – ein Ereignis, das in jeder Generation höchstens einmal stattfindet –, an würdigem Ernst und gemessener Pracht nicht seinesgleichen findet. Die jüngsten Barone erschienen als erste, und die erlauchte Prozession endete mit den ältesten Dukes, die von Wappenherolden und den Angehörigen des Hosenbandordens in den Saal geleitet wurden. Es waren ungefähr zweihundert Männer, mit roten Mänteln bekleidet, welche ihren Rang innerhalb des Hochadels anzeigten, die in den Bänken rechts und links des Krongerichts Platz nahmen. Auf einem Podium stand ein Sessel, der für den Lord High Steward* reserviert war.

Darunter befanden sich die Plätze, die für die weiblichen Adligen vorgesehen waren. Dort hätte Isobel sitzen sollen, wenn das Schicksal gnädiger mit ihr verfahren wäre. Dort waren außerdem Plätze für Mr. Cranley und Sir William sowie zwei Zeugen reserviert. Auf einem Zeugenplatz saß ich, Lizzy Scratch auf dem anderen, zu meiner Rechten. Sie sah sorgfältig herausge-

* Großhofmeister von England, dem die Organisation von Krönungen und der Vorsitz bei Prozessen gegen Peers obliegt. – *Der Übersetzer*

putzt aus und schien trotz ihrer fragwürdigen Rolle in dieser Affäre in ihrem Element zu sein. Ich befürchtete, daß sie sich, wenn sie aufgerufen würde, die Gelegenheit zu einem theaterreifen Auftritt nicht nehmen lassen würde. Dr. Philip Pettigrew saß links von mir und neben ihm der pausbäckige, jovial lächelnde Gelehrte aus Cambridge, Dr. Percival Grant.

Madame Delahoussaye und ihre Tochter waren weiter oben, auf der Zuschauergalerie, untergebracht. Ein kurzer Blick zeigte mir ihre Plätze. Miss Fanny gab sich sehr geheimnisvoll mit viel schwarzer Seide, die ihre blonden Locken verschleierte. Die Seide war zart genug, um einen Blick auf blaue Augen und blitzend weiße Zähne zu gestatten, während sie ansonsten soviel Diskretion spendete, wie die interessante Position ihrer Trägerin innerhalb des Tableaus es verlangte. Ich wußte, daß sie sich eine umfangreichere Rolle in diesem Drama wünschte – oder wenigstens eine größere Bühne, um ihr Kleid zur Schau zu stellen. Ich hätte meinen Platz liebend gerne mit ihr getauscht.

Die Glocken von Big Ben schlugen die volle Stunde, und alle erhoben sich. Der Waffenmeister bat zeremoniell um Ruhe. Dann kniete der Bedienstete der Krone nieder, um dem Lord High Steward die Königliche Bulle zu präsentieren, die dieser zurückgab. Danach verlas der Bedienstete mit lauter Stimme ihren Inhalt, und wir stimmten gemeinsam ein feierliches »God Save the King!« an.

Dann mußten wir das Ritual der ›Certiorari and Return‹ über uns ergehen lassen. Es handelt sich dabei um eine kurzgefaßte Feststellung, daß das House of Lords berechtigt ist, den anstehenden Prozeß zu führen, wobei jeder der anwesenden Peers stimmberechtigt ist. Zahlreiche Präzedenzfälle für ihr Wirken wurden aufgezählt, und eine Flut von eher nebensächlichen Rechtsvorschriften langweilte die Versammlung. Aber schließlich, als ich beinahe anfing an meinem Verstand zu zweifeln, wurden wir von der Entscheidung des Schwurgerichts in Kenntnis gesetzt, daß Fitzroy Payne und die Countess wegen Mordes angeklagt würden.

»Die Geschworenen für unseren Herrn den König tragen vor, daß die erlauchte Lady Isobel Amelie Collins Payne, Countess von Scargrave, Peeress dieses Reichs, am zwölften Dezember des Jahres unseres Herrn achtzehnhundertzwei in der Pfarrei Scargrave Frederick William Payne, den siebten Earl von Scargrave, ermordet hat. Wir sind weiterhin der Auffassung, daß der erlauchte Fitzroy Gerald Payne, Viscount Payne, Earl von Scargrave, ein Peer dieses Reichs, am vierundzwanzigsten Dezember des Jahres unseres Herrn achtzehnhundertzwei in der Pfarrei Scargrave eine gewisse Marguerite Dumas, Zofe, auf Barbados geboren, ermordet hat.«

Nach dem Aufruf durch den Waffenmeister führte der Gentleman Usher of the Black Rod* zuerst die Countess und danach den Earl herein und geleitete sie gemessenen Schrittes bis zur Schranke, wo sie niederknieten, bis der Lord High Steward ihnen gestattete, sich wieder zu erheben.

Isobels Gesicht war bleich, und ihre einst so ausdrucksvollen Augen hatten ihren Glanz verloren. Ein wenig von dem Schmutz und dem Gestank Newgates war von ihrer Person abgewaschen worden, aber die Frische ihrer zweiundzwanzig Lebensjahre war immer noch überlagert von einer Ausgezehrtheit, die von einem furchtbaren inneren Aufruhr kündete. Die Spuren der bisher ausgestandenen Qualen konnten ihre Schönheit nicht verbergen, und verliehen ihrer Er-

* Der von der Krone ernannte oberste Dienstbeamte des englischen Oberhauses. – *Der Übersetzer*

scheinung einen gewissen Hauch von Romantik. Nach meiner Ankunft an diesem Tag hatte ich erfahren, daß ihre Überführung von Newgate von einem wütenden Mob begleitet worden war und daß man sie als Mörderin und Hure beschimpft hatte. Die Öffentlichkeit hatte über meine Freundin ein schnelles Urteil gefällt, ohne sich ihre Verteidigung anzuhören.

Lord Scargrave demonstrierte seine gewohnte Gefaßtheit und verriet seine innere Anspannung lediglich durch ein noch energischer vorgeschobenes Kinn und einen noch starreren Blick. Er wurde mit Isobel zu Stühlen hinter der Schranke geführt, wo das Paar für die Dauer des Prozesses Platz nehmen mußte. Danach wurde die Anklage gegen sie verlesen. Der Bedienstete des Parlaments wandte sich dann direkt an sie und fragte sie, ob sie auf schuldig oder nicht schuldig plädierten, worauf sie ernst mit »nicht schuldig« antworteten. Dabei brachte Isobel nur ein mattes Flüstern hervor, bei dem sie sich an den Hals griff, während Fitzroy Paynes Stimme laut und vernehmlich durch den Saal hallte. Sein Blick war hochmütig, und er hielt seinen silberhaarigen Kopf hoch. Da ich ihn mittlerweile ein wenig kennengelernt hatte, interpretierte ich diese Haltung lediglich als Ausdruck seines inneren Ringens um Fassung und Würde, jedoch konnte ich mir gleichzeitig denken, wie dieses Auftreten gewertet werden konnte. *Stolz und kalt* würde man ihn nennen, und sein Bemühen um Selbstkontrolle würde ihm zum Nachteil angerechnet.

Nun erhob sich Sir William Reynolds, und meine Aufgabe wurde mir nachhaltig bewußt, als ich in sein gütiges altes Gesicht blickte. *Er* war ein Freund, und *sie* war eine Freundin, und beide hatten meine Gefühle arg strapaziert.

Der Magistrat sah wirklich sehr gut aus. Er trug

einen dunkelgrauen Frack aus bester Wolle, ausgestattet mit einer Doppelreihe goldener Knöpfe, und um den Hals hatte er den höchsten weißen Kragen, den ich je gesehen hatte, dessen Spitzen fast bis zu seinen Ohren reichten. Seiner ernsten Miene war die Gewichtigkeit des Gesetzes anzusehen, das er vertrat. Sein mit einer Perücke bedeckter Kopf erinnerte an Jehova, der erschienen war, um die Schuldigen von den Unschuldigen zu trennen. Ich verzagte innerlich, als sein strenger Blick mich traf, obgleich ich den Eindruck hatte, daß der Ausdruck seiner braunen Augen beim Anblick meines bleichen Gesichts weicher wurde. Ich verstand plötzlich, weshalb der Name Sir William Reynolds unter seinen Gegnern bei Gericht stets Beklommenheit und Hochachtung auslöste.

Es war Sir William untersagt, Isobel als Zeugin aufzurufen. Und die einzigen Personen, die hätten bestätigen können, daß sie am Abend des Todes ihres Ehemannes mit ihm allein gewesen war, waren selbst tot. An diesem Punkt konnte der Magistrat den versammelten Lords lediglich seine Auffassung vortragen, indem ihm gestattet war, die entsprechenden Aussagen aus der Niederschrift der Untersuchung vorzulesen. Daß nur die Countess diese Nacht überlebt hatte, sollte eigentlich als Schuldbeweis ausreichen. Dann rief er Dr. Pettigrew auf.

Der arme junge Mann wurde vereidigt, nannte seinen vollständigen Namen und seinen Geburtsort, und wurde als Arzt vorgestellt, der den siebten Earl seit drei Jahren behandelt und auf seinem Totenbett untersucht hatte. Dr. Pettigrew wiederholte im wesentlichen die Aussage, die er auch während der Untersuchung gemacht hatte, und durfte sich wieder setzen. Ihm folgte Dr. Percival Grant, der bestätigte, daß es sich bei den von Sir William vorgezeigten Samenkörnern tatsächlich um Barbadosnüsse handelte, ein Gift, das von den Eingeborenen in der Heimat Isobels gewöhnlich als Medizin und Abführmittel benutzt wurde. Danach wurde ich aufgerufen.

Meine Beine waren wie Wasser, und das Zittern meiner Hände so stark, daß ich befürchtete, es sähe aus, als winkte ich der Versammlung zu, als ich meine linke Hand hob und schwor, die Wahrheit zu sagen und nichts als die Wahrheit, so wahr mir Gott helfe. Immer wenn ich vor einem größeren Auditorium sprechen oder mich sonstwie produzieren muß – vor allem am Klavier –, erblühen meine Wangen und mein Hals in einem leuchtenden Rot. Ich hatte durchaus mit Vorbedacht mein hochgeschlossenes dunkelbraunes Wollkleid angezogen, aber ich muß gestehen, daß es völlig umsonst gewesen war. Als Sir William das Wort ergriff, wollte er besonders freundlich sein. Ich konnte es an seinem Tonfall hören und verfluchte ihn im Stillen. Aus seinen gewählten und behutsamen Worten würden die Lords, die über Isobel und Fitzroy Payne zu Gericht saßen, sicherlich entnehmen, daß ich ein rechtes Dummchen wäre – und dem, was ich an diesem Tag ihm und am nächsten Mr. Cranley gegenüber äußern würde, keinerlei Beweiskraft zumessen.

Ich nannte meinen Namen und erklärte, ich sei ledig und wohne in Bath.

»Sie sind doch eine gute Freundin der Countess, nicht wahr?«

»Genauso wie ich Ihre Freundin bin, Sir«, erwiderte ich.

»Und Sie trafen am gleichen Abend in Scargrave Manor ein, an dem der Earl starb.«

»So ist es.«

»Aus welchem Grund haben Sie sich dort eingefunden?« Sir William zog die Augenbrauen zusammen, als

»Miss Austen, Sie waren bei dem Gespräch zwischen Lord Harold und Lady Scargrave zugegen?«

»Das war ich.«

»Und was haben Sie beobachtet?«

»Lord Harold bedrängte die Countess in einer geschäftlichen Angelegenheit und ignorierte ihre Bitte, damit doch wenigstens bis zum nächsten Tag zu warten. Da man ihn danach in die Bibliothek des Earls rief, wurde sie von seiner Gegenwart befreit. Aber die Episode hatte sie tief erschüttert.«

»Hat ihre Ladyschaft sich über die Szene geäußert, nachdem Lord Harold sich entfernt hatte?«

»Das hat sie. Sie sagte, daß Lord Harold sie bis ans Ende der Welt verfolge und daß sie ihn wohl niemals würde abschütteln können.« Erneutes heftiges Murmeln und Schimpfen auf der Adelsbank, das ich nicht weiter beachtete. »Nach dem Tod des Earls schilderte die Countess mir die Einzelheiten der ganzen Angelegenheit – denn ohne den Earl war sie Lord Harold noch schutzloser ausgeliefert. Dementsprechend war der Verlust ihres Mannes ein schwerer Schlag für sie.«

»Miss Austen«, warnte Sir William mich, »bitte beschränken Sie sich ausschließlich auf Fakten und überlassen Sie deren Bewertung der Versammlung.«

»Jawohl, Sir William.«

Mein alter Freund wandte sich zum Lord High Steward um. »Ich bitte um eine kurze Unterbrechung, Mylord, um Lord Harold Trowbridge in den Zeugenstand rufen zu können. Es ist wohl am besten, seine Schilderung der Angelegenheiten zwischen ihm und der Countess zu hören als Miss Austens.«

»So soll es geschehen«, verkündete der Lord High Steward und schlug mit dem Hammer auf den Tisch. Ich durfte den Zeugenstand verlassen, nachdem Sir William es nicht geschafft hatte, einen der Punkte zur Sprache zu bringen, wegen derer ich in den Zeugenstand gerufen worden war – nämlich den Fund von Isobels Taschentuch oder der Leiche der Zofe oder des Zettels mit der Handschrift Fitzroy Paynes.

* * *

»Sie sind ein großes Wagnis eingegangen, Miss Austen«, sagte Mr. Cranley ernst, während er mir im Zeugenraum eine Tasse Tee reichte, »denn wir haben keine Ahnung, was Lord Harold Trowbridge vor Gericht aussagen wird. Wir sind weder in der Lage, darauf etwas zu erwidern, noch können wir aufzeigen, daß irgendeine Verbindung zwischen ihm und der Zofe bestand – was wir unbedingt tun müssen, falls wir andeuten wollen, daß er für den Tod des Earls verantwortlich ist.«

»Ich bitte um Entschuldigung, Mr. Cranley«, sagte ich kleinlaut und nippte an dem belebenden Getränk. »Ich gebe zu, daß ich nicht allzu weit über den Augenblick hinausgedacht habe. Ich wollte die Versammlung lediglich davon abhalten, sich schon jetzt über Isobels Schuld Gedanken zu machen. Sie wissen, daß Sir William nicht verpflichtet ist, Beweise zu präsentieren, die seinen Standpunkt nicht untermauern. Und ich wollte lediglich darauf hingewiesen haben, daß Isobel auf das Vermögen ihres Mannes angewiesen war und ihn deshalb eigentlich nicht getötet haben kann, wenn es nach seinem Tod auf seinen Erben überging. Aber ich kam nicht mehr dazu, mich dahingehend zu äußern.«

»Sir William kann genauso verlauten lassen, daß Isobel auch dann in den Genuß des Vermögens gelangen konnte, nachdem es auf seinen Erben übertragen worden war«, erklärte der Barrister. »Er braucht nur anzudeuten, daß sie ein Liebespaar waren.«

»Und wie soll er das schaffen? Nur die Zofe wußte darüber Bescheid, und die ist tot.«

»Ganz London hegt diesen Verdacht. Ich habe es selbst gehört – gleich an drei verschiedenen Orten im Laufe der vergangenen Woche. Aber all das ist nur Hörensagen. Unsere größte Gefahr liegt bei Ihnen selbst.«

»Ich würde so etwas niemals öffentlich kundtun, selbst wenn ich wüßte, daß es zutrifft!« rief ich entschlossen.

»Sir William könnte es von Ihnen verlangen, Miss Austen, wenn Sie wieder in den Zeugenstand treten. Bedenken Sie, daß Sie unter Eid stehen.«

Ich erkannte, daß ich über Recht und Rechtsprechung noch sehr viel lernen mußte, und wünschte mir sehnlichst, daß einer meiner Brüder in diesem Gewerbe tätig wäre. Und ich schwor mir, in Zukunft ein wenig vorsichtiger zu sein. Aber ich hatte wenig Zeit, darüber nachzudenken, wie diese Zukunft aussehen könnte- eine Glocke erklang und verkündete, daß die Verhandlung fortgesetzt wurde, und wir mußten wieder unsere Plätze im Saal einnehmen. Ich beobachtete, wie Mr. Cranley sich mit einem besorgten Stirnrunzeln auf seinem Stuhl niederließ, und bedauerte mein loses Mundwerk.

Sehr bald verdrängte ich jedoch sämtliche Gedanken über mich selbst, denn die hochgewachsene Gestalt Lord Harold Trowbridges schritt durch die Reihen der Versammelten. Er bewegte sich mit jener sportlichen Leichtigkeit und Eleganz, die er immer an den Tag legte. Er hielt den Kopf hoch und ließ die Blicke offen über die Versammlung schweifen. Als er jedoch den Zeugenstand erreichte, fand er meine Augen und hielt meinem Blick mit einem amüsierten Ausdruck stand. Er schien sich darüber zu freuen, daß ich keine Gelegenheit ausließ, seine Prominenz noch zu steigern.

Der Lord High Steward ermahnte uns.

Sir William räusperte sich und warf einen Blick auf seine Notizen. Ich wußte, daß er für Harold Trowbridge wenig übrig hatte, und fragte mich, wie mein alter Freund sich in diesem Moment fühlte, da er sich gezwungenermaßen mit einem solchen Mann beschäftigen mußte. »Haben Sie, Lord Harold, in der Todesnacht des Earls mit der Countess von Scargrave ein Gespräch im Beisein ihrer Freundin, Miss Austen, geführt?«

»Das habe ich.«

»Würden Sie uns den Inhalt dieses Gesprächs mitteilen?«

»Es war eine geschäftliche Angelegenheit«, erwiderte Trowbridge ausweichend. Sir William runzelte die Stirn. »Eine Angelegenheit, die die Countess betraf und nicht ihren Ehemann?«

»Da die Liegenschaft, die ich zu erwerben trachtete, ausschließlich der Countess gehörte, war auch nur ihre Einwilligung erforderlich.«

»Und wie hat ihre Ladyschaft reagiert?«

»Sie hat mich beinahe hinausgeworfen«, antwortete Trowbridge mit einem knappen Lächeln.

»Die Countess stand Ihren Vorschlägen nicht wohlwollend gegenüber?«

»Die Countess hat sie über lange Zeit strikt abgelehnt.«

Ich spürte, wie sich in mir eine erste Hoffnung regte. Vielleicht sagte sogar Lord Harold die Wahrheit, wenn er unter Eid stand. Ich blickte zu Isobel und sah, daß ihre Augen starr auf ihren Feind gerichtet waren, als befände sie sich in Trance. Fitzroy Payne blickte ins Leere und weilte mit seinen Gedanken offenbar ganz woanders.

»Und weshalb, Lord Harold?« fragte Sir William.

»Weil sie ihren Besitz nicht veräußern will.«

»Und welcher Besitz ist das?«

»Der, den ich erwerben wollte.«

Er genießt dieses Geplänkel, dachte ich und betrachtete Trowbridges halb verhangene Augen. Er sagt nicht mehr und nicht weniger, als er unbedingt muß, und bringt eher Sir William um den Verstand, als daß er etwas von sich gibt, das ihn selbst belasten könnte. Aber mein alter Freund, der Magistrat, beugte sich gespannt vor und fixierte das Gesicht des Zeugen, während er die nächste Frage stellte.

»Lehnte auch der Earl Ihr Interesse am Besitz seiner Frau ab?«

»Das tat er nicht«, sagte Trowbridge.

Ich zuckte verblüfft zusammen. Das war eindeutig gelogen! Ich schaute zu Isobel und sah, daß sie auf ihrem Platz hin und her schwankte.

»Wollte seine Lordschaft den Verkauf tätigen?«

»Die Ziele des Earls entsprachen in jeder Hinsicht meinen eigenen«, erwiderte der Halunke ruhig. Und dann hörte ich, wie Isobel einen Seufzer ausstieß. Vor meinen Augen rutschte sie ohnmächtig von ihrem Stuhl. Ich hatte etwas Derartiges erwartet – die Belastung war für sie zu groß geworden.

Unter den Versammelten enstand eine allgemeine Unruhe, und Sir William hielt inne und hob sich seine weiteren Fragen an Lord Harold für später auf. Fitzroy Payne sprang auf und wollte der Countess zu Hilfe eilen. Er wurde vom Gerichtsdiener festgehalten, während Isobel aufgerichtet wurde. Ihre Handgelenke wurden massiert, und ein Riechsalz wurde ihr unter die Nase gehalten, so daß sie schon nach wenigen Sekunden wieder die Augen aufschlug. Aber sie sah derart schlecht aus, daß der Lord High Steward veranlaßte, sie aus dem Saal zu führen, und die Sitzung für diesen Tag beendete.

* * *

»Welche Absichten mag er verfolgen?« wollte ich von Mr. Cranley wissen. Ich stellte die Frage nicht zum erstenmal, während ich vor dem Kamin im Salon von Scargrave House auf und ab ging. Wir waren alleine und vertrödelten die Stunden bis zum Abendessen, auf das wir nur wenig Hunger verspürten. Fanny Delahoussaye schien von ihrem Besuch im House of Lords ziemlich erschöpft zu sein und war zu Mr. Cranleys Enttäuschung nach oben auf ihr Zimmer gegangen, um sich auszuruhen. Madame hatte keinen Grund, meine Gesellschaft zu suchen – im Gegenteil, sie mied den Umgang mit mir seit unserem Zusammenstoß vor ein paar Tagen. Aber ich hatte keine Zeit, mir über die Delahoussayes den Kopf zu zerbrechen.

»Trowbridge hat vor Gericht gelogen«, sagte ich, »und sollte wegen Meineids belangt werden!« Mein Tonfall verriet meinen Zorn, der beträchtlich war. Daß ich mich für den Auftritt dieses Kerls verantwortlich fühlte, brauche ich wohl nicht zu betonen. Und mein schlechtes Gewissen und mein Bedauern darüber verstärkten in mir nur den Wunsch, Trowbridges überhebliches Grinsen aus seinem Gesicht zu schütteln.

»Aber wie sollen wir ihm einen Meineid nachweisen?« fragte Mr. Cranley nüchtern. »Wir haben nur das Wort der Countess, daß ihr Mann entschlossen war, den Kampf gegen Lord Harold aufzunehmen. Das weiß Trowbridge, und daher fühlt er sich bei seinem Schwindel absolut sicher. Er kann sagen, was er will, während die Countess tatenlos zusehen muß und in Ohnmacht fällt.«

»Es gibt wohl kaum einen verachtenswerteren Menschen«, stellte ich voller Bitterkeit fest und ließ mich wenig elegant in einen Sessel fallen. »Nachdem er Isobels Ehemann – ihren einzigen Verteidiger – ausgeschaltet hat, wird Trowbridge sie an den Galgen bringen, um sich ihren Grundbesitz zu sichern, an den er auf andere Art und Weise nicht herankommen kann!«

»Da wäre immer noch die Einwilligung Madames«, gab Mr. Cranley zu bedenken. »Aber vielleicht wird Trowbridge sie ebenfalls aus dem Weg räumen.«

»Das dürfte kaum notwendig sein – nach Isobels Tod geht der Besitz ohnehin auf Fanny über, und als einzige Treuhänderin kann Madame das Land nach ihrem Gutdünken an Lord Harold weitergeben. Sie befreit sich von einer Schuldenlast und braucht nicht mehr über Crosswinds nachzudenken.«

»Aber sie muß doch wissen, daß die Absichten des verstorbenen Earls nicht denen Trowbridges entsprachen«, meinte Cranley nachdenklich. »Vielleicht sollte ich sie in den Zeugenstand rufen, wenn ich vor Gericht zu Wort komme, und sie zu der Aussage bewegen, daß der Earl Trowbridges Plänen ablehnend gegenüberstand.«

»Damit sind Sie es, der uns einer Gefahr aussetzt«, machte ich ihn aufmerksam. »Wir wissen nicht, ob Madame sich mit Lord Harold zusammengetan hat oder nicht. Ganz gewiß hat sie dem Wilborough House einen Besuch abgestattet. Es ist möglich, daß sie ihre Einwilligung längst gegeben hat. Aus Furcht, ihren Geschäftspartner zu verunsichern, könnte sie in der Öffentlichkeit leugnen, die Absichten des verstorbenen Earls gekannt zu haben.«

»Ich fürchte, Sie haben recht«, sagte Mr. Cranley, während er sich seufzend erhob. »Und nun, Miss Austen, muß ich mich von Ihnen verabschieden. Morgen geht es schon sehr früh los, und wir haben einen schweren Tag vor uns. Ich muß mich noch vorbereiten, was sicherlich bis in die Nacht dauert, für den Fall, daß ich aufgerufen werde und mit der Verteidigung beginnen muß.« Das

Gesicht des Barristers war müde. In seiner Miene spiegelte sich ein Teil meiner Verzweiflung wider.

»Haben wir überhaupt eine Hoffnung?«

Er zögerte und fixierte mich. »Es gibt immer Hoffnung. Wenn ich davon nicht überzeugt wäre, hätte ich längst meinen Dienst bei Gericht beendet, und zwar schon lange vor diesem Prozeß.«

»Sie brauchen mich nicht zu schonen, Mr. Cranley. Ich bin kein Kind mehr.«

»Na schön«, sagte er. »Es gibt nur sehr wenig Hoffnung, Miss Austen. Aber selbst das ist Grund genug, um durchzuhalten.«

* * *

Es war ein trauriger Abend am Portman Square. Ich speiste mit Mr. George Hearst – der noch trübsinniger erschien als kurz nach dem Tod seines Bruders – und den Delahoussayes zu Abend. Alle schwiegen bis auf Fanny, die auf der Galerie bewundernde Bemerkungen über sich selbst aufgeschnappt hatte und dies unmöglich für sich behalten konnte. Denn das Kompliment kam aus dem Mund eines Marquis, und das dumme Mädchen hielt das Urteil für genauso bedeutend wie seinen Rang. Sollte sie morgen die bewundernden Blicke eines Dukes aufschnappen, bin ich wahrscheinlich gezwungen, meine Mahlzeiten auf meinem Zimmer einzunehmen.

Als wir Mr. Hearst seinem Glas Portwein und seiner einsamen Zigarre überließen und uns, wie es sich für Ladies gebührt, ins Wohnzimmer begaben, um dort den Tee einzunehmen, erklärte Fanny, sie sei ein wenig indisponiert – was ich angesichts der Last, die sie trug, durchaus nachempfinden konnte – und verschwand schnurstracks auf ihr Zimmer, wo ihr Visionen von Adligen in hermelinbesetzten Mänteln zweifellos den

Weg ins Bett leuchteten. Ich beschäftigte mich ein wenig mit Handarbeit, um meine Gedanken leichter ordnen zu können. Denn ich hatte während des Abendessens einen gefährlichen Entschluß gefaßt, und sollte keine bessere Gelegenheit erhalten, ihn auch in die Tat umzusetzen.

»Madame«, sagte ich.

Sie blickte mit einer Kälte in den Augen von ihrem Buch hoch, die einem den Atem rauben mußte. »Ja, Miss Austen?«

»Was halten Sie denn von den Ereignissen des heutigen Tages?«

Madame Delahoussaye preßte die Lippen zusammen und konzentrierte sich wieder auf ihr Buch. »Ich denke, dazu kann man nicht allzuviel sagen.«

»Das ist wirklich schade«, erwiderte ich, »denn ich hatte gehofft, daß Sie Lord Harolds seltsames Verhalten ein wenig erklären könnten.«

»Was könnte ich von Lord Harold wissen, was nicht auch schon Sie wissen? Nach Ihrem erstaunlichen Auftritt im Zeugenstand hätte ich angenommen, daß Sie den Mann schon seit einigen Monaten in- und auswendig kennen.«

»Was meinen Sie damit, Madame?«

Sie klappte ihr Buch mit einem lauten Knall zu. »Daß Sie nicht das Recht hatten, sich in die Angelegenheiten dieses Mannes zu mischen«, erklärte Madame Delahoussaye, »und daß Ihre Unverschämtheit jedes erträgliche Maß übersteigt, mein Kind.« Sie erhob sich abrupt, als wollte sie den Raum verlassen.

»Aber Lord Harold ist aus eigenem Verschulden darin verwickelt«, sagte ich und spielte die Verwirrte.

»Sie hätten wohl gerne, daß es so aussieht.« Madame ging zur Wohnzimmertür und legte eine Hand auf den Türknauf.

Ich lehnte mich in meinem Sessel zurück und verfolgte amüsiert ihre Hast. »Ich staune, daß Sie einen Mann verteidigen, von dem Sie behaupten, ihn überhaupt nicht zu kennen, Madame.«

Sie drehte den Kopf so ruckartig um wie eine Natter. »Es ist nicht Lord Harold, den ich verteidigen will, Miss Austen, sondern meine liebe Isobel. Und ich fürchte, daß ihre Freunde mittlerweile ihre schlimmsten Feinde geworden sind.«

Ich schüttelte ungehalten den Kopf. »Es freut mich zu hören, daß Sie sich nun den Schutz der Countess zum Ziel gesetzt haben.«

»Das ist mein innigstes Anliegen«, entgegnete sie eisig und griff erneut nach dem Türknauf.

Ich zog meine Nadel schnell durch meine Stickvorlage. »Demnach haben Sie vor ein paar Tagen wegen ihr Lord Harold im Wilborough House aufgesucht?«

Ihre Finger lösten sich vom Türknauf und sanken herab, als seien sie plötzlich völlig kraftlos geworden. »Das habe ich nicht getan. Was sollte ich von dem Mann wollen?«

»Das habe ich mich auch schon gefragt. Sie haben sich stets als seine Feindin hervorgetan. Und als meine Schwester Eliza erwähnte, daß Sie sich mit ihm getroffen haben – sie ist, müssen Sie wissen, eine gute Freundin der Duchess – kannte meine Neugier keine Grenzen. Aber da Sie erklären, Sie hätten ihn nicht besucht, muß sie sich wohl geirrt haben. Dann muß es wohl die Visitenkarte von einer anderen Madame Delahoussaye gewesen sein.«

Madame erwiderte nichts darauf, sondern atmete zischend ein, und für einen kurzen Moment rechnete ich damit, daß sie zu mir herüberkam und mich zu erwürgen versuchte. Aber ihre Selbstbeherrschung war bewundernswert. Sie nickte lediglich und rauschte aus dem Wohnzimmer hinaus.

Ich hatte zu wenig für sie übrig, um um ihre Gunst zu buhlen. Ich hatte sie nur erschrecken wollen, damit sie sich vielleicht verriet, und ich war hochzufrieden mit der Wirkung meiner Fragen.

* * *

Ich hatte den ganzen Tag über keine ruhige Minute gehabt – ich hatte noch nicht einmal mein Zimmer aufgesucht, um mich vor dem Abendessen umzuziehen, da die Zeitspanne zwischen der Abfahrt Mr. Cranleys und dem Ertönen der Glocke, die zum Abendessen rief, viel zu kurz gewesen war. Daher stieg ich jetzt die Stufen hinter Madame Delahoussaye mit einem Gefühl großer Erschöpfung hinauf. Ich dachte voller Furcht an den nächsten Tag und an die Rolle, die ich dann spielen würde – und fand, zu meiner großen Freude, einen Brief von meinem Bruder Frank vor.

8. Januar 1903
Ramsgate

Meine liebste Jane –

Dein Brief traf heute mit der Morgenpost ein, und ich habe mich so sehr darüber gefreut, daß ich mich kaum dadurch stören ließ, daß er sich bei der ersten Lektüre als nur kurz und kaum lesbar erwiesen hat. Als ich jedoch erkannte, daß Dein ausschließliches Interesse den Seehäfen in den Kolonien galt – kein Wort über Deine Erlebnisse und nicht eine Frage nach dem Wohlergehen Deines Bruders –, war ich sicher, daß es Dir nicht sonderlich gut geht. Ich hatte schon beinahe den Entschluß gefaßt, um Urlaub zu bitten und nach London und an Dein Sterbebett zu eilen, als ich den Brief ein zweites Mal las. Was immer der Grund für Deine

Frage sein dürfte, sie klingt auf jeden Fall ziemlich dringend. Daher breche ich meine Schelte nun ab und schicke Dir eine klare Antwort.

Du glaubst, daß Lord Trowbridge den Hafen zu irgendwelchen obskuren Zwecken erwerben will, und daß die Frau, in deren Besitz sich der Hafen weiterhin befindet, nur die Schulden ablösen will, die auf dem Grundbesitz liegen, ohne nach dem Grund für sein Interesse an diesem Kauf zu fragen. Daß Trowbridge nach Frankreich gereist ist, ist von besonderem Interesse, denn es ist mir zu Ohren gekommen – und das muß unser Geheimnis bleiben –, daß Aktivitäten der Marine schon bald in den Gewässern ausbrechen können, von denen du schreibst, falls Bonapartes Streitkräfte von Martinique aus aufbrechen und unsere eigene Flotte von den Häfen auf Barbados. Falls Trowbridge ebenfalls über all das Bescheid wissen sollte – und bei seinen Beziehungen zu allerhöchsten Kreisen ist das durchaus möglich – könnte er irgendeinen Plan für die Regierung seiner Majestät verfolgen. In diesem Fall könnte der Hafen der Frau sich als von entscheidender Bedeutung erweisen. Mehr kann ich dazu nicht sagen. Aber Du weißt ja, liebe Jane, daß der Waffenstillstand zwischen Bonaparte und unserem König nicht mehr war als eine kurze Atempause. Der Schlag wird erfolgen, und zwar an mehreren Fronten, fürchte ich. Der Korse wird sicherlich versuchen, uns unsere Vorherrschaft auf See streitig zu machen, und wir dürfen nicht unterliegen.

Schreib mir wieder, wenn Du etwas anderes im Kopf hast als Fragen zur Strategie des Seekriegs, aber sei Dir trotzdem der immerwährenden Liebe Deines Bruders gewiß –

Frank

Kapitel 24
Geisterstunde

9. Januar 1803, Fortsetzung

Ich kann mich über das Durcheinander in meinem Kopf nur wundern – denn ich weiß jetzt, weshalb Lord Scargrave sterben mußte – und weshalb Isobel und Fitzroy geopfert werden sollten. Es geht wahrscheinlich um Hochverrat. Es ist unmöglich, daß Lord Harold im Auftrag Seiner Majestät tätig war. Er ist zu sehr Scharlatan und zu leicht bereit, sich auf die Seite dessen zu schlagen, der am besten zahlt. Nein, Trowbridge muß im Dienst Bonapartes selbst stehen und hat die Absicht, Barbados – und die englische Marine – mit Madame Delahoussayes bereitwilliger Mithilfe zu verraten.

Frank hatte gesagt, daß die Franzosen von Martinique aus in See stechen können, der Insel, von der Bonapartes Gefährtin, Josephine, stammt. Die Delahoussayes selbst waren eine mächtige Familie in dieser französischen Kolonie gewesen, und ich hatte kaum Zweifel, daß Madames Gefühle immer noch in Richtung Frankreich zielten, ganz gleich wie englisch ihre nicht ernst zu nehmende Tochter geworden war. Madame hatte Pläne geschmiedet, Crosswinds Isobel zu entreißen, indem sie das Land mit hohen Schulden belastete, die Einnahmen aus dem Gut in ihre eigenen Taschen umlenkte und schließlich – als Isobels Heirat sie vor dem finanziellen Ruin zu retten versprach – auch vor Mord nicht zurückschreckte. Die Zofe Marguerite war selbst eine Kreolin französischer Abstammung – und hatte

Madames Haushalt verlassen, um als Spionin im Lager ihrer Nichte zu dienen. Daß sie Madame mehr Loyalität entgegenbrachte als ihrer Herrin, braucht nicht extra hervorgehoben zu werden, und für ihre Dienste für die erstere war sie ohne Zweifel gut bezahlt worden. Marguerite erwies sich als nützlich, als es darum ging, Gift ins Essen des Earls zu mischen. Danach hatte sie pflichtschuldigst ihr Rendezvous mit dem Tod absolvieren müssen.

Ich erinnerte mich an Madames Schnelligkeit, mit der sie die Pflichten der Hausherrin in Scargrave Manor übernahm – wie sie Mrs. Hodges und sogar Danson aus der Bibliothek des Earls ferngehalten und darauf bestanden hatte, dessen Papiere selbst zu ordnen und aufzuräumen. Sicherlich hatte sie den Brief des neuen Earls an Hezekiah Mayhew gefunden, in dem der Solicitor von Lord Harolds Triumph über Isobel informiert wurde. Da sie ihre Entlarvung fürchtete, hatte Madame das Blatt Papier an sich genommen und, vielleicht, in ihrem Eifer, ihre Falschheit zu verbergen, nicht bemerkt, daß es sich nur um einen Entwurf handelte und daß die Endfassung bereits mit der Post unterwegs war.

Später hatte Madame die Gelegenheit genutzt, den lästigen Fitzroy loszuwerden, indem sie einen Fetzen seines Briefs im Mieder der Zofe versteckte, nachdem diese den Tod gefunden hatte, und die Notiz zu entfernen, die Madame selbst geschrieben hatte, um das tödliche Treffen herbeizuführen. Zur Sicherheit hatte sie auch noch Isobels Taschentuch am Tor zur Weide fallengelassen.

Es war gar nicht nötig gewesen, daß Lord Harold auf Scargrave oder gar im Lande blieb. Seine Verbündete käme in seiner Abwesenheit ganz gut zurecht. Da wäre es schon besser, Bonaparte zu informieren, daß der Hafen sich in seiner Hand befand, und von ihm die Bezahlung für seinen Verrat zu erhalten.

Ich suchte Feder und Papier und schrieb eine Nachricht an Mr. Cranley. Dann schlüpfte ich in meinen Bademantel, eilte die Treppe hinunter und schickte einen Lakaien als Boten zur Wohnung des Barristers.

Jetzt brauchte ich nur noch zu warten.

* * *

Ich hätte auch sonst nicht sehr gut geschlafen, aber heute schienen die Geräusche des Hauses durch meinen eigenen Herzschlag und durch den hektischen Rhythmus meines Atems verstärkt zu werden. Ich hatte sogar keine Lust mich zu rühren, als ich zusammengerollt in meinem eleganten Bett lag, damit das Rascheln nicht verriet, daß ich von Madames Schuld überzeugt war. Hätte ich ein Elixir trinken und dadurch unsichtbar werden können, ich hätte es in einem Zug in mich hineingeschüttet. Aber ich war gezwungen, statt dessen die Angst derer zu empfinden, die zuviel wissen.

Die völlige Dunkelheit, die von dichten Seidenvorhängen erzeugt wurde, konnte ich jedoch nicht ertragen. Daher zog ich die Bettvorhänge zurück und zündete eine Kerze an, während meine Ohren in der Dunkelheit angestrengt auf die Geräusche einer Kutsche lauschten.

Die Glocken von Westminster schlugen in der Stille zwölfmal. Die Geisterstunde brach an.

Und in diesem Moment hörte ich es – das gedämpfte Schlurfen von Schritten in hochhackigen Schuhen, das sich langsam durch den Korridor bewegte. Jeder Nerv in meinem Körper erstarrte zu Eis, als sei ein kalter Januarwind durch mein Zimmer gefahren, und ich war völlig unfähig, mich zu rühren. Ich kannte dieses Geräusch schon von früher. Konnten demnach Gespenster den Ort wechseln, von Haus zu Haus umziehen? Hatte der erste Earl ebenso das Recht, im Stadthaus zu erscheinen, wie auf dem Lande? Oder war Tom Hearst trotz des Holzpflocks in seinem Herzen aus seinem anonymen Grab auferstanden, um einen weiteren Kuß bei Mondschein zu fordern?

Die Kerzenflamme flackerte zweimal vor meinen Augen. Dahinter, im Halbdunkel, konnte ich erkennen, wie sich der Knauf meiner Tür langsam bewegte. Jeden Augenblick würde die Tür von einer Geisterhand aufgedrückt, und ich hätte schreien können. Aber meine Kehle war vor Angst völlig zugeschnürt, und nur ein erstickter Seufzer drang heraus. Ein dunkler Spalt am Türpfosten, der sich unaufhaltsam verbreiterte, während die Tür mit einem Knarren ins Zimmer schwang – und der geisterhafte erste Earl stand vor mir in all seiner Pracht des Sonnenkönigs, die überreich verzierten Kleider mit Staub bedeckt und von den Jahren gezeichnet. Die Spinnweben hingen von seinen Locken und seinen beringten Fingern herab.

Aber die Spinnweben bestanden aus grauem Zwirn, und der Earl war weder Mann noch Gespenst. Ich erinnerte mich an das Auftauchen der Erscheinung vor Fitzroy Paynes Zimmer im Gutshaus vor so vielen Wochen und wußte plötzlich, wer die verdammten Barbadosnüsse in seinem Gewehrschrank versteckt hatte.

»Madame«, flüsterte ich und gewahrte das Glitzern ihrer Augen im Schein der Kerzenflamme. Sie reagierte mit einem schrecklichen Grinsen. Geschmeidig kam sie zu meinem Bett, während die Tür, von ihr angestoßen, ins Schloß fiel. Dann schlang sie einen Seidenschal zweimal um meinen Hals. Obgleich meine Finger sich um den Stoff krallten und ich mich gegen sie wehrte, verlieh die Wut ihr zusätzliche Kraft. Sie schickte sich an, das Leben aus mir herauszupressen, und ich mußte ihr widerstehen. Platzende Lichtblüten trieben vor meinen Augen, während sich eine undurchdringliche Finsternis auf mich herabzusenken begann. Meine Finger krallten sich verzweifelt in ihre Hände, hinterließen blutige Striemen auf der Haut meiner Mörderin. Wir waren beide so gut wie stumm. Zu hören waren nur meine mühsamen Atemzüge und ihre tierhaften Laute, mit denen sie ihre Anstrengung verriet. Es war ein Kampf auf Leben und Tod, der weder Sieg noch Niederlage zu kennen schien.

Ich begann zu schwanken, wo ich gerade saß. Die Matratze unter mir war viel zu weich in einem Moment, in dem ich eine feste Stütze dringendst brauchte. Sie profitierte von meiner Schwäche, konnte mich auf den Rücken kippen, zog die Knie an und setzte sie brutal auf meine Brust. Ich konnte sie nicht von mir abwerfen, und der Vorteil, den sie durch ihre Position auf mir hatte, würde meine Gegenwehr bald ausschalten. Ich betete, wie ich noch nie zuvor gebetet hatte – es war eine einzige Zeile, *lieber Gott lieber Gott lieber Gott*. Trotzdem spürte ich, wie die Kraft aus mir heraussickerte. Wie aus großer Ferne betrachtete ich ihr groteskes Kostüm, das als Schatten von der Kerze auf die Wand geworfen wurde, und ich verspürte den absurden Drang zu lachen. Aber was aus meinem Mund hervorkam, war nicht mehr als ein hilfloses Schluchzen.

Mit einem Krachen, das durch die verbissene Lautlosigkeit unseres Kampfes noch verstärkt wurde, sprang die Tür auf, und die Gestalt eines Mannes war vor dem dunklen Hintergrund des Korridors zu erkennen. Mr. Cranley, dachte ich mit aufkeimender Hoffnung – und dann erkannte ich, daß alle Hoffnung vergebens war. Denn es war Harold Trowbridge, der dort stand, mit seinem satanischen Profil und seinen verhangenen Augen. Ich spürte mit verzweifelter Gewißheit, daß er erschienen war, um das zu beenden, was Madame begonnen hatte. Das Zimmer begann sich um mich herum zu drehen. Ich schnappte nach Luft und stürzte in eine bodenlose Finsternis, aus der es kein Auftauchen mehr geben konnte.

* * *

»Miss Austen«, murmelte eine sanfte Stimme wiederholt in mein Ohr, »Miss Austen!«

Als meine Augen sich flatternd öffneten, blickte ich in die ernsten Augen Mr. Cranleys, der sich über mich beugte. Ich richtete mich abrupt auf, als ich begriff, wo ich mich befand und was geschehen war. Ich entdeckte Madame Delahoussaye, die gefesselt auf einem Stuhl saß und mich wütend anstarrte. Ich wäre beinahe, nur mit einem Nachthemd bekleidet, aus dem Bett gesprungen, um mich vor ihr in Sicherheit zu bringen, wenn der Anwalt mich nicht zurückgehalten hätte.

»Versuchen Sie lieber, nicht zu sprechen«, riet Mr. Cranley mir. »Ich fürchte, Ihr Hals ist ziemlich lädiert.«

»Sie sind hergekommen«, krächzte ich und sah ihn dankbar und erleichtert an.

»Versuchen Sie, ihr ein wenig Brandy einzuflößen«, sagte eine Stimme, in der große Sorge mitschwang, und ich erkannte, das sie Sir William Reynolds gehörte. Mr. Cranley zog mich an einem Arm hoch, drehte sich um und nahm die Flasche aus einer ausgestreckten Hand entgegen – die niemand anderem gehörte als Lord Harold Trowbridge.

Ich stieß das Glas weg und warf mich nach hinten. »Mörder!« schrie ich. »Dieser Mann wollte mich töten! Er steckt mit Madame unter einer Decke!«

»Lord Harold war Ihre Rettung, Jane«, sagte Sir William sanft, während er zu mir kam. »Er hat die Frau im letzten Augenblick überwältigt. Denn ich fürchte, wir wären wohl zu spät gekommen.«

»Trowbridge war bei mir, als ich Ihre Nachricht erhielt. Er hat eine Menge erzählt, das auch Sie erfahren sollten«, meinte Mr. Cranley. »Er hatte sofort erkannt, in welcher Gefahr Sie schwebten, und eilte Ihnen zu Hilfe, während ich Sir William herholte. Wir hielten es für das beste, wenn ein Angehöriger der King's Bench zugegen ist, um sich Madames Geständnis anzuhören. Und als wir herkamen, war sie gerade im Begriff, einen weiteren Mord zu begehen.«

»Das verstehe ich überhaupt nicht«, sagte ich mit meiner seltsamen, fremden Stimme, »wenn Lord Harold nun als Freund zu betrachten ist, weshalb hat er dann die ganze Zeit alles daran gesetzt, die Countess an den Galgen zu bringen? Weshalb hat er im Gericht so offensichtlich gelogen?«

Mr. Cranley schaute über meinen Kopf hinweg zu Sir William, und dieser sah Lord Harold fragend an. »Man muß es ihr erzählen, Mylord«, sagte der Magistrat. Und so zog der Mann, den ich für einen Halunken gehalten hatte, einen Sessel neben mein Bett und ließ sich nieder.

»Meine liebe Miss Austen«, begann Harold Trowbridge, »ich habe Ihnen einmal erzählt, ich wäre ein dunkler Engel und Sie ein heller, leuchtender. Aber ich hätte lieber sagen sollen, daß wir beide unseren Geist mit dem gleichen Ziel einsetzen – nur habe ich meinen Geist eingesetzt, um zu verschleiern, während Sie mit Ihrem Licht ins Dunkel bringen wollten.«

Ich stützte mich auf die Ellbogen. »Sie wollen jetzt behaupten, Sie hätten kein Interessse am Landbesitz der Countess? Oder am vorzeitigen Tod ihres Mannes?«

»An ihrem Besitz bin ich jetzt genauso dringend interessiert wie zuvor«, erwiderte er, und seine verhangenen Augen funkelten amüsiert, »aber aus Gründen, die ich Ihnen gleich erklären werde. Und was den verstorbenen Earl angeht, so habe ich viele Jahre nichts anderes in ihm gesehen als einen guten, lieben Freund. Ich habe Lord Scargrave nicht getötet, Miss Austen. Viel eher hätte ich mich selbst umgebracht. Denn es war der Earl, der meine Aktivitäten gesteuert hat.«

Ich gebe zu, daß ich nach dieser Enthüllung ziemlich verwirrt war. »Sie müssen sich schon etwas deutlicher ausdrücken, Lord Harold.«

Er seufzte tief und zeigte zum erstenmal eine andere Empfindung als gelangweilten Überdruß. Er sah mich an. »Ein Zweitgeborener – sogar der zweite Sohn eines Duke – muß einem Gewerbe nachgehen, Miss Austen, und ich habe mich für das entschieden, was die Franzosen *espionage* nennen.«

»Sie sind ein Spion«, flüsterte ich völlig perplex.

»Wenn Sie so wollen. Ich arbeite nur für diejenigen, deren unantastbarer Ruf es verbietet, daß ihre Namen öffentlich genannt werden. Von Zeit zu Zeit diene ich der Krone. Und dann bin ich dort tätig, wo das Gesetz es nicht darf – oder nicht will.« Trowbridge hielt für einen Moment inne, um nachzudenken, als müsse er seine Worte besonders sorgfältig auswählen, um richtig verstanden zu werden.

»Während der vergangenen Monate – genaugenommen für fast ein Jahr – stand ich in den Diensten des Earls«, erinnerte er sich, »und zwar hatte ich die Aufgabe, die wahre Ursache der finanziellen Schwierigkeiten seiner Frau aufzuklären. Frederick, Lord Scargrave, war schon seit langem mit ihrem Vater, John Collins, befreundet gewesen. Beim Tod dieses Gentleman erhielt er von seinen Anwälten einen versiegelten Brief, in dem er gebeten wurde, sich um das einzige Kind von John Collins zu kümmern. Isobel kam gleich nach ihrer Ankunft in England zum Earl. Er war sofort hingerissen von ihrer Schönheit. Und seine Pflicht gegenüber einem verstorbenen Freund wurde bald zum inneren Anliegen eines liebenden Mannes.

Nach sehr kurzer Zeit erfuhr er von Isobels finanziellen Schwierigkeiten, und in ihrer Unschuld und Ahnungslosigkeit in geschäftlichen Dingen erzählte sie ihm so viel, daß er nach und nach mißtrauisch wurde. Frederick glaubte, daß sie das Opfer der Ausbeutung durch ihre eigene Familie war, konnte aber nicht rekonstruieren, wie es vonstatten ging. Ich kann außerdem hinzufügen, daß er auch um ihr Leben fürchtete und dachte, daß er sie sicherlich am besten beschützen würde, wenn er ihr die Ehe und sich selbst als Kämpfer für ihre Sache anbot. Der verstorbene Earl wollte nicht erkennen, daß er allein die größte Bedrohung für ihre Feinde darstellte, obgleich ich bei mehreren Gelegenheiten darauf hinwies. Frederick war voller Leben und Kraft und Entschlossenheit, so daß er törichterweise glaubte, niemand könnte ihm etwas anhaben.

Auf Geheiß des Earls und mit Hilfe seiner Finanzen kaufte ich die auf Crosswinds lastenden Schulden auf, die über den gesamten Kontinent verteilt waren, und näherte mich der Countess als ihr Hauptgläubiger. Ich bedrängte sie, das Land auf meinen Namen zu überschreiben, um endlich ihre umfangreichen Verpflichtungen loszuwerden. Der Earl hoffte, daß mein Auftauchen dafür sorgte, daß ihre Feinde sich offen zu erkennen gaben und er ihre wahren Absichten erfuhr. Und zu meinem Leid erfüllte sich seine Hoffnung. Ich wurde am Abend des Balls von ihm nach Scargrave gerufen. Ich trat erneut mit meinem Vorschlag an die Countess heran, wobei ich darauf achtete, daß sowohl ihre Familie als auch ihre Freunde Zeugen dieses Versuchs wurden – und in dieser Nacht wurde ihr wichtigster Beschützer heimtückisch ermordet.«

»Ist so etwas möglich?« fragte ich und wandte mich an Sir William. Mein alter Freund sah mich ernst an und nickte. »Es ist möglich«, antwortete er gepreßt. »Lord Harold verfügt über Dokumente, die vom Earl unterschrieben wurden und Auskunft geben über seine Vorgehensweise und seine Hilfsmittel. Überdies besitzt er auch sämtliche Unterlagen über die Schuldbelastungen des Barbados-Landes – von denen die Countess nun glücklicherweise befreit ist.«

»Über diese und andere Punkte haben wir heute in meinem Büro gesprochen«, erläuterte Mr. Cranley.

»Ich bin erst vor einigen Tagen aus Frankreich zurückgekommen und konnte daher in das Verfahren im House of Lords nicht mehr eingreifen«, sagte Lord Harold. »Aber ich hielt es für notwendig, meine nicht ganz wahrheitsgemäßen Ausführungen vor Gericht heute nachmittag zu kommentieren. Ich durfte auf keinen Fall – auch unter Eid – mein Bestreben gefährden, Madame Delahoussaye in ihrer eigenen Schlinge zu fangen. Ebensowenig durfte ich die Countess und Lord Scargrave durch meine Aussagen an den Galgen bringen.« Der schmale Mund verzog sich zu einem ungewohnten Lächeln. »Sie haben mich in eine teuflische Lage gebracht, Miss Austen. Aber etwas anderes hätte ich von Ihnen auch niemals erwartet. Sie sind in der Tat ein vollwertiger Gegner.«

Ich hatte dem Mann noch nicht ganz verziehen. »Lieber wäre es mir gewesen, wir hätten zusammengearbeitet, Mylord«, sagte ich spitz und betastete meinen lädierten Hals. »Wäre das denn so unmöglich gewesen?«

»Nicht ohne Sie erheblicher Gefahr auszusetzen,

wie Sie sie gerade überstanden haben«, entgegnete er mit einem Seitenblick auf Madame. Die Lady erschien in diesem Moment nur noch lächerlich, trotz ihrer mordlustigen Hände. Ihr Kostüm war zerrissen, die Perücke verrutscht, und ein paar falsche Spinnweben baumelten vor ihrem Gesicht. In ihren Augen spiegelte sich jedoch immer noch das Böse wider, das in ihrer Seele wohnte.

Sogar Harold Trowbridge wurde nach einem Blick in Madames Richtung wieder ernst. Er nahm mit offensichtlicher Erleichterung den Faden seines Berichts wieder auf. »Ich bin lange genug auf Scargrave geblieben, um mich zu versichern, daß es in Wirklichkeit Madame Delahoussaye war, die am meisten an Crosswinds interessiert war – und da sie als Treuhänderin fungierte, war das an sich noch nicht so erstaunlich. Mir fehlte jedoch der Beweis für ihre bösen Absichten bis zu dem Tag vor meiner Abreise – als ich die Countess drängte, eine völlig wert- und sinnlose Urkunde zu unterschreiben. Es war die letzte Gemeinheit, nach der ich meinen Abgang machen wollte. Denn mein eigentlicher Plan hatte sich am vorhergehenden Abend erfüllt, als Madame mit einem interessanten Vorschlag an mich herantrat.«

Aus der Ecke war ein heftiges Räuspern zu hören, und mit haßerfüllter Miene spuckte die gefesselte Frau aus. Ein Schleimbrocken landete auf dem Fußboden dicht vor Lord Harold. Mit unnachahmlicher Eleganz wischte er den Schmutz mit seiner Schuhsohle weg.

»Sie erklärte mir, ganz gleich wie sehr ich die Countess bedrängte, ich würde das Land niemals ohne ihre Einwilligung – und eine ansehnliche Summe – erwerben können. Aus ihren hinterlistigen Fragen hinsichtlich meiner Motive entnahm ich, daß Madame glaubte, ich sei ausschließlich an dem Hafen interessiert – bis zu diesem Moment hatte ich keine Ahnung gehabt, daß der Hafen so wertvoll war. Aber ich hatte nicht die geringste Ahnung, daß auch sie bestimmte Pläne mit dem Hafen verfolgte, und zwar weitaus zerstörerischer Art und für einen weitaus gefährlicheren Interessenten. Ich wußte nichts von ihren wahren Plänen und dachte, daß sie lediglich einen möglichst hohen Geldbetrag für ihre Einwilligung in den Kauf herausschlagen wollte. Nachdem ich über ihre Forderung nachgedacht hätte – die außerordentlich hoch war –, sollte ich sie nach den Feiertagen in London aufsuchen.

Ich verließ Scargrave am nächsten Tag und fragte meinen Bruder um Rat – der sich, trotz seiner eher lächerlichen Erscheinung, durch absolute Rechtschaffenheit und große Klugheit auszeichnet und vom Kriegsminister sehr geschätzt wird –, und Bertie äußerte die Auffassung, ich sollte ihn auf einer Mission begleiten, die man ihm gerade erst aufgetragen hatte. Er sollte nämlich mit seinen französischen Fachkollegen Gespräche über die Aktivitäten der französischen Marine aufnehmen. Während meines Aufenthaltes im Lande könnte ich ja soviel wie möglich über Seehäfen auf den Westindischen Inseln in Erfahrung bringen, daher war ich einverstanden.

Ich war noch gar nicht lange in Frankreich, da wurde mir klar, weshalb Madame so hartnäckig mit mir gerungen hatte – weshalb ein Hafen, der zu dem Landbesitz gehörte, so wertvoll war. Sie verfolgte keine geringere Absicht, als die englische Marine zu verraten – und sie wollte sich doppelt dafür bezahlen lassen. Nachdem sie mir den Hafen verkauft hätte, wollte sie ihn auch Bonaparte anbieten – und darauf vertrauen, daß die französische Marine jeden Gedanken meinerseits, einem solchen verräterischen Kauf zuzustimmen, zerstreute. Ich kehrte schnellstens nach England zurück mit der Absicht, sie sozusagen an langer Leine agieren zu lassen, bis sie irgendwelche Dinge tat, mit denen sie sich selbst belastete. Und schon sehr bald besuchte sie mich im Wilborough House, um meine Entscheidung zu hören. Sie legte dabei eine seltsame Ungeduld an den Tag, die ich als Ausdruck ihrer Angst interpretierte. Aber was sie so nervös hatte reagieren lassen – wo doch der Prozeß gegen ihre Nichte fast abgeschlossen war und ich meinen eigenen Verdacht ihr gegenüber so gut verschleiert hatte –, das begriff ich gar nicht. Aber mittlerweile habe ich von Mr. Cranley erfahren, daß Sie, Miss Austen, die Ursache für ihre Unruhe waren.«

»Obgleich ich mich viel zu spät auf sie konzentrierte und überhaupt keine Beweise besaß«, gab ich zu.

»Wäre der Mordversuch an Ihnen nicht gewesen, dann würden sie uns noch immer fehlen«, sagte Sir William zu mir.

Ein Rascheln erklang in der Ecke, und alle Blicke richteten sich auf die Mörderin. Sie zerrte an ihren Fesseln, und ihre glitzernden Augen waren auf mich gerichtet. »So ein vorwitziges Mädchen!« schimpfte sie. »Wären Sie nicht gewesen, hätte ich es geschafft! Aber ich versichere Ihnen, Miss Austen, ich bedaure nichts von dem, was ich getan habe, außer vielleicht daß ich nicht schon früher versucht habe, Sie zu beseitigen.« Ihr Blick wanderte weiter zu Sir William, und sie lächelte grausam. »Sie halten sich wohl für sehr schlau, alter Mann, da sie mich geschnappt haben. Aber wir beide wissen, wer der Schlauere von uns beiden gewesen ist. Ich war es, die der Zofe den Auftrag gegeben hatte, den Earl zu vergiften, und die ihr anschließend die Kehle durchschnitt, um ihr Schweigen zu gewährleisten. Und Sie sind auf meine Ablenkungsmanöver hereingefallen – auf das Taschentuch, auf den

Zettel mit Paynes Handschrift – und haben andere meiner Verbrechen bezichtigt.« Madame lachte schneidend. »Was habe ich mich gefreut, wenn ich abends alleine mein Zimmer aufsuchte! Was für Narren ihr doch alle wart. Daß ich entlarvt wurde, ist einem winzigen Zufall zu verdanken. Daß ich am Ende doch gescheitert bin, macht nicht den geringsten Unterschied – in bedeutenden Angelegenheiten entscheiden Glück und Zufall darüber, ob man gewinnt oder verliert, wie beim Würfelspiel.«

»Wie Ihr Gönner Bonaparte Ihnen zweifellos beigebracht hat«, sagte Sir William ungerührt, »da er Ihre Absichten kannte und wußte, daß am Ende Sie es sein würden, die hängen muß. Er hingegen würde am Leben bleiben, um weiter dem Würfelspiel frönen zu können.« Er sah mich an und tätschelte meine Hand. Dabei kehrte wieder ein Ausdruck der Wärme in seine braunen Augen zurück. »Die Worte Lord Harolds mögen der Lady vielleicht eine Anklage wegen Verrats eingebracht haben, meine liebe Jane, aber sie hätten für uns nicht die Unannehmlichkeiten in Scargrave Manor gelöst. Dafür haben wir Sie gebraucht. Ich bedauere nur, daß Sie sich derart in Gefahr begeben mußten, um die Freilassung der Countess zu erreichen.«

Ich wußte nicht, was ich sagen sollte, und kam dann auf das zu sprechen, was mir am wichtigsten war. »Wird Isobel jetzt freigelassen?« fragte ich und ließ meinen Blick von einem Mann zum anderen wandern.

»Gleich morgen früh«, versicherte Sir William mir, »und Fitzroy Payne ebenfalls.«

Unendliche Freude überkam mich, und ich schloß für einen kurzen Moment die Augen. Doch dann schaute ich Mr. Cranley mitleidsvoll an. »Sie armer

Kerl!« rief ich aus. »Jetzt wurden Sie um Ihren Auftritt im House of Lords gebracht!«

»Das hätte durchaus das Ende meiner Karriere sein können«, sagte der fähige Anwalt trocken, »denn ich hatte nichts, womit ich meine Verteidigung hätte untermauern können.«

Kapitel 25

Janes Nachwort

20. März 1803
Sydney Place Nr. 4, Bath

Ich habe heute von Sir William Reynolds die neuesten Nachrichten über Madame Delahoussayes Prozeß vor dem Schwurgericht vor einigen Tagen erfahren. Die Verhandlung war erwartungsgemäß sehr kurz, und sie wurde noch am gleichen Tag zu ihrem Schöpfer geschickt. Ich würde tiefes Mitleid mit ihr haben, wenn sie nicht völlig gleichgültig zugeschaut hätte, als Isobel ein ähnliches Schicksal drohte. Dann ist da noch das Bild der törichten Marguerite Dumas, deren Gesicht im Tode zu einer schrecklichen Grimasse verzerrt war und das wohl niemals aus meinem Gedächtnis weichen wird. Heute schneit es, eigentlich für die Jahreszeit sehr spät, und ich fühle mich zurückversetzt in die düstere Scheune auf der Weide und zu der dunklen Blutpfütze im Stroh. Und obgleich ich denke, daß es sein Gutes hat, daß Madame aus diesem Leben geschieden ist, bete ich für das Ewige Leben ihrer Seele.

Ich habe mich von meinem eigenen Mißgeschick vollständig erholt. Die Spuren an meinem Hals sind verblaßt, und ich habe beschlossen, in Zukunft jeden Heiratsantrag zu vermeiden aus Angst, daß eine Ablehnung meinerseits eine weitere Mordserie auf irgendeinem Landsitz heraufbeschwören könnte. Die anderen Bewohner von Scargrave denken nicht so. Und wie jeder von meinen Zeitgenossen geschriebene Roman endete auch diese Geschichte mit einigen Hochzeiten. Die arme

Fanny Delahoussaye war die erste, die sich in den glücklichen Stand der Ehe begab – sie flüchtete zusammen mit Mr. Cranley nach Gretna Green, während ihre Mutter noch im Newgate-Gefängnis saß, und stellt ihre Schwangerschaft nun ohne zu erröten offen zur Schau. Daß sie sich einst geschworen hatte, niemals einen Rechtsanwalt zu heiraten, hat sie fröhlich aus ihrem Gedächtnis verbannt.

Mr. George Hearst erhielt entsprechend dem letzten Willen des verstorbenen Earls eine ansehnliche Scargrave-Pfarrei, die er gegen eine Pfründe in Newcastle eingetauscht hat. Er ist mit seiner Rosie in den Norden gezogen. Dank zärtlicher Fürsorge und tätiger Mithilfe wird sie über kurz oder lang eine perfekte Pfarrersfrau sein.

Obgleich Fitzroy Payne durch die Ereignisse vor Isobel vollauf rehabilitiert wurde – und das so gründlich, daß sie vor Scham und Zerknirschung nur noch erröten kann –, sind er und die Countess noch nicht im Bund der Ehe vereint. Die Wunden ihrer jüngsten Erlebnisse sind noch zu frisch. Außerdem ist da noch die öffentliche Meinung, gegen die sie sich behaupten müssen, denn obwohl sie vor dem Galgen gerettet wurden und sich von den Demütigungen der Wochen vor dem Prozeß erholt haben, sind sie noch immer das Objekt der abenteuerlichsten Spekulationen. Isobel hat sich völlig aus dem Gesellschaftsleben zurückgezogen, während der Earl intensiv nach einem fähigen Aufseher für seine Güter auf den Westindischen Inseln Ausschau hält. Er plant im Mai eine Reise in diese Region und drängt Isobel, ihn zu begleiten. Noch hat meine Freundin sich nicht endgültig entschieden.

Isobel wohnt zur Zeit noch im Londoner Stadthaus ihres verstorbenen Ehemanns, da die traurigen Erinnerungen an Hertfordshire und an Scargrave Manor noch zu bedrückend sind. Sie ist schuldenfrei, wie Lord Harold erklärt hat, und hat von diesem Gentleman wenige Tage nach ihrer Entlassung aus dem Gefängnis einen Stapel Schuldscheine mit entsprechenden Vermerken erhalten. Die gegen sie gerichteten Intrigen ihrer Tante einerseits und die unendliche Güte Fredericks andererseits kennengelernt zu haben, hat meine Freundin ernüchtert und zutiefst betrübt. Aber sie ist noch jung und im Besitz von beträchtlichem Wohlstand und Schönheit und dürfte dem unbeschwerten Leben nicht lange entsagen können. Nicht mehr lange, und Isobel wird, wie ich meine, ihr Glück an der Seite Fitzroy Paynes finden.

Und Lord Harold Trowbridge? Ein seltsamer Mann. Bei ihm in derart hohem Ansehen gestanden zu haben – was ich eindeutig getan habe – ist eine Ehre, die ich erst in vollem Umfang würdigen konnte, als unsere Bekanntschaft sich dem Ende zuneigte. Er wird von allen mißverstanden, voller Argwohn beobachtet und rundweg abgelehnt, außer von denen, die seine Dienste in Anspruch nehmen müssen. Aber er ist auf jeden Fall eine achtunggebietende Erscheinung. Ich habe einmal gesagt, daß ich lieber eine Stunde in der Gesellschaft eines Exzentrikers verbringe als zwei Minuten mit einem Langweiler, und diese Einstellung hat sich wieder einmal als richtig erwiesen.

Ich besitze einen Brief Trowbridges – *An den lichten Engel* – der nur aus einem einzigen Satz besteht. *Meine liebe Miss Austen,* heißt es dort, *möge uns dies eine Lehre sein: Es bedarf stets einer Frau, um zu erkennen, was eine Frau im Schilde führt.*

Ende